고양이 테이블

The Cat's Table

고양이 테이블

마이클 온다체 장편소설
한유주 옮김

다산
책방

퀸틴, 그리핀, 크리스틴, 그리고 에스타에게
앤서니와 콘스탄스에게

그리고 나는 이렇게 동쪽을 바라본다…….
나는 언제나 작은 배 위에서 그쪽을 바라본다.
빛도, 흔들림도, 소리도 없이. 대지를 깨울까봐 두려워,
우리는 낮게 속삭이듯 대화를 나눈다…….
젊은 시절 나의 눈이 보았던
모든 것들이 바로 이 순간 속에 있다.
나는 거친 바다에서 우연히 이곳으로 흘러들었다.

– 조지프 콘라드, 「젊음」

차례

그는 입을 다물고 있었다. 그는 내내 차창 밖을 바라보고 있었다. 앞좌석에 앉은 어른 둘이 낮은 목소리로 이야기를 나누었다. 원한다면 들을 수도 있었지만, 그는 듣지 않았다. 잠시 차가 길 위로 강물이 범람한 지점을 지나갈 때, 바퀴가 물을 튀기는 소리가 그에게 들려왔다. 그들은 포트*에 들어섰고, 차는 우체국 건물과 시계탑을 지나며 천천히 미끄러졌다. 이미 밤이 내린 시각이었으므로 콜롬보에는 지나다니는 차가 많지 않았다. 그들은 레클러메이션 가를 따라 세인트 앤서니 교회를 지나쳤다. 마지막으로 전구를 하나씩만 밝힌 음식을 파는 노점들이 그의 눈에 들어왔다. 그 후 그들은 탁 트인 거대한 항구에 들어섰다. 부둣가를 따라 멀리 불빛들이 열 지어 있었다. 그는

---

* 스리랑카 콜롬보의 중심지.

차에서 내려 아직 따뜻한 차체 곁에 섰다.

선창가를 떠도는 주인 없는 개가 어둠을 향해 짖어대는 소리가 들려왔다. 짐을 선적하는 부두 노동자들이나 서로 끌어안고 있던 몇몇 가족들이 몇 점의 유황 랜턴 불빛 아래 희미하게 드러나 있었지만, 그들을 제외하고는 주변의 그 무엇도 그의 눈에 들어오지 않았다.

그날 밤, 이 세계의 모든 것들이 처음이었던 그가 인생에서 처음이자 마지막으로 단 한 번 배에 올랐던 날, 그는 열한 살이었다. 배는 마치 해안가에 정박한 도시 같았다. 어떤 마을이나 소도시보다도 밝고 환한 도시. 그는 건널 판자를 따라 걸었다. 발아래만 바라보며―그의 앞에는 아무것도 없었다― 어둠에 잠긴 항구와 바다와 마주할 때까지 앞으로 나아갔다. 불을 밝힌 다른 배들이 윤곽선으로 남아 멀어져가고 있었다. 그는 이런저런 냄새를 맡으며 홀로 서 있다가, 육지와 면한 쪽의 군중과 소음 사이로 돌아왔다. 도시를 뒤덮은 노란 불빛. 그와 그곳에서 벌어지고 있는 일들 사이에는 이미 벽 하나가 세워진 듯했다. 승무원들이 음식과 과일 음료를 나르기 시작했다. 그는 샌드위치를 몇 조각 먹은 뒤, 선실로 돌아가 옷을 벗고 좁은 간이침대로 미끄러지듯 들어갔다. 단 한 번, 누와라 엘리야에서를 빼곤 그는 담요 한 장이라도 덮고 잠든 적이 없었다. 그는 잠들지 않고 깨어 있었다. 선실이 수면 아래 위치해 있었기에 둥근 창은 없었다. 그는 침대 사이에서 스위치 하나를 발견했다. 그것을 누르자 그의 머리와 베개가 뾰족한 불빛을 받아 일순 밝아졌다.

그는 항구까지 데려다준 친척들을 마지막으로 보거나 그들에게 손을 흔들기 위해 갑판으로 다시 올라가지 않았다. 그는 노랫소리를 들었고, 차가운 밤공기를 맞으며 천천히, 그리고 열렬히 작별하는 가족들을 상상했다. 지금까지도 나는, 그가 어째서 이러한 고독을 선택했는지 알 수 없다. 그를 오론세이 호까지 데려다 준 사람들은 이미 떠난 것일까. 영화 속 인물들은 멀어져가는 상대방을 바라보며 눈물을 흘리고, 배가 육지를 떠나가는 동안 그들의 얼굴들은 그렇게 서로 멀어지다가 끝내는 사라져버리고 만다.

나는 이 배에 탄 소년을 상상하려고 노력한다. 뻣뻣하게 경직된 몸으로 좁은 간이침대에 누워 있던 녹색 메뚜기, 혹은 작은 귀뚜라미와도 같은 존재였던 그의 내부에는 자아에 대한 감각이 없었는지도 모른다. 어떤 일이 벌어지고 있는지도 모르는 채로, 마치 밀수품이 운반되듯이, 미래로.

*

그는 승객들이 복도를 뛰어다니는 소리에 잠에서 깼다. 그래서 그는 다시 옷을 입고 선실을 나섰다. 무슨 일이 생긴 모양이었다. 주정뱅이 하나가 소리를 꽥꽥 질러대며 밤을 가득 메우고 있었고, 거기에 경비원들이 질러대는 소리가 이어지고 있었다. 선원들은 B갑판 한복판에서 술 취한 도선사를 붙들려고 안간힘을 쓰고 있었다. 배가 항구를 빠져나오는 동안 잔뜩 과민한 상태였던 그는 자신이 무사히 임무를 완수했다는 사실(옛 방파제와 난파선들의 잔해가 수몰되어 있던 탓에 피해야 할 길목이 많았던 것이다)을 자축하며 술을 너무 많이 마신 탓에 그만 이성을 잃고 말았다. 분명 그는 지금은 떠날 생각이 없는 듯했다. 아직까지는. 아마도 배에서 한두 시간쯤 더 있고 싶은 모양이었다. 그러나 오론세이 호는 한밤을 헤치며 항해를 시작해야 했다. 흘수선에는 도선사의 예인선도 대기하고 있었다. 그를 줄사다리 아래로 끌어내리려고 갖은 노력을 다하던 선원들은 그가 추락하여 죽기라도 할까봐 결국 물고기를 건지듯이 그물로 그를 에워쌌다. 그렇게 하여 선원들은 그를 안전하게 아래로 끌어내렸다. 그는 전혀 부끄러운 기색이 없었다. 그러나 흰 제복 차림으로 함교 위에 서 있던 오리엔트라인의 경비원들은 분노를 감추지 않았다. 예인선이 분리되자 승객들은 환호성을 올렸다. 그 후에는 이행정 엔진이 돌아가는 소리와 함께, 어두운 밤 너머로 사라지는 예인선 위에서 도선사가 부르는 지친 노랫소리만 희미하게 들려올 뿐이었다.

출발

그 배에 오르기 전까지, 나는 살면서 어떤 배들을 탔던가. 강을 따라 여행하면서 탔던 통나무배? 트링코말리 항구의 작은 배? 바라보이는 수평선 언저리에도 항상 낚싯배들은 있었다. 하지만 나는 바다를 횡단하는 성처럼 거대하고 장엄한 배는 한 번도 상상해본 적이 없었다. 자동차로 누와라 엘리야나 호튼 평야까지 갔을 때나 아니면 오전 7시에 기차를 타고 늦은 오후에 자프나에 도착했을 때가 내가 경험해본 가장 긴 여행이었다. 그때 우리는 달걀을 넣은 샌드위치와 탈라굴리*, 카드 한 벌, 그리고 소년의 모험을 다룬 작은 책을 들고 여행했다.

그런데 나는 배를 타고 영국으로 간다는 계획을 세웠고, 게다가 혼자서 여행하고자 했다. 이 여행이 평범하지 않은 경험

---

* 참깨가 든 스리랑카 과자의 일종.

이 되리라거나 위험할 거라고, 혹은 재미있을 거라고 말해준 사람은 아무도 없었고, 따라서 나는 즐거움도 두려움도 없이 이 계획을 감행했다. 배가 7층가량의 높이이며, 선장과 9명의 요리사들, 기술자들, 수의사를 포함한 600여 명 이상의 사람들이 타게 될 것이라는 점, 그리고 두 개의 대양을 건너는 동안 작은 감옥 하나와 염소 처리된 수영장이 함께 항해하게 되리라는 점을 나는 모르고 있었다. 이모는 달력에 출발일을 무심하게 표시했고, 학기가 끝날 때 내가 떠날 거라고 학교에 알렸다. 아무도 내가 21일 동안이나 바다 위에 있게 되리라는 사실을 심각하게 생각하지 않았고, 심지어는 친척들이 나를 항구까지 바래다주는 일을 귀찮아한다는 것을 알아차린 나는 놀라기도 했다. 그래서 나는 혼자서 버스를 타고 보렐라 나들목까지 가서 버스를 한 번 더 갈아타야 할 것이라고 생각했다.

내가 어떤 여행을 하게 될지를 누군가가 미리 알리려 했던 건 단 한 번 뿐이었다. 플라비아 프린스라는 이름의 한 숙녀가 나와 같이 여행하게 될 거라고 했다. 그녀의 남편은 숙부의 지인이었다. 우리는 어느 날 오후 차를 마시는 시간에 그녀를 초대했다. 그녀는 일등실에 묵을 예정이었지만, 그래도 내게서 눈을 떼지 않겠노라고 약속했다. 그녀의 손은 반지와 뱅글 팔찌로 뒤덮여 있었고, 나는 조심스럽게 그녀와 악수를 나누었다. 그러고 난 뒤 그녀는 나의 방해를 받지 않고 대화를 계속하려고 몸을 돌렸다. 나는 삼촌들의 이야기를 듣고 있는 동안, 그들이 가장자리를 잘라낸 샌드위치를 몇 개나 먹는지 헤아리며 시간을 보냈다.

마지막 날, 나는 아무것도 적혀 있지 않은 학교 공책과 연필한 자루, 연필깎이, 세계지도 한 장을 찾아내 작은 여행가방에 넣었다. 나는 밖으로 나가서 발전기에게 작별인사를 했고, 언젠가 분해한 뒤 다시 조립할 수 없어 잔디 아래 묻었던 라디오 조각들을 파냈다. 그리고 나라얀과 구네팔라에게 작별인사를 했다.

차 안에서 내가 인도양과 아라비아 해, 홍해를 건넌 후, 수에즈 운하를 거쳐 지중해로 들어갈 것이며, 어느 날 아침 영국의 작은 부둣가에 도착하게 될 것이고, 나의 어머니가 나를 마중하러 나와 있을 것이라는 설명을 들었다. 여행이 주는 마법이라든가 여행의 규모에는 큰 관심이 없었지만, 내가 그 타국에 언제 도착할지를 어머니가 과연 정확하게 알 수 있을까에 신경이 쓰였다.

어머니가 그곳에 정말로 온다면 말이지만.

쪽지 한 장이 문틈 아래로 미끄러져 들어오는 소리가 들렸다. 앞으로 내가 76번 테이블에서 식사하게 될 거라는 사실을 알리는 쪽지였다. 다른 간이침대들은 모두 비어 있었다. 나는 옷을 입고 밖으로 나갔다. 아직 계단에 익숙하지 않았으므로 조심스럽게 딛고 올라야 했다.

식당 안, 76번 테이블에는 나와 또래로 보이는 두 소년들을 포함하여 아홉 명이 앉아 있었다.

"고양이 테이블에 앉아 있는 것 같네요." 라스케티 양이라 불리는 여자가 말했다.

"우리 자리는 좋은 자리와는 거리가 멀어요."

분명 우리가 앉은 테이블은 식당 반대편 끝에 위치한 선장의 테이블과 멀리 떨어져 있었다. 우리 테이블에 앉아 있던 두 소년들의 이름은 각각 라마딘과 캐시어스였다. 라마딘은 말이 없었고, 캐시어스는 비웃는 듯한 표정을 하고 있었다. 나는 캐시어스를 알고 있었다. 그렇지만 우리는 서로 모르는 체했다. 그는 나보다 한 살 위였지만, 같은 학교를 다닌 덕분에 나는 그를 잘 알고 있었다. 대단한 말썽꾸러기였던 그는 한 학기 내내 근신 처분을 받기도 했다. 우리가 서로 이야기를 나누게 되려면 제법 오랜 시간이 걸리리라는 생각이 들었다. 하지만 다행스럽게도 우리 테이블에는 재밌어 보이는 어른들 몇 명이 앉아 있었는데, 식물학자도 있었고, 칸디에 상점을 갖고 있는 재단사도 있었다. 가장 흥미로웠던 사람은 "바닥을 쳤다"고 즐거운 듯 떠벌리던 피아니스트였다.

마자파 씨는 이런 사람이었다. 그는 저녁마다 배 안의 오케스트라와 함께 연주했고, 오후에는 피아노를 가르쳤다. 그런 연유로 그는 탑승권을 할인받을 수 있었다. 첫 번째 식사를 끝낸 뒤 그는 살아온 이야기를 들려주며 라마딘과 캐시어스, 그리고 나를 즐겁게 해주었다. 마자파 씨와 어울리는 동안 우리 셋은 우리로서는 이해하기 힘든 이야기들과 그가 가끔 불러대는 외설적인 노래들에 흠뻑 취했고, 마침내 서로 마음을 열기 시작했다. 처음에 우리는 서먹했다. 마자파 씨가 우리를 자기 방으로 데려가 이 여행에서 배울 점이 엄청나게 많을 테니 두 눈과 귀를 활짝 열어두라는 충고를 해줄 때까지, 우리들 중 누구도 서로에게 먼저 반가운 인사를 한 적이 없었다. 그렇게 배에서의 첫 번째 하루가 저물어갈 때쯤, 우리는 서로에 대한 호기심을 갖게 되었다.

고양이 테이블에 앉아 있던 사람들 중 또 하나 흥미로웠던 이는 네빌 씨였다. 배를 해체하는 일을 하다 은퇴한 그는 동양에서 얼마간 시간을 보내다가 영국으로 돌아가던 중이었다. 온화한 성격에 몸집이 육중한 네빌 씨는 배에 대해 해박한 지식을 갖고 있었고, 우리는 종종 그에게 질문을 던지곤 했다. 그는 유명한 배들을 여럿 해체했다. 마자파 씨와는 달리 겸손했던 네빌 씨는 옆구리를 쿡쿡 찔러대지 않으면 과거의 여러 가지 일화들을 좀처럼 이야기하려하지 않았다. 하지만 우리가 퍼부어대는 질문들에 그가 그처럼 겸손하게 대답하지 않았더라면 우리는 그를 믿지 않았을 테고, 그에게 빠져들지도 않았을 것이다.

그는 오리엔트라인에서 안전도를 검사하는 일을 했었고, 그러면서 배 전체를 돌아본 적도 있었다. 그는 우리에게 엔진실의 친구들을 소개해주었고, 보일러실도 보여주었다. 우리는 그곳에서 벌어지는 모든 일들을 볼 수 있었다. 일등실과 비교할 때 하데스 층에 위치한 엔진실은 참을 수 없는 소음과 열기로 끓어오르고 있었다. 네빌 씨와 두 시간 동안 오론세이 안을 산책하고 나자 위험할 수 있는 일들과 그다지 위험하지 않을 수도 있는 일들이 명확해졌다. 그는 우리에게 허공에 매달려 있는 구명정들이 위험해 보인다고 말했는데, 캐시어스와 라마딘과 나는 그곳으로 기어올라가 승객들을 훔쳐보기에 유리한 고지를 차지하고는 했다. 라스케티 양은 우리의 테이블이 "좋은 자리와는 거리가 멀다"고 했지만, 이 말을 들으니 우리가 사무장이나 승무원장, 그리고 선장과 같은 사람들의 눈에 띄지 않을 것이라는 확고한 믿음이 생겼다.

배에서 나는 전혀 예상치 못하게, 먼 사촌인 에밀리 드 새럼과 마주쳤다. 슬프게도 그녀에게는 고양이 테이블이 배정되지 않았다. 에밀리는 어른들이 내가 갈 것이라 생각하는 길을 몇 년째 가고 있었다. 나는 그녀에게 나의 모험들을 이야기해주었고, 그녀의 생각에 귀를 기울였다. 그녀는 좋아하는 것과 좋아하지 않는 것에 대한 호오가 분명했고, 또 나보다 나이가 많았으므로 나는 그녀의 판단을 본보기로 삼았다.

내겐 형제자매가 없었고, 성장하는 동안 가장 가까웠던 친척들은 모두 성인이었다. 여기엔 결혼하지 않는 삼촌들과 움직임이 굼뜨고 가십거리와 남의 일에 참견하기를 좋아하는 숙모들이 곁들여졌다. 이들과 거리를 두려고 엄청나게 신경을 쓰는 부유한 친척도 한 명 있었다. 누구도 그를 좋아하지 않았지만, 다들 그를 존경했으며 꾸준히 그에 대한 이야기를 했다. 친척들은 그가 매년 보내오는 정중한 크리스마스카드를 분석

하듯 들여다보며 한참 자라고 있는 사진 속 그 집 아이들의 얼굴들과 과시하듯 말없이 배경에 서 있는 집의 크기에 대해 토론을 벌였다. 나는 이처럼 삐딱한 가족들 사이에서 성장했으므로, 내가 그들의 시선에서 벗어났다는 것을 알게 되기 전까지는 항상 조심스러울 수밖에 없었다.

그러나 내게는 에밀리가, 나의 "마창machang*"이 있었다. 그녀는 몇 년 동안 옆집이나 다름없을 정도로 가까운 곳에 살았다. 우리의 부모들은 각각 별거중이었거나 서로를 거의 믿지 않았으므로 우리는 비슷한 유년기를 보냈다. 그러나 나는 그녀의 집에서의 삶이, 나의 그것보다도 순탄치 않았을 것이라 추측한다. 그녀의 아버지가 벌였던 사업은 한시도 안정적으로 굴러가지 못했고, 그녀의 가족은 항상 그가 내킬 때마다 가하는 위협 아래 살았다. 그의 아내는 그의 법칙에 순종했다. 에밀리는 내게 많은 이야기를 하지는 않았지만, 나는 그가 폭군이라는 것을 알고 있었다. 그를 방문하는 어른들도 결코 편하게 있지 못했다. 생일파티가 있어 그 집에서 짧은 시간동안 머물렀던 아이들만이 그의 불안한 행동들을 보고 즐거워했다. 그는 재미있는 이야기를 해주겠다며 나타나서는 우리들을 수영장으로 떠밀었다. 그런 그를 에밀리는 불안해했다. 그가 다정하

---

* 스리랑카식 영어에서 보통 남자들끼리 서로를 부르는 말.

게 그녀의 어깨를 감쌀 때도, 그녀의 맨발을 그의 신발 위에 올리고 춤을 추게 할 때도.

대부분의 시간 동안 그녀의 아버지는 직업이 없었다. 혹은 어딘가로 사라지고 없었다. 에밀리에게는 의지할 수 있는 은신처가 없었고, 나는 그녀가 그런 곳을 스스로 만들어냈으리라 추측한다. 자유로운 영혼을 지닌 그녀는 내가 사랑해 마지않았던 야성적인 면모를 갖추고 있었고, 이로 인해 다양한 일들을 여럿 겪어야 했다. 결국 운 좋게도 에밀리의 할머니가 인도 남부에 위치한 기숙학교에 들어갈 수 있는 비용을 지불했고, 그녀는 아버지로부터 벗어날 수 있었다. 나는 그녀를 그리워했다. 여름방학이 되어 그녀가 돌아왔지만, 실론 텔레폰에서 여름철 임시직으로 일했기에 나는 그녀를 자주 볼 수 없었다. 회사 소유의 차량이 아침마다 그녀를 데리러 왔고, 그녀의 상사인 위제바후 씨가 하루가 끝날 때쯤 그녀를 데려다 주었다. 위제바후 씨는, 그녀가 내게 털어놓은 바에 의하면, 고환이 세 개라는 명성이 자자했다.

우리 둘이 어울릴 수 있었던 까닭은 무엇보다도 에밀리가 모아놓은 음반들이 있었기 때문이었다. 운율을 덧입은 삶과 욕망들이 2분, 혹은 3분짜리 노래 한 곡에 녹아들어 있었다. 영웅적인 광부들, 전당포 윗집에 사는 폐결핵에 걸린 소녀들, 황금광들, 유명한 크리켓 선수들, 심지어 더는 바나나가 없다는 사실에 대한 노래도 있었다. 그녀는 내게 다소 몽상가적인 기질이 있다고 생각했고, 내게 춤을 추는 법을, 그녀가 들어 올린 두 팔이 흐느적거리는 동안 그녀의 허리를 감싸 안는 법을, 소파 위에서 껑충껑충 뛰며 급기야는 소파를 기울어뜨리고 뒤로 넘어지게 하는 법을 가르쳐주었다. 그러다가도 그녀는 갑자기 머나먼 인도의 학교로 떠나버리고는 했다. 그녀의 어머니에게 보내는 편지 몇 통을 제외하고는 별다른 소식을 전해오지 않았다. 그녀의 아버지는 벨기에 영사관을 통해 케이크 몇 개를 더 보내달라는 내용의 편지를 이웃들을 모두 불러놓고 자랑스레 큰 소리로 읽기를 고집했다.

에밀리가 오론세이에 올랐던 당시, 나는 그녀를 2년 동안 보지 못한 상태였다. 이제 먼 거리에서, 갸름해진 얼굴과 예전에는 미처 알아차리지 못했던 의식적인 우아함을 알아보았을 때, 나는 놀라지 않을 수 없었다. 그녀는 이제 열일곱 살이 되어 있었다. 그녀가 다녔던 학교가 그녀에게서 야성적인 면의 일부를 거두어간 듯 보였다. 물론 그녀에게는 내가 좋아했던, 다소 느릿느릿하게 끄는 말투가 남아 있었다. 배가 새로 사귄 두 명의 친구들은 내가 그녀를 지나치며 산책용 갑판을 달려갈 때 그녀가 나의 어깨를 붙들고 내게 말을 걸었다는 사실로 인해 나를 특별한 존재로 여기게 되었다. 그러나 그녀는 내가 배에서 대부분의 시간 동안 자신을 졸졸 쫓아다니기를 원치 않는다는 점을 분명히 해두었다. 그녀에게는 이번 여행을 위한 자신만의 계획이 있었으니…… 영국에 도착하여 마지막 2년간의 학업을 마치기 전까지, 그녀에게 주어진 고작 몇 주 동안의 자유를 누리는 것이었다.

조용한 성격의 라마딘과 혈기왕성한 캐시어스, 그리고 나의 우정은 빠르게 깊어가고 있었다. 서로 숨기는 것들이 많았음에도 불구하고. 적어도 나는 그랬다. 나는 오른손이 아는 일을 결코 왼손에게 알리지 않았다. 이미 예전부터 조심성을 길러온 터였다. 기숙학교에 다녔던 우리는 벌 받기가 두려웠으므로 거짓말을 하는 기술을 단련했고, 나는 아주 적은 진실만을 이야기하는 법을 배웠다. 처벌은 결국 우리 중 일부를 완벽하게 정직하게 만들거나 길들이지 못했다. 우리는 끔찍한 생활기록부와 갖가지 나쁜 짓들로 늘 두드려맞았던 것 같다. (볼거리에 걸린 척하며 3일 동안 양호실에서 빈둥거리기, 고등학교에서 쓸 잉크를 만들 잉크 알갱이들을 학교 욕조에 풀어 지워지지 않는 얼룩을 남기기 등) 우리를 가장 심하게 처벌했던 사람은 중학교 교사였던 바르나부스 신부로, 아직도 내 머릿속에는 직접 골랐던 처벌도구인 대나무를 쪼개 만든 긴 막대기를 들고 있는 모습이 남아 있다. 그는 결코 말로 해결을 보거나 사리를 따진 적이 없었다. 그저 위협적인 태도로 우리들 사이를 어슬렁거릴 뿐이었다.

어쨌든 오론세이는 그러한 모든 규율들에서 탈출할 수 있는 기회였다. 그리고 배를 해체하는 사람들과 재단사들, 저녁 만찬이 진행되는 동안 거대한 동물 가면을 쓰고 비틀거리거나 손바닥만 한 스커트를 입고 춤을 추는 몇몇 여자들, 늘 똑같은 자주색 의상을 입고 무대에 올라 연주했던 마자파 씨를 비롯한 어른 승객들을 바라보며, 나는 이 상상 속과도 같은 세계에서 나 자신을 재창조해내기에 이르렀다.

늦은 밤, 특히 선장의 테이블에 초대되었던 1등실 승객들이 돌아가고 난 뒤, 짝을 지어 서로의 팔에 안겨 있던 사람들의 춤이 끝나고 가면을 벗어버린 뒤, 급사들이 아무렇게나 놓인 유리잔들과 재떨이들을 치우고 폭이 4피트는 되는 빗자루에 기대어 색종이 조각들을 쓸어 담을 때, 그들은 죄수를 데리고 나왔다.

대개는 자정 이전이었다. 구름 한 점 없는 달빛 아래 갑판이 빛나고 있었다. 그는 감시원들과 함께 나타났는데, 감시원들 중 하나는 그와 사슬로 연결되어 있었고, 다른 하나는 몽둥이를 들고 그의 뒤에서 걸었다. 우리는 그가 저지른 죄를 알지 못했다. 우리는 그가 당연히 살인자일 거라고 추측했다. 당시 우리는 치정사건이라거나 정치적 배신 따위의 좀 더 복잡한 개념은 알지 못했다. 그는 힘이 세 보였고 자신에게 속박된 듯 보였고 맨발이었다.

캐시어스가 한밤중에 죄수가 갑판으로 나와 산책하는 시간을 알아냈다. 그래서 우리 셋은 그 시간에 맞추어 자주 그곳을 어슬렁거렸다. 우리는 그가 사슬로 엮인 감시원들을 이끌고 안전망을 넘어 어두운 바다로 훌쩍 뛰어들 수도 있을 거라고 생각했다. 우리는 달리고 뛰어넘어 자신의 죽음에 도달하는 그의 모습을 생각했다. 우리가 이런 생각을 했던 까닭은 아마도 우리가 어렸기 때문이었을 것이다. 사슬이나 갇혀 있는 것 같은 개념을 떠올리면 질식할 것 같았다. 당시의 우리는 그런 개념을 견딜 수 없었던 나이였다. 우리는 식사를 하러 갈 때도 거의 샌들을 신는 걸 견딜 수가 없었고, 매일 저녁 식당에서 우리에게 배정된 식탁 앞에 앉아 식사를 하는 동안 맨발의 죄수가 감방에 갇혀 철제 식판에 담긴 음식 찌꺼기를 먹는 모습을 상상했다.

플라비아 프린스를 만나기 위해 양탄자가 깔린 일등석 라운지에 들어서기 전, 나는 격식을 갖추어 옷을 입으라는 요청을 받았다. 그녀는 여행을 하는 동안 내게서 눈을 떼지 않겠다고 약속했지만, 사실을 말하자면 우리는 고작 몇 번 만났을 뿐이었다. 이제 그녀와 함께 오후의 차를 마시게 된 나는 그녀의 충고에 따라 다림질한 깨끗한 셔츠를 입고 양말에 구두까지 갖추어 신었다. 나는 4시 정각에 베란다 바에 들어섰다.

　그녀는 마치 내가 저 멀리 있어서 망원경으로 바라보듯 나를 훑어보았는데, 분명 내가 그녀의 얼굴 표정을 읽을 수 있다는 사실을 인지하지 못한 듯했다. 그녀는 작은 테이블 앞에 앉아 있었다. 나는 별반 도움이 되지 않는 답변들을 단음절로 신경질적으로 내뱉었고, 그녀는 힘겹게 대화를 이어갔다. 내가 여행을 즐기고 있었던가? 내가 친구들을 사귀었던가?

두 명의 친구를 사귀었다고, 나는 대답했다. 한 아이의 이름
은 라마딘이며, 다른 하나는 캐시어스라고.

"라마딘이라…… 크리켓을 하는 가족의 무슬림 아이를 말하
는 거니?"

나는 잘 모르겠지만 그에게 물어보겠다고 대답했다. 내가 아
는 라마딘은 신체적인 능력이 전무해 보였다. 그는 단것과 연
유를 엄청나게 좋아했다. 이런 생각을 하면서 나는 프린스 부
인이 급사를 찾아 고개를 돌리고 있는 동안 비스킷 몇 조각을
주머니에 넣었다.

"난 네 아버지가 무척 젊었을 때 그를 만난 적이 있어……."
그녀는 더 이상 말을 잇지 않았다. 나는 고개를 끄덕였지만 아
버지에 대한 그녀의 언급은 그것으로 끝이었다.

"아주머니께서는……," 나는 그녀를 어떻게 불러야 할지 몰
라 망설이며 물었다. "배 안의 죄수에 대해 아세요?"

나와 마찬가지로 그녀도 소소한 이야기나 나눌 기분이 아니
었던 듯했다. 그녀는 자신의 예상보다 조금 더 길어질 대화를
이어갈 준비를 했다. "차를 좀 더 마셔." 그녀는 중얼거리듯 말
했고, 차 맛이 썩 좋지는 않았지만 나는 그녀의 말대로 따랐다.
그녀는 대단한 비밀이라도 털어놓듯 죄수에 대한 이야기를 들
어본 적이 있다고 말했다. "그는 삼엄한 감시를 받고 있어. 하
지만 넌 걱정하지 않아도 돼. 영국인 고위 장교도 이 배에 타고

있다는 구나."

나는 참지 못하고 몸을 앞으로 내밀었다. "그를 본 적이 있어요." 나는 의기양양하게 말했다. "밤중에 산책하고 있었어요. 삼엄한 감시를 받으면서요."

"그러니……." 내가 너무 성급하고 쉽게 내놓은 회심의 카드를 받아든 그녀가 느릿느릿 대답했다.

"사람들이 그러는데 아주 끔찍한 일을 저질렀대요." 내가 말했다.

"그래. 판사를 죽였다고 그러더구나."

그녀의 말은 내가 내놓았던 카드보다 훨씬 강력했다. 나는 입을 멍하니 벌린 채 그 자리에 앉아 있었다.

"영국인 판사를. 더 이상 말하면 안 될 것 같구나." 그녀가 덧붙였다.

콜롬보에서 나의 후견인을 맡았던 삼촌은, 그러니까 어머니의 오빠는, 비록 자신을 영국인이 아니라 실론 사람이라고 생각하기는 했지만, 판사였다. 영국인 판사는 섬에서 재판을 주재할 권리가 없었으므로 그는 분명 방문판사였거나, 파견된 자문위원 혹은 고문이었을 것이었다. 이러한 내용들 중 일부는 플라비아 프린스가 말해주었고, 나머지는 침착하고 논리적인 성격이었던 라마딘의 도움을 받아 내가 재구성한 것이었다.

죄수는 아마도 검찰기소를 돕지 못하도록 판사를 죽였으리

31

라. 나는 콜롬보에 있는 삼촌과 한시라도 빨리 이야기를 나누고 싶었다. 삼촌도 위험한 상황에 처한 것은 아닌지 걱정이 되었던 것이다. 판사를 죽였다고 그러더구나! 그 말이 나의 머릿속을 짓눌렀다.

나의 삼촌은 몸집이 크고 상냥한 사람이었다. 나는 어머니가 몇 년 먼저 영국으로 떠난 뒤로 삼촌, 그리고 숙모와 함께 보랄레스가무와Boralesgamuwa에 살았다. 우리는 길든 짧든 한 번도 내밀한 대화를 나눠본 적은 없었지만, 또 그가 항상 공적인 역할에 충실하느라 바빴지만, 그는 다정한 사람이었고, 나는 그와 있으면 안전하다고 느꼈다. 집에 돌아오면 그는 진을 한 잔 따르고 나더러 잔에 담긴 쓴 술을 젓도록 시키곤 했다. 내가 그와 문제가 있었던 적은 단 한 번이었다. 그는 크리켓 선수가 연관된 한 선정적인 살인사건의 재판을 맡고 있었다. 나는 친구들에게 갇혀 있는 용의자가 결백하다고 말했고, 누군가가 내게 어떻게 알았느냐고 묻자 삼촌이 그렇게 말했다고 대답했다. 거짓말을 한다고는 생각하지 않았다. 그보다는 크리켓 영웅에 대한 나의 믿음을 표출했던 것에 가까웠다. 삼촌은 이 이야기를 듣고 나서는 무심하게 웃었고, 그러고는 다시는 그런 말을 하고 다니지 말라고 단호하게 말했다.

친구들이 있던 D갑판으로 돌아온 나는 10분 동안 죄수가 저지른 범죄 이야기를 떠들어대며 캐시어스와 라마딘을 즐겁게 해주었다. 나는 야외 수영장에서도, 탁구장에서도 이 이야기를 했다. 그러나 물결처럼 퍼져나간 나의 이야기를 그날 오후 늦게 들었던 라스케티 양은 플라비아 프린스가 죄수가 저지른 범죄에 대해 한 말의 확실성을 빼앗아갔다.

"그가 그런 일을 저질렀을 수도 있고, 하지 않았을 수도 있지." 그녀가 말했다. "한낱 소문에 지나지 않을지도 모를 말들을 믿어서는 안 돼." 결국 그녀의 말을 들은 나는 플라비아 프린스가 그의 범죄를 극적으로 각색했다고, 내가 그 죄수를 실제로 보았기 때문에 그녀는 나의 기대치를 넘어서는 말을 해야만 했다고, 그래서 내가 알 법한 범죄, 그러니까 판사 살인사건이라는 죄목을 고른 것이라고 생각하게 되었다. 내 어머니의 오빠가 약사였다면 그녀는 약사 살인사건이라고 말했을 거였다.

그날 저녁 나는 처음으로 텅 빈 학교 공책을 펼쳤다. 딜라일라 라운지에서 한 승객이 카드 게임을 하던 도중 자신의 아내를 폭행하는 바람에 대단한 소란이 벌어졌다. 하트 게임을 하는 동안 농담이 지나쳤던 것이다. 그는 아내의 목을 조르려고 했고, 그러다 포크로 그녀의 귀에 구멍을 냈다. 사무장이 그녀를 데리고 병원으로 향하는 좁은 복도로 향하는 동안 나는 그들을 따라갔다. 그녀는 식사용 냅킨으로 상처 부위를 감싸고 있었다. 그녀의 남편은 객실에서 분을 삭이고 있었다.

그로 인해 통금이 내려졌음에도 불구하고 그날 밤 라마딘과 캐시어스, 그리고 나는 각자의 객실에서 빠져나왔다. 우리들은 반쯤 불을 밝힌 위태로운 계단을 올라 죄수가 나타나기를 기다렸다. 거의 자정에 가까운 시각이었고, 우리 셋은 등의자에서 떨어져 나온 잔가지에 불을 붙여 담배를 피우듯 빨았다. 천식이 있었던 라마딘은 시큰둥했지만, 캐시어스는 여행이 끝나기 전에 의자 전체를 피워버려야 한다는 듯 가지를 피워댔다. 한 시간이 지나자 죄수의 야간 산책이 취소되었다는 것이 분명해졌다. 사위는 완전히 어두웠지만 우리는 어둠 속을 걷는 법을 알았다. 조용히 수영장 안으로 미끄러져 들어간 우리는 잔가지에 다시 불을 붙이고 물 위에 등을 대고 누워 떠다녔다. 우리는 별들을 올려다보며 시체처럼 침묵을 지켰다. 대양 한가운데에 벽을 치고 만든 수영장이 아니라 바다 위를 떠다니고 있다고 우리는 생각했다.

승무원이 말하길 같이 방을 쓰게 될 사람이 한 명 더 있다고 했지만, 다른 침대 하나는 이틀 동안이나 텅 비어 있었다. 배가 여전히 인도양을 벗어나지 못했던 사흘째 밤, 마침내 선실 안이 갑자기 환해지더니 한 사내가 접이식 카드테이블을 옆구리에 끼고 나타나 자신을 해스티라고 소개했다. 그는 나를 깨워서는 높은 쪽 침대로 옮기도록 했다. "친구들 몇 명이 게임을 하러 올 거야." 그가 말했다. "그러니까 어서 자." 나는 누가 오는지 보려고 기다렸다. 네 명의 사내들이 왔다. 그들은 한 시간 반 동안 조용하고 진지하게 브리지 게임을 했다. 그들 넷은 테이블을 둘러싸고 매우 비좁게 앉아 있었다. 그들은 나 때문에 목소리를 낮추어 이야기했고, 그들이 속삭이며 돈을 거는 소리를 듣고 있던 나는 곧 잠이 들었다.

다음 날 아침, 내가 잠에서 깨어났을 때는 선실 안에 아무도 없었다. 접힌 카드테이블은 벽에 기대어 놓여 있었다. 해스티 씨는 잠을 잤을까? 그는 승객일까, 아니면 선원들 중 한 명일까? 후에 알게 된 바에 의하면 그는 오론세이의 개 사육장을 지키는 사람이었고, 이는 고된 일이 아니었음이 분명했는데, 그는 대부분의 시간을 무언가를 읽으면서 보내거나, 혹은 갑판 위의 작은 구역에서 개들을 건성으로 산책시키며 보냈기 때문이었다. 따라서 그에게는 일과가 끝난 뒤에도 체력이 남아 있었다. 밤이 되자마자 그의 친구들이 그를 찾아왔다. 그들 중 한 사람이었던 인버니오 씨는 개 사육장에서 일하는 그의 조수였다. 다른 두 사람들은 배에서 통신수로 일했다. 그들은 매일 밤마다 몇 시간이고 게임을 했고, 조용히 방을 떠났다.

　나는 해스티 씨와 단둘이 있었던 적이 별로 없었다. 밤늦게 나타난 그는 내가 푹 쉬어야 한다고 생각하는 듯했고, 그래서 내게 좀처럼 말을 걸지 않았다. 게다가 몇 분이 채 지나기도 전에 다른 사람들이 우리의 선실을 찾아왔다. 동양을 몇 번 여행하면서 그는 사롱을 입는 버릇을 들인 것 같았다. 대부분의 시간 동안 그는 허리춤에 사롱만 걸친 차림으로 지냈다. 친구들이 찾아올 때도, 그는 술잔 네 개와 아라크주*를 꺼내놓고는 했다. 술병과 술잔들은 대개 바닥에 놓여 있었고, 테이블 위에는

---

* 쌀, 야자즙 등으로 만든 독한 술.

카드들만 말끔히 놓여 있었다. 위층 침대에서 내려다보는 나는 더미 패를 펼치는 걸 볼 수 있을 정도로 좋은 시야를 확보했다. 나는 게임이 진행되는 장면을 보았고, 카드를 섞는 소리와 내기를 거는 목소리를 들었다. 패스……스페이드 하나…… 패스……클로버 둘……패스……노 트럼프 둘……패스……다이아몬드 셋……패스……스페이드 셋……패스……다이아몬드 넷……패스……다이아몬드 다섯……더블……더블 한 번 더……패스……패스……패스……그들은 거의 대화를 나누지 않았다. 나는 그들이 서로를 별명—"톨로이 씨", "인버니오 씨", "해스티 씨", "밥스톡 씨"—으로 부르던 것을 기억한다. 마치 해군사관학교를 다니는 19세기 장교 후보생들처럼.

그 후 여행이 끝나기 전 어느 날, 친구들과 나는 해스티 씨와 마주친 적이 있었다. 그는 다른 사람처럼 행동했다. 선실 밖의 그는 독선적이었고, 끝없이 늘어놓았다. 그는 상선을 타고 다니는 동안 일어난 갖가지 일들과 말을 잘 탔던 전 부인에 대한 이야기를 해주었고, 또 여러 종류의 개들 가운데 하운드 종을 가장 좋아한다는 이야기도 했다. 그러나 불을 절반 정도 밝힌 한밤의 선실에서의 해스티 씨는 속삭이는 사람이었다. 사흘쯤 카드 게임을 했을까, 그는 자상하게도 노랗고 환한 선실 등을 조도가 낮은 파란 전구로 바꾸었다. 그래서 나는 잠의 세계로 빠져들 수 있었다. 술을 따르고, 세 판짜리 승부에서 누군가가 이기고, 손에서 손으로 돈을 건네는 소리를 들으면서. 파란 불빛 아래 앉아 있는 사내들은 마치 수족관에 잠겨 있는 듯 보였다. 게임을 끝내고 나면 그들 넷은 담배를 피우러 갑판으로 올라갔다. 한 시간 반쯤 지나 해스티 씨는 미끄러지듯 살며시 방으로 돌아왔고, 침대가 환하게 밝아올 때까지 무언가를 읽고는 했다.

만나야 할 친구들이 있는 소년에게 잠을 자라는 건 감옥에 갇혀 있으라는 것과 다르지 않다. 우리는 밤마다 초조해했고, 햇빛이 배를 감싸 안기도 전에 침대에서 일어났다. 이 우주를 계속해서 탐험하고 싶었던 우리는 기다릴 수가 없었다. 침대에 누워 있던 나는 라마딘이 암호를 사용해 나지막하게 문을 두드리는 소리를 들었다. 암호 따위는 사실 필요하지 않았다. 그 시간에 대체 누가 문을 두드리겠는가. 두 번의 두드림, 긴 휴지기, 한 번의 두드림. 재빨리 침대에서 내려가 문을 열지 않으면 그가 숨이 넘어갈 정도로 기침을 해대는 소리가 들려왔고, 그래도 내가 아무런 대답을 하지 않으면 그가 "마이나Mynah"라는 내 새 별명을 속삭이는 소리가 들려왔다.

우리는 계단참에서 캐시어스를 만나 일등실 갑판 위를 맨발로 산책했다. 아침 6시에는 그곳에도 경비원이 없었다. 우리는 수평선 너머로 희미한 새벽빛이 어른거리기도 전에, 갑판을 밝히던 야간조명이 깜박거리다가 햇빛을 받아 자동적으로 소등되기도 전에 그곳에 도착했다. 우리는 셔츠를 벗은 뒤 거의 물을 튀기지 않으면서 마치 바늘을 꽂듯이 금색으로 칠해진 일등석 수영장으로 뛰어들었다. 새로이 떠오른 태양의 어스름한 햇빛을 받으며 수영하는 동안 우리는 고요함을 깨뜨려선 안 되었다.

한 시간 정도 더 발각되지 않는 경우, 상갑판에 차려진 아침식사를 슬쩍할 기회를 잡을 수도 있었다. 접시마다 풍성하게 담긴 음식들. 우리는 연유가 담긴 은그릇을 훔치기도 했다. 연유가 무척 끈끈해서 연유 한가운데 꽂힌 스푼은 여전히 그대로 서 있었다. 우리는 매달린 구명보트들 중 하나에 올라가 야영이라도 온 기분으로 훔쳐온 음식들을 먹어치웠다. 어느 날 아침 캐시어스는 라운지에서 찾아낸 골드리프 담배를 가져와 우리에게 제대로 담배를 피우는 법을 가르쳐주었다.

라마딘은 예의바르게 거절했는데, 그가 천식을 앓고 있다는 사실을 고양이 테이블에서 저녁을 먹는 동안 우리도 익히 알게 되었다. (몇 년 후 나는 런던에서 그를 다시 만났는데, 그때도 그는 여전히 천식을 앓는 게 분명했다. 당시 우리는 열세 살, 혹은 열네 살이었고, 낯선 나라에 도착하자마자 적응하느라 바빴던 까닭에 오랫동안 서로 만나지 못했다. 그를 다시 보게 된 뒤에, 나는 그의 부모님과 여동생인 마수메도 만날 수 있었다. 그는 여전히 시종일관 기침을 해댔고, 유행하는 감기도 죄다 걸렸다. 우리는 영국에서 두 번째 우정을 맺었지만, 이미 서로 다른 사람이 되어 있던 우리는 이 세계의 현실에서 더 이상 자유로울 수 없었다. 당시 여러가지 이유로 나는 그의 여동생 마시와 가까워졌다. 마시는 런던 남부를 횡단하는 여행에 항상 동참했다. 우리는 헌 힐Herne hill의 자전거 도로에서 시작해 브릭스턴 리치까지 달렸고, 그 후에는 일종의 환락을 즐기기 위해 봉 마르셰까지 가서 음식들과 옷들이 쌓인 통로 사이를 질주했다. 어떤 오후에는 마시와 나는 밀 힐에 있던 그녀의 부모님의 집에서 작은 소파에 앉아 끝도 없는 텔레비전 골프 중계를 보는 척하며 담요 밑으로 서로의 손을 찾아 더듬고는 했다. 어느 날 아침 일찍 그녀는 라마딘과 내가 잠들어 있던 위층 방으로 올라왔고, 내 곁에 앉아 조용히 하라는 듯 손가락을 제 입술에 가져다댔다. 라마딘은 몇 발 떨어진 침대에서 자고 있었다. 나는 일어나려고 했지만 그녀는 손바닥으로 나를 뒤로 밀더니 파자마 셔츠의 단추들을 풀어 내렸다. 그래서 나는 창밖 나무들이 비쳐 창백한 초록색을 띤, 갓 자라난 그녀의 가슴을 볼 수 있었다. 당시 나는 라마딘이 잠든 상태에서도 기침하며 목을 가다듬는 소리를 신경 쓰고 있었지만, 반쯤 옷을 벗고 있던 마시는 두려워하면서도 두려워하지 않았고, 열세 살만이 할 수 있는 몸짓으로 자신의 감정들을 그대로 내보이며 나를 바라보았다.)

우리는 훔친 음식들에 딸려온 접시며 나이프, 스푼을 구명보트에 남겨둔 채 이등실 구역으로 미끄러져 내려갔다. 후에 구명보트들을 바다로 내려 물에 띄우는 안전훈련을 하는 동안, 승무원 한 명이 우리가 수도 없이 먹어치운 아침식사의 흔적을 발견했고, 그래서 선장은 한동안 밀항자를 찾아 수색을 벌였다.

　　우리가 일등실 구역에서 이등실 구역으로 돌아올 때는 채 8시도 되지 않은 시각이었다. 우리는 배가 흔들려 어지럽다는 시늉을 했다. 실은 나는 우리의 커다란 배가 좌우로 흔들리며 추는 느린 왈츠를 사랑하게 된 참이었다. 게다가 멀리 플라비아 프린스와 에밀리가 있다는 사실만 제외하면 나는 완전히 혼자 있는 것이나 마찬가지였고, 이는 하나의 모험이었다. 나는 가족의 책임에 얽매여 있지 않았다. 나는 어디든 갈 수 있었고, 무엇이든 할 수 있었다. 라마딘과 캐시어스, 그리고 나는 규칙 하나를 만들었다. 우리는 매일 금지된 것들을 적어도 한 가지는 해야 했다. 이제 하루가 막 시작되고 있었고, 우리에게는 이 일을 행할 시간이 많이도 남아 있었다.

결혼생활에 종지부를 찍었을 때, 나의 부모는 사실상 어떠한 설명이나 납득시키려는 시도를 하지 않았다. 하지만 구태여 숨기려고 하지도 않았다. 그래서 그들의 이혼은 자동차 사고 같은 게 아니라 그냥 실수처럼 보였다. 그러므로 부모의 이혼으로 인해 내가 얼마나 힘들었는지는 아직도 잘 모르겠다. 나는 그 일이 지녔던 무게를 가늠하지 못한다. 어린 소년은 아침마다 집 밖으로 나가 자기만의 세계지도를 구축하느라 바쁘니까. 그러나 나의 유년기는 위태로웠다.

마운트 라비니아에 위치한 세인트 토마스 중학교의 어린 기숙생이었던 나는 수영을 좋아했다. 나는 물과 관련된 것이라면 무엇이든 사랑했다. 학교 운동장에는 몬순 철이면 빗물이 흘러 넘치는 콘크리트 수로가 하나 있었고, 이곳은 기숙사에 사는 몇몇 소년들을 위한 놀이장소가 되었다. 우리는 수로로 뛰어들어 물살에 휩쓸리면서도 물속에서 재주를 넘으며 이리저리 떠밀려 다녔다. 50야드쯤 떠내려가다 보면 회색 밧줄이 하나 걸려 있었다. 우리는 그걸 잡고 물에서 나올 수 있었다. 그리고 20야드를 더 가면 지하로 물을 흘려보내는 배수로가 있었다. 그곳에서 물은 어둠 속으로 사라졌다. 물이 어디로 가는지 우리는 결코 알 수 없었다.

우리 넷은 한 번에 한 사람씩 수로로 달려가 뛰어들고 또 뛰었고, 수면 위로 거의 머리를 내밀지 않았다. 밧줄을 움켜쥐고 수로에서 빠져나와 한 번 더 물에 뛰어들기 위해 폭우를 맞으며 되돌아가는 위험한 놀이였다. 한번은 밧줄을 잡으려는 순간 머리가 물에 잠겨 제때 밧줄을 잡지 못한 적이 있었다. 내 손은 허공을 움켜쥐었고, 나는 땅 속으로 이어진 지하배수로를 향해 빠르게 끝없이 떠내려갔다. 그날 오후, 나는 죽은 목숨이나 다름없었다. 한 점성술사가 3월 몬순 철에 마운트 라비니아에 뭔가 일이 벌어질 것이라는 예언을 한 적이 있었다. 나는 아홉 살이었고, 이제 앞도 보이지 않는 지하 어둠 속으로의 여행을 앞두고 있었다. 그때 여전히 허공만 움켜쥐고 있던 나의 손을 누군가가 붙들었다. 나를 끌어올린 사람은 나보다 연상인 어느 학생이었다. 그는 우리 넷에게 건성으로 몇 마디를 남기고는 우리가 그의 말을 알아들었는지 신경도 쓰지 않고 빗속으로 서둘러 사라졌다. 그는 누구였을까? 그에게 고맙다는 말을 해야 했지만, 나는 흠뻑 젖은 잔디에 누워 숨을 헐떡이고만 있었다.

그 나날들의 나는 무엇이었을까? 나는 아무런 기억도 불러내지 못하며, 따라서 당시의 나 자신을 자각하지 못한다. 유년기의 내 모습이 찍힌 한 장의 사진을 상상한다면, 거기에는 반바지와 면 셔츠 차림으로 보랄레스가무와의 집과 정원들과 차들이 지나다니는 하이레벨 로路의 경계인 흰곰팡이가 핀 벽을 따라 마을 친구들 서넛과 달리고 있는 맨발의 소년이 찍혀 있을 것이다. 혹은 홀로 친구들을 기다리며 먼지로 가득한 도로와 집들을 바라보는 모습일 것이다.

사는 동네를 어슬렁거리며 돌아다니는 아이들이 얼마나 스스로 만족하고 있는지 아는 사람이 얼마나 될까? 내가 문밖으로 나설 때 가족의 통제력은 힘을 잃었다. 물론 우리는 대체 무슨 일이 벌어지고 있는 것일까 궁금해 하며, 어른들의 세계를 몰래 이해하고 파악하려고 노력하는 게 틀림없었지만. 그러나 오론세이를 향하는 건널 판자에 오르자마자, 우리는 처음으로 필요에 의해 곧장 어른들 틈에 끼어들게 되었다.

마자파 씨

내가 한 노년의 승객에게 갑판용 의자를 단 두 번 만에 펴
는 방법을 설명하고 있는데, 마자파 씨가 슬그머니 다가오더니
팔짱을 끼며 나를 데리고 걷기 시작한다. "나체스에서 모바일
로," 그는 내게 경고한다. "멤피스에서 세인트 조로⋯⋯."** 그는
내가 헷갈려 하자 잠시 멈춘다.

마자파 씨는 항상 내가 허점을 보일 때를 노려 갑자기 나타
난다. 내가 수영장을 한 바퀴 왕복하고 나면 그는 갑자기 내 미
끄러운 팔을 잡고는 나를 수영장 안 한쪽에 세워두고 옆에 웅
크리고 앉는다. "잘 들어, 이 괴짜 꼬마야. '여자들은 달콤한 말
을 해대며 너를 커다란 눈으로 바라볼 거야⋯⋯.'** 내가 이런
말을 하는 이유는 널 보호하기 위해서지." 그러나 고작 열한

---

* , ** 프랭크 시나트라, 빌리 홀리데이 등 여러 가수가 부른 1940년대 영화주제가 〈Blues
in the Night〉의 가사.

살인 나는 그다지 보호받고 있다는 기분이 들지 않는다. 그보다는 오히려, 앞으로 그런 일들이 생길지도 모른다는 생각에 미리 상처를 받은 기분을 느낀다. 그가 우리 셋에게 다소 묵시록적으로 말할 때는 더했다. "내가 마지막 공연을 마치고 집에 들어왔을 때, 노새 한 마리가 내 욕실을 차지하고 앉아 있는 꼴을 보았지…… 무슨 말인지 알아?" 우리는 모른다. 그가 설명을 해줄 때까지는. 그러나 대부분 그는 주로 내게만 말을 거는데, 내가 괴짜라는 사실이 그에게 영감을 주는 듯하다. 이런 점에서 보면 그는 아마 옳은 선택을 한 것이리라.

맥스 마자파 씨는 정오에 일어나 딜라일라 바에서 늦은 아침식사를 했다. "외눈박이 파라오*하고 내시 소다 하나 주쇼." 이렇게 말하며 그는 음식이 나올 때까지 칵테일 체리를 씹어먹었다. 식사가 끝나면 그는 자바 커피가 담긴 잔을 무도회장의 피아노 앞으로 가지고 가서, 그것을 높은 음역의 건반들 위에 올려놓았다. 그리고 피아노의 화음들로 그곳이 달아오를 때마다 그는 같이 있는 사람이라면 누구에게나 이 세계의 중요하고도 복잡다단한 요소들에 대해 설교하고는 했다. 어느 날은 언제 모자를 써야 하는지에 대해서, 또 어느 날은 철자법에 대해서. "영어란 말이지, 정말 구제불능이야! 구제불능이라고!

* 달걀 프라이를 가리킴.

예를 들어보자, '이집트Egypt' 같은 단어도 얼마나 문제인지 몰라. 내가 이집트를 올바르게 쓰는 법을 알려 주지. 다음 문장을 따라해봐라. '네 욕심 많은 귀한 젖꼭지는 너나 챙겨라Ever Grasping Your Precious Tits' to yourself." 사실 나는 결코 그 문장을 잊지 않았다. 이 글을 쓰는 지금도 나는 부지불식간에 각 단어의 첫 글자들을 대문자로 떠올리고 있다.

그러나 대부분 그는 자신의 음악적 지식을 풀어놓기에 바빴는데, 4분의 3박자의 정교함에 대해서라든가, 혹은 무대 뒤쪽 계단참에서 만난 매력적인 소프라노가 가르쳐준 어떤 노래에 대해서라든가 하는 식이었다. 그런 식으로 우리는 그가 열정적으로 풀어놓는 일종의 편력담을 들을 수 있었다. "나는 기차로 여행을 하면서 당신을 생각했네," 그는 으르렁거리듯 노래를 불렀고, 우리는 그의 황폐해진 마음에 대한 이야기를 듣고 있다고 생각했다. 오늘에서야 나는 맥스 마자파가 노래의 구조와 선율의 디테일들을 사랑했음을 깨닫는다. 그의 '십자가길'은 실패한 사랑과는 아무런 연관도 없었다.

절반은 시칠리아 사람이었고, 절반은 다른 혈통이었던 그는 우리에게 어디서 왔는지 알 수 없는 억양으로 이야기를 해주고는 했다. 그는 유럽에서도 일을 한 적이 있었고, 아메리카 대

---

* 1939년에 작곡된 팝송 〈I Thought About You〉의 가사.

륙을 짧게 여행한 적도 있었고, 그런 후에는 열대지방으로 훌쩍 날아가 항구에 위치한 바의 위층에서 살기도 했다. 그는 우리에게 〈홍콩 블루스〉의 후렴 부분을 가르쳐주었다. 그는 우리로서는 도저히 구분할 수 없는 사실과 허구가 뒤섞인 인생담들과 노래들을 수도 없이 간직하고 있었다. 천둥벌거숭이처럼 순진한 우리들을 놀리기란 그에게 식은 죽 먹기였다. 게다가 무도회장 바닥으로 대양 위로 떠오른 햇볕이 내리쬐는 어느 오후마다 마자파 씨가 피아노 건반을 두드리며 웅얼거리는 노랫말들은 우리에게는 미지의 세계였다.

암캐. 자궁.

그는 사춘기에 다다른 우리 셋에게 그런 이야기들을 했고, 아마도 자신의 이야기가 우리에게 어떤 효력을 갖는지 알고 있었을 것이다. 하지만 그는 아직 어렸던 청중에게 음악과 명예에 얽힌 이야기를 해주기도 했다. 그가 가장 찬양했던 인물은 시드니 베셰였다. 파리에서 연주를 하던 시드니 베셰가 틀린 음을 연주했다는 이유로 누군가가 그를 비난했고, 이에 대한 응답으로 그는 결투를 신청했는데, 그러다 지나가던 사람까지 말려들어 그들의 결투는 패싸움으로 번지고 말았다. 그는 감옥에 갇혔다가 추방당했다고 했다. "그는 위대한 쌈닭 베셰라 불렸지. 너희들은 앞으로 오래, 아주 오래 살 거다." 마자파 씨는 말했다. "원칙을 수호해야 하는 순간을 마주치기 전까지 말이지."

우리에게 그의 이야기는 충격적인 동시에 매혹적이었다. 마자파의 노래와 한숨과 병적으로 이어지는 이야기들에는 경계를 지을 수 없을 정도로 거대하고 극적인 사랑이 담겨 있었다. 우리는 그의 치명적이고도 불안정했던 인생역정이 한 여성에 대한 지나친 사랑, 혹은 기만당함에 기인한 것이라 추측했다.

달마다 달이 변하면
달마다 달이 변하면
암캐의 자궁에서 피가 흘러내리고[*]

그날 오후 마자파가 불렀던 노랫말에는 본래의 의미와는 관계없이, 낯설며 잊을 수 없는 무언가가 담겨 있었다. 한 번 들었을 뿐이었지만, 그 노래는 자꾸만 피하고 싶은 진실처럼 단단한 앙금이 되어 우리 안에 남았다. 그 노랫말(후에 나는 그 노래가 젤리 롤 모턴이 불렀음을 알게 되었다)은 방탄복처럼 견고했고, 방수천처럼 빈틈이 없었다. 너무나 직설적인 노랫말에 혼란스러웠던 우리는 그때는 이를 알지 못했다. 첫 두 소절이 반복적으로 지나간 뒤, 간결하게 흘러나오는 마지막 가사가 담

---

[*] 시드니 베셰와 젤리 롤 모턴이 연주한 1939년 블루스 〈Winin' Boy Blues〉의 가사.

고 있는 놀랍고도 치명적인 의미를. 그런데 갑자기 승무원들이 나타나 사다리를 오르내리며 색색의 전구들을 점검하고 장식용 주름종이들로 만든 아치를 여기저기 걸기 시작하자 우리는 그의 존재에 더 이상 주의를 기울이지 않게 되었다. 승무원들은 하얗고 커다란 테이블보를 펼쳐 나무 테이블에 씌웠고, 허전한 공간에 세련되고 낭만적인 분위기를 불어넣기 위해 테이블 가운데마다 꽃병들을 놓았다. 여전히 피아노 앞에 앉아 건반을 바라보고 있던 마자파 씨는 주변에서 벌어지는 일종의 위장작업에는 신경도 쓰지 않았다. 그날 밤 그가 오케스트라와 함께 연주하게 될 음악은 우리를 위해 연주했던 음악과는 아마도 다르리라는 것을 우리는 알고 있었다.

*

맥스 마자파 씨가 무대에서 사용했던 이름—혹은 그가 "전쟁을 위한 이름"이라 불렀던 이름—은 서니 메도즈였다. 그는 프랑스에서 공연할 당시, 홍보용 포스터에 인쇄 오류가 생긴 뒤부터 그 이름을 사용했다. 아마도 홍보담당자들은 그의 이름이 지닌 근동지방의 느낌을 피하고 싶었을 것이었다. 그의 피아노 수업을 알리는 오론세이의 게시판에서 그는 "서니 메도즈, 피아노의 대가"라고 표현되어 있었다. 그러나 우리에게 그는 고양이 테이블에 앉는 마자파 씨였고, 서니Sunny나 메도즈 Meadows는 그의 천성과는 거의 어울리지 않는 단어들이었다. 그는 그다지 낙천적인 사람도, 말쑥한 태도를 지닌 사람도 아니었다. 그러나 음악에 대한 그의 열정은 우리의 테이블에 활기를 불어넣었다. 점심을 먹는 내내 그는 1928년의 옛 파리에서 일종의 총싸움처럼 끝난 "위대한 베셰"의 결투 이야기로 우리를 한없이 즐겁게 해주었다. 베셰는 맥켄드릭을 향해 피스톨을 발사했고, 총알은 멕켄드릭의 이탈리아제 중절모를 그대로 통과해서 일터로 향하던 어느 프랑스 여자의 허벅지에 박혔다. 실감나게 그들의 동작을 하나하나 흉내 내던 마자파 씨는 소금통과 후추병, 그리고 치즈 조각들을 이용해 총알의 궤적을 묘사했다.

어느 날 오후, 그는 나를 자신의 객실로 불러 몇 장의 음반들을 들려주었다. 마자파가 내게 말하길 베셰는 정중하고도 화려한 음색을 들려주는 앨버트 시스템 클라리넷을 사용했다고 했다. "정중하고도 화려한." 그는 이 말을 되풀이했다. 그는 턴테이블을 78회전으로 맞춘 뒤 흘러나오는 음악소리를 흥얼거리며 엄청난 데스캔트*나 거침없는 장식음들을 지적했다. "봐

---

* 주선율보다 보통 더 높게 부르거나 연주하는 선율.

라, 그는 소리를 뒤흔들고 있어." 나는 그의 말을 거의 이해하지 못하면서도 경외심을 느꼈다. 마자파는 베셰가 만들어낸 선율이 다시 흘러나올 때마다 내게 신호를 보냈다. "숲속에 비친 햇살 같지." 나는 그렇게 말하는 그를 기억한다. 그는 반들반들하게 낡은 여행가방을 뒤적거리더니 공책 한 권을 꺼냈다. 그러고는 베셰가 한 학생에게 했던 말을 읽어주었다. "나는 오늘 네게 음 하나를 주려고 한다." 베셰가 말했다. "그 음을 네가 얼마나 많은 방법으로 연주를 할 수 있는지 봐라. 으르렁거리고, 문지르고, 펼쳐놓고, 날카롭게 다듬고, 네가 원하는 대로 다 해봐. 그건 말을 하는 것과 똑같다."

그 후 마자파 씨는 베셰의 개에 관한 이야기도 해주었다. "그 개는 쌈닭 베셰와 함께 무대에 오르고는 했지. 그러고는 주인이 연주를 하는 동안 으르렁거리고 있는 거야…… 바로 이때문에 베셰는 듀크 엘링턴과 결별했어. 듀크는 하얀 무대의상까지 차려입은 굴라가 무대 위에서 조명을 받고 있다는 사실을 받아들일 수 없었거든." 그래서 베셰는 굴라 때문에 엘링턴의 밴드를 떠났고, 서던 테일러 숍이라는 이름의 가게를 열었다고 했다. 그곳은 수선과 세탁을 겸하는 가게로, 뮤지션들이 찾아와 어울리는 장소이기도 했다. "그가 가장 훌륭한 음반들을 녹음했던 때가 바로 그때였어. 〈블랙 스틱〉, 〈스위티 디어〉 같은 음반들 말이지. 언젠가 너도 이 음반들을 전부 살 수 있게 될 거야."

그러고는 성생활에 관한 이야기가 이어졌다. "오, 쌈닭 베셰는 같은 여자와 만났다 헤어지기를 반복할 때가 많았어……여자라면 누구나 그를 길들이고 싶어했지. 하지만 너도 알다시피 그는 열여섯 살 때부터 순회공연을 다녔어. 그는 그때부터 가는 데마다 온갖 여자들을 만나고 다녔지." 가는 데마다 온갖 여자들을! 나체스에서 모바일로…….

이런 삶의 방식과 음악적 완성도가 이름 모를 성인의 타원형 초상화 안쪽에 숨겨져 있다는 듯 마자파 씨가 가슴을 움켜쥐고 열변을 토하는 동안, 나는 이해도 하지 못하면서 그저 고개만 끄덕이며 듣고 있었다.

C갑판

나는 침대 위에 올라앉아 금속 재질의 벽과 문을 바라보고 있었다. 늦은 오후였고, 선실 안은 매우 더웠다. 그 시간의 선실 안에서만 나는 온전히 홀로 있을 수 있었다. 하루의 대부분은 라마딘, 캐시어스와 함께 분주하게 흘러갔고, 가끔은 마자파 씨나 고양이 테이블을 공유하는 다른 사람들과 어울릴 때도 있었다. 또 밤이면 대개 카드 게임을 즐기는 사람들이 속삭이는 소리에 둘러싸여 있었다. 내게는 잠시 동안이라도 이런저런 생각에 잠길 시간이 필요했다. 돌이켜 생각해보면 나는 이것저것을 궁리하며 혼자 있을 때를 아늑하다고 여겼던 듯하다. 잠시나마 나는 벌렁 드러누워 두 뼘가량 떨어진 천장을 올려다보고는 했다. 나는 안전하다고 느꼈다. 비록 바다 한가운데 있었을지라도.

가끔은 어둠이 내리기 직전 아무도 없는 C갑판으로 올라가기도 했다. 나는 가슴께까지 올라오는 난간 쪽으로 향했고, 그곳에서 배를 따라 돌진하듯 밀려오는 바다를 바라보았다. 가끔 바다는 나를 채어갈 기세로 내가 서 있는 곳까지 높이 솟아오르는 듯 보였다. 나는 움직이지 않았다. 내 안에 외로움과 혼란과 두려움이 가득했음에도 불구하고. 페타 시장의 비좁은 골목에서 길을 잃었을 때나, 혹은 낯설고 알 수 없는 학교의 규칙들에 적응해야 할 때 느꼈던 것들과 비슷한 감정이었다. 바다가 보이지 않을 때면 이런 공포도 존재하지 않았다. 그러나 이제 반쯤 어둠에 잠긴 바다는 배를 에워싸며 나를 휘감을 듯 솟아오르고 있었다. 두려웠지만, 나는 뒤로 물러나고 싶은 동시에 앞으로 뛰어들고 싶다는 욕구를 느꼈고, 다가오는 어둠을 피하지 않고 그곳에 서 있었다.

실론을 떠나기 전의 어느 날, 콜롬보 항구 끝 저 멀리서 불길에 휩싸여 있던 원양여객선 한 대를 본 적이 있었다. 그날 오후 내내 나는 커다란 선박의 옆구리에서 뿜어져 나오는 푸른 아세틸렌 연기를 바라보았다. 나는 내가 타고 있던 배도 두 동강 날 수 있다는 사실을 깨달았다. 어느 날 이런 일들을 잘 아는 네빌 씨와 마주친 나는 그의 소맷자락을 잡으며 우리가 안전한지를 물었다. 그가 내게 말하길 오론세이는 끄떡없으며, 그다지 오래된 배도 아니라고 했다. 오론세이는 2차 세계대전 동안 군용 수송선으로 사용되었고, 어느 벽에는 한 군인이 대포와 탱크들 사이에서 다리를 벌리고 있는 분홍색과 흰색의 벌거벗은 여자를 그린 커다란 벽화가 남아 있다고 했다. 그 그림은 아직도 그곳에 남아 있는데, 화물칸에는 얼씬도 하지 않는 장교들에게는 비밀이었다는 거였다.

"그래서 우리는 안전한 거예요?"

그는 나를 자리에 앉히더니, 늘 갖고 다니던 청사진들 한 장의 뒷면에 그리스 시대의 전투선이었던 3단 노선을 그려 내게 내밀었다. "이건 바다를 항해했던 배들 가운데 단연 최고라 할 수 있었지. 그런데 이제는 존재하지 않아. 이 배는 아테네의 적군들에 대항하여 전투를 벌였고, 미지의 과일들과 작물들을 실은 채 돌아왔지. 새로운 과학, 건축, 민주주의까지도 말이야. 모두 이 배 덕택이었지. 이 배에는 아무런 장식도 없었어. 3단 노선은 무기 그 자체였지. 배에는 단지 노 젓는 사람들과 활 쏘는 사람들뿐이었어. 그런데 이 배는 지금 단 한 조각도 남아 있지 않아. 사람들은 강가를 돌아다니며 이 배의 흔적을 찾아 헤맸지만 단 하나의 흔적도 찾아내지 못했지. 이 배는 단단한 느릅나무와 물푸레나무로 만들어졌어. 용골에는 떡갈나무가 쓰였고. 전체 프레임의 형태를 만들기 위해서는 소나무가 사용되었지. 나무판자들은 리넨 실로 연결되었어. 이 배의 구조에는 금속이라고는 전혀 사용되지 않았지. 그러니까 이 배는 바닷가에서 불탔을 수도 있고, 바다에 잠겼다면 아마 이미 썩어버렸겠지. 우리 배가 더 안전해."

이유는 모르겠지만 네빌 씨가 그려준 오래된 전투선의 그림을 보니 위안이 되었다. 나는 훌륭하게 장식된 오론세이가 아니라, 더 자족적이고 불필요한 요소들이 제거된 배에 오른 내 모습을 상상했다. 나는 3단 노선에 오른 궁수, 혹은 사공이었다. 우리는 아라비아 해로 진입하여 지중해로 향하고 있었다. 네빌 씨가 우리의 해군 사령관이었다.

그날 밤 나는 우리가 섬들을 지나고 있으며, 어둠 가까이 섬들이 있다는 느낌을 받고 문득 잠에서 깨어났다. 파도는 마치 메아리가 울리듯, 마치 육지에 응답을 보내듯, 전과는 다른 소리를 내며 배를 스쳐갔다. 나는 침대 옆의 노란 전구를 켜고 책에서 베낀 세계지도를 들여다보았다. 전에 나는 지도에 지명들을 기입하는 것을 잊어버렸다. 내가 알 수 있었던 사실은 우리가 콜롬보를 떠나 머나먼 서북쪽으로 나아가고 있다는 것뿐이었다.

호주 여자애

동틀 녘이 다가오면 우리는 황량한 분위기를 풍기는 배 안을, 전날 밤의 담배 냄새를 풍기는 휑뎅그렁한 라운지 바 안을 돌아다녔다. 라마딘과 캐시어스, 그리고 내가 이미 바퀴 달린 카트를 끌며 조용한 도서관을 아수라장으로 만들고 난 뒤였다. 어느 날 아침 우리는 롤러스케이트를 타고 상갑판의 나무 바닥을 누비던 한 여자아이와 마주쳤다. 그애는 우리보다 먼저 그곳까지 올라와 있었던 모양이었다. 그애는 우리의 존재가 안중에도 없다는 듯 균형감각을 자랑하며 빠르게, 더 빠르게 질주했다. 하지만 전선을 뛰어넘으며 코너를 돌다가 타이밍을 놓치고 선미의 난간에 부딪히고 말았다. 그애는 자리에서 일어나 무릎에서 배어나오는 핏방울을 내려다보더니, 시계를 들여다보며 다시 롤러스케이트를 타기 시작했다. 우리는 호주 사람이었던 그 여자애에게 매혹되었다. 우리는 그애처럼 거침없는 여자애를 본 적이 없었다. 우리 셋의 가족 여자들은 누구도 그 애처럼 행동하지 않았다. 나중에 우리는 수영장에 있는 그애를 보았다. 여자애는 수영장을 뛰쳐나갈 듯이 빠르게 수영을 하고 있었다. 그애가 오론세이에서 바다로 뛰어내려 20분쯤 배를 따라 헤엄친다고 하더라도 우리는 전혀 놀라지 않았을 것이다.

그래서 우리는 롤러스케이트를 타고 상갑판을 50번에서 60번쯤 왕복하는 그애를 보려고 조금 일찍 일어났다. 왕복을 끝낸 여자애는 끈을 풀고 롤러스케이트를 벗은 뒤, 땀투성이가 된 옷을 그대로 입은 채 지친 걸음걸이로 야외 샤워장으로 향했다. 샤워기 아래서 물방울들을 마구 흩뜨리며 머리채를 이리저리 흔들어대는 여자애는 마치 옷을 입은 한 마리의 동물 같았다. 우리로서는 난생처음 보는 종류의 아름다움이었다. 여자아이가 그곳을 떠나자 우리는 그애가 남긴 물발자국을 따라갔다. 우리가 따라가는 사이, 그 발자국은 이미 새로이 떠오른 태양으로 인해 증발하고 있었다.

캐시어스

캐시어스란 이름을 지어준 사람은 누구였을까, 나는 이제야 궁금해한다. 대부분의 부모들은 맏이로 태어난 아이에게 그런 이름을 지어주려고 하다가도 생각을 바꾸기 마련이다. 스리랑카 인들이 신할라 족의 성에 고전적인 이름—솔로몬이나 세네카 같은 이름은 흔하지는 않았으나 분명 사용되는 이름이었다—들을 붙이기를 좋아하기는 했지만. 우리 가족을 담당했던 소아과 의사의 이름은 소크라테스 구네와르데나였다. 로마의 압제가 연상되기는 하지만, 캐시어스*는 부드럽고도 속삭이는 듯한 이름이다. 그 여행에서 내가 알게 된 어린 캐시어스는 세상의 모든 인습들을 거부하려는 모습을 보여주기는 했지만. 나는 그가 힘 있는 사람의 편에 서 있는 것을 한 번도

---

* 이 이름은 카이사르를 암살한 로마 장군 카시우스 롱기누스에게서 따온 이름이다.

보지 못했다. 그는 우리에게 자신의 세계관을 제시했고, 자신의 눈으로 바라본 배 안의 권력체계를 보여주었다. 예를 들면 그는 고양이 테이블에 앉는 눈에 띄지 않는 사람이라는 사실에 안도했다.

캐시어스는 옛날의 레지스탕스라도 된 것처럼 마운트 라비니아의 세인트 토머스를 열정적으로 입에 올렸다. 그가 나보다 한 학년 위였으므로 우리는 서로 다른 세계에 속해 있었다고 봐도 좋았다. 그는 자기보다 어린 학생들을 선도하는 역할을 맡고 있었는데, 그건 그가 저질렀던 못된 짓들이 거의 발각되지 않았기 때문이었다. 어느 날 그의 못된 짓 하나가 들통 나고 말았지만, 그의 얼굴에서는 부끄럽거나 당황한 표정을 찾아볼 수 없었다. 특히 그는 우리의 기숙사 사감이었던 "대나무 회초리 선생" 바르나부스를 저학년들이 사용하는 화장실에 몇 시간 동안 가둬놓았던 일화를 자랑스러워했다. 학교 화장실 상태에 대한 항의의 표시였다. (우리는 끔찍한 구멍 위에 쪼그리고 앉아야만 했고, 그러고 난 뒤에는 한때 테이트&라일 사의 금색 시럽이 담겨 있었던 녹슨 양철통에서 흘러나오는 물을 받아 손을 씻어야 했다. "진정한 강함은 달콤함에서 나온다." 나는 이 문구를 언제나 기억하고 있다.)

캐시어스는 바르나부스가 1층의 학생용 화장실에 들어가는 오전 6시를 기다렸다. 바르나부스는 그 화장실에 오랫동안 머무르는 습관이 있었다. 그가 들어가자마자 캐시어스는 쇠막대기로 문을 막고는, 자물쇠 위로 빨리 굳는 시멘트를 들이부었다. 우리는 기숙사 사감이 온몸으로 문을 두드리는 소리를 들었다. 그리고 그는 우리의 이름을 부르기 시작했는데, 그가 믿는 학생들의 이름이 먼저 불렸다. 우리는 한 사람씩 그에게로 가서 도와드리겠다는 말만 하고서는 학교 운동장으로 뿔뿔이 흩어졌다. 운동장 덤불 뒤에 숨어 있던 우리는 수영을 하러 가거나, 현명하게도 바르나부스 신부가 그 학기에 새로이 개설했던 오전 7시 수업에 출석해 숙제를 검사받았다. 마침내 경비원 한 명이 휘두른 크리켓 채에 시멘트가 떨어져 나갔지만, 그것도 늦은 오후가 되어서였다. 그때 우리는 우리의 기숙사 사감이 유독가스를 마시고 기절하거나 아무 말도 못하게 되었기를 바라고만 있었다. 그러나 그는 복수심에 타오르고 있었다. 매를 맞은 뒤 일주일의 정학 처분까지 받은 캐시어스는, 특히 오전 예배에서 사감이 그가 타락한 천사라도 된 마냥 몇 분 동안이나 저주를 퍼붓자 학교의 상징 그 이상의 존재가 되었다. 물론 이 일은 누구에게도 교훈을 남기지 못했다. 몇 년 후 졸업생 한 명이 새로운 크리켓 경기장을 지을 돈을 세인트 토머스에 기부했을 때, 나의 친구 세나카는 이렇게 말했다. "괜찮은 화장실이나 먼저 지을 일이지."

나와 마찬가지로 캐시어스 역시 교장의 감독하에 영국 학교에 입학하기 위한 시험을 치러야 했다. 돈이라고는 루피와 센트만 알았던 우리는 파운드와 실링이 등장하는 수학 문제들을 여럿 풀었다. 일반상식에 관한 문제들도 있었는데, 옥스퍼드 조정 팀에는 몇 명의 선수들이 있느냐, 도브 코티지라 불렸던 곳에는 누가 살았느냐 따위의 문제들이었다. 우리는 영국 상원 의원들의 이름을 세 명 적어야 했다. 토요일이었던 그날 오후 나와 캐시어스는 교장실에 있던 유일한 학생들이었고, 그는 내게 "개의 암컷을 무엇이라고 부르는가?"라는 질문에 대한 답을 틀리게 알려주었다. 그는 "고양이"라고 알려주었고, 나는 그의 답변을 받아 적었다. 그가 실제로 내게 말을 걸었던 것은 그때가 처음이었고, 그 말은 거짓말이었다. 나는 그의 명성만을 들어 알고 있었을 뿐이었다. 저학년 학생들은 그를 세인트 토머스 학교의 반항아로 우러러보고 있었다. 그가 이제는 자신의 명성을 해외까지 떨치려 한다는 사실에 교직원들은 신경이 거슬려 있었다.

캐시어스에게는 고집스러우면서도 친절한 면모가 섞여 있었다. 나는 그의 이런 성격이 어디서 기인했는지 알 수 없었다. 그는 한 번도 부모에 대한 이야기를 한 적이 없었다. 만약 했다 하더라도 아마 부모와 자신의 관계를 찾아볼 수 없도록 지어낸 이야기였을 것이다. 사실 여행을 하는 동안 우리 셋은 서로의 배경에 대해 아무런 흥미도 갖지 않았다. 가끔 라마딘

이 그의 부모가 건강을 조심하라고 했다는 이야기를 했을 뿐
이었다. 나에 관해서도 라마딘과 캐시어스는 그저 나의 "아주
머니"가 일등실에 타고 있다는 정도만 알고 있었다. 각자의
배경을 이야기하지 말자고 했던 사람은 캐시어스였다. 그는
자기 자신에게만 충실한 상태를 좋아했던 것 같다는 생각이
든다. 그는 우리가 배에서 만나 결성하게 된 일종의 작은 갱단
을 이런 식으로 유지했다. 캐시어스는 라마딘이 몸이 허약하
다는 이유로 가족과 있었던 일을 가끔 이야기해도 내버려두
었다. 캐시어스에게는 부드러운 민주주의자의 면모도 있었다.
돌이켜보면 그는 단지 카이사르의 권력에 저항하고 있었을
뿐이었던 것 같다.

나는 21일의 여행 동안 그가 냉소적이면서도 혼란스러운 자
신의 세계관으로 주변에서 벌어지는 일들을 해석하도록 설득
하는 과정을 통해 나를 차차 변하게 했다고 생각한다. 일생에
서 21일은 짧은 한순간에 지나지 않지만, 나는 캐시어스의 귓
속말을 통해 분명 무언가를 배웠다. 세월이 흘러감에 따라 나
는 그에 대한 이야기를 듣기도 했고, 그가 하는 일들에 관한 무
언가를 읽기도 했지만, 그를 다시 만난 적은 없다. 나와 계속
연락을 취했던 쪽은 라마딘이었다. 나는 그의 가족들이 살고
있던 밀 힐을 찾아간 적이 있었다. 거기서 나는 라마딘, 그리고
그의 여동생과 함께 주간 상영 영화를 보러 갔고, 얼스 코트에

서 열리는 보트 쇼도 보러 갔다. 캐시어스가 우리와 함께 있었더라면 어떤 일을 저질렀을까 하고 상상하면서 말이다.

학교 공책: 1일부터 11일까지 엿들은 대화 내용

"저애 쳐다보지 마, 알겠니? 실리아. 저 돼지 같은 애 다시 한 번 보기만 해봐!"

"내 여동생 이름은 이상해. 마수메라는 이름인데 '순결한', '사악한 죄로부터 보호받는'이라는 뜻이야. 하지만 '무방비 상태'라는 뜻이기도 해."

"나는 실리엄 테리어*가 싫어. 미안하지만."

"나는 처음에 그 여자가 인텔리인 줄 알았어."

"우리는 물고기를 중독시켜서 잡기 위해 과일을 사용하고는 했지."

"소매치기들은 항상 폭풍우가 칠 때 나타나."

"그 남자가 말하길 하루에 대추야자 한 알과 양파 한 개만

---

* 웨일스 원산의 다리가 짧고 머리가 크고 털이 흰 사냥개.

먹고 사막을 횡단했다고 했어."

"그 여자가 말하는 모양새를 보니 영국 정부에서 새로 일하게 된 모양이야."

"결혼도 안 하려는 그 남자 때문에 망했어!"

"네 남편이 내게 3일된 굴을 먹으라고 권했을 때, 나는 그게 열일곱 살이었을 때 했던 섹스보다 더 위험하다고 말해줬어."

화물실

우리와 함께 고양이 테이블에서 식사를 했던 사람들 가운데 래리 대니얼스 씨가 있었다. 다부진 근육질의 몸을 지닌 그는 항상 넥타이를 매고 소맷자락을 걷어 올린 차림이었다. 오랫동안 칸디에 정착해 살아온 가족들 사이에서 태어난 그는 식물학자였고, 성년이 된 뒤에는 대부분 수마트라와 보르네오의 숲과 식물을 연구하며 보냈다고 했다. 그에게는 이번이 유럽으로 가는 첫 번째 여행이었다. 우리는 그가 나의 사촌 에밀리에게 완전히 빠지고 말았다는 사실을 즉시 알아차렸다. 에밀리는 그에게 거의 곁을 내주지 않았다. 에밀리가 그에게 관심을 보이지 않자 그는 나와 친구가 되려고 갖은 노력을 다했다. 그는 내가 에밀리와 그녀의 친구들과 함께, 그녀가 즐겨 찾던 수영장 근처에서 웃으며 어울리는 모습을 보았을 것이다. 대니얼스 씨는 내게 배에 있는 자신의 "정원"을 보러가지 않겠느냐고 제안했다. 나는 친구들 두 명을 데리고 가도 되냐고 물었고, 그는 이에 동의했다. 그는 분명 나를 통해 에밀리가 좋아하는 것들과 싫어하는 것들을 낱낱이 캐내고 싶어하는 듯했다.

캐시어스와 라마딘, 그리고 나는 대니얼스 씨와 함께 있을 때마다 수영장 바에서 이국적인 음료를 사달라고 한참 동안이나 떼를 쓰고는 했다. 아니면 넷이서 갑판 위에서 게임을 하자고 꾀거나. 그는 지적이고 호기심이 많은 사람이었지만, 우리는 그와 레슬링을 하며 우리가 얼마나 더 센지 가늠하기를 더 재미있어했다. 우리 셋은 동시에 그를 공격했다. 그러고 난 뒤에는 황마 매트 위에서 숨을 몰아쉬는 그를 그대로 남겨둔 채 땀을 흘리며 수영장으로 달려가 물에 뛰어들었다.

에밀리에 대한 질문들을 퍼붓는 대니얼스 씨에게 내가 경계를 풀고 답변을 해줄 때는 저녁을 먹는 시간뿐이었다. 내게 배정된 자리가 그의 옆자리였다. 그와 나는 에밀리에 관한 대화만 나누었다. 그에게 정직하게 말해줄 수 있었던 단 하나의 정보는 그녀가 플레이어스 네이비 컷 담배를 좋아한다는 사실이었다. 그녀는 그 상표의 담배를 최소한 3년쯤 피워오고 있었다. 나는 그녀가 좋아하거나 좋아하지 않는 나머지 것들에 대해서는 지어내서 대답했다.

"에밀리는 엘리펀트 하우스에서 파는 아이스크림을 좋아해요." 내가 말했다. "에밀리는 극장에 가고 싶어 해요. 배우가 되려고 하거든요." 대니얼스는 텅 빈 빨대를 빨았다.

"이 배에 극단이 타고 있어. 아마도 내가 소개를 시켜줄 수도 있겠지……."

나는 마치 그렇게 하기를 권장하기라도 하는 양 고개를 끄덕였다. 다음 날 나는 그가 잔클라 극단 멤버들 세 사람과 이야기를 나누는 모습을 보았다. 유럽으로 공연을 하러 가는 중이었던 그들은 가두연극과 곡예가 전문이었는데, 여행을 하는 동안 가끔 승객들을 위해 배 안에서도 공연을 펼치기도 했다. 그들은 오후의 차 마시는 시간이 끝나갈 때쯤 접시와 찻잔들을 던지고 받으며 간단하게 저글링을 보여주기도 했지만, 대부분은 의상을 정식으로 차려입고 과장된 분장을 한 모습으로 나타났다. 무엇보다도 단연 최고는 승객들을 즉흥적으로 무대 위로 불러내 무언가 개인적이거나 때로는 부끄러울 만한 일들을 들춰내는 거였다. 그들은 잃어버린 반지나 지갑의 위치를 알려주거나, 병든 친척과 함께 유럽으로 향하는 승객과 관련된 사실들을 폭로했다. 얼굴에 자주색 줄무늬를 그려넣고 눈가에는 거인의 눈처럼 보이도록 하얀 물감을 칠한 히데라바드 마인드가 이런 일들을 하나씩 공개했다. 우리를 그로 인해 겁에 질리지 않을 수 없었다. 그는 관객들 사이로 휘적휘적 걸어 들어가서는 누군가의 아이가 몇인지, 아내가 어디서 태어났는지 따위를 알아맞히고는 했다.

어느 날 오후 늦게 혼자 C갑판을 서성거리던 나는 구명정 아래 쪼그리고 앉아 공연을 위한 분장을 하고 있던 히데바라드 마인드를 보았다. 한 손에는 작은 거울을 쥔 그는 다른 손으로 빠르게 자주색 줄무늬를 그리고 있었다. 히데바라드 마인드는 가냘픈 몸집의 소유자였고, 자주색 줄무늬가 그려진 얼굴은 그의 가느다란 몸에는 너무나 커 보였다. 커다란 기둥에 매달린 구명정의 그늘 아래 반쯤 몸을 숨기고 있던 그는 몇 발 떨어진 곳에 내가 있다는 사실을 알아차리지 못한 채 거울을 들여다보았다. 그러고는 몸을 일으키더니, 이제 영감과 도취로 가득한 귀신 들린 듯한 두 눈을 희번덕거리며 찬란한 햇빛 속으로 걸어나왔다. 나를 흘깃 본 그는 내가 아무것도 아니라는 듯 내 곁을 스쳐 지나갔다. 예술이라는 얄팍한 커튼 뒤에서 실제로 어떤 일이 벌어지는지를 난생처음으로 목격한 나는 다음번 공연에서 의상을 완벽하게 차려입고 무대 위에 선 그를 보고도 두려워하지 않게 되었다. 나는 의상에 가려진 진짜 모습을 보았다고, 혹은 적어도 감춰진 뭔가 있다는 사실을 알아차렸다고 생각했다.

캐시어스는 잔클라 극단을 너무나 좋아했다. 그는 극단에 들어가고 싶어 애가 탈 지경이었는데, 어느 날 흥분한 라마딘이 우리에게 달려와 단원 한 명이 어떤 승객에게 이런저런 지시를 내리더니 그의 손목에서 시계를 없애버리는 장면을 보았다는 이야기를 떠든 뒤에 특히 심해졌다. 그 승객은 시계가 사라졌다는 사실도 깨닫지 못했을 정도로 절묘하게 일어난 일이라고 했다. 이틀이 지난 오후, 히데라바드 마인드는 관객들 사이로 걸어 들어가더니 그 승객에게 만약 시계를 잃어버렸다면, 그 시계가 "있을지도 모를" 장소를 알려주겠다고 했다. 너무나 멋진 솜씨였다. 귀걸이 한 짝, 여행 가방 하나, 접견실에 있던 타자기가 감쪽같이 사라져 히데라바드 마인드의 수중에 들어갔고, 후에 그 물건들이 있는 장소가 주인들에게 알려졌다. 대니얼스 씨에게 우리가 이런 일들을 보았다고 하자, 그는 그저 웃으며 그들의 수법이 일종의 제물낚시와 유사하다고 말했다.

그러나 대니얼스 씨는 잔클라가 이런 유형의 극단임을 알기 전에 그들과 안면을 텄고, 에밀리라는 괜찮은 친구가 있는데 연극을 사랑하는 매우 재능 있는 젊은 아가씨로, 그들이 연습을 하는 동안 데리고 와서 구경을 시켜주어도 되겠느냐고 물었다. 그로부터 하루나 이틀쯤 지나 그가 실제로 에밀리를 연습에 데리고 갔었는지, 또 에밀리가 실제로 얼마나 연극에 관심이 있었는지 나로서는 알 수 없다. 어쨌거나 이런 계기로 인해 에밀리는 히데라바드 마인드를 만나게 되었고 그녀는, 그때부터 예상과는 다른 삶을 살게 되었다.

우리는 에밀리를 상냥하게 대하는 그의 모습을 지켜보고 있었지만, 대니얼스 씨 자체에는 별다른 흥미가 없었다. 이제 와 생각해보면 아마 우리는 그를 놀리기를 좋아했고, 그의 식물원을 누비고 싶어했고, 팔을 스치는 길게 갈라진 잎들이나 손바닥처럼 생긴 잎들, 생울타리에 대한 그의 비범한 지식을 듣고 싶었던 것이리라.

어느 날 오후, 그는 우리 셋을 불러 전에 약속했던 곳으로 데리고 갔다. 바로 배의 내부로. 우리는 엔진실과 연결된 두 개의 터빈 팬이 마구 돌아가는 통로를 통과했다. 우리는 대니얼스 씨가 갖고 있던 열쇠로 몇 층이나 되는 배의 내부를 집어 삼킨, 어둠으로 가득한 동굴과도 같은 화물실로 진입했다. 저 멀리 아래쪽에 몇 점의 불빛이 보였다. 우리는 벽에 부착된 금속제 사다리를 타고 아래로 내려가기 시작했다. 상자와 포대 더미들로 가득한 공간을 내려갈수록 감각을 마비시키는 생고무판 냄새가 더욱 진해졌다. 닭 한 마리가 꽥꽥거리며 뛰어다니는 소리가 들려왔다. 우리는 우리의 갑작스러운 등장으로 조용해진 새들을 보고 웃었다. 벽 안쪽에서 물이 흐르는 소리도 들렸는데, 대니얼스 씨의 설명에 따르면 바다에서 끌어올린 물의 염분을 제거하는 소리라고 했다.

화물실의 중간층에 도달하자 대니얼스 씨는 어둠 속으로 발걸음을 옮겼다. 우리는 머리 바로 위에 매달린 희미한 불빛이 밝혀주는 길을 따라갔다. 50야드 정도 직진한 그는 오른쪽으로 방향을 틀었고, 그러자 우리는 네빌 씨가 말해주었던 대포 옆에서 다리를 벌리고 있는 여자들을 그린 벽화 앞에 도착했다. 나는 벽화의 크기를 보고 깜짝 놀랐다. 우리보다 두 배쯤 큰 여자들은 옷도 안 입고 하나같이 웃으면서 사막을 배경으로 손을 흔들고 있었다. "아저씨……." 캐시어스가 질문했다. "이게 뭐예요?" 그러나 대니얼스 씨는 쉬지도 않고 우리를 재촉했다.

그리고 우리는 금빛 불빛을 보았다. 아니, 금빛이라고만 할수 없었다. 가까이 다가갈수록 다채로운 색깔들이 나타났다. 바로 대니얼스 씨가 유럽으로 옮기고 있던 "정원"이었다. 우리는 그것을 앞두고 있었고, 캐시어스와 나, 심지어 라마딘조차 좁은 복도를 따라 마구 달리기 시작했다. 대니얼스 씨는 쪼그리고 앉아 식물들을 들여다보았다. 얼마나 큰 정원이었을까? 정원 전체에 동시에 불빛이 들어오지 않았기 때문에 우리로서는 정원의 크기를 완전히 알 수가 없었다. 식물의 성장을 위해 햇빛을 흉내 낸 불빛들이 자동적으로 꺼졌다 켜지기를 반복하고 있을 뿐이었다. 게다가 우리가 그날 가보지 못한 구역들도 있었음이 틀림없다. 나는 여전히 정원의 형태를 제대로 기억해내지 못한다. 마치 꿈을 꾸었던 것처럼 느껴지고, 화물실의 어둠 속을 10분 동안 걸어간 끝에 그런 정원이 존재할 수 있으리라 여겨지지 않는다. 엷은 안개가 공기를 메우고 있었고, 우리는 가느다란 물방울들을 맞으려고 얼굴을 높이 들어 올렸던 듯하다. 어떤 식물들은 우리보다 키가 컸다. 아주 작은 식물들은 발목까지도 오지 않았다. 양치식물들 곁을 지나가면서 우리는 팔을 뻗어 그것들을 쓰다듬었다.

"만지지 마라!" 길게 뻗은 내 손을 잡아당기며 대니얼스 씨가 말했다. "그건 스트리크노스 눅스 보미카*라고 하는 거야. 조심해야 돼. 사람을 꾀는 향기가 있지. 특히 밤에는. 향기를 맡으면 그 녹색 껍질을 부수고 싶다는 생각을 하게 돼, 그렇지? 콜롬보에서 나는 종 모양 과일처럼 생겼지만, 실은 그렇지 않아. 이건 스트리크닌**이야. 여기 고개를 떨군 꽃들은 에인절스 트럼펫이지. 고개를 들어올린 이 사악하도록 아름다운 꽃들은 데빌스 트럼펫이고. 이것들은 현삼과라는 거야. 금붕어꽃이라고도 하지. 역시 치명적인 매력이 있어. 코를 대고 킁킁거리기만 해도 머리가 멍해질 거다."

캐시어스는 깊이 냄새를 들이마시더니 과장된 동작으로 뒤로 물러나면서 섬세한 잡풀들을 팔꿈치로 부딪히며 "기절했다." 대니얼스 씨는 아무런 해도 끼칠 것 같지 않은 양치식물들에서 손을 거두며 말을 이었다.

"식물들에게는 놀라운 능력이 있단다, 캐시어스. 여기 이걸

---

* 알칼로이드가 함유되어 있어 흥분제 따위의 약재로 쓰며, 독성분이 있어 쥐약의 재료로도 쓴다.
** 알칼로이드 성의 독성이 강한 물질.

로 주스를 만들어 마시면 머리카락이 검어지고 손톱도 건강하게 자라나지. 저기, 저쪽에 있는 파란 식물들은……."

"배 안에 정원이 있다니!" 대니얼스 씨의 비밀은 캐시어스조차도 놀라게 했다.

"노아의 방주 같네요……." 라마딘이 조용히 말했다.

"그래. 그리고 기억해라. 바다 또한 하나의 정원이기도 해. 한 시인이 그렇게 말한 적이 있지. 자, 이제 이리로 와라. 언젠가 너희들 셋이 등나무 조각을 피우는 걸 본 것 같구나…… 이게 아마 더 좋을 거다."

그는 몸을 숙였고 우리는 그를 따라 쪼그리고 앉았다. 그는 하트 모양의 잎사귀 몇 개를 떼어냈다. "이건 베틀후추 잎이란다." 그렇게 말하며 그는 잎들을 내 손바닥 위에 올려놓았다. 그는 어딘가로 가서 소석회를 조금 꺼내 그것을 황마 가방에 들어 있던 빈랑자 조각들과 뭉쳐 캐시어스에게 내밀었다.

잠시 후 우리는 베틀후추 잎을 씹으며 적당히 불이 밝혀진 통로를 따라 계속 앞으로 나아갔다. 우리는 부드럽게 취하는 듯한 냄새에 익숙해졌다. 대니얼스 씨가 알려준 것처럼, 라마딘에게는 등나무 조각을 피우는 것보다 이편이 더 안전했다. "결혼식에 가면 사람들이 카르다몸*과 반죽석회에 금 조각을

---

* 서남 아시아산 생강과 식물 씨앗을 말린 향신료.

넣기도 하지." 그는 이 재료들을 우리에게 조금 건넸다. 우리는 동트기 전의 잠행을 위해 아껴두기로 했던 말린 담뱃잎들과 그것들을 같이 챙겼다. 우리는 어둠을 향해 무적霧笛*을 불며 바다를 나아가는 배의 난간 아래를 향해 빨간 침을 뱉을 수 있을 거였다. 며칠 동안 바다만 보았던 우리에게 색이란 오로지 흰색과 회색, 푸른색, 그리고 가끔 황혼 녘이 보여주는 색으로만 제한되어 있었다. 그러나 이제 인공적으로 밝혀진 정원 안에서 우리는 녹색과 푸른색, 그리고 극단적인 노란색을 과시하는 식물들과 마주쳤다. 우리에게 그들은 너무나 매혹적이었다. 캐시어스는 대니얼스 씨에게 독이 든 식물들에 대해 꼬치꼬치 캐물었다. 우리는 대니얼스 씨가 보기 싫은 어른을 단숨에 쓰러뜨릴 수 있는 풀이나 씨앗을 알려주기를 바랐지만, 그는 그런 것들에 대해서는 한 마디도 해주지 않았다.

우리는 정원에서 나와 화물실의 검은 어둠 속으로 되돌아왔다. 벌거벗은 여자들이 그려진 벽화 앞을 지나갈 때 캐시어스가 한 번 더 질문을 던졌다. "저게 뭐예요, 아저씨?" 우리는 다시 금속 사다리를 타고 갑판 층까지 올라왔다. 올라오는 편이 더 어려웠다. 대니얼스 씨는 거의 날아가듯 우리를 앞질러 올라갔다. 우리가 마침내 꼭대기까지 올라왔을 때 그는 밖에서

---

* 항해중인 배가 안개를 조심하라는 뜻에서 부는 고동.

갈색 이파리가 아닌 흰 종이로 만 담배를 피우고 있었다. 그는 담배를 왼손가락에 끼우고는 그대로 선 채 갑자기 우리에게 전 세계의 야자나무들에 대한 강의를 시작했다. 그는 야자나무가 어떻게 서 있는지, 어떻게 가지를 흔드는지, 물려받은 특질은 무엇인지, 교배는 어떻게 이루어지는지, 바람이 불 때마다 어떻게 수동적으로 구부러지는지에 대한 이야기를 해주었다. 그는 우리가 마침내 웃음을 터뜨릴 때까지 야자나무들의 다양한 모습을 흉내 냈다. 그러고는 우리에게 연기를 빨아들이는 방법을 시연해 보이며 담배를 건넸다. 캐시어스가 눈독을 들였지만 대니얼스 씨는 종이로 만 담배를 가장 먼저 내게 건넸고, 우리는 그렇게 차례대로 담배를 주고받았다.

"이상한 맛이네." 캐시어스가 느릿느릿하게 말했다.

라마딘은 두 번째 모금을 빨아들이고는 말했다. "야자나무 흉내 다시 한 번 해보세요, 아저씨!" 그러자 대니얼스 씨는 우리에게 야자나무들의 다양한 형태들을 구분하는 법을 계속해서 알려주었다. "이건 물론 탈리폿이지. 우산처럼 생겼어." 그가 말했다. "이걸로 토디*와 야자즙 조당을 얻을 수 있어. 이 나무는 이렇게 움직여." 그는 카메룬의 담수 늪지대에서 자라는 대왕야자나무를 흉내 냈고, 그 다음에 팔을 늘어뜨려 길게 갈

---

* 야자나무로 만드는 술의 일종.

라진 잎사귀들을 흉내 내며 아조레스 군도의 야자나무들, 뉴기니의 줄기가 가느다란 야자나무들을 보여주었다. 또 바람이 불 때마다 어떤 나무들이 요란하게 흔들리는지, 혹은 그저 몸통을 슬쩍 비틀어 세찬 바람이 가장 좁은 면적에 닿게 하는지도 알려주었다.

"기체역학은…… 매우 중요해. 나무는 인간보다 영리하지. 백합조차도 인간보다 영리해. 나무는 사냥개들 같아……."

우리는 그가 새로운 포즈를 취할 때마다 웃고 또 웃었다. 그러다가 갑자기 우리 셋은 그로부터 도망치듯 달리기 시작했다. 우리는 여자 배드민턴 준결승전이 벌어지고 있는 곳을 지나며 비명을 질러댔고, 캐넌볼을 뛰어넘듯 달렸고, 그러고는 옷을 모두 입은 채로 수영장에 뛰어들었다. 그러는 바람에 근처에 놓인 갑판용 의자들까지 몇 개 끌고 들어갔다. 사람들이 많은 시간이었고, 아기를 데리고 온 엄마들은 우리를 피하기에 급급했다. 우리는 몸 안에 고여 있던 모든 숨을 토해냈고, 바닥으로 잠수해 들어가 대니얼스 씨가 보여주었던 야자나무들처럼 천천히 두 팔을 흔들어댔다. 그가 우리를 봐주기를 바라면서.

터빈실

우리는 밤늦게 배에서 벌어지는 일들을 지켜보려고 계속 깨어 있으려고 노력했지만, 동틀 녘부터 일어나 돌아다녔던 탓에 이미 피곤할 대로 피곤했다. 라마딘은 어릴 때 그랬던 것처럼 오후에 낮잠을 자자고 제안했다. 기숙학교에서 우리는 오후마다 억지로 낮잠을 자야했는데, 이제야 우리는 그것이 꽤 유용하다는 사실을 알아차렸다. 하지만 문제가 있었다. 라마딘의 객실은, 그의 말에 의하면 오후 내내 웃음을 터뜨리며 꽥꽥 소리를 질러대는 커플이 있는 객실 옆에 위치하고 있었다. 내 객실 옆에는 바이올린을 연습하는 여자가 있었는데, 그녀의 바이올린 소리는 금속 벽을 뚫고 내 방까지 흘러들어왔다. 웃는 소리는 아니고 그냥 끽끽거리는 소리야. 나는 말했다. 나는 듣지 않으려야 듣지 않을 수 없는, 끽끽대고 현을 통기는 소리 사이사이에 그녀가 혼자 화를 내는 소리까지도 들려오곤 했다. 게

다가 둥근 창 하나 없는 수면 아래 객실 안의 공기는 끔찍할 정도였다. 나는 바이올린을 연습하는 여자도 분명 땀으로 흠뻑 젖어 있을 것이며, 스스로를 창피하게 여기지 않을 정도로만 옷을 걸쳤을 뿐, 벌거벗은 거나 다름없는 차림일 거라 생각하며 그녀에 대한 분노를 가라앉혔다. 나는 그녀를 본 적이 없었다. 그녀가 어떻게 생겼는지에 대해서도, 혹은 그녀가 그토록 완벽하게 바이올린을 연주하려고 하는 이유에 대해서도 아는 바가 없었다. 그녀의 연주는 시드니 베셰의 "정중하고도 화려한" 연주와는 거리가 멀어 보였다. 그녀는 그저 몇몇 음을 반복적으로 끝없이 연주했고, 잠시 연주를 멈추었다가 다시 시작했다. 그렇게 그녀는 팔과 어깨에 끝없이 땀을 흘리면서 내 객실 바로 옆의 객실에서, 홀로 오후를 보냈다.

게다가 우리 셋은 항상 함께 있고 싶었다. 따라서 캐시어스는 우리에게 모두를 위한 은신처가 필요하다고 생각했고, 우리는 대니얼스 씨와 화물실에 내려갔을 때 들어가본 적이 있던 터빈실을 낙점했다. 터빈실은 시원했고, 적당히 어두웠다. 우리는 그곳에 담요 몇 장과 훔친 구명조끼를 가져다 두었고, 오후가 되면 우리의 둥지가 된 그곳에서 시간을 보냈다. 우리는 잡담을 조금 나누다가 팬이 크게 돌아가는 소리를 들으며 긴 저녁을 준비하기 위해, 깊은 잠에 빠졌다.

그럼에도 우리의 야간탐사는 성공적이지 못했다. 우리가 대체 무엇을 보고 있는지를 결코 알 수 없었던 우리는 어른들이 할 법한 일들을 따라 해보자는 생각을 하기에 이르렀다. 그렇게 "야간 정찰"을 하던 어느 날, 우리는 산책용 갑판의 그늘에 몸을 숨긴 채 무작정 한 남자를 따라갔다. 그저 그가 어디로 가는지를 보려는 목적에서였다. 나는 그가 히데라바드 마인드로 분장을 하고 공연을 하는 사람이라는 것을 알아보았다. 그의 이름은 수닐이었다. 그를 따라가니 놀랍게도, 거리가 가까워질수록 반짝거리며 빛을 발하는 흰 원피스를 입고 난간에 기대어 서 있던 에밀리가 나타났다. 히데라바드 마인드가 에밀리의 몸을 반쯤 감쌌고, 그녀는 그의 손가락을 자신의 손으로 감쌌다. 그들이 이야기를 나누고 있는지는 알 수 없었다.

우리는 어둠 속으로 뒷걸음쳐 물러나 기다렸다. 나는 에밀리가 입고 있던 원피스의 어깨끈을 잡아당기며 제 얼굴을 그녀의 어깨에 가져다 대는 그를 보았다. 그녀는 이쪽을 향해 등을 돌리고 선 채 별들을 올려다보고 있었다. 만약 그곳에 별들이 있었다면 말이다.

나는 원래 배를 타고 여행했던 3주를 무척 평범했던 시기로 기억하고 있었다. 그러나 여러 해가 지난 지금, 나의 아이들에게 당시의 여행에 대한 이야기를 해주다보니, 그 여행은 하나의 모험으로 변모했다. 아이들의 눈에 비친 여행은 삶에서 좀 더 의미 있는 무엇으로 여겨지는 것이리라. 일종의 통과의례처럼. 그러나 사실 나의 삶은 원대한 것과는 거리가 멀었다. 밤이 오면 나는 곤충들의 합창소리와 정원의 새들의 울음소리, 도마뱀들이 움직이는 소리를 그리워했다. 그리고 새벽녘이면 나무 위로 내리던 빗방울들을, 불러스 로드의 젖은 타르를, 날마다 가장 먼저 냄새를 풍기기 시작하던 그 거리에서 타오르던 밧줄을.

　보랄레스가무와에서 살던 시절, 아침 일찍 일어난 나는 가끔 어둠을 헤치고 널찍한 방갈로들을 지나 나라얀의 집으로 갔다.

오전 6시가 되기 전이었다. 나는 그가 집에서 나올 때까지 기다렸다가 그의 사롱을 세게 잡아당겼다. 그는 내게 고개를 끄덕였다. 몇 분 뒤면 우리는 조용히, 그리고 빠르게 젖은 잔디를 걷고 있었다. 그는 키가 매우 컸고, 나는 여덟 살, 혹은 아홉 살짜리 소년이었다. 우리는 둘 다 맨발이었다. 우리는 정원의 가장자리에 위치한 나무 오두막에 다다랐다. 우리는 그 안으로 들어갔고, 나라얀은 양초 한 도막에 불을 붙인 뒤, 노란 촛불에 의지해 발전기가 돌아갈 수 있도록 심지를 잡아당겼다.

나의 하루는 그렇게, 달콤한 석유 냄새와 타는 냄새를 풍기며 달달 돌아가는 발전기와 함께 시작되었다. 1943년, 혹은 1944년 당시, 그 발전기의 성질과 취약점을 알고 있었던 건 나라얀뿐이었다. 그가 서서히 발전기를 진정시키고 나면 우리는 어둠이 물러가는 바깥으로 나왔다. 나는 우리 삼촌의 집 너머로 깜박이는 불빛들을 바라보았다.

우리 둘은 하이레벨 로로 향하는 문을 통과했다. 몇 군데의 상점들이 전구를 하나만 밝히고 벌써 문을 열고 있었다. 우리는 지나다사에서 에그 호퍼*를 샀고, 거의 텅 비다시피 한 거리 한복판에서 그것을 먹었다. 발치에 차가 담긴 잔을 놓아둔 채. 거세한 수송아지들을 실은 짐차들이 끼익 거리는 소리를 내며

---

* 쌀로 만든 전병에 부친 계란을 넣어 먹는 스리랑카 음식.

길로 진입했고, 그 차의 운전수들이나 수송아지들은 반쯤 잠들어 있었다. 나라얀이 발전기에 시동을 걸고 난 뒤 새벽녘의 아침식사를 할 때마다 나는 항상 그와 함께했다. 한두 시간 뒤에 가족들과 좀 더 제대로 된 아침식사를 한 번 더 먹어야 했지만, 나는 하이레벨로에서 그와 함께 먹는 아침식사를 결코 놓치지 않았다. 소멸하는 어둠 사이로 지나다니는 상인들과 인사를 나누며, 담배 좌판 앞에서 대마 끈으로 묶인 비디*에 불을 붙이기 위해 상체를 숙이는 나라얀을 바라보며 그와 함께 걷는 일은 거의 영웅적이다시피 했다.

　나라얀, 그리고 요리사였던 구네팔라는 어린 시절의 나와 언제나 함께했다. 나는 가족보다도 그들과 더 많은 시간을 보냈고, 그들로부터 많은 것들을 배웠던 것 같다. 나는 나라얀이 잔디 깎는 기계의 날을 날카롭게 갈기 위해 분리하는 모습을 보았고, 자전거 체인에 손바닥으로 부드럽게 오일을 바르는 모습을 보았다. 갈레에 있을 때면 나라얀과 구네팔라, 그리고 나는 성곽을 기어내려가 바다로 향했고, 수영을 하며 암초 사이에서 저녁거리로 물고기를 낚을 수 있었다. 늦은 저녁이면 나는 가정부의 발치에서 잠이 들었고, 삼촌은 그런 나를 내 방으로 옮겼다. 단호하고도 성마른 성격의 소유자였던 구네팔라는 완벽

---

* 인도 등지에서 피우는 담배의 일종.

주의자였다. 나는 펄펄 끓는 냄비에 굳은살이 박인 손가락을 집어넣어 닭뼈나 지나치게 익은 타칼리thakkali 등 탐탁찮은 음식물을 건져내 10피트쯤 떨어진 화단으로 던져버리는 그를 본 적이 있다. 그의 이런 버릇을 알고 있던 떠돌이 개들은 그런 것들을 보자마자 단숨에 먹어 치우곤 했다. 구네팔라는 점원들이나 복권을 파는 사람들, 꼬치꼬치 캐물어대는 경찰들 등 아무하고나 언쟁을 일삼았지만, 그는 나머지 우리에게는 보이지 않는 우주의 존재를 인지하고 있었다. 요리를 할 때면 그는 도시에서는 여간 듣기 힘든 것이 아니지만 그에게는 어릴 때부터 친숙했던 온갖 종류의 새소리들을 휘파람으로 흉내 냈다. 듣자고 하면 들을 수도 있었던 그 소리에 관심을 기울였던 사람은 아무도 없었다. 어느 날 오후 그는 곤히 잠들어 있던 나를 깨워 옆구리에 끼고 어디론가 데리고 가더니, 몇 시간 전부터 한길에 쌓여 있던 쇠두엄 옆에 눕혔다. 그는 쇠두엄 가까이로 나를 밀어놓고는 똥 속에 들어 있는 벌레들이 이쪽 거름에서 저쪽 거름으로 굴을 파고 옮겨 다니며 잔치를 벌이고 있다는 이야기를 억지로 들려주었다. 그는 짬이 날 때마다 외설적인 내용들로 가득한 인기 있는 바일라스 노랫말을 가르쳐주었고, 내가 따라 하지 않겠다는 맹세를 하게 했다. 그 노랫말들이 잘 알려진 상류층 인사를 겨냥하고 있었기 때문이었다.

나라얀과 구네팔라는 나의 삶이 막 형성되려는 시기에 본질

적이고도 다정한 안내인의 역할을 했다. 또 어떤 식으로는 내가 앞으로 속하게 될 세계에 대한 질문을 품을 수 있게 했다. 그들은 내게 다른 세계로 향하는 문을 열어주었다. 열한 살이 되어 내가 그 나라를 떠났을 때, 나는 그들을 잃는다는 사실을 너무나 애통해했다. 천 년처럼 느껴지는 기나긴 세월이 지난 후에 나는 런던의 한 책방에서 인도의 작가 R. K. 나라얀이 쓴 소설들과 우연히 마주쳤다. 나는 그 책들을 모조리 사들였고, 결코 잊을 수 없는 나의 친구 나라얀이 그 책들을 썼다고 상상했다. 모든 문장들의 이면에서 나는 그의 얼굴을 보았고, 키가 컸던 그가 작은 침실 창문과 면한 소박한 책상에 앉아 나의 숙모가 무언가를 시키거나 하기 전에 말구디에 관한 챕터를 앞두고 고민하는 장면을 상상했다. "내가 목욕재계를 하러 강으로 향할 때, 거리는 여전히 무척 어두울 것이다. 길목 이곳저곳에서 깜박거리는 (기름이 떨어지지 않았다면) 가로등들을 제외하고는…… 길을 따라가는 동안 나는 익히 알고 있던 얼굴들과 마주쳤다. 이제 막 일을 나온 우유배달부가 보잘 것 없는 하얀 소를 앞세우고 지나가다 내게 존경어린 인사를 건네며 물었다. '지금 몇시나 되었죠, 선생님?' 시계를 갖고 나오지 않았으므로, 나는 그의 질문에 대답을 해줄 수가 없었다…… 자치구 사무실의 경비원이 양탄자 밑에서 나를 불렀다. '선생이세요?' 내가 대답할 수 있었던 유일한 질문이었다. '네, 나예요.'

나는 항상 그렇게 말하고 지나쳤다."

하이레벨 로를 따라 걷던 우리들의 아침마다 나의 친구도 이런 장면들과 마주쳤다는 것을 나는 알고 있었다. 나는 송아지들을 나르는 짐차 운전수를 알고 있었고, 담배 좌판을 벌여 놓고 있던 천식 환자도 알고 있었다.

*

그리고 그 후 어느 날, 나는 배에서 대마가 타는 냄새를 맡았다. 잠시 나는 가만히 서 있다가, 냄새가 점점 진해지는 계단참을 향해 움직였다. 계단을 올라가야 할지 내려가야 할지 망설이던 나는 이내 아래로 내려갔다. 냄새는 D갑판의 복도에서 흘러나오고 있었다. 나는 가장 진한 냄새가 나는 문 앞에 서 있다가, 무릎을 구부리고 손가락 마디만 한 금속 문틈으로 흘러나오는 냄새를 들이마셨다. 나는 조용히 문을 두드렸다.

"뭐죠?"

나는 안으로 들어갔다.

책상 앞에 점잖아 보이는 사내가 앉아 있었다. 그 방에는 둥근 창이 있었고, 창은 열려 있었다. 열린 창문으로 불이 붙은 밧줄에서 피어오르는 연기가 들어오고 있었다. 마치 사내의

어깨와 둥근 창 사이를 연결하는 길을 내듯이. "뭐죠?" 그가
다시 물었다.

"그 냄새가 좋아요. 그리웠어요."

그는 나를 향해 미소를 지어 보이고는 내가 앉을 수 있도록
침대 위 빈 공간을 가리켰다. 그는 서랍을 열어 1야드 길이의
밧줄 더미를 꺼냈다. 밤발라피티야나 페타 시장의 담배 좌판
위로 천천히 타며 걸려 있던 대마 밧줄과 같은 종류였다. 그곳
에서는 밧줄을 사자마자 바로 피울 수도 있었고, 어딘가로 달
려가다가도 뭔가 소란을 피우고 싶어지면 타고 있던 밧줄 끝
으로 폭죽 도화선에 불을 붙일 수도 있었다.

"나도 그리워하게 되겠지." 그가 내게 말했다. "그리고 다른
것들도. 코타말리Kothamalli나 발삼Balsam 같은 것들을. 나는 그
것들을 여행가방에 넣어 가져왔단다. 나는 그곳을 영원히 떠날
예정이니까." 그는 한동안 다른 곳을 멍하니 바라보았다. 마치
처음으로 자기 자신을 향해 소리 내어 말한 것처럼.

"이름이 뭐니?"

"마이클이에요." 내가 말했다.

"외로울 때면 언제라도 이 방에 와도 좋아, 마이클."

나는 고개를 끄덕였고, 그 방을 빠져나와 등 뒤로 문을 닫았다.

그의 이름은 폰세카 씨였고, 교사가 되기 위해 영국으로 향

하고 있었다. 나는 며칠 동안 날마다 그를 찾아갔다. 그는 온갖 종류의 책들에 들어 있는 구절들을 보지 않고도 암송할 수 있었고, 책상 앞에 앉아 하루 종일 그것들을 파고들었다. 그것들에 대해 무언가를 말할 수 있으리라 생각하면서. 나는 문학의 세계에 대해서는 거의 아무것도 몰랐지만, 그는 비범하고도 흥미로운 이야기들을 내게 즐겨 들려주었다. 이야기를 하다 말고 돌연히, 어느 날이면 나도 결국 무슨 일이 일어났는지를 알게 될 거라고 말하곤 했다. "너도 좋아할 거야, 내 생각에는. 아마도 그는 독수리를 찾게 되겠지." 혹은, "그들은 곧 만나게 될 누군가로부터 도움을 받아 미궁을 빠져나가게 될 거야……" 라마던, 캐시어스와 함께 어른들의 세계를 서성거리던 밤마다 나는 가끔 폰세카 씨가 미완으로 남겨둔 모험을 본격적으로 감행하고 싶다고 생각하기도 했다.

그는 말이 없고 품위 있는 사람이었다. 말을 할 때면 그는 나른하게 망설였다. 당시에도 나는 그가 몸을 움직이는 방식을 지켜보며 그가 보기 드문 유형의 사람이라는 것을 이해했다. 그는 마치 병든 고양이라도 된 것처럼 무언가 필요하다고 생각될 때만 몸을 일으켰다. 영국 문학과 역사를 가르치게 될 교사로서 일반 대중들 앞에 나서야 했음에도 그는 여간해서는 사람들 앞에 나서는 일을 피하려고 했다.

나는 여러 번이나 그를 갑판 위로 데려가려고 애를 썼지만,

그에게는 둥근 창을 통해 볼 수 있는 것들이면 충분한 듯했다. 책들과 타오르는 대마, 켈라니 강에서 떠온 물 몇 병, 그리고 가족사진 몇 장이면 그는 자신의 타임캡슐을 떠날 필요가 없었다. 지루한 날이면 나는 연기로 가득한 그의 방을 찾아갔고, 그럴 때마다 그는 내게 무언가를 읽어주었다. 그의 이야기들과 시들에 내재된 익명성이 내게 깊숙이 파고들었다. 굽이굽이 흘러가는 운율도 새로웠다. 나는 그가 실제로 수백 년 전의 어느 머나먼 나라에서 섬세하게 쓰인 이야기들을 인용한다고는 생각하지 않았다. 그는 내내 콜롬보에서만 살았고, 콜롬보 사람처럼 말하고, 콜롬보 사람의 억양을 갖고 있었다. 하지만 그는 방대한 범위를 아우르는 책들에 대한 지식을 소유하고 있었다. 그는 아조레스 제도의 노래들이나 아일랜드 연극의 대사들을 읊고는 했다.

나는 캐시어스와 라마딘을 데려가 그와 만나게 했다. 캐시어스와 라마딘을 궁금해했던 그는 우리가 배에서 벌인 모험들을 이야기해달라고 했다. 그는 두 아이들을 제법 잘 구슬렸는데, 특히 라마딘에 그러했다. 폰세카 씨는 그간 읽어온 책들을 통해 침착한 태도와 자신감을 발휘하는 듯 보였다. 그는 종종 상상하기 힘들 정도로 먼 곳을 바라보는 듯했고(달력에 적힌 날짜들이 날아가는 것처럼 보일 정도였다), 석판이나 파피루스에 새겨진 구절들을 인용했다. 그는 이런 것들을 통해 자신만의 의견을 분명히 하고 싶어했던 것일지도 모른다고 나는 생각한다. 자신의 온기를 간직하기 위해 스웨터의 단추를 여미는 사람처럼. 폰세카 씨는 부유한 사람은 아니었다. 어느 교외지역에서 학교 선생으로 지내게 될 그의 삶은 여가시간이라고 보아도 무방했다. 그러나 그에게는 자신이 원하는 삶을 선택한 사람 특유의 고요함이 감돌았다. 이러한 고요함과 확고함을 나는 그처럼 책을 가까이 하여 갑옷처럼 두른 사람들에게서만 볼 수 있었다.

이처럼 역설적이면서도 비장한 그의 모습은 그가 지닌 책들에도 나타나 있었다. 그는 누렇게 변색된 오웰과 기성의 펭귄 문고판들, 그리고 보라색 테두리를 두른 루크레티우스의 번역본들을 갖고 있었다. 그는 이런 책들이야말로 영국에서 살아가게 될 동양인을 소박하지만 훌륭한 삶으로 이끌어 줄 것이라고 생각했음이 틀림없었다. 영국에서라면 그의 라틴어 문법이 효과적인 무기로 사용될 수 있을 것이라고.

나는 그가 어떤 삶을 살았을지 궁금하다. 세월이 흘러가는 동안 나는 기억이 날 때마다 도서관에서 폰세카와 관련된 항목들을 찾아보게 될 것이다. 나는 라마딘이 영국에 도착한 초반의 몇 년 동안 그와 연락을 주고받았다는 사실을 알고 있다. 하지만 나는 아니었다. 우리가 있기 전에, 폰세카 씨와 같은 사람들이 더 힘들었던 시기에 나타난 순결한 기사의 역할을 했으며, 우리가 지금 걷고 있는 바로 그 길을 그들이 걸었고, 앞으로 나아가는 모든 걸음마다 시가 아니라 폭력적인 방식으로 암기해야 하는 배움이 어김없이 따랐다는 사실을 알고 있었으면서도. 가량 이런 식이다. 먼저 레위섬에서 값싸고 훌륭한 인도 레스토랑을 찾아낸다. 실론으로, 나중에는 스리랑카로 보내는 파란 항공우편용 봉투를 열고 봉한다. v를 발음하는 방식과 우리 식의 다소 성급한 말투에 약간의 모욕이 가해지고, 부끄러움을 느낀다. 무엇보다도 진입이 어렵다. 그러고 나서 조촐한 자리에 받아들여지게 된다. 그 후에는 아마도 선실이나 다를 바 없는 조그만 아파트에서 안락함을 느끼게 되는 것이다.

나는 영국의 날씨로부터 자신을 보호하기 위해 버튼을 채운 스웨터를 입고 어느 학교에 있는 그의 모습을 떠올린다. 그리고 그가 얼마나 오랫동안 그곳에 있었을지, 그가 실제로 "영원히" 그곳에 머무를 수 있게 되었는지를 궁금해한다. 종국에는 그가 더 이상 버틸 수 없게 되진 않았는지, 영국을 "문화의 심장부"라 생각하면서도 16시간이면 집으로 돌아갈 수 있는 에어랑카 비행기를 타고 누게고다 같은 곳으로 돌아가 다시 삶을 시작하지는 않았는지도. 런던의 기억이 되돌아온다. 그가 암기하며 돌아온 유럽의 정전들, 그 스탠자*며 구절은 대마 밧

---

* 4행 이상의 각운이 있는 서양 시의 시구.

줄이나 병에 담았던 강물의 등가물이 되었을까. 그는 그런 것
들을 동네 학교에서 가르치기를 고집하면서, 각색하거나 번역
하지는 않았을까. 햇빛이 비치는 흑판에 그런 구절들을 적으면
서. 쩍쩍거리며 지나가는 근처 숲새들의 거친 울음소리를 들으
면서. 누게고다에도 질서를 부여할 수 있을지도 모른다고 생각
하며.

우리는 이제 배에 대해서 구석구석 속속들이 알게 되었다. 나는 통풍관의 여행이 시작되는 지점부터 프로펠러가 돌아가는 터빈실을 지나, 생선을 다듬는 방으로 (운반대가 드나드는 출구로 기어들어가) 미끄러져 들어갈 수 있었다. 나는 생선을 손질하는 장면을 보는 걸 좋아했다. 한번은 캐시어스와 함께 무도장 가천장false ceiling 위의 좁은 버팀목 위에서 아슬아슬하게 균형을 잡고 서 있었던 적도 있었다. 춤을 추는 사람들을 내려다보기 위해서였다. 한밤중이었다. 우리의 시간표에 따르면, 여섯 시간 안에 죽은 닭들이 "냉동창고"에서 주방으로 옮겨질 예정이었다.

우리는 무기고의 출입문에 걸린 자물쇠가 고장 났다는 사실을 확인했고, 사람이 없을 때마다 그 안에 들어가 권총이며 수갑 들을 만져보았다. 그리고 우리는 구명정마다 나침반과 고무

보트, 비상용 초콜릿이 상비되어 있다는 사실도 알아냈다. 초콜릿은 모두 우리가 먹어치운 뒤였지만. 결국 대니얼스 씨는 우리에게 그의 정원에서 독이 든 식물들이 있는 울타리를 알려주고 말았다. 그는 양고나 나무를 가리키며 우리에게 그 식물이 "정신을 날카롭게 해준다"고, 태평양의 섬나라에 사는 노인들은 중요한 평화조약에 대한 논의를 하기 전에 늘 그것을 먹는다고 말했다. 또 강렬한 노란 불빛 아래 홀로 은밀하게 성장하는 쿠라레*도 있었는데, 그가 말하길 이 식물이 혈관에 들어가면 결코 다시 기억할 수 없는 기나긴 환각 상태에 빠진다고 했다.

우리에게는 비공식적인 시간표도 있었다. 호주 여자애가 롤러스케이트를 타기 시작하는 때부터, 새벽이 오기 전의 한밤중, 구명정들 사이에 숨어 죄수가 나타나기를 기다리는 시간까지를 아우르는 시간표였다. 우리는 그를 주의 깊게 관찰했다. 우리는 그의 양 손목에 감긴 금속제 수갑을 보았다. 양쪽 수갑은 18인치 길이의 사슬로 연결되어 있었으므로 그는 얼마간 두 손을 움직일 수 있었다. 수갑에는 자물쇠도 하나 달려 있었다.

우리는 숨을 죽인 채 그를 지켜보았다. 그와 우리 셋 사이에

---

* 남미 원주민들이 화살촉에 바르는 독약.

는 한 마디도 오가지 않았다. 그날 밤을 제외하고. 그는 갑자기 걸음을 멈추더니 우리를 향해 어둠 속을 노려보았다. 그는 우리를 볼 수 없었다. 그러나 마치 그는 우리 셋이 그곳에 있음을 알고 있는 것처럼, 우리의 냄새를 감지한 것처럼 보였다. 감시원들은 우리의 존재를 알아차리지 못했고, 오직 그만이 알아차렸다. 그는 크게 으르렁거리는 소리를 내고는 돌아섰다. 그는 분명 우리와 15야드쯤 떨어져 있었고 수갑까지 차고 있었지만, 우리는 겁에 질리지 않을 수 없었다.

저주

영국으로 향하던 우리의 여행이 당시 모종의 이유로 신문에 실렸다면, 그 까닭은 독지가였던 헥터 드 실바 경이 오론세이에 탑승하고 있었기 때문일 거다.

그는 두 명의 의사와 아유르베다 치유사, 변호사들로 구성된 수행원들과 아내, 그리고 딸과 함께 배에 올라 여행하고 있었다. 그들은 대부분 맨 꼭대기층에 머물렀고, 우리 눈에 띄는 일은 드물었다. 그들 중 누구도 선장의 테이블에 참석해달라는 초대를 받아들이지 않았다. 사람들은 그들이 마치 선장보다도 높은 계층에 속한다는 듯한 태도를 보인다고 생각했다. 하지만 진짜 이유는 모라투와*의 사업가이자 보석과 고무, 경작지로 부를 거머쥔 헥터 경이 치명적인 병으로 고통을 겪고 있었고,

---

* 스리랑카 서부의 도시명.

그가 유럽으로 가는 까닭도 자신을 살릴 의사를 찾기 위해서였기 때문이었다.

상당한 보수가 제공될 예정이었음에도 영국의 의사들은 콜롬보까지 와서 병을 앓고 있던 헥터 경을 돌봐줄 의지를 단 한 명도 보이지 않았다. 콜롬보에 있는 그의 저택에서 함께 만찬을 즐겼던 영국 총독의 추천이 있었고, 그는 수많은 자선활동과 기부 덕택으로 영국에서 기사 작위까지 받은 사람이었지만, 할리 가*는 꿈쩍도 하지 않았다. 그래서 그는 오론세이의 웅장한 더블 스위트룸에 틀어박혀 공수병으로 고통을 받고 있었다. 처음에는 우리도 헥터 경의 병에 대해서는 별 신경을 쓰지 않았다. 고양이 테이블에 앉은 사람들 가운데 몇몇이 가끔 그가 같은 배에 타고 있다는 사실을 입에 올릴 뿐이었다. 그는 엄청나게 부유한 유명인이었지만, 이는 전혀 우리의 흥미를 끌지 못했다. 하지만 그의 운명을 건 여행에 얽힌 배경을 알게 되면서 우리는 그에게 호기심을 갖게 되었다.

이렇게 된 일이었다. 어느 날 아침, 헥터 드 실바는 발코니에서 친구들과 아침식사를 들고 있었다. 그들은 안락하고 안전한 삶을 누리는 사람들 특유의 방식으로 즐거운 농담을 주고받았다. 그때 모든 사람들의 공경을 받는 한 바타라물레—신성한

---

* 영국 런던의 개인병원 밀집거리.

승려—가 그 집을 지나치며 걸어갔다. 승려를 본 헥터 경이 말장난을 했다. "아, 저기 무타라발라가 지나가는군." 무타라는 "소변을 보다"를 의미했고, 발라는 "개"라는 뜻이었다. 그러니까 그는 "저기 오줌싸개 개가 지나가는군"이라 말했던 것이었다.

재치는 있었지만 경우 없는 발언이었다. 자신에게 가해진 모욕적인 언사를 들은 승려는 걸음을 멈추고 헥터 경을 향해 이렇게 말했다. "당신에게 무타라발라를 보내 드리지요……." 덕망 높은 승려이자 마술을 행한다고 알려져 있던 그는 곧장 사원으로 가서 헥터 드 실바 경의 운명을 결정짓게 될, 그의 부유한 삶에 종지부를 찍게 될 주문을 거듭해서 외쳤다.

이 이야기가 어떻게 시작되었는지를 누가 말해줬는지 나는 더는 기억하지 못한다. 그러나 호기심이 생겼던 라마딘과 캐시어스, 그리고 나는 황제와도 같은 지위를 누렸던 백만장자의 존재를 곧장 우리의 생각 속으로 끌어들였다. 우리는 다음 이야기가 어떻게 되가는지를 알아내려고 바쁘게 돌아다녔다. 나는 잠정적인 보호자 플라비아 프린스에게까지 쪽지를 보냈다. 일등실 출입구에서 잠깐 나를 만나준 그녀는 아무것도 아는 바가 없다고 말했다. 내가 위급한 일로 쪽지를 보냈다고 생각했던 그녀는 나로 인해 중요한 브리지 게임을 방해받았기 때문에 다소 짜증을 냈다. 고양이 테이블에 앉는 사람들은 헥터 경의 이야기를 그다지 자주 입에 올리지 않았고, 우리는 성에 차지 않았다. 그래서 우리는 결국 (의안을 끼고 있을 거라고 라마딘이 의심했던) 사무장보에게 접근했다. 그는 우리에게 들려줄 수 있는 이야기를 아주 많이 알고 있었다.

승려와의 일이 있고 나서 얼마 지나지 않은 어느 날, 헥터 경은 웅장한 저택의 계단을 내려가고 있었다. (사무장보는 "계단에서 하산하고 있었다"는 표현을 사용했다.) 그의 애완견이었던 테리어 한 마리가 계단 발치에서 그를 기다리며 아양을 떨 준비를 하고 있었다. 이는 흔히 있는 일이었다. 가족 모두가 그 개를 사랑했으니까. 그런데 헥터 경이 허리를 숙였을 때, 사랑스러운 개는 그의 목을 향해 뛰어올랐다. 헥터 경이 개를 떼어내려고 하는 순간, 개가 그의 손을 물었다.

결국 두 명의 하인들이 개를 잡아 개집에 가두었다. 개가 갇혀 있는 동안 한 인척이 개에게 물린 그의 상처를 치료했다. 그날 아침부터 개는 주방에서 일하는 하인들의 발밑을 돌아다니며 이리저리 뛰어다니는 등, 이미 이상한 행동을 보이고 있었다. 누군가가 개를 쫓아 빗자루를 들고 집 안을 뛰어다니자 개는 한동안 조용해지더니 주인이 계단참에 나타날 때까지 묵묵히 기다리고 있었다고 했다. 그 전까지 그 개는 한 번도 사람을 문 적이 없었다.

그러고 난 뒤의 어느 날, 헥터 경은 개집 앞을 지나가다가 개를 향해 붕대를 감은 손가락을 흔들었다. 개는 24시간 뒤 광견병 증세를 보이며 죽었다. 하지만 "오줌싸개 개"가 진짜 효력을 발휘하기 시작한 것은 그 후였다.

콜롬보 7에서 일하던 모든 명망 높은 의사들이 한 사람씩 그를 진찰하기 위해 불려왔다. (얼마나 대단한 부자인지가 결코 알려지지 않을 몇몇 보석상들과 총기 밀반입자들을 제외하면) 그는 그 도시에서 가장 부유한 사람이었다. 저택의 긴 복도를 따라 걸으며 의사들은 위층에 누워 있는 부유한 사내의 신체에 이미 나타나기 시작한 광견병을 어떻게 물리쳐야 할지를 두고 속삭이듯 논쟁을 벌였다. 광견병 바이러스는 한 시간에 5에서 10밀리미터를 움직이며 다른 세포로 전진한다고 했고, 헥터 경은 이미 열과 가려움증, 물린 부위의 무감각증 등의 징후를 보이고 있었다. 최악은 아직 분명하지는 않았던 공수병의 징후였다. 사람들은 환자를 극도의 주의를 다해 보살폈다. 그의 병이 치명적으로 돌변하기까지는 약 25일가량 남았다는 예상이 있었다. 테리어 개는 광견병에 걸렸다는 것을 한 번 더 확인된 뒤 매장되었다. 브뤼셀, 파리, 런던 등지로 전보가 갔다. 만약을 대비해 바로 유럽으로 떠날 예정이었던 오론세이에 접견실 세 곳이 예약되었다. 오론세이는 아덴, 포트사이드, 지브롤터에 정박할 예정이었고, 이 세 곳들 중 적어도 한 곳에서 전문의를 만날 수 있으리라는 희망이 있었다.

그러나 누군가는 헥터 경이 집에 남아 있어야 한다는 의견을 내놓기도 했다. 의료도구도 제대로 갖추어지지 않은 배를 타고 힘든 여행을 하다가 증세가 심각해질지도 모른다는 것이었다. 게다가 배에는 대개 삼류 의사나 오리엔트라인 본부에 연줄을 댈 수 있는 부모를 둔 새파란 애송이 인턴이 타기 마련이라고도 했다. 또 아유르베다 치료사들이 이제 막 모라투와에서 출발한 참이었다. 모라투와에는 드 실바 가의 왈랄루와*가 한 세기도 넘게 자리 잡고 있었고, 치료사들은 광견병에 걸린 사람들을 셋이나 치유하는 데 성공했다고 주장했다. 그들은 헥터 경이 섬에 남아야 한다고, 이 나라에서 가장 강력한 효력을 발휘하는 식물추출물 요법을 가까이해야 한다는 의견을 표명했다. 그들은 어린 시절의 헥터 경과 친숙한 옛 사투리로 요란하게 목소리를 높이며 이 여행이야말로 그를 잠재적인 치유력에서 멀어지게 할 거라고 말했다. 이 지역에서 걸린 병이니 해독제도 이 지역 어디선가 찾아낼 수 있으리라는 것이었다.

어쨌거나 헥터 경은 영국으로 가는 배에 오르기로 결정했다. 부를 축적했던 과정과 마찬가지로, 그는 유럽의 선진문명에 강력한 믿음을 갖고 있었다. 그의 치명적인 실수는 아마도

---

* 실론의 주택 양식 중 하나.

여기에 있었는지도 모른다. 항해는 21일로 예정되어 있었다. 그는 틸버리 항구에 내리자마자 자신이 할리 가에서 가장 훌륭한 의사에게로 즉각 이송될 것이며, 그곳에는 그를 존경하는 군중들이 모여 있고, 그의 재정적 지위를 충분히 알고 있는 실론 사람들도 몇 명쯤 와 있을 거라고 믿고 있었다. 그는 예전에 러시아 소설 하나를 읽은 적이 있었고, 그 내용을 전부 떠올릴 수 있었다. 그 반면 콜롬보에서의 치료는 마술과 점성술, 거미줄처럼 얽힌 손글씨로 적힌 식물학 도표에 의지하는 듯 보였다. 그는 어릴 때부터 성게에 물린 통증을 가시게 하려면 빨리 발에 오줌을 누라는 등의 민간요법들을 들으며 자랐다. 미친개에게 물린 후 그는 소의 오줌을 적셔 반죽한 검은 움마타카, 즉 산사나무 열매의 씨앗을 먹어야 한다는 말을 들었다. 그러고는 24시간 뒤 차가운 물로 목욕을 하고 버터밀크를 마셔야 한다고도 했다. 그 지역에는 이런 요법들이 널리 퍼져 있었다. 열 가지 중 넷 정도는 효과가 있었지만, 그걸로는 충분치 않았다.

어쨌거나 헥터 드 실바 경은 지역에서 모은 약초들, 그리고 네팔에서 자란 움마타카 씨앗과 뿌리 들을 가득 채운 가방과 함께 모라투와의 아유르베다 치료사도 자신의 항해에 동반하도록 강권했다. 이렇게 해서 아유르베다 치료사는 다른 두 명의 제대로 된 의사들과 함께 배에 올랐다. 그들은 헥터 경의 침실 옆에 딸린 침실을 사용했다. 다른 쪽의 침실은 그의 아내와

스물세 살 난 딸이 사용했다.

이런 연유로 아유르베다 치료사는 바다 한가운데서 연고와 물약들이 들어 있던 납작한 트렁크를 열고 미리 소의 오줌에 적셔둔 산사나무 열매 씨앗들을 꺼내 향을 좋게 하려고 야자즙 조당 반죽에 섞은 뒤, 기관지염에 걸렸을 때나 마실 법한 이 약을 종종걸음으로 복도를 지나 헥터 경에게 가져다주고 마시게 했다. 이 약을 마시고 나면 헥터 경은 훌륭한 프랑스산 브랜디를 마시겠다고 우겼다. 하루에 두 번 거행된 이 일의 전권은 아유르베다 치료사가 쥐고 있었다. 그래서 나머지 시간에 다른 두 명의 전문적인 의사들이 환자를 돌보는 동안, 모라투와에서 온 이 사내는 배 안 전체를 돌아다니며 보냈다. 원래는 2등실 구역만 돌아다닐 수 있었는데도. 그렇게 온종일 배 안을 방황하면서 그는 강박적으로 느껴질 정도로 깨끗하게 청소된 배 안에 아무런 냄새도 나지 않는다는 사실을 알아차렸을 테고, 그러던 어느 날 익숙한 대마 연기 냄새를 맡자 이 냄새를 쫓아 D갑판까지 내려왔을 것이다. 그래서 그는 금속제 문 앞에서 발걸음을 멈추고는 문을 두드리고, 대답을 듣고, 문을 열고 안으로 들어와 폰세카 씨와 한 소년의 환영을 받게 되었다.

우리가 만나게 된 건 항해가 시작된 지 며칠이 지난 후였다. 처음에는 머뭇거리던 아유르베다 치료사는 헥터 드 실바에 관한 자세한 이야기들을 말해주기 시작했고, 급기야는 그와 관련된 거의 모든 흥미로운 이야깃거리들을 풀어놓기에 이르렀다. 후에 그는 우리를 통해 대니얼스 씨를 만났다. 대니얼스 씨는 단숨에 그의 친구가 되었고, 그를 데리고 화물실로 내려가 자신의 정원을 보여주었다. 그들은 몇 시간이고 그곳에서 식물에 관한 법의학적 지식을 두고 토론하며 논쟁했다. 역시 아유르베다 치료사의 친구가 된 캐시어스는 곧장 그에게 베틀후추 잎을 좀 달라고 요구했다. 그도 그런 것들을 숨겨두고 있었다.

우리는 저주에 걸린 사내에 관한 초현실적인 이야기에 매혹되었다. 우리는 헥터 경에 관해 떠도는 이야기의 파편들을 모조리 모아왔지만, 여전히 더 듣고 싶은 이야기가 남아 있었다. 우리는 콜롬보에서 배에 오르던 날 밤을 다시 떠올리려고 애썼고, 당시를 회상하려고, 혹은 상상이라도 해보려고 노력했다. 그날 밤, 들것에 실린 백만장자가 약간 기울어진 건널 판자를 따라 배로 옮겨지던 모습을. 우리가 실제로 그 장면을 보았는지는 관계없이 그 장면은 이제 우리의 머릿속에 단단히 뿌리를 내렸다. 태어나서 처음으로 우리는 상류층 사람들의 운명에 관심을 갖게 되었다. 음악에 얽힌 전설과도 같은 일화들을 들려준 마자파 씨나 아조레스의 노래들을 들려준 폰세카 씨, 식물 전문가인 대니얼스 씨 등은 그때까지 우리에게 신적인 존재나 마찬가지였지만, 그들이 그저 미미한 존재라는 사실이 점차 분명해졌다. 우리는 이 세상에서 진짜 힘을 지닌 사람들이 어떻게 흥하거나 쇠하는지를 지켜보게 된 참이었다.

어느 오후들

대니얼스 씨가 우리 셋에게 베틀후추 잎을 씹어보라고 권했을 때 캐시어스는 그 잎에 대해 이미 알고 있었던 게 분명했다. 앞으로 영국의 학교를 다니게 될 것이라는 말을 들었을 때, 그는 이미 잇새로 붉은색 액체를 원하는 곳이면 아무 데나 쏠 수 있는 능력을 갖추고 있었다. 게시판에 붙은 누군가의 얼굴 사진을 향해서, 선생의 엉덩이를 가린 바지 위로, 차를 타고 지나가는 동안 개의 머리를 향해서. 떠날 준비를 하는 동안 그의 부모는 그가 이런 못된 습관을 고치기를 바라므로 베틀후추 잎을 주지 않겠노라고 말했다. 하지만 캐시어스는 가장 아끼는 베갯잇 안에 잎과 열매들을 잔뜩 넣어 왔다. 콜롬보 항구에서 끈끈한 작별의 인사를 나누던 시간, 캐시어스의 부모는 부둣가에서 그에게 손을 흔들었고, 캐시어스는 녹색 잎 하나를 꺼내 그것을 부모를 향해 흔들어 보였다. 그의 부모가 그 베틀후추 잎을 보았는지는 알 수 없었지만 그는 그들이 자신의 사악한 속임수를 똑똑히 보았기를 바랐다.

우리는 3일 동안 야외수영장의 출입을 금지당한 참이었다. 그날 오후 갑판용 의자들로 무장한 채 대니얼스 씨의 "하얀 비디"에 취해 풀장을 습격한 사건 때문에 우리에게 허용된 것은 그 주변을 몰래 돌아다니며 뛰어들 궁리를 하는 것뿐이었다. 터빈실에 마련한 본부에서 우리는 고양이 테이블에 앉는 모든 승객들에 관한 모든 사실들을 알아내자는 결정을 내렸다. 우리는 각자 무엇이든 알아내는 대로 그것들을 서로 공유하기로 했다. 캐시어스는 식사 때마다 그의 옆에 앉는 창백한 라스케티 양이 우연히, 혹은 의도적으로 팔꿈치로 자신의 "고추를 밀쳤다"고 보고했다. 나는 서니 메도즈이기도 한 마자파 씨가 검은 테 안경을 쓰는 이유는 보다 믿을 만하고 사려 깊은 사람으로 보이기 위해서라고 말했다. 그는 가슴팍에 달린 주머니에서 안경을 꺼내 보여준 적이 있었는데, 그 안경은 도수가 없는 유리알일 뿐이었다. 우리는 모두 마자파 씨가 분명 과거에 엉큼한 인간이었으리라 믿고 있었다. "좋은 책들이 전하는 말처럼, 나 역시 진창에서 잘도 빠져나왔지." 이는 그가 어떤 일화를 이야기할 때마다 마무리로 즐겨 사용하는 말이었다.

역시나 시끌벅적하게 흘러가던 터빈실에서의 어느 날 오후, 캐시어스가 말했다. "세인트 토마스 중학교에 있던 화장실 기억나?" 그는 구명기구에 기대듯이 누워 깡통에 들어 있는 연유를 빨고 있었다. "내가 이 배에서 내리기 전에 뭘 할지 알아? 선장이 쓰는 에나멜 변기에다 똥을 쌀 거야. 진짜야."

나는 다시 네빌 씨와 많은 시간을 보냈다. 그는 늘 소지하는 배의 청사진들을 보여주며 엔지니어들이 식사를 하는 곳과 잠을 자는 곳, 그리고 선장이 사용하는 구역의 위치를 알려주었다. 어떻게 하여 전기가 모든 선실에 공급되는지, 어떤 방식으로 오론세이의 가장 하부에 위치한 보이지 않는 기계까지 닿는지도 알려주었다. 나는 그런 것쯤은 이미 알고 있었다. 내 선실의 패널 벽 뒤에는 꾸준히 돌아가는 수송관의 가지 하나가 뻗어 나와 있었다. 나는 가끔 한 번도 차갑게 식은 적이 없는 나무재질의 그것을 손바닥으로 만져보고는 했다.

무엇보다도 최고였던 건 그가 배를 해체하는 일을 하던 때의 이야기와, 어떻게 하여 거대한 배가 보이지 않는 수천 개의 조각들로 부서져 "파괴자의 뜰"로 떨어지는지에 대한 이야기를 해줄 때였다. 나는 콜롬보 항구 한 구석에서 멀리 불타오르고 있던 한 척의 배를 보았던 때, 바로 이런 광경을 보고 있었던 거라고 생각했다. 그 배는 다시 사용할 수 있는 금속으로 환원되었을 것이다. 선체는 작은 운하나 방수탱크에서 솟아나온 깔때기가 되었을지도 모른다. 네빌 씨는 항구라면 어디나 보이

111

지 않는 한쪽 구석에서 이처럼 해체 작업이 진행되고 있다고 말했다. 합금은 분리되고, 목재는 태워지고, 고무와 플라스틱은 판으로 나뉘어 땅에 묻힌다는 거였다. 하지만 도기와 금속판, 그리고 전선 등은 분리되어 재활용한다고 했다. 그래서 나는 무거운 나무망치로 벽을 들어내고 까마귀처럼 금속 코일과 조그만 전기 고정부품들을 떼어내 한데 모으는 특수한 직업을 지닌 근육질의 사내들이 그와 함께 일하는 모습을 상상했다. 한 달이면 그들은 배 한 척을 사라지게 할 수 있었다. 개에게 던져주는 뼈다귀처럼, 온갖 더러운 것이 흘러 모인 뼈대만 남긴 채. 네빌 씨는 이런 일을 하며 방콕에서 바킹까지 전 세계를 넘나들었다. 내 옆에 앉아 한동안 지냈던 이곳저곳의 항구들을 회상하던 그는 손가락 사이에로 푸른 분필을 굴리다가 이내 명상에 잠겼다.

물론 위험한 직업이었어, 그는 중얼거렸다. 그 무엇도, 심지어는 거대한 여객선마저도 영원하지 않다는 걸 깨달아야 하는 고통스러운 일이었지. "3단 노선마저도 말이야!" 이렇게 말하며 그는 나를 쿡 찔렀다. 그는 노르망디 호를 해체하는 일을 거든 적도 있었다. "이제껏 건조된 배들 가운데 가장 아름다운 배였지." 이제 그 배는 새까맣게 탄 채 미국의 허드슨 강 어딘가에 반쯤 잠겨 있다. "하지만 그 상태조차도 어딘가 아름다운 법이야…… 파괴자의 뜰에서는 무엇이라도 새로운 생명을 지

닐 수 있고, 자동차의 부품이나 기차의 객차로, 아니면 삽날로
다시 태어날 수 있다는 걸 깨닫게 되니까. 옛 삶을 거두어 낯선
것에 연결시키는 거지."

라스케티 양

　고양이 테이블에 앉은 사람들 가운데 유일한 미혼 여성이었던 라스케티 양이야말로 우리 셋이 리비도를 분출할 대상이었다. (게다가 팔꿈치로 캐시어스의 음낭을 찔렀다는 말도 있었고.) 그녀는 나긋나긋했고 비둘기처럼 희었다. 그녀는 햇빛을 좋아하지 않았다. 사각형 모양의 깊은 그늘 아래 놓인 갑판 의자에 앉아 범죄소설을 읽고 있는 그녀의 모습이 종종 눈에 띄었다. 그녀의 밝은 금발머리는 그녀가 선택한 그늘진 어둠 속에서 조용히 반짝이고 있었다. 그녀는 담배를 피웠다. 그녀와 마자파 씨는 첫 번째 요리를 먹고 난 뒤 거의 동시에 자리에서 일어나 갑판 위로 향하는 가장 가까운 출구로 나가고는 했다. 그들이 그곳에서 무슨 이야기를 나누었는지 우리로서는 알 길이 없었다. 그들은 어울리지 않는 한 쌍처럼 보였다. 가끔 그녀가 진창에서 한두 번쯤 구른 적이 있는 것처럼 웃을 때가 있기는 했지만. 그런 웃음이 그토록 가늘고 단정한 몸집에서 터져나오면 놀라지 않을 수 없다. 그녀는 대개 마자파 씨가 음란한 이야기를 할 때마다 그에 대한 응답으로 웃음을 터뜨리고는 했다. 그녀에게는 기발한 면도 있었다. "'트롱프뢰유trompe l'oeil'라는 단어만 들으면 왜 굴oysters 생각이 날까?" 나는 그녀가 이런 말을 하는 걸 들은 적이 있다.

아직까지도 우리는 라스케티 양의 배경이나 하는 일에 대한 결정적인 증거를 거의 찾아내지 못하고 있었다. 우리는 우리가 날마다 배 안을 순찰하며 이런저런 단서들을 빨아들이는 데 능란하다고 생각하고 있었지만, 우리가 찾아낸 정보들의 확실성에 대해서는 점차 확신할 수 없게 되었다. 점심을 먹을 때마다 우리는 어떤 이야기를 훔쳐듣거나, 고갯짓이나 눈짓이 오가는 장면을 목격했다. "스페인어는 정말 아름다운 언어예요, 안 그래요? 마자파 씨?" 그녀가 그렇게 말하면 마자파 씨는 테이블 너머에서 윙크를 했다. 우리는 그저 그들 사이에 앉아 있으면서 어른들이라는 존재를 배우고 있었다. 마자파 씨의 윙크에는 모든 것들이 암시되어 있었고, 우리는 어떤 패턴이 생겨나고 있다고 생각했다.

라스케티 양에게 특별한 점이 있었다면, 그녀가 잠을 많이 잔다는 거였다. 그녀는 한낮의 특정한 시간이면 대개 잠을 자고 있었다. 그녀는 잠에서 깨려고 힘겹게 노력했다. 이런 노력으로 인해 그녀는 부당한 처벌을 향해 끝없이 항의하는 사람처럼 사랑스럽게 보였다. 우리는 그녀가 갑판용 의자에 앉아 책을 읽으려고 하다가 천천히 책장 위로 고개를 숙이는 모습을 여러 번 목격했다. 여러 면에서 그녀는 우리 테이블에서 유령과도 같은 존재였다. 그녀에게는 몽유병이 있다는 사실도 드러났는데, 배에서는 위험하기 짝이 없는 버릇이었다. 나는 하얀 파편 같은 그녀가 출렁거리는 어두운 바다를 향해 나아가는 모습을 본다.

그녀는 어떤 미래를 맞게 되었을까? 그녀의 과거는 어떤 것이었을까? 그녀는 우리로 하여금 우리 자신으로부터 벗어나 다른 사람들의 삶을 상상하게 했던, 고양이 테이블의 유일한 멤버였다. 캐시어스와 내게 이런 종류의 연민을 느끼도록 영향을 끼친 것은 분명 라마딘이었다고 나는 생각한다. 라마딘은 항상 우리 셋 중에서 가장 넉넉한 마음씨를 보였다. 우리는 그렇게 인생에서 처음으로 타인의 삶에 깃든 부당함을 감각하기 시작했다. 나는 라스케티 양의 "화약 차"를 기억한다. 그녀는 오후마다 우리를 남겨두고 테이블을 떠나면서 그것을 뜨거운 물에 섞어 보온병에 담았다. 그녀는 그 차를 마시고 잔뜩 상기된 얼굴로 억지로 깨어 있고는 했다.

그녀를 "비둘기처럼 희다"고 묘사한 것은 아마도 나중에 알게 된 그녀의 모습 때문일 거다. 우리는 라스케티 양이 배 어딘가에 스무 마리인가 서른 마리쯤의 비둘기를 싣고 있다는 것을 알게 되었다. 그녀는 영국까지 비둘기 무리와 "동행"하고 있었는데, 어째서 그런 여행을 하게 되었는지에 대해서는 철저히 함구했다. 후에 나는 플라비아 프린스를 통해 일등실의 누군지 모를 승객 한 사람이 화이트홀*의 회랑 어딘가에서 라스게티 양을 종종 목격했다는 이야기를 듣게 되었다.

어쨌거나 우리는 칸디에 상점을 소유한 말없는 재단사 구네세케라 씨부터 명랑한 마자파 씨, 그리고 라스케티 양에 이르기까지 우리 테이블의 거의 모든 사람들이 저마다 흥미로운 이유로 이 여행을 하고 있는 거라고 생각했다. 비록 아무도 그 이유를 말해주지 않았고, 아직까지 우리가 알아내지도 못했지만. 그럼에도 오론세이에서 우리 테이블은 여전히 아주 사소한 지위를 차지하고 있었다. 반면 선장의 테이블은 누가 중요한 사람인지를 꾸준히 과시하고 있었다. 이 여행을 통해 나는 알게 된 작은 교훈을 얻었다. 재미있고 중요한 일들은 대개 무력해 보이는 장소에서 은밀하게 일어난다는 것을. 익숙한 수사들만 오가는 주빈 테이블에서는 진정으로 가치 있는 이야기들이 등장하지 않았다. 이미 권력을 가진 사람들은 자신들을 위해 만들어둔 익숙한 홈을 그저 따라가고만 있었다.

---

* 영국 정부 기관이 모여 있는 거리의 이름. '화이트홀의 회랑'은 권력이 집중돼 있는 영국 정계를 가리키는 표현이다.

그 소녀

배에서 가장 힘없는 존재로 여겨졌던 인물은 아순타라는 이름의 소녀였다. 우리조차도 처음에는 그녀를 거의 의식하지 못했다. 그녀는 가진 옷이 빛바랜 녹색 원피스 한 벌뿐인 듯 있는 것처럼 보였다. 그녀는 언제나, 폭풍우가 몰아칠 때도 그 옷을 입고 있었다. 그녀가 귀머거리라는 사실은 그녀의 유약함과 외로움을 배가시켰다. 우리 테이블에 앉던 누군가는 그녀가 어떻게 배의 탑승권을 살 수 있었는지를 궁금해하기도 했다. 우리는 언젠가 트램펄린을 타는 그녀를 본 적이 있었다. 고요하게 내려앉은 허공으로 뛰어오르는 그녀의 모습을 바라보던 우리는 그녀가 다른 세계에 속한 사람이라는 걸 느꼈다. 그러나 그녀가 트램펄린에서 내려와 그 자리를 떠나자마자, 그녀의 내부에 깃들어 있던 힘이나 민첩함은 더 이상 느껴지지 않았다. 그녀는 신할라 출신이었지만 안색이 창백했다. 몸집도 가늘었다.

그녀는 물을 무서워했다. 그녀가 수영장 근처를 지나갈 때마다 우리는 캐시어스가 마음을 바꿔 그만둘 때까지 물을 양손 가득 담아 그녀를 향해 퍼부으며 골려댔다. 우리는 캐시어스의 마음속에 피어난 조그만 자비심을 눈치 챘고, 그가 그녀를 먼 발치에서 수줍게 지켜보고 있다는 것을 알아차렸다. 잔클라 극단의 히데라바드 마인드, 수닐도 그녀를 쫓아다니는 듯 보였다. 그는 에밀리도 한 자리를 차지한 테이블에서 식사를 할 때마다 아순타의 옆자리에 앉았고, 우리 쪽에서 내는 시끄러운 소리에 질렸다는 듯 고양이 테이블을 힐끔거리고는 했다.

아순타에게는 소리를 듣는 특별한 방식이 있었다. 그녀는 오른쪽 귀로만 들을 수 있었는데, 그것도 누군가가 그녀의 귀에 대고 분명히 말할 때뿐이었다. 이런 식으로 그녀는 공기의 진동을 소리와 단어로 변환하여 알아들었다. 이렇게 몸을 바짝 붙이지 않고서는 누구도 그녀와 대화를 나눌 수 없었다. 구명정에 대한 안내 시간에 선원 하나가 그녀에게 이런 식으로 규칙과 규율에 대한 설명을 해주었고, 나머지 사람들은 똑같은 안내를 확성기를 통해 들었다. 마치 그녀의 주변에만 거대한 방어막이 둘러쳐져 있는 것 같았다.

에밀리는 그저 우연히 그녀와 같은 테이블에 앉게 되었을 뿐이었다. 에밀리가 자신의 아름다움을 공공연히 과시하는 쪽이었다면, 이 소녀는 쓸쓸한 은둔자처럼 보였다. 그들은 점차 친해지는 듯 보였고, 우리의 눈에도 그들이 나누는 대화와 속삭임, 손을 쥐는 방식이 지닌 강렬함이 들어오기 시작했다. 귀머거리 소녀와 함께 있을 때의 에밀리는 굉장히 다른 사람이었다.

갑판 위로 내리는 가느다란 아침의 빗줄기는 완벽했다. 비상구B와 비상구C 사이에는 갑판용 의자들이 놓이지 않은 23야드 길이의 공간이 있었다. 우리는 맨발로 그곳을 뛰어다니며 미끄러운 나무 바닥에서 슬라이딩을 하다가 바깥 날씨를 확인하려고 갑자기 문을 열고 나오던 승객들과 부딪히곤 했다. 캐시어스는 온몸으로 미끄러지기 기록을 수립하던 도중 그의 나이 지긋한 선생이었던 라사굴라 차우다리보이 씨와 충돌하기도 했다. 바닥을 청소할 때면 우리는 더 멀리까지 미끄러질 수 있었다. 비누칠한 바닥을 대걸레로 닦기 전에 우리는 들통 사이를 아슬아슬하게 피하며, 선원들과 슬쩍 부딪히기도 하면서, 두 배쯤 멀리 미끄러질 수 있었다. 라마딘도 이에 가세했다. 그는 얼굴에 닿는 바닷바람을 세상에서 가장 사랑하게 되었다. 그는 뱃머리에 서서 몇 시간 동안이나 먼 곳을 응시하며 그 너머에서 벌어지고 있을 일들을 생각했다.

배에서 날마다 벌어지는 일들을 기록으로 남기고자 한다면, 가장 정확하게 기록할 수 있는 방법은 바로, 매일같이 일어나는 일들을 시간 순으로 배치하여 서로 다른 색깔들로 교차시킨 도표를 하나 그리는 것이었다. 마자파 씨가 정오에 산책을 할 때를 나타내는 색, 모라투와의 아유르베다 치료사가 헥터 경을 돌보는 임무를 끝내고 자유롭게 돌아다닐 때를 나타내는 색. 개를 산책시키는 해스티와 인버니오도 있었다. 딜라일라 라운지에서는 플라비아 프린스가 브리지 게임을 같이 하는 친구들과 주변을 찬찬히 관찰하는 시간도 있었고, 새벽녘이면 호주 여자아이가 스케이트를 달렸다. 잔클라 극단이 공식적으로 혹은 비공식적으로 공연하는 시간도 있었다. 물론 우리 셋은 수은 방울처럼 이 모든 장소들을 흘러 다녔다. 우리는 수영장에서 잠시 시간을 보내다가 탁구대 쪽을 지나갔고, 무도장에서 진행되는 마자파 씨의 피아노 교습 장면을 바라보다가 짧은 낮잠을 잔 뒤, 한쪽 눈이 의안인 사무장보—우리는 그의 유리 눈을 자세히 들여다보았다—와 잡담을 나누었다. 그런 다음에는 폰세카 씨의 선실을 찾아 한 시간쯤 그곳에서 노닥거렸다. 이처럼 내키는 대로 이동하는 우리의 방식은 점차 카드리유의 스텝처럼 예측 가능한 것이 되어갔다.

당시는 카메라가 흔하지 않았던 시대였으므로 우리의 여행은 영구적인 기억으로 고정되지 못했다. 오론세이를 타고 여행하던 그 시간들은 내게 한 장의 흐릿한 사진으로조차 남지 않았다. 그래서 나는 여행 당시 라마딘이 실제로 어떤 모습이었는지조차 기억해내기가 쉽지 않다. 누군가가 수영장으로 뛰어들던 흐릿한 모습, 백짓장처럼 하얀 살갗의 육체가 허공을 지나 바다로 떨어지던 모습, 거울을 들여다보며 자기 모습을 찾던 소년, 갑판용 의자에서 깜박 잠든 라스케티 양. 이런 이미지들은 오로지 기억에 의한 것들일 뿐이다. 최상위층인 엠퍼러 클래스에는 상자형 사진기를 갖고 있던 승객들이 몇 있었고, 야회복 차림을 한 채 더러 사진에 찍히기도 했다. 고양이 테이블에서는 라스케티 양이 가끔 노란 공책에 스케치를 했다. 그녀는 우리들의 모습도 그렸겠지만, 우리는 그녀에게 그 그림들을 요구할 정도로 궁금해하지는 않았다. 우리는 예술적인 일들에는 관심이 없는 척했다. 그녀는 다양한 색깔의 실들로 우리들 각각의 초상을 뜨개질하고 있었는지도 모른다. 하지만 우리는 그녀가 비둘기가 들어 있는 재킷을 가져와 보여주었을 때 더 흥미로워했다. 그녀는 안감을 덧댄 주머니 안에 살아 있는 새들이 든 재킷을 입고 갑판 위를 거닐어 보였다.

우리가 무슨 일을 하더라도 그것이 영구적으로 남게 될 가능성은 없었다. 우리는 그저 마구 달리기를 하거나 수영장 밑

바다으로 잠수하여 폐가 얼마나 많은 공기를 머금을 수 있는지 가늠했다. 한 승무원이 백여 개는 될 숟가락들을 수영장에 빠뜨린 적이 있었다. 다른 경쟁자들과 함께 물에 뛰어든 캐시어스와 나는 수면 아래에서 남들보다 오래 견딜 수 있는 우리의 폐에 의존하여 작은 손으로 가능한 많은 숟가락들을 움켜쥐었다. 우리가 마치 양서류의 물갈퀴처럼 양손 가득 쥔 날붙이들을 가슴팍에 끌어안고 물에서 기어나오자 지켜보던 사람들은 우리의 속옷이라도 벗겨진 양 환호하며 웃어댔다. 위대한 항해자였던 멜빌은 "나는 다이빙하는 모든 사람들을 사랑한다"고 썼다. 그날, 혹은 배를 타고 여행하던 21일 중 그 어떤 날에 누군가가 내게 앞으로 어떤 직업을 선택하겠느냐고 물었다면 나는 주저 없이 평생 이처럼 다이빙을 하며 살아가겠다고 대답했을 거였다. 그러나 그날 이후로 그런 직업을 갖게 되거나 그런 일을 할 기회가 생긴 적은 없었다. 거의 하나의 원소처럼 작고 마른 우리는 우리가 건진 보물들을 내려놓고 다시 한 번 마지막으로 남은 숟가락들을 찾으려고 물속을 휘젓고 다녔다. 머뭇거리고만 있던 라마딘은 가세하지 않았다. 그러나 그는 다소 지루해하면서도 우리에게 응원을 보내주고 있었다.

도둑질

어느 날 아침, 우리에게 C. 남작이라 알려진 한 남자가 나를 찾아와 자신의 계획을 도와달라고 부탁했다. 그는 작은 체구에 운동신경이 좋은 사내아이를 찾고 있었고, 내가 수영장에 뛰어들어 숟가락들을 건지는 걸 지켜보았다고 했다.

그는 먼저 일등석 라운지로 나를 불러 아이스크림을 먹였다. 그 후에는 자신의 선실에서 내가 지닌 능력을 보여달라고 했다. 나는 샌들을 벗고 가구 위로 올라가 가능한 한 빠르게, 바닥을 딛지 않고 방 안을 돌아다녀야 했다. 별 일이 다 있다고 생각하면서도 나는 안락의자에서 책상으로, 또 침대로 뛰었고, 문에 매달려 욕실로 건너가기까지 했다. 내 몸집에 비교해 선실은 무척 큰 편이었다. 몇 분 만에 나는 개처럼 헐떡이며 맨발로 두꺼운 카펫 위에 섰다. 그러자 그는 내게 찻주전자 하나를 가져다주었다.

"콜롬보에서 가져온 차란다. 배에서 마시는 차가 아니라."
이렇게 말하며 그는 잔에 연유를 부었다. 좋은 차가 뭔지 아는
남자였다. 그 전까지 우리는 배에서 맹물 같은 차를 마셔야 했
고, 그래서 나는 더 이상 차를 마시지 않고 있었다. 그러나 남
작은 내게 더없이 훌륭한 차 한 잔을 만들어 주었다. 그는 매우
작은 잔을 내왔고, 그래서 나는 그 날 여러 잔을 거푸 마실 수
있었다.

남작은 내가 운동신경이 좋다고 했다. 그는 문 쪽으로 나를
데리고 가서 위쪽에 달린 창문을 가리켰다. 사각형의 창문에
는 작은 걸쇠가 하나 달려 있었고, 그것으로 창문을 걸어 잠글
수 있었다. 이제 유리창은 쟁반처럼 납작하게 수평으로 눕혀
졌다. 창을 통해 공기가 들어왔다가 다시 방을 빠져나가고 있
었다.

"저 창문 사이로 빠져나갈 수 있겠니?" 내가 미처 대답을 하
기도 전에 그는 양 손을 모아 그 위에 나를 앉히더니 자신의 어
깨 위로 나를 올렸다. 나는 바닥에서 6피트 떨어진 높이에 있
었다. 나는 떨어질까봐 무서웠지만 유리와 나무틀에 신경을 쓰
면서 창문을 향해 기어올랐다. 열린 틈 사이에 두 개의 수평 가
로막이 걸려 있었다. 그는 틈으로 지나가보라고 했고, 나는 그
사이를 비집고 빠져나갈 수가 없었다.

"소용없구나. 내려와라." 나는 그의 어깨에 다시 무릎을 얹

고 포마드를 바른 그의 머리칼을 붙들며 아래로 내려왔다. 나는 내가 그의 기대를 어떤 식으로든 배반했다고 느꼈다. 아이스크림도 먹고 차까지 마셨으니까.

"다른 아이를 찾아봐야겠군." 내가 더 이상 안중에도 없다는 듯, 그가 혼잣말처럼 중얼거렸다. 그러고는 내가 실망했다는 것을 알아차린 그는 이렇게 말했다. "미안하다."

다음 날 나는 수영장에서 다른 사내아이에게 말을 걸고 있는 남작을 보았다. 잠시 후, 그가 그 아이를 데리고 상위 갑판으로 올라갔다. 아이는 나보다 몸집이 작기는 했지만, 썩 뛰어난 운동신경을 갖추고 있지는 않았던 듯했다. 그 아이는 한 시간도 지나기 전에 돌아와 그가 준 차와 비스킷에 대한 이야기만 늘어놓았다. 그런데 아마 하루쯤 더 지났을 때, 남작은 나를 다시 선실로 불러 창문을 빠져나가보라고 부탁했다. 그가 말하길 자신에게 다른 생각이 있다고 했다. 일등실 구역의 입구를 지나갈 때 남작은 그곳을 지키고 있던 승무원에게 이렇게 말했다. "내 조카요. 차 한 잔 마시게 하려고." 나는 곧 합법적으로 카펫이 깔린 라운지를 지날 수 있게 되었는데, 그러면서도 나는 역시 이 구역의 승객인 플라비아 프린스가 나타나지는 않을까 예의 주시하고 있었다.

그는 내게 수영복을 입으라고 했고, 내가 나머지 옷가지들을 벗자마자 엔진실에서 가져온 모터오일을 꺼내더니 목부터 발

끝까지 몸 전체에 그 끈적끈적한 검은 액체를 바르게 했다. 그리고 다시 한 번, 바로 아래 두 개의 바가 수평으로 걸쳐진 열린 창문을 향해 나를 들어올렸다. 오일을 바른 나는 이번에는 장어처럼 그 사이를 미끄러져 지나갈 수 있었고, 문의 반대쪽에 위치한 복도로 떨어졌다. 내가 노크를 하자 그는 문을 열고 나를 안으로 들였다. 그는 웃고 있었다.

즉시 그는 내게 목욕용 가운을 입으라며 건넸다. 우리는 텅 빈 복도를 지나갔다. 그가 어떤 문을 두드렸다. 아무런 응답이 없자, 그는 열린 창문을 향해 나를 들어올렸다. 나는 아까처럼 열린 창문을 미끄러지듯 빠져나갔다. 이번에는 접견실이었다. 나는 안에서 잠긴 문을 열었고, 남작은 안으로 들어와 내 머리를 쓰다듬었다. 그는 재빨리 안락의자에 앉더니 내게 윙크를 보내고는 방 안을 둘러보기 시작했다. 그는 몇 개의 서랍들을 열어보았다. 우리는 금세 그 방에서 나왔다.

다시 생각해보면 아마도 그는 내가 그날의 무단침입을 그와 친구들 사이에서 벌어지는 놀이라고 생각하게 했던 듯싶다. 그가 하는 행동들은 죄다 편안하고 악의가 없어 보였다. 그는 바지주머니에 양손을 찌른 채 방 안을 돌아다니며 선반이나 책상 위에 놓인 물건들을 유심히 들여다보았고, 다른 방들도 둘러보았다. 나는 그가 커다란 종이뭉치를 찾아내 그것을 스포츠가방에 떨어뜨리듯 집어넣던 장면을 기억한다. 그가 은빛 날이

달린 칼을 주머니에 넣는 것도 보았다.

그가 이런 일을 하는 동안 나는 바다로 향한 둥근 창을 내다보고 있었다. 창이 열려 있으면 아래쪽 갑판에서 고리 던지기 놀이를 하는 사람들의 고함소리가 들려올 것 같았다. 게다가 이토록 커다란 선실에 들어왔다는 사실에 흥분이 일기도 했다. 해스티 씨와 함께 쓰는 내 선실은 그 방에 놓인 커다란 침대만 한 크기였다. 사방이 거울로 둘러싸인 욕실에 들어간 나는 검은 오일을 뒤집어쓴 채 반쯤 벌거벗은 내 모습을 갑작스레 보았다. 보이는 거라고는 갈색 얼굴과 삐쭉삐쭉 선 머리카락뿐이었다. 『정글 북』에서 튀어나왔을 법한 야생의 소년이 거기 있었고, 전등불처럼 하얀 누군가가 그 소년을 지켜보고 있었다. 다시 생각해보면 이는 내가 기억하는 최초의 자화상이다. 아직 무엇도, 누구도 되지 못한 채, 절반쯤만 형성된, 깜짝 놀란 소년의 이미지는 나를 오랫동안 붙들고 있었다. 거울 한 귀퉁이에 비친 남작이 나를 바라봤다. 그는 무언가 생각에 잠긴 표정이었다. 마치 거울에 비친 나를 이해하고 있다는 듯, 자신도 언젠가 이런 적이 있다는 듯이. 그는 내게 수건을 던져주며 몸을 닦으라고 했고, 스포츠가방에 넣어온 내 옷을 도로 입도록 했다.

나는 어서 터빈실로 가서 다른 둘을 만나 내가 겪은 일을 말해주고 싶어서 안달했다. 나는 어른이 된 것 같았다. 그러나 돌이켜보면 남작이 내게 준 것은 바로 연필깎이처럼 조그만 또 다른 나 자신이었다는 생각이 든다. 적어도 내가 십대를 벗어나기 전까지 몇 년 동안 열기를 망설였던 문을, 또 다른 내가 잠시나마 탈출했던 것이었는지도 모른다. 그가 어떤 문을 두드리고 아무 대답도 없자, 나는 창문틀 사이로 들어가 그를 안으로 들였다. 커다란 침대 옆에 누군가가 잠들어 있는 걸 보고 둘 다 깜짝 놀라고, 침대 옆 테이블에는 약병들이 놓여 있던 그날의 오후를 나는 기억한다. 남작은 조용히 손을 모으고 침대 가까이 다가가 혼수상태에 빠진 누군가를 들여다보았다. 그가 헥터 드 실바 경이라는 것을 나는 나중에야 깨달았다. 남작은 내 어깨를 두드리며 백만장자의 옷장 위 금속 흉상을 가리켰다. 남작이 귀중품—나는 그가 보석을 찾고 있다고 추측했는데, 결국 도둑들이란 그런 것들을 찾게 마련이기 때문이었다—을 찾아 방 안을 둘러보는 동안, 나는 금속 머리와 진짜 머리를 비교하며 둘을 번갈아 들여다보고 있었다. 흉상은 자고 있는 사내를 사자처럼 용맹하고 고귀하게 빚어낸 것이었고, 베개 위에 잠들어 있는 실제 머리와는 대조를 이루었다. 나는 두 팔로 흉상을 들어 올리려고 했으나 그것은 너무나 무거웠다.

남작은 서류들을 훑어보았지만 아무것도 가져가지 않았다. 대신 그는 벽난로 선반 위에 놓여 있던 조그만 녹색의 개구리 조각을 챙겼다. "옥이야." 그는 내 쪽으로 몸을 숙이며 이렇게 속삭였다. 그 후 그는 사내의 침대 곁에 놓인 은빛 액자에 들어 있던 한 젊은 여성의 사진도 챙겼다. 지나치게 개인적으로 느껴지는 행동이었다. 몇 분 뒤 복도를 지나갈 때, 그는 그 여성이 너무나 매력적이라는 말을 했다. "아마도," 그가 말했다. "이번 여행을 하면서 그녀를 만날 수 있을 거야."

얼마 지나지 않아 남작은 예정보다 이르게 포트사이드에서 하선해야 했다. 그 누구도 일등석 승객들을 직접적으로 도둑으로 몰 수는 없었지만, 어쨌거나 그는 배에서 계속된 절도사건의 용의자로 의심을 받고 있었기 때문이었다. 나는 그가 아텐에서 소포 몇 개를 부쳤다는 사실을 알고 있었다. 아무튼 그는 갑자기 더 이상 나를 부르지 않았다. 그가 베드퍼드 라운지에서 마지막 차를 대접한 뒤로 나는 그를 거의 보지 못했다. 그가 도둑질을 한 까닭이 일등석 요금을 충당하기 위해서였는지, 아니면 병든 형제나 공범인 나이든 동료에게 돈을 주기 위해서였는지, 나로서는 알 수 없다. 그는 내게 관대한 사람으로 보였다. 나는 아직도 그가 어떤 생김새였는지, 어떤 옷을 입고 있었는지 기억한다. 비록 그가 진짜 영국인이었는지, 아니면 귀족행세를 하는 사기꾼이었는지는 알 수 없지만. 이 나라의 우체국에 붙어 있는 범죄자의 현상수배명단에 그의 얼굴이 오른다면, 나는 그를 알아볼 수 있을 거다.

우리의 배는 계속해서 북서쪽으로 나아갔다. 위도가 높아지면서 승객들은 밤이 점점 더 추워지고 있다는 느낌을 받았다. 어느 날 우리는 확성기를 통해 저녁식사 후 셀틱 룸 바깥쪽 갑판에서 영화가 상영될 거라는 소식을 들었다. 해질녘이 되자 승무원들은 선미에 뻣뻣한 천을 건 뒤 수수께끼의 물건처럼 꽁꽁 싸맨 프로젝터를 꺼내왔다. 영화가 시작되기 반시간 전부터 백여 명의 사람들이 좀이 쑤셔 못 견디겠다는 얼굴로 그 앞에 모여들었는데, 어른들은 의자에, 아이들은 갑판 위에 앉아 있었다. 라마딘과 캐시어스, 그리고 나는 가능한 한 스크린 가까이 자리를 잡았다. 우리가 처음으로 보게 될 영화였다. 스피커에서 시끄럽게 끽끽거리는 소리가 나더니, 점점 진해지는 보랏빛으로 물든 하늘로 둘러싸인 스크린에서 갑자기 영화가 상영되기 시작했다.

이제 와 생각해보면 그 날 〈네 개의 깃털〉을 상영한 까닭은 며칠 전 아덴에 정박했었기 때문인 듯하다. 그런 영화를 선택한 이유는 아라비아의 폭력성과 멍청하지만 문명화된 영국을 비교해서 보여주려는 조악한 의도에서였다. 우리는 한 영국인이 얼굴을 바꾸고 (살갗이 지글지글 익는 소리를 들을 수 있었다) 아랍인처럼 위장해 한 가공의 사막국가를 통과하는 장면을 지켜보았다. 영화 속에 등장하는 한 노년의 장군은 아랍인들을 이렇게 묘사하기도 했다. "가자라 부족들은 책임감도 없고 폭력적이다." 또 다른 영국인은 사막의 태양을 올려다보다가 눈이 먼 채로 영화가 끝날 때까지 떠돌아다녔다. 전시의 호전적인 애국심과 비겁함을 교묘하게 다룬 영화의 주제는 대양에서 불어오는 강한 바람과 함께 날아가 버렸다. 음향 장비도 좋지 않았을뿐더러 우리는 무미건조한 영국식 억양에 익숙하지 않았다. 우리는 그저 등장인물들의 행위를 따라가기만 했다. 부차적인 줄거리가 생겨날 가능성도 있었다. 배가 폭풍우대로 접근하고 있었기 때문에 스크린 밖으로 고개를 돌리기만 하면 멀리서 번쩍이는 번갯불을 볼 수 있었던 것이다.

점차 구름 속으로 모습을 감추는 별들 아래서 우리가 영화를 보는 동안, 다른 장소에서도 영화가 상영되고 있었다. 30분 전에 문을 연 일등실 구역의 파이프 앤드 드럼스 바에서 약 40명가량의 옷을 잘 차려입고 덜 요란스러운 승객들도 영화를 보고 있었다. 일등석 승객들이 두 번째 릴을 보고 있는 동안 상영이 끝난 첫 번째 릴은 다시 둥글게 감겨 금속보관함에 담긴 채 야외의 우리 쪽 영사기로 넘어왔다. 따라서 두 개의 릴이 동시에 상영되자 소리가 서로 마구 뒤섞이는 혼란이 초래되었다. 바닷바람이 세게 불어왔던 까닭에 스피커마다 소리를 최대로 키웠고, 따라서 우리는 대위법처럼 들려오는 소음에 지속적으로 공격을 받았다. 긴장감 감도는 장면을 볼 때 우리 귀에 장교식당의 열광적인 소음이 들려왔다. 우리의 야외 상영관은 한밤의 소풍과도 같은 분위기였다. 우리는 모두 아이스크림을 한 개씩 받았고, 일등석 구역에서 상영이 끝난 릴이 우리 쪽 영사기로 넘어오기를 기다리는 사이에는 잔클라 극단이 공연을 했다. 일등석 구역의 스피커에서 피에 굶주린 비명을 질러대며 아랍인들을 공격하는 소리가 들려오는 동안 그들은 푸줏간에서 쓰는 커다란 칼들을 던지며 저글링 시범을 보여주었다. 잔클라 극단은 끝없이 울려 퍼지는 비명소리를 우스운 몸짓으로 희화화했다. 히데라바드 마인드는 앞으로 걸어나와 영사기의 렌즈를 돌리면 며칠 전 누군가가 잃어버렸던 브로치를 찾을 수 있다고 말했다. 일등석 구역의 승객들이 영국 군대의 잔인한 학살 장면을 지켜보는 동안 이쪽 관객들 사이에서는 기쁨의 환호성이 터져 나왔다.

살아 있는 캔버스처럼 펄럭이는 스크린에 우리 영화가 이어

상영되었다. 웅장한 줄거리는 우리에게 혼란스럽기만 했고, 잔인한 행동은 이해가 되었지만 명예에 따르는 책임감에 대해서는 전혀 이해할 수 없었다. 캐시어스는 며칠 동안 이런 말을 하며 돌아다녔다. "오론세이 부족은 책임감도 없고 폭력적이다."

불운하게도 이미 예측된 바 있던 폭풍이 우리 배를 집어 삼키자 영사기 위로 빗방울이 떨어져 내렸다. 그러자 이미 뜨거워질 대로 뜨거워진 금속 영사기가 쉿쉿 하는 소리를 내기 시작했다. 승무원 한 사람이 그 위로 우산을 씌웠지만, 세차게 불어오는 돌풍에 느슨해진 스크린은 바다 위를 떠도는 유령처럼 펄럭거렸다. 그러자 이미지들은 바다 위로 표적도 없이 쏘아졌다. 우리는 그 영화의 마지막이 어떻게 끝나는지를 여행이 끝날 때까지 알 수 없었다. 내가 결말을 알게 된 것은 몇 년 후, 덜리치 칼리지 도서관에서 A. E. W. 메이슨의 소설을 읽고 나서였다. 메이슨은 그 학교의 졸업생이었다. 어쨌거나 그날 밤 시작된 폭풍우는 오론세이를 맹렬하게 공격했다. 폭풍우가 잠잠해진 것은 오론세이가 소용돌이치는 바다를 빠져나와 진짜 아라비아에 정박하고 난 뒤였다.

내가 여름철을 지내는 캐나다 순상지에도 폭풍이 몰아칠 때가 있다. 허공, 강 위로 우뚝 자라난 소나무 위로 떨어져 내리는 번개를 보았고, 이어 벼락이 치는 소리를 들었다고 생각하며 나는 잠에서 깨어났다. 그런 장관을 바라보며 위협적인 폭풍을 체감하기 위해서는 그 정도 높이에 있지 않으면 안 된다. 집 안의 사람들은 모두 잠들어 있고, 그들 근처에서 하운드 한 마리가 금방이라도 심장이 무너지거나 터져버리기라도 할 것처럼 두 귀를 쫑긋 세운 채 덜덜 떨고 있었다. 마구 몰아치는 폭풍 속에서 빛에 절반쯤 드러난 개의 얼굴은 일종의 우주여행을 하며 속도를 견디는 것처럼 보였다. 정상적인 속도라면 무척 멋지게 보일 개인데. 다른 사람들이 거칠게 날뛰는 자연에 갇혀 잠들어 있는 동안에는 오직 아래쪽에서 흘러가는 강물만이 안정적으로 보였다. 번갯불이 번쩍이면 몇 에이커에 달하는 대지의 나무들이 뒤집히고, 모든 것이 신의 손바닥 위에서 전복되는 광경이 드러난다. 이런 일들은 여름마다 가끔, 일어난다. 나는 사랑스러운 사냥개와 함께 곧이어 다가올 번개를 예측하며 대비한다.

물론 여기에는 이유가 있다. 나는 발아래의 허공이 몇 길이나 되는지 알 길이 없는 위험한 곳에 매달려 있었던 적이 있었다. 오랜 세월이 흘렀지만 나와 캐시어스가 분명 끝내주는 모험이 될 것이라 생각하며 배의 갑판에 우리 자신을 묶고 기다렸던 그날 밤은 아직도 생각날 때가 있다.

아마도 그 영화는 우리를 만족시키기에 역부족이었던 듯하다. 나는 아직까지도 그때 우리가 무엇을 했고, 왜 그랬는지를 설명할 수가 없다. 그 일은 그냥 일어났다. 어쩌면 우리가 바다에서의 폭풍우를 처음 보았기 때문이었는지도 모른다. 영사기가 치워지고 의자들이 한 곳에 정렬되자, 갑자기 바다 위와 우리의 머리 위에서 불어대던 폭풍이 소강상태를 맞았다. 또 다른 굉장한 폭풍이 다가오고 있다는 정황을 레이더가 포착했다는 말이 들려왔지만, 바람이 잠시나마 잠잠해졌으므로 우리는 대비할 시간을 벌 수 있었다.

대재난 감상에 최적인 곳으로 가자고 나를 꾄 사람은 물론 캐시어스였다. 우리는 걸려 있는 구명정들 위쪽을 선택했다.

합세할 생각이 없었던 라마딘은 우리가 자리를 잡는 걸 도와 주겠다고만 했다. 전날 우리는 구명정 훈련을 하는 동안 열려 있던 창고에서 밧줄이며 갈고리를 챙겨둔 터였다. 그렇게 해서 다른 승객들이 거의 모두 선실로 돌아간 사이, 한밤의 소란이 벌어지는 사이, 우리는 산책용 갑판으로 올라가 뱃머리 근처에 서 우리를 밧줄로 단단히 매어둘 수 있는 고정 장치들을 찾았 다. 초속 50노트의 강풍이 예상되며 최악의 상황에 대비하고 있다는 선장의 안내방송이 들려왔다.

캐시어스와 내가 등을 대고 나란히 눕자 라마딘은 V자 형태 의 리벳과 말뚝을 이용해 우리를 밧줄로 묶기 시작했다. 다가 오는 태풍이 눈에 들어왔고, 그는 서둘렀다. 그는 묶은 매듭을 확인한 뒤 사지를 쭉 편 채 단단히 묶여 있던 우리를 남겨두고 어둠 속으로 사라졌다. 갑판은 텅 비어 있었고, 가늘게 떨어지 는 빗줄기를 제외하고는 한동안 아무 일도 일어나지 않았다. 아마도 태풍이 우리를 비껴가는 모양이라는 생각이 들었다. 그 러자마자 갑자기 돌풍이 몰아치더니 우리의 입속에서 공기를 빼앗아 갔다. 숨을 쉬려면 불어 닥치는 강풍을 피해 고개를 돌 려야 했다. 바람은 금속을 찌그러뜨리듯 우리를 몰아붙였다. 드러누운 채 까마득히 높은 하늘 어디에선가 내리치는 벼락을 경이롭게 바라보며 대화를 나눌 수 있을 거라고 상상했지만, 이제 우리는 거의 날아다니다시피 하는 물에 익사할 지경이었고, 빗물은, 그리고 바닷물은 난간 위 갑판 안쪽으로 마구 넘쳐흐르고 있었다. 머리 위의 빗줄기 사이로 벼락이 쳤다. 그러고 나면 어둠은 한층 더 진해졌다. 느슨해진 밧줄이 내 목을 후려치고 있었다. 사방이 너무나 시끄러웠다. 우리는 비명이라도 지르고 있는지, 아니면 비명을 지르려고 애를 쓰고 있는지조차 알 수가 없었다.

파도가 칠 때마다 마치 배가 산산조각 날 것 같은 소리가 들려왔고, 우리는 다시 위쪽으로 기울어져 올라갈 때까지 파도에 잠겨 있었다. 우리는 꾸준한 리듬을 인지했다. 배가 다가오는 파도에 쟁기질을 하듯 잠기면, 선미는 허공으로 솟아오르고 프로펠러들은 다시 바다에 잠길 때까지 미친 듯 소리를 질러댔다. 우리는 솟구치는 파도에 완전히 잠겨 숨도 쉬지 못하다가 다시 활처럼 튀어오르고는 했다.

오론세이의 산책용 갑판에 누워 있던 몇 시간 동안 우리는 아마도 살아남을 수 없을 거라고, 모든 것들이 무너지고 있다고 생각했다. 나는 병 속에 아무렇게나 처박힌 듯이 지금 벌어지고 있는 일에서 빠져나올 수도, 탈출을 감행할 수도 없었다. 나는 내가 혼자가 아니라는 사실에 매달렸다. 캐시어스가 나와 함께 있었다. 연신 이쪽저쪽으로 흔들리던 우리는 번개가 칠 때마다 물을 뒤집어쓴 창백한 서로의 얼굴을 보았다. 나는 이 장소에 붙들리고 말았다고 생각했다. 배가 소용돌이치며 탑처럼 솟아오르는 파도에 휩쓸려 거꾸로 뒤집히기라도 하면 캐시어스와 나는 펌프 발전기나 그런 것들에 영원히 묶인 채 남아 있게 될 거였다. 다른 사람들은 아무도 보이지 않았다. 우리는 마치 희생제물로 바쳐진 듯이 배의 표면에 단단히 붙들려 있는 유일한 사람들이었다.

파도가 거칠게 솟아올라 우리를 뒤덮었다. 그러고는 유령처럼 빠르게 배 밖으로 물러났다. 그러고 나면 우리는 위로 떠올랐다. 그러고 나면 다음 파도가 몰아쳤다. 우리는 라마딘이 얕은 지식을 동원해 묶어준 매듭에 우리의 안전을 맡겨야 했다. 그는 매듭에 대해 뭘 알고 있었던가. 우리는 라마딘이 매듭에 대해 아는 바가 전혀 없으며, 따라서 우리는 고통스러운 죽음을 맞이할 수밖에 없다고 생각했다. 우리는 전혀 안전하지 않았다. 시간감각도 사라진지 오래였다. 함교를 비추던 서치라이트가 우리 둘을 향해 내려와 잠시 눈을 멀게 했을 때까지 우리는 얼마나 오랫동안 그러고 있었던 것일까? 감각이 무뎌질 대로 무뎌진 상태였지만 우리는 빛 너머의 분노를 감지했다. 그리고 불빛이 꺼졌다.

후에 우리는 폭풍우을 가리키는 이름들을 알게 되었다. 추바스코, 스콜, 사이클론, 타이푼. 후에 우리는 아래쪽 갑판에서 벌어진 일에 대해 듣게 되었다. 칼레도니아 룸의 스테인드글라스 유리창들이 모조리 깨져나갔고, 거의 모든 전기회로들이 한 번에 끊겼으며, 그래서 사람들은 손전등을 들고 복도를 돌아다녔고, 흔들리는 불빛에 의지해 바와 라운지를 돌며 사라진 승객들을 찾아다녔다고 했다. 부분적으로 부서진 구명정들이 허공에서 반쯤 기울어진 채 기둥에 매달려 있었다. 배의 나침반은 빙빙 돌아가고 있었다. 해스티 씨와 인버니오 씨는 빛 한 점 없는 사육장에서 귓가에 내리치는 천둥소리에 놀란 개들을 진정시키느라 안간힘을 썼다. 파도가 사무장보를 후려쳤고, 그래서 그의 유리 의안이 빠져버렸다고도 했다. 이 모든 일이 우리가 머리통을 가능한 한 길게 빼고 우리가 얼마나 높이 떠올라 있는지, 그래서 얼마나 아래로 깊이 떨어질지를 가늠하는 동안 일어난 일이었다. 우리의 비명을 들은 사람은 아무도 없었다. 실은 우리도 서로의 비명을 듣지 못했고, 자신의 비명소리도 듣지 못했다. 바다를 향해 꽥꽥 고함을 질러댄 탓에 다음 날까지도 목이 꽉 잠기긴 했지만.

누군가가 우리를 쿡쿡 찔러대기까지는 몇 시간쯤 걸렸던 듯하다. 여전히 힘을 발휘하고 있었지만 폭풍우는 다소 잠잠해진 상태였다. 세 사람의 선원이 우리를 구출하러 다가왔다. 그들은 매듭이 느슨해진 밧줄을 잘랐다. 우리는 3단 계단을 내려가 양호실로도 사용되던 식당용 방으로 들어갔다. 머리에 약간의 타박상이 있었고, 마지막 한두 시간 동안 손가락도 몇 개 부러져 있었다. 우리는 각자에게 주어진 담요 속으로 들어갔다. 우리는 그곳에서 자야 한다고 했다. 나는 나를 들어올렸던 선원의 몸에서 느낀 온기를 아직도 기억하고 있다. 나는 내 셔츠를 벗기며 단추들이 죄다 떨어져나갔다는 말을 했던 사람을 기억하고 있다.

나는 이제 모든 복잡한 것이 씻겨갔다는 느낌으로 캐시어스의 얼굴을 바라보았다. 그런데 막 잠에 곯아떨어지려던 찰나, 캐시어스는 내 쪽으로 고개를 돌리더니 이렇게 속삭였다. "잊지 마. 누가 우리한테 이런 짓을 한 거야."

몇 시간이 지난 뒤, 우리는 세 명의 경관들을 마주하고 앉았다. 우리는 자다 깬 상태였고, 나는 최악의 상황을 기다리고 있었다. 우리는 콜롬보로 돌아가야 할 수도 있었고, 두드려 맞을 수도 있었다. 그런데 경관들이 자리에 앉아마자 캐시어스가 입을 열었다. "누가 우리한테 그런 짓을 했어요. 어떤 사람인지는 몰라요…… 마스크를 쓰고 있었어요."

이 놀라운 폭로는 경관들의 심문이 더 길어지리라는 걸 의미했다. 그들이 우리의 말이 사실이라고 믿게 하려면 그래야 했다. 느슨해져 있던 밧줄은 우리가 우리 스스로를 묶을 수 없었다는 것을 어느 정도 증거하고 있었다. 그들은 우리에게 배의 차를 조금 따라주었다. 승무원 한 사람이 들어와 선장이 우리를 보고자 한다는 말을 전해올 때까지 우리는 이야기가 원하는 방향대로 흘러갈 것이라고 생각했다. 캐시어스가 내게 윙크했다. 그는 종종 선장의 방을 보고 싶다는 말을 해왔던 터였다.

후에 알게 된 바에 의하면 경관들 중 한 사람이 이미 라마딘의 선실로 내려가 있었다. 라마딘과 우리가 서로 아는 사이라는 것을 알고 있었기 때문이었다. 하지만 자는 척을 하고 있던 라마딘은 그가 억지로 몸을 흔들자 모르쇠로 일관했다. 그러다 우리가 바닷물에 떠내려가지 않고 살아 있다는 말을 들었다고 했다. 그때는 자정 즈음이었던 게 분명했다. 이제 시간은 새벽 2시가 되어 있었다. 우리에게 목욕가운이 주어졌고, 우리는 선장이 있는 곳으로 향했다. 캐시어스가 방 안의 가구들을 흘끔거리고 있는데, 선장이 한 손으로 책상을 크게 내리쳤다.

우리는 지루한 표정을 하거나 억지로 미소를 지으며 승객들에게 안내방송을 내보내는 선장을 봐왔을 뿐이었다. 이제 그는 방금 쇠창살 감옥에서 풀려난 사람처럼 폭발적인 행동력을 보이고 있었다. 수학적인 정밀함이 뒷받침된 질책이 시작되었다. 그는 우리를 구조하는 데 동원되었던 여덟 명의 선원들을 한 사람씩 적어도 30분 이상 불러들였다. 그 결과로 적어도 최소한 4시간이 낭비되었고, 선원 한 사람의 평균적인 급여가 시간당 X파운드라고 가정하면, 오리엔트라인에서 지불한 X에 4를 곱한 액수가 낭비된 것이었다. 이에 더해 승무원장의 시간은 시간당 Y파운드였다. 게다가 위급한 상황에서 그들은 언제나 두 배의 시급을 받을 수 있었다. 또 선장의 시간은 가장 값비싼 시간이었다. "따라서 우리 배는 너희 부모님들에게 900파운드를 청구할 거다!" 선장은 공식적인 서류처럼 보이는 몇 장의 종이에 서명을 하며 이렇게 말했는데, 나는 그 종이들이 분명 우리를 영국 밖으로 내쫓아야 한다는 내용을 적어 영국 세관에 보낼 서류일 거라고 생각했다. 그는 다시 한 번 책상을 내리치며 배가 첫 번째 기항지에 닿는 대로 우리를 배에서 내쫓아 우리와 어울릴 만한 불한당들에게 보내겠노라고 겁을 주었다. 캐시어스는 정중하게 모욕적인 방식으로 선장의 말에 끼어들려고 애를 썼다.

"우리를 구해주셔서 감사합니다, 아저씨."

"닥쳐라……, 너, 너……." 선장이 이어질 단어를 찾아냈다. "이 독사viper 같은 자식."

"목사Wiper라고요, 선생님?"

말을 멈춘 선장은 이놈이 나를 놀리나 하는 표정으로 캐시어스를 바라보았다. 그의 참을성이 한계에 도달한 게 분명했다.

"아니다. 넌 족제비야. 노란 족제비지. 혐오스러운 노란 족제비. 넌 내가 내 집에서 족제비를 찾으면 어떻게 하는지 아니? 고환에 불을 붙이지."

"전 족제비를 좋아해요, 선생님."

"이 역겹고, 더럽고, 얼빠진 자식……."

선장이 모욕적인 단어를 찾느라 고심하는 동안 침묵이 이어졌고, 좌우로 열려 있던 선장의 화장실 문 사이로 우리는 그의 반짝이는 변기를 보았다. 우리는 더 이상 선장에게 아무런 흥미도 없었다. 캐시어스가 쉰 목소리로 말했다. "아저씨, 배가 아파요…… 제가 저 변기를 좀 써도—"

"당장 나가! 이 후레자식아!"

선원 두 명이 우리를 선실까지 데려다 주었다.

플라비아 프린스는 다소 망가져버린 칼레도니아 룸에서 나를 만나 이야기를 나누는 동안 자기 팔찌들을 유심히 들여다보았다. 그녀는 내게 당장 자신을 만나러 오라는 긴급 쪽지를 보내왔다. 우리 셋은 그때까지 여러 가지 조사를 받아왔고, 그 일에 대해서는 철저히 함구하기로 합심했다. 그러지 않으면 더 심각한 상황에 처하게 될지도 몰랐다. 그러나 우리는 그 일이 일어난 다음날, 같은 테이블에 앉은 사람들에게는 이미 몇 마디 말을 했던 참이었다. 식당은 거의 비어 있었고, 라스케티 양과 대니얼스 씨만이 우리와 함께 식사를 하고 있었다. 우리가 그 일에 대해 이야기하자 그들은 그다지 심각하게 여기지 않는 눈치였다. "너희들한테는 아니겠지만 그들에게는 심각한 문제일 거야." 라스케티 양이 말했다. 우리는 그녀를 딱딱한 교과서 같은 사람으로 알고 있었다. 라마딘의 매듭을 보고 깜짝 놀란 그녀는 이렇게 말하기도 했다. "살갗은 안 벗겨지게 묶었네." 하지만 플라비아 프린스와 마주하고 있는 나는 내가 나의 비공식적 보호자와 마찰을 빚고 있다는 것을 깨달았다. 내가 있다는 사실에는 아랑곳없이 팔찌를 풀었다가 팔목에 채우던 그녀는 갑자기 개의 이마에 내려앉은 새처럼 몸을 불현듯 떨었다.

"어젯밤 무슨 일이 있었지?"

"폭풍이 왔죠." 내가 말했다.

"폭풍이 왔었다고?"

그녀가 우리가 겪은 일이 뭔지도 모르는 게 아닐까 나는 생각했다.

"끔찍한 폭풍이 있었어요, 아주머니. 다들 무서워했어요. 우리는 침대 안에서 떨고만 있었어요."

그녀는 아무 말도 하지 않았다. 나는 말을 이었다.

"승무원을 불러야 했어요. 계속 침대에서 떨어졌거든요. 전 피터스 씨를 찾아 복도를 따라 걸어갔어요. 그러고는 나를 침대에 묶어달라고 했고, 혹시 캐시어스도 묶어줄 수 있느냐고 물어봤죠. 캐시어스는 배가 요동칠 때 거의 팔을 부러뜨릴 뻔했고, 또 뭐가 그애 위로 떨어졌어요. 그애는 붕대를 갖고 있었어요."

그녀는 놀랍지도 않다는 듯 나를 바라보았다.

"어젯밤 캐시어스를 데리고 양호실에 갔을 때 그곳에서 선장님을 봤어요. 선장님은 캐시어스의 등을 두드리면서 그애가 "용감한 친구"라고 했어요. 그러고는 피터스 씨가 우리랑 함께 내려와 우리를 침대에 묶었어요. 그가 말하길 폭풍이 몰아치는 동안 구명정들 중 하나에서 놀고 있는 남자와 여자가 있다고 했는데, 구명정이 갑판 위로 떨어지면서 둘 다 다쳤다고 했죠. 그들은 괜찮대요. 하지만 남자의 '그것'이 다쳤나 봐요. 수술을 받아야 한다고 했어요."

"난 네 삼촌을 무척 잘 안단다……." 그녀는 나를 접주려는 듯 잠시 말을 멈추었다. 이 말에 경계심이 생긴 나는 생각보다 그녀가 어젯밤 일에 대해 잘 알고 있는 모양이라고 생각하기 시작했다.

"그리고 네 어머니도 알지, 약간은. 네 삼촌은 판사님이셔! 어떻게 내게 그런 거짓말을 할 수가 있니. 난 네가 무탈하기만을 바라는데."

나는 불쑥 말했다. "그들은 내게 아무것도 말하지 말라고 했어요. 피터스 씨에 대해서는 아무것도 말하지 말라고요. 그들은 피터스 씨가 "범죄자 선원"이라고 했어요, 아주머니. 그들은 피터스 씨를 첫 번째 기항지에서 내쫓을 거라고 했어요. 우리가 안전할 수 있도록 침대에 우리를 묶어달라고 했을 때, 그는 그렇게 하는 대신 우리를 데리고 가서 갑판 위에 밧줄로 묶었어요. 벌을 주려고요…… 주정뱅이 남자들과 한 판 벌리고 있던 카드 게임을 방해했다고요. 그는 이렇게 말했어요. '계속 방해하는 말 안 듣는 아이들은 이렇게 벌을 줘야지!'"

그녀는 나를 유심히 바라보았다. 나는 그녀에게 잠시 시간을 주어야 한다고 생각했다.

"난 한 번도, 정말 단 한 번도 이런……." 그러더니 그녀는 가버렸다.

다음날에는 별다른 일은 일어나지 않았다. 저녁 무렵의 황혼녘에 동쪽으로 향하는 증기선 한 대가 우리를 지나쳤다. 불이 모두 켜진 그 배를 바라보며 우리 셋은 그 배를 타고 콜롬보로 돌아가는 우리의 모습을 상상했다. 비상전력장치를 시험하는 동안 기관장은 엔진의 속도를 낮추도록 명령했고, 잠시 동안 배는 아라비아 해상에 정박한 듯 보였다. 사위가 고요해서 마치 우리가 몽유병을 앓고 있는 것만 같았다. 캐시어스와 나는 조용해진 갑판 위로 나왔다. 완벽한 고요였다. 그제야 나는 폭풍의 본질을, 지붕도 바닥도 없는 상태를 떠올릴 수 있었다. 우리가 목격한 것은 오로지 바다 위에서 일어난 것들뿐이었다. 무언가가 자유롭게 풀려나 내 머릿속으로 밀려들고 있었다. 우리가 보았던 것들만 위험했던 게 아니었다. 그 아래엔 심연도 존재했다.

*

    모라투와 출신의 아유르베다 치료사가 몰래 반입해 숨겨둔 물건들 중에는 파키스탄 산 다투라 잎과 씨앗도 있었다. 그는 헥터 경에게 최근 나타난 알 수 없는 증상들과 특히 막 나타나기 시작한 공수병 증세를 다스린다는 명목으로 그것들을 구입했다. 백만장자가 항해를 하던 동안 그에게 가장 잘 들었던 약은 다투라였다. 이 약은 다양한 쓰임새를 갖고 있었지만, 동시에 믿을 수 없는 약으로 악명이 높았다. 예를 들자면 다투라의 하얀 꽃을 꺾을 때는 웃음을 터뜨리게 된다면, 그 후에는 더 큰 웃음을 유발하게 되고, 꽃들을 꺾어 모으던 중이었다면 춤까지 추게 되는 식이었다. (다투라 꽃은 저녁에 가장 진한 향기를 풍겼다.) 다투라는 고열과 종양에 효과적이었다. 하지만 한편 다루기 힘든 성질을 지녔던 이 약은 약에 취한 사람으로 하여금 어떤 질문에도 망설임 없이 즉각적으로 신실한 답변을 내놓도록 만들었다. 그리고 헥터 드 실바는 믿을 수 없는 사람이라는 명성을 누리고 있었다.

    백만장자의 아내였던 딜리아는 항상 남편의 병을 숨기고자 전전긍긍했다. 오론세이가 콜롬보를 떠나온 지 여러 날이 지난 지금, 아유르베다 치료제의 힘을 빌려 그녀는 자신이 결혼한 남자가 어떤 사람인지 공공연히 알아낼 기회를 얻었다. 그가 어린 시절에 벌인 일들까지도 낱낱이 드러났다. 아버지의 채찍질을 무서워했던 그는 결국 포악한 자산가가 되었다. 그는 이웃집 소녀와 사랑에 빠져 고향으로부터 도망친 형 채프먼을 은밀히 찾아갔던 이야기도 털어놓았다. 채프먼에게는 손가락이 하나 더 있다고도 했다. 하지만 그의 형과 소녀는 칠로에서 하나 더 자라난 손가락을 자르고 칼루타라에서 멀쩡하고 평온하게 살고 있었다.

딜리아는 그녀의 남편이 엄청난 돈을 비밀스러운 공물로 헌납해왔다는 사실도 알게 되었다. 이런 이야기들은 대부분 폭풍우가 몰아쳐 배가 이리저리 요동치는 동안 커다란 침대에서 이쪽저쪽으로 굴러다니던 헥터 드 실바의 입에서 흘러나왔다. 그는 사실 그렇게 굴러다니는 것을 즐기는 것처럼 보였고, 그의 아내와 나머지 수행원들은 그의 침대 곁을 종종걸음으로 물러나 각자 선실로 가서 구토를 했다. 다투라는 병의 증상들을 제거하는 동시에 그가 전혀 정신을 차릴 수 없도록 만들었고 신중함도 완전히 없애버렸다. 다투라는 최음제처럼 작용하여 곁을 주지 않는 바짝 마른 사람이었던 그를 상냥한 성격으로 변하게 했다. 처음에는 이런 성격 변화가 눈에 띄지 않았다. 배가 폭풍 한가운데에 있었으니까. 그런데 그가 처음으로 어른이 된 이후의 인생 이야기를 시작하자 엔진실에서 작은 화재가 일어났다. 언제나 물리적인 도움이 필요한 불안정한 상황을 이용해 도둑질을 하던 소매치기들도 사나운 날씨를 맞아 밖으로 나왔다. 이에 더해 배가 균형을 잃고 흔들리는 동안 곡물 창고 전체가 침수되어 낟알들이 창고에 흩어져버렸다. 하여 비상근무원들은 그곳으로 내려가 목수처럼 경계구역을 다시 만들어야 했다. 그들은 희미하게 퍼지는 기름 등불에 의지해 깊은 창고의 어둠 속에서 허리까지 낟알들에 파묻힌 채 조지프 콘래드가 "무덤 파는 사람들의 일"이라 불렸던 작업을 해냈다. 그러는 동안에도 헥터 경은 수행원 몇 명을 불러놓고 어린 소년이었던 시절, 콜롬보의 한 전시장에서 글라이딩 카를 운전했던 즐거운 기억을 회상하고 있었다. 그는 아무런 흥미도 보이지 않는 간병인들과 그의 아내, 그리고 딸에게 이야기를 반복적으로 되풀이했다.

우리의 배에 어떤 운명이 주어졌는지는 알 수 없지만, 배가 폭풍 한가운데를 관처럼 떠도는 와중에 헥터 경은 자신의 부와 은밀한 즐거움들, 아내에게 품었던 순수한 열정에 대한 진실들을 털어놓으며 마지막 나날들을 즐기고 있었다. 그러는 동안에도 배는 바다의 소용돌이 속으로 빨려 들어갔다가 두꺼운 껍질을 지닌 실러캔스*처럼 떠오르기를 반복했다. 바다는 깃털과도 같은 물방울들을 마구 흩뿌려댔고, 기술자들은 붉게 달아오른

---

* 마다가스카르 인근 해역에서 발견되는 대형 어류.

엔진에 부딪혀 팔에 화상을 입었고, 동양에서 가장 뛰어난 손기술을 지닌 소매치기들은 기나긴 복도에서 발을 헛딛었으며, 밴드 구성원들은 〈나의 젊음 때문에〉를 연주하다가 연단 위에서 굴러 떨어지고 있었다. 나와 캐시어스는 비를 맞으며 산책용 갑판에서 사지를 활짝 편 채 누워 있었고.

사람들이 점차 식당과 갑판에 다시 모습을 드러내기 시작했다. 미소를 지으며 우리에게 다가온 라스케티 양은 승무원장이 선박일지에 "모든 비상상황"에 대해 기록해야만 한다면서 어쩌면 우리의 이름도 배의 선박일지에 기록될 수 있다고 말했다. 배에서 "사라진 물건들"도 많았다. 폭풍이 몰아치는 동안 크로케 장비와 지갑들이 사라졌다. 우리의 선장이 나타나 모두에게 말하길 미스 퀸 카디프의 축음기가 분실되었고 행방이 묘연하므로, 그것이 있음직한 곳을 알려준다면 감사하겠노라고 했다. 며칠 전 배 밑바닥의 파이프 구역을 수리하는 엔지니어들을 보러 창고로 내려갔던 캐시어스는 큰 목소리로 축음기가 그곳에서 음악을 연주하고 있었다고 계속해서 주장했다. 물건들이 사라지는 유행과는 반대로 왜인지는 모르겠으나 배의 직원 한 사람이 구명정에서 귀걸이 한 짝이 발견되었으니 신분증을 지참하고 사무장 사무실로 와서 찾아가라는 안내방송을 내보냈다. 되찾은 물건들의 목록을 안내하는 방송이 강박적으로 끝없이 이어지고 있었지만, 사무장보의 유리 의안을 찾았다는 방송은 없었다. "습득: 브로치 하나. 숙녀용 갈색 펠트 모자. 특이한 사진들이 있는 베리지 씨의 일기장 하나."

폭풍우가 물러가고 날씨가 다시 좋아졌다는 사실에는 장점이 딱 하나 있었다. 죄수에게 다시 한밤의 산책이 허가되었던 것이다. 우리는 그를 기다렸고, 결국 수갑이 채워진 채 갑판 위에 서 있는 그를 볼 수 있었다. 그는 자신을 둘러싼 밤공기가 담고 있는 모든 에너지들을 빨아들이겠다는 듯 길게 숨을 들이마셨다. 마침내 숨을 내뱉은 그의 얼굴은 숭고한 미소로 가득했다.

우리의 배는 증기를 내뿜으며 아덴으로 향했다.

상륙

아덴은 우리의 첫 번째 기항지였다. 아덴에 도착하기 하루 전부터 배에는 편지를 쓰는 사람들로 한바탕 소란이 일었다. 아덴 소인이 찍힌 편지를 호주나 실론, 혹은 영국으로 보내는 일은 하나의 전통이었다. 어서 빨리 육지를 보고 싶어 안달이 었던 우리는 잠에서 깨어나자마자 뱃머리에 일렬로 서서 희붐한 언덕이 이루는 아치 위로 신기루처럼 다가오는 고대의 도시를 지켜보았다. 기원전 7세기로 거슬러 올라가는 시절부터 큰 항구였던 아덴은 구약성서에도 등장했다. 카인과 아벨도 아덴에 묻혔다고, 자신도 한 번도 본 적 없는 도시에 대한 이야기를 폰세카 씨는 우리에게 들려주었다. 아덴에는 화산암으로 만든 물탱크들과 매 시장, 오아시스 구역, 수족관, 돛을 꿰매는 직공의 구역과 전 세계 각지에서 들어오는 상품들이 진열된 상점들이 있었다. 아마도 우리가 동양에서 마지막으로 발을 딛게 될 장소였다. 아덴을 지난 뒤 반나절만 더 항해하면 우리는 홍해에 들어서게 예정이었다.

오론세이의 엔진이 정지했다. 우리는 선착장이 아닌 외항, 스티머 포인트에 정박했다. 뭍으로 올라가고 싶은 승객들은 바지선을 타고 시내로 들어갈 수 있었는데, 이미 배 안에는 바지선을 기다리는 줄이 길게 늘어서 있었다. 오전 9시, 우리에게 익숙한 바닷바람이 불어오지 않았다. 대기는 무겁고 뜨거웠다.

그날 아침 선장은 시내진입 규정에 대한 안내방송을 내보냈다. 승객들은 6시간 동안만 육지를 밟을 수 있었다. 어린 아이들은 반드시 "성인 남성 보호자"를 동반해야했다. 여자들은 아예 배를 떠날 수 없었다. 이러한 처사에는 당연히 반발이 불거졌는데, 특히 배에서 내려 아덴 주민에게 자신의 미모를 과시하고 싶었던 에밀리와 그녀가 수영장에서 만난 친구들이 그러했다. 아덴 토착종 매를 보고 싶었던 라스케티 양은 짜증을 냈다. 그녀는 눈을 가린 매 몇 마리를 배로 들여오고 싶어했다. 캐시어스와 라마딘, 그리고 나는 우리를 육지로 데려가 줄, 그다지 엄격하지 않은 책임감 없는 성인 남성을 물색하는 데 전념했다. 호기심 많은 성격에도 불구하고 폰세카 씨는 배를 떠날 계획이 없었다. 그 후 우리는 대니얼스 씨가 초목을 연구하러 옛 오아시스로 가고 싶어한다는 말을 들었다. 그가 말하길 물에 젖어 부풀어 오른 그곳의 풀줄기들은 손가락만큼 두껍다고 했다. 그는 아유르베다 치료사와도 이야기를 나눈 바 있던 캇*이라 불리는 식물에도 관심을 보였다. 우리는 그에게 식물들을 배로 옮기는 일을 도와주겠노라고 제안했고, 그는 이를 받아들였다. 그렇게 해서 우리는 그와 함께 바지선으로 내려가는 밧줄사다리를 딛고 서둘러 내려갔다.

우리는 금세 낯선 언어에 둘러싸였다. 대니얼스 씨는 거대한 야자나무들이 있는 곳까지 우리를 데려다줄 달구지 요금을 흥정하느라 바빴다. 그는 한 무리의 사람들에게 둘러싸여 우리를 보호해야 한다는 생각을 깜박한 듯했다. 그래서 우리는 말싸움을 벌이는 그를 그 자리에 남겨두고 슬쩍 빠져나왔다. 양탄자 상인이 우리를 손짓으로 불러 차를 대접했다. 우리는 잠시 그와 함께 앉아 있었다. 그가 웃을 때는 우리도 웃었고 그가 고개를 끄덕일 때는 우리도 고개를 끄덕거렸다. 그는 작은 개를 가리키며 우리에게 주고 싶다는 의사를 보였지만, 우리는 그냥 자리에서 일어났다.

우리는 어디를 먼저 보러 갈까 말다툼을 벌였다. 라마딘은 수십 년 전에 지어졌다는 수족관을 가보고 싶어했다. 분명 폰세카 씨가 그에게 말해주었을 거였다. 시장을 먼저 가보기로 하자 라마딘은 부루퉁해졌다. 아무려나 우리는 씨앗과 바늘,

---

* 씹어 먹거나 차로 만들어 마시면 약의 효용이 있는 식물의 잎.

관, 인쇄된 지도와 작은 책자들을 파는 좁은 상점가에 들어섰다. 그 길에서는 이를 뽑을 수도 있었고 두상의 형태로 점을 칠 수도 있었다. 한 이발사가 난데없이 캐시어스의 머리카락을 자르더니 뭔가 더 자를 것이 없나 싶었던 듯 열두 살짜리 사내아이의 콧구멍에 날카로운 가위를 푹 찔러 넣기도 했다.

나는 사롱 천을 펼쳐놓고 자를 때의 (목구멍을 꽉 메우는) 냄새와 망고스틴의 냄새, 책 좌판 위에서 비에 젖은 문고본들의 냄새로 가득한 콜롬보의 페타 시장이 빚어내는 혼란스러운 분위기에 익숙했다. 이곳의 시궁창에는 물러터진 과일들이 없었다. 사실 시궁창도 존재하지 않았다. 마치 물이 한 번도 흘러가지 않았던 것처럼 오로지 먼지만 피어오르는 풍경이 펼쳐져 있었다. 유일한 액체라고는 양탄자 상인이 우리에게 주었던, 달콤한 아몬드 향으로 기억되는 맛있고 진한 차 한 잔이었다. 항구 도시였지만 대기에는 습기가 전무하다시피 했다. 사람들의 주머니를 가까이서 들여다보면 여성용 머릿기름을 먹인 종이로 싼 작은 유리병이나 공기 중 먼지로부터 날을 보호하기 위해 기름을 먹인 천으로 감싼 끝 따위가 들어 있었다.

우리는 바다와 맞닿은 콘크리트 건물로 들어갔다. 라마딘은 대부분 지하 저장고들로 이루어진 미로처럼 복잡한 길로 우리를 이끌었다. 수족관은 홍해에서 온 정원장어와 바닷물이 담긴 통에서 헤엄치고 있던 몇 마리의 무색 물고기를 제외하고는 텅 비어있다시피 했다. 캐시어스와 나는 호스며 작은 발전기, 수동 펌프, 쓰레받기와 빗자루 따위의 먼지를 뒤집어 쓴 도구들과 함께 바다 생명체들의 표본이 걸려 있던 다른 층으로 올라갔다. 우리는 5분쯤 수족관 전체를 돌아본 뒤, 이번에는 작별인사를 나누기 위해 조금 전에 들어갔던 상점가를 다시 찾아갔다. 아직 한 사람의 손님도 받지 못했던 이발사는 정체를 알 수 없는 기름을 내 머리에 쏟으며 두피 마사지를 해주었다.

우리는 마감시간 직전에 부둣가로 돌아왔다. 우리는 예의를 차리기 위해 도크에서 대니얼스 씨를 기다리기로 결정했다. 라마딘은 젤라바*로 온몸을 감싼 채였고, 나와 캐시어스는 바다에서 불어오는 바람이 차가웠던 나머지 서로 꼭 붙어 있었다. 물 위에 떠 있는 바지선을 바라보던 우리는 해적이 소유한 배는 어떤 배일까 궁금해했다. 한 승무원이 우리에게 이곳에는 해적들이 흔히 출몰한다는 이야기를 해준 터였다. 진주를 쥐고 들어 올리는 손. 우리의 발밑에 흩뜨려진 오후에 잡힌 생선들. 그것들은 실내에 갇힌 같은 종족들보다 더 다채로운 색을 지니고 있었고, 그 위로 물이 양동이째 부어질 때마다 반짝거리는 빛을 발했다. 이 곳에서 일하는 사람들은 바닷사람들이었다. 그 옆에서 웃음을 터뜨리며 물건들을 사고파는 상인들은

---

* 북아프리카 또는 아랍 국가의 두건 달린 남성용 긴 상의.

이 세계의 주인들이었다. 우리는 도시의 일부만 볼 수 있었을 뿐이라는 사실을 알게 되었다. 우리는 그저 아라비아로 난 작은 문 하나만을 슬쩍 들여다보았을 뿐이었다. 하루 종일 무엇이든 주의 깊게 보고 들었지만, 우리는 카인과 아벨의 무덤과 저수창고도 보지 못했고, 대화를 할 때는 손짓발짓을 동원해야 했다. 스티머 포인트, 혹은 타와히의 하늘이 어두워지기 시작했다. 바지선의 선원이 우리를 불러댔다.

마침내 부두로 달려오는 대니얼스 씨가 눈에 들어왔다. 거추장스러워 보이는 식물들을 팔에 안은 대니얼스 씨 뒤로, 작은 야자나무를 들고 힘겨워 하는 하얀 양복 차림의 사내 둘이 따라왔다. 그는 우리에게 반갑게 인사했다. 분명 그는 우리가 사라졌다는 것을 알고도 별 신경도 쓰지 않은 듯했다. 몸집이 가늘고 수염을 기른 사내들이 조용히 그를 도왔는데, 그들 중 한 사람이 내게 작은 야자나무를 건네며 얼굴의 땀을 닦고 윙크를 보냈다. 그러고는 미소를 지었다. 그는 남자 옷을 입은 에밀리였다. 그녀 옆에는 역시 변장한 차림의 라스케티 양이 서 있었다. 캐시어스는 그녀로부터 야자나무를 받아 바지선에 실었다. 바지선을 타고 배로 향하는 10분 동안, 라마딘은 망토를 뒤집어쓴 채 몸을 웅크리고 앉아 있었다.

배로 돌아간 우리 셋은 곧장 라마딘의 선실로 향했다. 라마딘이 젤라바를 벗자마자 양탄자 상인의 개가 모습을 드러냈다.

우리는 한 시간 뒤 다시 갑판으로 나갔다. 이미 어두워져 있었고, 오론세이를 밝힌 불빛은 육지의 그것보다 밝고 환했다. 배는 아직 움직이지 않았다. 식당에서는 그날 있었던 모험에 대한 이야기들이 시끌벅적하게 오갔다. 라마딘과 캐시어스, 그리고 나만이 침묵을 지켰다. 개를 숨겨 바지선에 싣고 온 우리는 너무나 흥분해 있었다. 이에 대해 한 마디라도 한다면 모든 이야기들이 걷잡을 수 없이 흘러나올 것임을 알고 있었다. 라마딘의 좁은 샤워부스에서 한 시간 동안 개를 씻기면서 우리는 개의 발톱에 긁히지 않으려고 엄청나게 진을 뺐다. 개는 지금까지 살아오는 동안 한 번도 석탄산 비누를 접해보지 않았음이 분명했다. 우리는 라마딘의 침대시트로 개를 닦아준 뒤, 식사를 하러 위로 올라가 있는 동안 개를 선실에 놓아두었다.

우리는 고양이 테이블에 앉아 사람들이 서로 마구 끼어들면서 늘어놓는 이야기를 듣기만 했다. 여자들은 조용했다. 우리 셋도 조용했다. 우리 테이블을 지나치던 에밀리가 몸을 숙이며 내게 좋은 하루를 보냈느냐고 물었다. 나는 예의 바른 말투로 에밀리에게 우리가 뭍에 있는 동안 뭘 했느냐고 물었고, 그녀는 "물건들을 나르면서" 하루를 보냈노라고 대답했다. 그러고는 내게 윙크를 보낸 뒤 웃으면서 가버렸다. 아덴에서 어슬렁거리는 동안 우리는 노를 저어 오론세이로 다가와 마술 공연을 펼쳤던 "걸리 걸리 맨"을 놓쳤다고 했다. 그가 옷 속에서 닭들을 꺼내는 마술을 보여주는 동안에도 부분적으로 판자를 댄 그의 카누는 뒤집히지 않고 똑바로 떠 있었다고 했다. 공연이 끝날 무렵이 되자 그의 발밑에는 스무 마리의 닭들이 퍼덕거리고 있었다고 했다. 걸리 걸리 맨들은 아주 많다고 했고, 그러니 운이 좋다면 포트사이드에서도 그들을 볼 수 있을지도 모른다는 말도 들려왔다.

디저트가 나올 때쯤 배의 엔진이 가동하는 소리가 들렸다. 배가 출항하는 모습을 보려고 우리 모두는 자리에서 일어나 난간 쪽으로 이동했다. 우리를 실은 성은 가느다란 불빛이 반짝이는 지평선에서 천천히 미끄러져 다시금 거대한 어둠 속으로 향하고 있었다.

그날 밤, 우리는 개를 지켜보았다. 우리가 갑자기 움직이자 개는 겁을 먹은 것처럼 보였다. 그러나 라마딘은 개를 자기 침대로 올라오게 해서는 개에게 팔을 두르고 잠들었다. 다음날 아침 우리 셋이 잠에서 깨어났을 때는 배가 이미 홍해에 들어와 있었다. 이 항로를 따라가는 동안, 북쪽으로 향하게 된 첫날, 경악할 만한 일이 벌어졌다.

우리와 일등실 구역을 갈라놓은 벽을 뚫고 들어가기란 언제나 쉽지 않았다. 예의 바르지만 엄격한 두 명의 승무원이 사람들을 통과시키거나 돌아가게 하는 역할을 맡고 있었다. 하지만 그들조차도 라마딘의 작은 개는 막을 수 없었다. 개는 캐시어스의 팔에서 뛰어내려 바람처럼 선실을 빠져나갔다. 우리는 개를 쫓아 텅 빈 복도를 이리저리 뛰어다녔다. 우리의 작은 친구는 순식간에 햇빛 환한 B갑판으로 뛰어올랐다가 난간 사이로 달려갔고, 아래쪽 무도장을 정신없이 달려 도금한 계단을 올라가서는 일등석 구역 앞에 서 있는 두 명의 승무원들을 지나쳤다. 그들은 개를 잡았지만, 개는 순식간에 다시 빠져나갔다. 개는 우리가 바지 주머니에 넣어 식당에서 가져다준 음식을 입에도 대지 않았으니, 아마도 무언가 먹을 것을 찾는 듯했다.

아무도 개를 붙잡을 수 없었다. 승객들은 개가 지나가는 순간의 잔상만을 보았을 뿐이었다. 개는 사람들에는 전혀 관심이 없는 듯했다. 옷을 잘 차려입은 여자들이 허리를 숙이고 인공적인 새된 목소리로 인사말을 외쳐댔지만, 개는 한 순간도 멈추지 않고 그들을 그대로 지나쳐서 도서관의 체리목 동굴 속으로 들어가버렸고, 그곳 어디에선가 완전히 사라졌다. 개가 무엇을 찾고 있었는지 누가 알 수 있었을까. 쿵쿵 뛰는 심장으로 달려갔던 개가 어떤 심정이었는지 누가 알 수 있었을까. 개는 그저 배가 고팠던 것인지도 모르고, 걷다보면 갑자기 막다른 곳이 등장하는 복도들로 가득하며, 햇빛을 피해 멀리, 더 멀리 달려갈수록 밀실공포증을 유발하는 배를 무서워했던 것인지도 모른다. 결국 작은 개는 마호가니 목재 선반들을 따라 카펫이 깔린 홀을 달려가서는 누군가가 음식으로 가득한 쟁반을 나르느라 반쯤 열어둔 스위트룸으로 들어갔다. 개는 헥터 드 실바의 커다란 침대로 뛰어들었고, 그러고는 그의 목을 꽉 물었다.

오론세이는 그날 밤 내내 홍해의 보호수역내에 있었다. 동틀
녘 우리는 지잔의 작은 섬들을 지나쳤다. 저 멀리 흐릿하게 떠
오른 아바의 오아시스 마을이 눈에 들어왔다. 하얀 벽과 유리
조각들이 햇빛을 받아 눈부시게 빛났다. 그리고 어느덧 마을은
태양 아래 소멸했고, 시야에서 사라졌다.

　아침식사 시간, 헥터 경이 죽었다는 소식이 삽시간에 배 전
체에 퍼졌다. 어떤 사람들은 한시라도 빨리 바다에 수장해야
한다고 귀엣말을 속삭였다. 그러나 바다 한가운데서 장례식을
치를 수는 없는 노릇이었다. 시신은 지중해에 들어설 때까지
기다리는 수밖에 없었다. 그다음으로는 이미 우리가 아유르베
다 치료사로부터 들은 바 있던, 불교 승려가 그에게 저주를 퍼
부은 이야기와 함께 그가 어떻게 죽었는지에 대한 기막힌 소
식이 이어졌다. 따라서 라마딘은 그를 죽인 것은 그의 운명이

었으며, 우리가 배로 데리고 온 개 때문이 아니라는 구실을 찾아냈다. 그 후로 작은 개는 단 한 번도 모습을 드러내지 않았으므로 우리는 그 개가 유령이었다고 믿기에 이르렀다.

점심을 먹는 동안 개가 어떻게 배에 탈 수 있었는지에 대한 질문들이 줄을 이었다. 그 개는 지금 어디에 있지? 라스케티 양은 선장이 심각한 문제에 처했다고 단언했다. 선장의 부주의로 인한 재판이 열릴 것이라는 거였다. 우리 테이블로 건너온 에밀리는 우리에게 그 개를 배로 데려왔느냐고 캐물었고, 우리가 겁에 질린 표정으로 그렇다고 대답하자 웃음을 터뜨렸다. 이처럼 분분한 의견들에 대해 유일하게 아무런 관심도 보이지 않았던 사람은 소꼬리 수프를 탐구하듯 들여다보며 앉아 있던 마자파 씨뿐이었다. 그의 음악적인 손가락은 식탁보만 매만지고 있었다. 그는 갑자기 홀로 틀어박혀 아무 말도 할 수 없게 된 것처럼 보였다. 식사를 하는 도중 헥터 경에 관한 온갖 추측들이 난무하고 있었지만, 나는 그에게 관심을 갖지 않을 수 없었다. 라스케티 양도 그를 신경 쓰고 있었다. 그녀는 고개를 숙인 채 울타리처럼 자라난 속눈썹 사이로 그를 관찰하고 있었다. 갑자기 그녀가 미동도 없이 놓여 있던 그의 손가락 위로 자신의 손을 얹었지만, 그는 손을 빼냈다. 전보다 좁은 홍해에 있다는 것이 우리 테이블에 앉는 누군가에게는 견디기 힘든 시간이었는지도 모른다. 지금까지 지나온 거친 대양에서 만끽했던 자유가 사라지고, 이제 우리는 정서적으로 갇힌 상태가 되었다고 생각했던 것 같다. 그리고 결국에는 죽음, 혹은 운명이라는 것의 좀더 복잡한 개념이 찾아왔다. 우리의 모험으로 가득한 여행의 문도 서서히 닫히고 있는 듯 보였다.

다음날 아침잠에서 깬 나는 평소와는 달리 친구들을 만나고 싶지 않았다. 라마딘이 문을 두드리는 귀에 익은 소리를 들었지만 나는 대답하지 않았다. 그 대신 나는 옷을 챙겨 입고 혼자 갑판으로 올라갔다. 희미한 불빛이 몇 시간 동안 그곳을 밝히고 있었고, 배는 8시 반에 예다를 지났다. 배의 한편에는 쌍안경을 든 승객들이 깊숙한 육지 어딘가를 흐르고 있을 나일 강을 조금이라도 보려고 애를 쓰고 있었다. 갑판 위에 있던 사람들은 모두 내가 모르는 어른들이었고, 나는 그들과 유리된 기분을 느꼈다. 나는 결코 일찍 일어나는 법이 없는 에밀리의 선실 번호를 기억해냈고, 그곳으로 갔다.

나는 우리 둘만 있을 때, 에밀리가 보여주는 모습을 가장 좋아했다. 그럴 때면 나는 항상 그녀로부터 무언가를 배운다는 느낌이 들었다. 내가 서너 번 문을 두드리자 그녀가 헐렁한 가운 차림으로 문을 열었다. 9시 무렵이었다. 나는 이미 몇 시간 전에 일어나 있었지만, 그때까지 그녀는 여전히 자고 있었다.

"아, 마이클."

"들어가도 돼?"

"응."

그러더니 그녀는 등을 돌리고 가운을 벗어버림과 동시에 이불 밑으로 들어갔다. 이 두 가지 동작이 한꺼번에 일어난 것처럼 보였다.

"우리는 아직도 홍해에 있어."

"알아."

"예다를 지났어. 내가 봤어."

"여기 더 있을 거면 커피 좀 끓여줄래⋯⋯?"

"담배도 줄까?"

"아직은."

"담배 필 때 내가 불 붙여줘도 돼?"

나는 그날 아침을 온전히 그녀와 함께 보냈다. 나는 당시의 내가 모든 일들을 어째서 그토록 혼란스럽게만 생각했는지 모르겠다. 나는 열한 살이었다. 그 나이에는 모르는 것이 많은 법이다. 나는 에밀리에게 개와 그 개를 어떻게 배로 데려왔는지를 말해주었다. 나는 불을 붙이지 않은 에밀리의 담배 한 개비를 들고 피우는 척 하며 그녀의 침대 옆에 누워 있었다. 그녀가 내게 다가오더니 내 고개를 자신 쪽으로 돌렸다.

"하지 마." 그녀가 말했다. "내 말은, 네가 내게 해준 이야기를 다른 사람들한테는 아무에게도 하지 말라고."

"우리는 그 개가 유령이라고 생각해." 내가 대답했다.

"저주하는 유령."

"알게 뭐야. 넌 그 개에 대한 말을 하면 안 돼. 약속해."

나는 말하지 않겠다고 약속했다.

그렇게 우리 사이의 전통이 시작되었다. 내 인생의 어떤 순간들마다 일어난, 다른 사람들에게는 말하지 않을 일들을 에밀리에게만 털어놓는 전통이. 그리고 훗날, 훨씬 더 훗날이 오면 그녀는 자신이 겪어온 일들에 대한 이야기를 내게 털어놓을 거였다. 에밀리는 내 인생을 통틀어 내가 알고 있는 그 누구와도 다른 사람이었다.

그녀는 "그래, 이제 잊어버리자. 걱정 마"라는 의미로 내 정수리를 쓰다듬었다. 그러나 나는 고개를 돌리지 않고 그녀를 계속 바라보았다.

"왜?" 그녀가 눈썹을 추켜 올렸다.

"모르겠어. 기분이 이상해. 여기 있는 거 말이야. 영국에 가면 무슨 일들이 있을까? 나랑 같이 있어줄 거야?"

"아니라는 걸 알잖아."

"하지만 난 영국에 아는 사람이 아무도 없어."

"네 어머니는?"

"누나라면 몰라도 난 엄마는 잘 몰라."

"아냐, 넌 잘 알아."

나는 베개에 뒤통수를 묻고는 더 이상 그녀를 보지 않고 위를 올려다보았다.

"마자파 씨가 그러는데 내가 괴짜래."

그녀가 웃었다. "넌 괴짜가 아니야, 마이클. 게다가 괴짜는 그렇게 나쁜 말도 아니고." 그녀는 고개를 숙여 내게 입을 맞췄다. "자, 이제 커피를 좀 끓이자. 저기 컵이 있어. 수도꼭지를 틀면 뜨거운 물이 나와." 나는 일어나서 주변을 둘러보았다.

"커피가 없는데."

"그럼 주문하면 돼."

나는 인터컴 버튼을 눌렀고, 잠시 기다리는 동안 벽에 붙어 우리를 내려다보고 있던 영국 여왕의 사진을 들여다보았다.

"네," 내가 말했다. "36호실로 커피 좀 가져다주세요. 에밀리드 새럼 양입니다."

승무원이 왔을 때 문간에서 그를 맞은 사람은 나였다. 그가 떠나자 나는 에밀리에게 쟁반을 가져다주었다. 반쯤 몸을 일으킨 그녀는 가운을 입어야 한다는 사실을 깨닫고 그것에 손을 뻗었다. 하지만 내가 본 것은 나의 심장을 뒤흔들었다. 몸 안에 떨림이 있었다. 훗날에는 자연스레 받아들이게 된 떨림이었지만, 당시에는 전율과 현기증이 뒤섞인 무엇이었다. 갑자기 에밀리와 나 사이에는 내가 결코 건널 수 없을 넓은 바다가 생겨났다.

그때 내가 일종의 욕망을 느꼈다면, 그 욕망은 어디서 기인했던 것일까? 다른 사람에게 속하는 것이었을까? 아니면 나의 일부였을까? 마치 사막 한가운데서 불쑥 솟아오른 누군가의 손이 나를 움켜쥔 듯했다. 살아가면서 그런 일은 또 다시 일어날 수 있었지만, 그날 에밀리의 선실에서의 경험은 앞으로 겪게 될 다양한 경험들 중 가장 앞서 존재했다. 그날의 감정은 대체 어디서 온 것이었을까? 기쁨이었을까, 슬픔이었을까? 나의 삶은 물처럼 본질적인 무언가를 결여하고 있는 것 같았다. 나는 쟁반을 내려놓고 에밀리의 높은 침대로 올라갔다. 나는 항상 가족을 신중한 태도로 대해왔다. 마치 사방이 유리조각들로 가득했던 것처럼.

그리고 나는 이제 어머니가 3, 4년쯤 먼저 가서 살고 있던 영국으로 향하고 있었다. 나는 그녀가 얼마나 오랫동안 그곳에 머물렀는지를 알 수 없고, 상당한 시간이 지난 지금에 이르러서는 우리가 떨어져 있는 동안 일어난 중요한 일들을 자세히 기억하지 못한다. 마치 잃어버린 시간의 경과를 정확히 인지하지 못하는 동물처럼. 사람들은 개에게는 3일이나 3주나 똑같은 시간이라고 말한다. 하지만 내가 집을 비웠다가 돌아올 때마다 내가 기르는 개는 즉시 나를 알아본다. 우리는 서로 끌어안고 현관 앞 카펫이 깔린 바닥에서 구르고는 한다. 하지만 그때, 마침내 내가 틸버리 항구에서 어머니를 만났을 때, 그녀는 이미 "다른 사람"이, 역시 신중한 태도로 대할 수밖에 없는 낯선 사람이 되어 있었다. 우리는 서로를 반가워하는 개와 주인처럼 와락 끌어안지도 않았고, 그녀에게서는 익숙한 냄새도 맡을 수 없었다. 이렇게 된 까닭이 그날 아침, 홍해 위로 불던 실바람이 들어오는 황갈색으로 칠해진 선실에서, 사막과는 몇 마일쯤 떨어진 채 단절되어 있던 그곳에서, 나의 먼 친척이었던 에밀리와 겪었던 일 때문은 아니었을까 하고, 나는 생각한다.

나는 양 무릎과 손으로 침대를 짚고 몸을 떨었다. 에밀리가 몸을 숙여 나를 끌어안았다. 나를 거의 건드리지 않는, 부드러운 몸짓이었다. 우리 사이에는 느슨한 공기층이 존재했다. 나의 어두운 내부에서 뜨거운 눈물이 흘러나왔고, 그녀의 차가운 팔 위로 떨어졌다.

"왜 그래?"

"모르겠어." 내 주변에 둘러쳐져 나를 지켜주던 작은 버팀목들은, 나를 제어하고 보호하며 나의 경계가 되어주던 방어막들은 더는 존재하지 않았다.

아마도 그 후 우리는 이야기를 나누었을 것이다. 기억나지는 않는다. 나는 주변에 내려앉은 가벼운 고요를 의식하고 있었고, 내 숨결은 점차 그녀의 숨결을 따라 차분해졌다.

나는 잠시 깜박 잠들던 게 틀림없다. 그리고 내가 눈을 떴을 때, 에밀리는 내게서 떨어지지 않고 등을 긁을 때처럼 커피 컵을 든 손을 어깨 위로 올리고 있었다. 내 귀는 그녀의 목에 닿아 있었다. 그녀는 다른 한 손으로, 그때까지 아무도 잡아본 적 없는 내 손을 쥐고 있었다. 어쩌면 존재하지 않을 나의 안전을 확신시키기라도 하듯이.

어른들은 항상 앞으로의 이야기가 점진적으로 혹은 급격하게 선회할 가능성들을 대비하고 있다. 남작과 마찬가지로 마자파 씨 역시 배가 포트사이드에 도착하자마자 보트에 내려 우리의 삶에서 완전히 모습을 감추었다. 며칠 전 아덴에 도착했을 때부터 그는 무언가에 짓눌린 모습이었다. 대니얼스 씨 또한 에밀리가 자신이나 식물들의 세계에 아무런 관심도 없다는 사실을 점차 알아차리게 되었다. 게다가 두 번이나 개에게 물린 백만장자의 죽음은 흥미롭다기보다는 비극적이었다. 우리의 불운한 선장은 계속해서 배를 몰고 나아갔고, 그가 실어 나르는 승객은 여전히 어떤 문제라도 일으킬 수 있었다. 그들은 모두 어떤 방식으로든 저마다 운명에 짓눌려 있었다. 그러나 에밀리의 방에 있던 나는, 그날 아침 내내 나를 내려다보던 낯선 젊은 여왕의 냉정한 눈을 빌려, 처음으로 거리를 두고 나 자신을 바라볼 수 있게 되었다.

에밀리의 방에서 나왔을 때(더 이상 조금 전과 같은 일은 일어나지 않았다), 나는 그녀와 내가 어떤 식으로든 항상 연결되어 있으리라는 것을 알았다. 지하수나 탄광, 혹은 은광들이 서로 연결되어 있는 것처럼. 그래, 은광이라고 하는 편이 좋겠다. 그녀는 언제나 내게 중요한 사람이었으니까. 홍해를 지나는 동안 나는 그녀와 사랑에 빠졌던 게 틀림없었다. 비록 내가 멀어졌을 때, 그것이 무엇인지는 모르겠으나 그것이 끌어당기는 힘은 사라지고 말았지만.

에밀리의 높은 침대에서 나는 얼마나 오랫동안 그런 기분을 느끼고 있었을까. 그 후 다시 마주친 우리는 둘 다 그 일에 대해 아무 말도 하지 않았다. 어쩌면 그녀는 자신으로 인해 내가 얼마나 많이, 얼마나 오랫동안 슬픔을 느꼈는지도 모르고 있었을 것이다. 누군가가 내 손을 잡아준 적도 없었고, 막 잠에서 깨어난 사람의 팔 냄새를 맡아본 적도 없었다. 가늠할 수 없는 방식으로 나를 설레게 하는 사람 옆에서 울어본 적도 없었다. 그러나 나를 내려다보는 그녀의 시선에는, 예의 바른 몸짓에는 일종의 이해가 담겨 있었던 게 틀림없었다.

이 글을 쓰고 있는 나는, 더 많은 세월이 지나고 이제야 되찾게 된 평정심으로 당시의 일을 더 잘 이해할 수 있을 때까지 이 글을 끝내고 싶지 않다. 예를 들면 우리의 친밀함이 어디까지 나아간 것이었는지, 나는 아직 알지 못한다. 하지만 그 일은 에밀리에게는 전혀 중요하지 않았는지도 모른다. 아마도 그녀는 나를 순수한 선의로 격의 없이 대했고, 그녀의 몸짓에는 아무런 의도도 없었는지도 모른다. "이제 넌 가야겠다." 그녀가 이렇게 말하며 침대에서 일어나 욕실로 걸어갔고, 등 뒤로 문을 닫았다.

상처받은 마음, 그대
불멸하는 경이로움이여.

존재를 위한 장소란
얼마나 협소한가.

"내 꿈들은," 에밀리가 우리 사이에 놓인 테이블 위로 몸을 숙이며 말한다. "넌 알고 싶지 않을지도 몰라…… 난 그 어두운 꿈들에 둘러싸여 있어. 끝없는 위험에. 구름들은 서로 큰 소리를 내며 충돌하지. 너도 이런 꿈을 꾸니?"

몇 년 후, 우리가 런던에서 만났을 때였다.

"아니," 내가 말한다. "나는 거의 꿈을 꾸지 않아. 그런 것 같아. 아마 백일몽처럼 꿈을 꾸나봐."

"매일 밤마다 난 그런 꿈을 꿔. 그리고 무서워하며 깨어나지."

죄의식에 가까웠던, 이런 두려움에 특기할 점이 있다면, 그로 인해 에밀리가 낮 동안에는 다른 사람들을 편하게 대하게 된다는 점이었다. 그래서 나는 그녀의 내부에는 어둠이 아니라 안락함을 위한 열망이 존재하는 게 아닐까 생각했다. 누구

때문에, 혹은 무엇 때문에 그녀에게 이러한 어둠이 생겨났을까. 가끔 그녀가 주변의 세계를 단념한 것처럼 보일 때마다 그녀에게는 유리된 분위기가 감돌았다. 그럴 때의 그녀는 누구도 가늠할 수 없는 얼굴을 하고 있었다. 그녀는 그렇게 잠시나마 자신의 "거리"를 유지했다. 하지만 다시 돌아오는 그녀는 하나의 선물과도 같았다.

일찍이 그녀는 자신이 위험을 즐긴다는 고백을 한 적이 있었다. 그녀가 옳았다. 그녀에게는 천성적으로 그녀와는 잘 어울리지 않는 조커와도 같은 기질이 있었다. 나에게 뭔가 짐작해보라는 듯이 그녀가 아덴의 부둣가에서 수수께끼 같은 윙크를 보냈을 때처럼, 그런 발견의 순간들은 언제나 존재했다. 그러나 오론세이에서의 나날들이 지나간 훗날, 나는 그녀가 자신 안의 좋은 세계를 지켜왔다는 것을 알게 되었다. 그리고 나는 나의 온화하게 말하는 방식이 많은 것들을 감추고 살아온 삶에서 자연스레 비롯된 것임을 깨닫게 되었다.

사육장

다음 날 잠에서 깨어났을 때, 해스티 씨는 아직도 침대에 누워 소설을 읽고 있었다. "좋은 아침이다, 얘야." 내가 위층 침대에서 뛰어내리는 소리를 들은 그가 말했다. "친구들 만나러 가니?"

나는 전날 밤에 카드 게임이 벌어지지 않은 까닭이 궁금했다. 백만장자의 죽음 이후로 사람들의 일과나 버릇에 많은 변화가 일어난 것처럼 보였다. 해스티 씨는 내게 이제 의무적으로 해야 하는 일들에서 자유로워졌다고 말했다. 개 사육장을 더 이상 담당하지 않게 된 거였다. 누군가를 몰아붙여야 했던 선장은 하운드 사냥개들 중 한 마리가 해스티 씨의 사육장을 탈출해 엠퍼러 클래스에 몰래 들어가 헥터 드 실바를 물어 죽인 거라고 믿고 있었다. 헥터 드 실바가 죽은 후로 이상한 일들이 일어나고 있었다. 헥터 드 실바 경에게서 경이라는 작위가 떨어져 나갔다. 아무도 경이라는 호칭을 사용하지 않았다. 사람들은 그를 그저 "죽은 남자"로만 지칭했다. 죽은 몸과 마찬가지로 작위 또한 죽어버린 듯했다.

나는 부당한 비난을 받고 있는 해스터 씨를 동정하며 이야기를 듣고 있었지만, 그에게 아무 말도 하지 않았다. 아덴에서 데려온 조그만 잡종 개는 여전히 아무 데도 보이지 않았다. 그의 조수이자 브리지 게임 친구인 인버니오 씨가 사육장에서 개들을 돌보는 동안 좌천된 해스티 씨는 정오의 태양 아래 페인트를 칠하고 윤을 내야 했다. "그가 오늘 바이마라너*를 제대로 돌보기나 하는지 궁금하군." 해스티 씨가 중얼거렸다.

늦게까지 라마딘의 개를 찾아 이곳저곳을 들쑤시고 다녔던 우리는 사육장이 있는 곳까지 갔다. 30야드쯤 떨어진 B갑판 저편에서 몇 마리의 개들이 일사병에라도 걸린 듯한 멍한 표정으로 느릿느릿 움직이고 있었다. 우리는 배리어를 넘어 사육장 쪽으로 다가갔다. 개들이 너나할 것 없이 밖으로 나오고 싶어 짖어대고 있었다. 짖는 개들 한가운데서 인버니오가 해스티의 책들 중 한 권을 열심히 들여다보고 있었다. 우리가 그쪽으로 다가가자, 위층 침대에서 불쑥 내밀었던 내 얼굴을 본 적이 있던 인버니오가 나를 알아보았다. 나는 그에게 캐시어스와 라마

---

* 사냥개의 일종.

딘을 소개했다. 그는 『바가바드기타』*를 내려놓고 특별히 아끼는 개들에게 고깃덩어리를 던져주며 우리와 함께 사육장 주변을 돌았다. 그러더니 그는 바이마라너를 데려왔다. 그는 개의 목줄을 벗기고 계란처럼 매끈한 개의 머리통을 쓰다듬고는 먼지로 가득한 방의 저쪽 끝까지 다녀오라고 명령했다. 개는 인버니오 곁을 떠나고 싶어하지 않았지만, "가! 가! 가! 가!"라는 명령을 따라 소리 없이 긴 다리를 오른쪽 왼쪽으로 총총 놀리며 걸어갔다. 사육장 한쪽 끝에서 개는 이쪽으로 몸을 돌리고 기다렸다. "이리 와!" 인버니오가 소리치자 개는 단숨에 그에게로 달려와 2야드 떨어진 위치에서 그의 머리를 향해 뛰어올랐다. 개의 네 발이 동시에 인버니오의 어깨와 가슴에 닿았다. 그를 뒤로 넘어뜨릴 정도로 힘이 셌던 개는 발톱으로 긁고 크게 짖어대며 그를 제압했다.

인버니오는 개의 몸통을 뒤집으려고 갖은 애를 쓰면서 개의 귓가에 소리를 질러댔다. 그러고는 상대방을 사랑하면서도 키스를 거절하려는 여자처럼 반응하며 개에게 입을 맞추기 시작했다. 그와 개는 몇 번이고 엎치락뒤치락했다. 그것이 애정의 표시라는 것을 알기까지는 오래 걸리지 않았다. 그들은 서로에게 홀딱 빠져 있었다. 그들은 서로를 향해 이를 드러냈다. 그들

---

* 힌두교 3대 경전의 하나.

은 웃었고, 그들은 짖었다. 인버니오가 개의 코에 바람을 불었다. 우리에 갇힌 개들은 모두 질투로 가득한 눈으로 둘의 난투를 조용히 지켜보고 있었다.

힘겨루기를 하는 그들을 남겨놓고 우리는 그곳을 나왔다. 나는 혼자 C갑판으로 가서 대부분의 오후 시간을 그곳에 머물렀다. 인버니오와 그의 개를 보니 우리집 요리사 구네팔라 생각이 많이 났다. 그가 보고 싶었다. 식사시간마다 몰려와 홀린 듯 짖어대던 떠돌이 개들을 기다리던 그의 모습. 제사를 지낼 때처럼 앞으로 뒤로 고기조각을 흔들다가 허공에 던지던 모습. 그런 오후면 개들을 팔로 안고 잠든 그의 모습이 종종 눈에 띄었다. 적어도 구네팔라가 자고 있을 때는 개들도 얌전히 그의 곁에 앉아 있었고, 서로를 바라보다가 눈썹을 씰룩거리며 추켜 올리고는 했다.

죄수의 야간 산책이 재개되었다. 아덴에 정박하기 전 날 밤부터 그 도시를 떠난 다음날 저녁까지 우리는 그를 보지 못했다. 분명 그가 감방에만 갇혀 있어야 하는 이유가 있었을 것이다. 이제 홍해를 벗어나 북쪽으로 향하던 우리는 갑판에서 12야드 이상 벗어날 수 없도록 목둘레에 단단히 연결된 쇠사슬을 하나 더 매단 그를 보았다. 우리는 그가 조금씩 움직이는 모습을 관찰했는데, 날랜 동작을 보여주었던 예전과는 달리 이제는 머뭇거리고 주저하는 듯 보였다. 아마도 그는 저 멀리에 다른 세계가 있다는 것을 알아차린 듯했다. 배의 한쪽 편에서는 사막의 밤이 내려앉은 해안이 바라보였다. 오른쪽에는 아라비아가, 왼쪽에는 이집트가 있었다.

　에밀리는 그 죄수의 이름이 니마이어, 혹은 그 비슷하게 들리는 이름이라고 내게 속삭이듯 말했다. 지나치게 유럽식으로 들리는 이름이었지만 그는 분명 동양인으로, 신할라나 그 비슷한 혼혈로 보였다. 우리는 그가 감시원에게 말하는 소리를 들었는데, 그는 낮고 침착한 목소리로 천천히 할 말을 했다. 라마딘은 그와 단둘이 한 방에 있게 되면 그 목소리를 듣고 최면에 걸리지 않을 수 없을 거라고 생각했다. 나의 친구는 온갖 종류의 위험한 상황들을 상상하고 있었다. 하지만 에밀리 역시 그의 특이한 목소리에 대해 언급한 적이 있었다. 누군가가 말하길 "무섭다"기보다는 "설득력 있는" 목소리라는 것이었다. 누가 그런 말을 했느냐고 묻자 그녀는 입을 닫았다. 나는 다소 놀랐는데, 그녀가 나 자신을 믿을 만한 사람으로 생각한다고 믿고 있었기 때문이었다. 그녀는 곧이어 이렇게 말했다. "다른 사람의 비밀이야. 내 비밀이 아니라. 그래서 네게 말해줄 수 없어. 알겠니?"

어쨌거나 니마이어가 우리들의 갑판으로 다시 한밤의 산책을 나오자 우리는 어떤 질서가 회복되었다는 느낌을 받았다. 그를 내려다보고 싶었던 우리는 구명정 중 하나에 올라가 있었다. 쇠사슬이 갑판을 스치는 끔찍한 소리가 들려왔다. 그는 쇠사슬의 길이가 다 된 지점에서 걸음을 멈추고 마치 전방에 펼쳐진 세계가 한눈에 들어온다는 듯이, 수 마일 밖의 검은 사막 한가운데서 누군가가 자신의 모든 움직임을 지켜보고 있다는 듯이 밤의 허공을 바라보았다. 그러고는 몸을 돌려 왔던 길을 되짚었다. 그러자 감시원들이 그의 목에 채워져 있던 금속 목줄을 풀었다. 그와 감시원들 사이를 오가는 낮은 목소리들이 들려왔고, 이제 그는 우리가 상상의 영역으로 남겨둘 수밖에 없는 아래쪽 갑판으로 향하고 있었다.

"들것 요청, 들것 요청. A갑판 배드민턴 경기장으로 속히 오시오." 우리는 다급한 외침이 들려오는 쪽으로 달려갔다. 지금껏 확성기에서 들려온 그 어떤 안내방송보다도 흥미를 당기는 내용이었다. 우리는 대개 클라이드 룸에서 "아덴—봄베이 간해저 케이블"에 관한 오후 강의가 있다거나 블래클러 씨가 "모차르트가 사용하던 피아노가 최근 보수되었다"는 내용의 수업이 있다는 안내방송만을 들어왔던 것이다. 〈네 개의 깃털〉이 상영되기 전에는 한 사제가 등장해 '십자군 전쟁에 대한 찬부양론: 영국은 도를 지나쳤는가?'라는 주제로 강연을 열기도 했다. 강연을 들으러 갔던 라마딘과 폰세카 씨는 돌아와서 우리에게 강연자가 분명 영국은 도를 지나치게 지나치지는 않았다고 생각하는 것 같다고 말해주었다.

이미 죽은 지 시일이 꽤 지난 헥터 드 실바의 시신이 곧 바다에 수장될 거라는 소문이 돌았다. 선장은 지중해에 들어설 때까지 기다리기를 원했지만, 이제 전권을 거머쥐게 된 드 실바의 미망인은 신속하고 은밀하게 장례식을 치러야 한다고 고집을 피웠다. 어쨌거나 의식을 치를 장소와 시간을 모두가 알게 되기까지는 오래 걸리지 않았다. 승무원들이 장례식이 거행될 선미 쪽에 밧줄로 제한구역을 표시했지만, 구경꾼들은 삽시간에 밧줄 뒤로 모여들어 금속제 계단을 에워싸고 좀 더 높은 쪽에 위치한 갑판 층에서 아래를 내려다보고 있었다. 장례절차에 그다지 흥미가 없던 사람들은 흡연실의 창가에 서서 지켜보고 있었다. 그 결과 시신—실제로 우리들 대부분이 처음 보게 된 헥터 드 실바—은 구경꾼들이 마지못해 벌려준 매우 좁은 통로를 따라 운반되어야 했다. 그의 미망인과 딸, 세 사람의 의사들(그들 중 한 사람은 지역 전통 예복으로 치장하고 있었다), 그리고 선장이 뒤를 따랐다.

나는 한 번도 장례식에 가본 적이 없었지만, 내게도 부분적으로나마 책임이 있었으므로 그곳에 참석했다. 몇 야드 떨어진 곳에서 심각한 얼굴을 하고 고개를 갸웃거리는 에밀리가 보였다. 드 실바 가족들과 매우 가까이 서 있는 남작도 보였다. 고양이 테이블에 앉는 모든 사람들이 그곳에 있었다. 폰세카 씨조차도 선실에서 나와 장례식에 참석했다. 그는 아마도 영국에서의 체류를 위해 포트의 쿤단말스에서 샀음직한 검은 재킷과 타이를 맨 차림으로 우리 옆에 서 있었다.

우리는 헥터 드 실바의 시신과 꽃들을 떠받친 가대식 탁자 주변을 둘러싸고 모여든 몇 안 되는 수의 수행원들을 내려다보았다. 우리는 마지막 의식이 거행되는 소리를 겨우 들을 수 있었다. 사제의 목소리는 사막을 건너 불어오는 강풍에 떨리듯 흩어져버렸다. 그의 가족들이 하얀 수의로 감싼 시신에 다가가던 순간, 죽은 자에게 어떤 비밀이 전해질까 궁금했던 우리는 일제히 몸을 앞으로 기울였다. 그러고 나서 헥터 드 실바는 배에서 미끄러져 바닷속으로 사라졌다. 캐시어스가 장담했던 대로 조총도 조포도 없었다. 장례식을 끝내는 더 이상의 말도 의식도 없었다. 폰세카 씨만이 가까이 있던 사람들을 향해 낮은 목소리로 한 구절을 암송했다. "바다를 욕망했던 이는 누구인가? 왕의 궁정이 아닌 바다의 위대한 고독을" 그는 키플링의 시구를 우리의 귓가에 장엄하고 지혜롭게 들릴 만한 어조로 읊었다. 헥터 드 실바의 인생을 생각해보면 이 구절이 역설적으로 들린다는 것을 그때의 우리는 알지 못했다.

몇 시간 뒤, 수에즈 운하로 향할 예정인 우리를 위해 오후의 티타임 강의가 하나 더 열린다고 했다. 오늘날 무역 통로로 사용되는 운하의 중요성뿐 아니라, 드 레셉스*와 공사 도중 콜레라로 죽어간 수천 명의 노동자들에 대한 강의이기도 했다. 일찍 도착한 라마딘과 나는 강의가 끝난 뒤 제공될 예정이었던 맛있는 샌드위치를 뷔페 테이블에서 마음껏 집어 먹었다. 강의 중에 나는 샌드위치를 팔에 몇 개씩이나 얹고 균형을 잡으며 음식 테이블로부터 돌아오다가 두 명의 카드게임 친구를 동반한 플라비아 프린스와 마주쳤다. 그녀는 흔들리는 눈빛으로 나를 훑더니 한 마디도 하지 않고 지나가버렸다.

---

* 수에즈 운하의 건설자.

우리는 한밤의 어둠을 헤치며 운하를 향해 다가갔다. 운하로 들어가는 경험을 놓칠 수 없었던 몇 명의 승객들은 갑판을 지키고 있다가 바늘구멍처럼 좁은 엘 수웨이스의 틈으로 배를 인도하는 종소리와 금속음들에 귀를 기울이면서도 깜박 잠들어버리고는 했다. 배가 잠시 멈추고 한 아랍인 도선사가 밧줄사다리를 타고 바지선에서 배로 올라왔다. 그는 주변의 높은 사람들을 무시하며 천천히 함교를 향해 걸었다. 이제 이 배는 그의 소유였다. 더 얕은 바다로 우리를 인도할 그는 배의 방향을 조절해 포트사이드까지 남아 있는 190km의 좁은 운하를 빠져나가게 하여, 우리가 여행을 계속하게 해줄 사람이었다. 우리는 선장과 두 명의 경관을 대동하고 함교의 수평 창을 환히 밝힌 빛 속에 서 있는 그를 볼 수 있었다.

그날 밤 우리는 잠들지 않았다.

30분이 지나기도 전에 우리 배는 거대한 피라미드 형태로 쌓인 콘크리트 덩어리로 이루어진 도크를 따라 미끄러지기 시작했다. 짐수레와 전기 케이블들을 나르는 사내들이 천천히 움직이는 오론세이를 따라 뛰어오고 있었다. 유황등을 밝힌 전구들 아래 강도 높은 작업이 이루어지고 있던 그곳에는 속도가 넘쳐났다. 사방에서 고함소리와 호각소리가 들려오는 사이사이 개가 짖는 소리가 들려왔고, 라마딘은 아덴에서 데려온 자신의 개가 이제 다시 해변가로 돌아가고 싶은 모양이라고 생각했다. 우리 셋은 난간에 매달린 채로 한껏 공기를 들이마시며 몸 안에 머금었다. 그날 밤, 우리는 그 여행에서 가장 생생하고 아직도 가끔 꿈에 등장하는 기억을 남기게 되었다. 우리는 활발하게 돌아다니지는 않았지만, 우리가 탄 배를 비껴 지나가는 세계는 지속적으로 변화하고 있었고, 어둠은 다양하고 풍부한 암시로 가득 차 있었다. 보이지 않는 트랙터들이 교대橋臺를 따라 삐걱대며 지나갔다. 우리 배가 지나갈 때 낮게 기울어진 크레인들이 우리 중 누군가를 가리키는 듯 보였다. 22노트의 속도로 광막하게 펼쳐진 바다를 지나온 우리 배는 이제 다리를 다친 사람처럼, 느린 자전거처럼, 천천히 두루마리를 펼칠 때처럼 움직이고 있었다.

앞쪽 갑판에는 한 무리의 구경꾼들이 까치발을 들고 서 있었다. 선원 한 사람이 난간에 로프를 매고 아래로 내려가 경유

국을 거칠 때 필요한 서류에 서명했다. 그림 하나가 배에서 내려지고 있었다. 흘끗 보았지만 낯익은 그림이었다. 아마도 일등석 라운지에서 본 것인 듯했다. 왜 저걸 배에서 내리는 거지? 그곳에서 벌어지고 있는 모든 일들은 합법과 범죄의 경계에 아슬아슬하게 걸쳐져 있는 것처럼 보였다. 몇 명의 경관만이 현장을 감독하고 있었고, 갑판의 불빛들은 남김없이 꺼져 있었다. 모든 일은 그렇게 조용히 진행되었다. 함교의 창만이 불을 밝히고 있었고, 그 안에는 세 개의 실루엣이 미동도 없이 서 있었다. 그들은 마치 도선사의 명령만을 따르는 꼭두각시들처럼 보였다. 도선사는 몇 번이나 야외 갑판으로 나와 뭍에 선 사람들에게 한밤의 호각을 불며 지시를 내렸다. 알겠다는 의미의 호각소리가 이어졌고, 쇠사슬이 바다에 풍덩 잠기는 소리가 들려왔다. 배의 이물이 갑자기 움직이며 이쪽저쪽으로 방향을 바로잡았다. 라마딘은 긴 배를 따라 이곳저곳을 뛰어다니며 개를 찾았다. 이물 쪽의 난간에 달라붙어 있던 캐시어스와 나는 발밑에서 단편적으로 펼쳐지는 장면들을 지켜보았다. 음식 좌판을 벌리고 앉아 있는 상인들, 모닥불 주변에서 말을 나누는 기술자들, 하역되는 쓰레기들, 이 모든 것들, 이 모든 일들을 결코 다시 볼 수 없으리라는 걸 우리는 알고 있었다. 그렇게 해서 우리는 인간적인 교감을 나누지도 못하고 그저 스쳐갈 뿐인 낯설고도 흥미로운 사람들로 인해 삶에서의 사소하지만 중요한 것들이 확장될 수도 있다는 것을 이해하게 되었다.

갑판의 다른 사람들이 이처럼 근사한 장면을 놓치고 잠들어 있던 동안, 시야도 분명하지 않았고 육지에서는 온갖 신호들이 들려오고 있었지만, 나는 그날 밤 우리가 어떻게 운하를 통과했는지를 분명히 기억하고 있다. 난간을 붙들고 오르락내리락하던 우리는 배에서 떨어져 아래로 추락해 또 다른 운명과 맞닥뜨리게 될 수도 있었다. 왕자와 거지처럼. "아저씨!" 누군가와 가까워질 때마다 우리는 그가 우리의 작은 존재를 알아봐주기를 바라며 외쳤다. "안녕하세요, 아저씨!" 손을 흔들어주는 사람들은 우리에게 미소를 짓고 있었는지도 모른다. 누군가는 우리에게 오렌지를 던져주기도 했다. 사막에서 온 오렌지라니! 캐시어스는 비디를 달라고 외쳐댔지만 그들은 비디라는 말을 알아듣지 못했다. 항만 노동자 한 사람이 식물인지 동물인지 모를 무언가를 들어올렸지만, 너무나 어두웠으므로 그것이 무엇인지는 알 수 없었다.

그날 밤, 어둠에 잠긴 운하를 지나는 다른 선박은 없었다. 하루 먼저 받은 무선 교신에 의하면 우리는 한밤중에만 운하에 진입할 수 있었다. 흔들리는 전선에 매달린 전깃불 아래의 육지에서는 한 사람이 간이 테이블에 앉아 정리한 서류를 누군가에게 넘겨주었고, 그는 달리기로 배를 따라붙어 금속 추를 매단 서류를 선원들의 발밑에 정확하게 던졌다. 배는 멈추지 않고 달려오던 사람과 테이블에 앉아 짜증스럽다는 듯 수출입 표를 작성하던 사람, 그리고 모닥불 옆에서 무언가를 굽고 있던 식사 당번을 지나쳤다. 그 냄새는 지난 며칠간 우리가 먹었던 유럽의 음식에도 불구하고 당장이라도 배를 버리고 싶다는 유혹을 느낄 만큼 한밤의 욕망을 불러일으키는 선물과도 같았다. "유향 같은 냄새가 나네." 캐시어스가 말했다. 우리를 실은 배는 이처럼 낯선 이들의 인도를 받아 앞으로 나아갔다. 우리는 물물교환을 위해 해안기슭에 던져지는 물건들의 신선한 기운을 한껏 들이마시고 있었다. 우리가 엘 수웨이스라는 세계에 일시적으로 짧게 들어갔다 나왔던 그날 밤, 교환된 것이 무엇이었는지, 출입국과 관련된 법적 서류들이 서명을 마치고 다시 육지로 내려가는 동안 교차수정된 것은 무엇이었는지 누구도 알지 못했다.

우리는 아침 햇살 속을 서성거렸다. 구름이 서로 엉겨 붙어 하늘을 가리고 있었다. 그때까지 여행을 하는 동안 우리는 폭풍우가 몰아치던 날 산맥처럼 거대하게 배 위로 솟아올라 아래로 떨어져 내리던 검은 구름을 제외하고는, 다른 구름은 보지 못했다. 후에 포트사이드가 가까워졌을 때는 모래폭풍이 발생해 배를 뒤덮기도 했다. 아라비아가 마지막으로 우리 배의 레이더 신호망에 커다란 혼란을 발생시켰던 것이다. 우리 배가 한밤중에 엘 수웨이스에 진입하도록 신중하게 시간을 조절했던 까닭은 포트사이드에 한낮에 도착하여 배가 사람 시야에 의지해 나아갈 수 있게 하기 위해서였다. 그래서 우리는 지중해에 들어설 때는 두 눈을 크게 뜨고 있기로 했다.

*

이십대 후반에 들어섰을 때, 나는 문득 캐시어스를 다시 만나고 싶다는 생각이 들었다. 라마딘과 그의 가족들과는 지속적으로 만나 시간을 함께 보내왔지만, 캐시어스와는 우리 배가 영국에 도착한 뒤로 다시 본 적이 없었다.

그를 만나고 싶다는 욕구가 생겼던 시기에 나는 어느 런던 신문에 난 공고를 우연히 보게 되었다. 그 공고에는 그의 사진이 실려 있었다. 사진 옆에 적힌 그의 이름을 제외하고는 나는 그의 모습을 거의 알아보지 못했다. 나이를 먹고 더 어두워진 그는 1950년대에 배 안에서 만났던 소년과는 사뭇 다르게 느껴졌다. 그의 회화전이 열린다는 광고였다. 그래서 나는 시내로 가서 코크 가에 있던 갤러리로 향했다. 내가 그곳에 갔던 이유는 그의 작품을 보기 위해서라기보다는 그를 만나 오랫동안 식사를 함께하며 이야기를 하고, 이야기를 하고, 또 이야기를 하고 싶다는 희망이 있었기 때문이었다. 비록 나는 그가 상당한 성공을 거둔 화가가 되었다는 것은 알고 있었지만, 우리가 함께 보냈던 3주 이후에 그가 어떻게 살아왔는지에 대해서는 아는 바가 많지 않았다. 그가 화가가 되었다는 사실은 놀라웠다. 나는 그를 거친 소년으로만 생각했던 거였다. 그는 우리가 소년이 었을 때처럼 여전히 위태로움을 간직하고 있을까? 캐시어스는 결국 내가 살아가는 방식에도 어떤 영향을 미쳤다. 나는 신문에서 잘라내어 하얀 벽에 붙여둔 공고를 다시 한 번 들여다보았다. 그의 사진은 특유의 호전적인 모습을 드러내고 있었다.

그런데 캐시어스는 그곳에 없었다. 토요일 오후였다. 갤러리에 도착한 나는 며칠 전 저녁에 전시회가 열렸으며, 캐시어스는 그날만 모습을 드러냈다는 말을 들었다. 나는 예술계의 이러한 관행에 대해서는 아는 바가 많지 않았다. 실망스럽기는 했지만, 그가 없다는 것이 큰 문제는 아니었다. 캐시어스의 그림에서 나는 그의 존재를 볼 수 있었던 것이다. 와딩턴 갤러리의 전시실 세 개를 그의 커다란 캔버스들이 가득 메우고 있었다. 열다섯 점 정도의 작품들은 모두 엘 수웨이스에서의 그날 밤을 묘사한 것들이었다. 나 역시 여전히 기억하고 있는, 아니면 적어도 그날의 토요일 오후부터 다시 기억하기 시작한 그날 밤의 일들을, 그때와 똑같은 유황등이 비추고 있었다. 그리고 모닥불들도. 바짝 마른 대기 속에서 탁자 앞에 앉은 서기가 오래되어 보이는 출납부에 무언가를 급하게 적고 있었다. 처음에는 그의 그림들을 추상화라고 생각했다. 채색된 면 너머에, 혹은 그 언저리에서 무슨 일인가 일어나고 있다는 생각이 들었던 것이다. 그러나 어느 순간 나는 우리가 있었던 바로 그 장소의 모든 것들이 다른 모습으로 바뀌어 나타나 있음을 알아차렸다. 보트에서 위를 올려다보고 있는 라마딘의 작은 개도 보였다. 이런 것들이 크게 보이기 시작했고, 나는 그 이유를 알 수가 없었다. 나는 그런 것들이 캐시어스와 내가 진짜 형제처럼 가까운 사이였다는 것을 명확하게 보여주었다고 생각한다. 나와 마찬가지로 그도 그날 밤의 사람들을 관찰했다. 우리와 기이한 방식으로 떨어져 있다고 생각했던, 다시는 볼 수 없을 사람들을. 오직 그곳에서만 만날 수 있었던 사람들을. 그날 밤의 도시는 또 다른 세계였다. 우리는 이런 이야기를 나눈 적은 없었지만, 우리 둘 다 그날 밤을 어떻게든 생각하고 있었다. 그리고 이제 그날 밤의 사람들이 우리와 함께 존재하고 있었다.

나는 사람들이 무언가 남길 말을 적어 남기는 방명록으로 다가갔다. 어떤 말들은 꽤나 현학적이었고, 너무나 지적인 말들도 있었지만, 단순히 "즐겁다!"는 말도 적혀 있었다. 거의 한 페이지를 꽉 채워 기어가듯 쓴 문장도 있었다. "늙어빠진 쬐끄만 여자는 그날 밤 늦게 병신이 되었지." 분명 캐시어스의 주정뱅이 친구들 중 누군가가 쓴 모양이었다. 그 페이지에는 다른 사람들이 남긴 문장들은 없었고, 오로지 그 문장만이 꽤나 고독하게 두드러진 모습으로 적혀 있었다. 잠시 방명록의 남은 페이지를 넘겨보던 나는 캐시어스의 작품에 대해 부드러운 찬사를 보내는 라스케티 양의 이름과 마주쳤다. 나는 날짜를 적고 그 밑에 이렇게 적었다. "오론세이 부족은 책임감이 없고 폭력적이다." 그리고 이렇게 덧붙였다. "너무나 보고 싶어. 마이나." 나는 주소를 남기지 않았다.

밖으로 나오던 나는 문득 무언가를 생각해냈고, 그래서 다시 갤러리로 들어갔다. 이번에는 갤러리 안에 거의 아무도 없는 게 다행이라 여겨졌다. 나를 갤러리로 다시 들였던 것이 무엇이었는지를 깨닫게 된 나는 그것을 확인하기 위해 갤러리를 한 번 더 돌아보았다. 나는 사람들이 라르티그의 초기 사진들의 독보적인 시점을 찬양하는 내용을 어디선가 읽은 적이 있었다. 카메라를 들고 사진을 찍는 어린 소년이 자연스럽게 어른들을 올려다보는 시점을 누군가가 지적하기까지는 오랜 시간이 걸렸다고 했다. 나는 갤러리에 걸린 그림들에서 그날 밤 난간에 매달려 빛의 그늘 속에서 작업하던 사람들을 내려다보고 있던 캐시어스와 나의 바로 그 시점을 발견했다. 45도쯤 될 각도였다. 나는 난간에 매달려 캐시어스가 내려다보고 있던 바로 그 장면들을 바라보고 있었다. 이제는 그의 그림에 담겨진 장면들이었다. 안녕, 우리는 모든 사람들을 향해 이렇게 말하고 있었다. 안녕.

라마딘의 심장

지금껏 살아오면서 나는 내가 캐시어스에게 무언가 쓸모 있
는 존재였다는 생각을 한 적은 거의 없었다. 그러나 라마딘에
게는 무언가를 주었다고 느낀다. 그는 나의 정서적 의지를 받
아주었다. 분명하게 선을 그을 줄 알았던 캐시어스는 씁쓸한
매력을 갖고 있었다. 엘 수웨이스를 지나던 그날 밤을 되살려
낸 그의 그림에서도 나는 이를 느낄 수 있었다. 하지만 나는 항
상 상황이 달랐더라면 라마딘을 도울 수 있었을지도 모른다고
생각했다. 내가 알았더라면, 그가 다가와 내게 말해주었더라면.

1970년대 초, 북미지역에서 일하던 짧은 시기에 나는 먼 친
척으로부터 한 통의 전보를 받았다. 나의 서른 번째 생일날이
었다고 기억한다. 나는 하던 일을 팽개치고 붉어진 눈으로 곧
장 비행기를 타고 런던으로 날아갔다. 그러고는 한 호텔에 들
어가 서너 시간쯤 잠을 잤다.

정오에 나는 택시를 탔고, 밀 힐의 작은 예배당 앞에서 내렸다. 나는 라마딘의 동생인 마시와 짧게 시선을 교환했고, 우리는 예배당 안으로 들어가 통로를 따라 걸어갔다. 우정을 나누기 시작했던 십대 시절이 지나가고 난 뒤 우리는 서로를 자주 볼 기회를 갖지 못했다. 사실 나는 8년 동안 라마딘뿐 아니라 그의 가족 중 누구와도 만난 적이 없었다. 나는 우리가 서로 매우 다른 사람들이 되었으리라고 추측했다. 라마딘이 내게 마지막으로 보낸 편지들 중 한 통에서 그는 마시가 "동료들과 함께 잽싸게 움직이고" 있으며, BBC에서 음악 프로그램 중 하나를 맡고 있고, 야심도 있고, 매우 똑똑하다고 쓴 적이 있었다. 마시에 관해서라면 그 무엇도 놀라울 게 없었을 거라고 나는 생각한다. 우리보다 어렸던 마시는 우리보다 1년 늦게 영국에 도착했지만, 역시 우리보다 빠르게 적응했다.

세월이 흐르면서 나는 매우 온화한 아들을 길러낸, 역시 온화한 한 쌍이었던 그의 부모님들을 잘 알게 되었다. 생물학자였던 그의 아버지는 나와 단둘이 대화를 나눌 때마다 항상 나의 삼촌을 "판사님"이라고 불렀다. 삼촌과 라마딘의 아버지는 얼추 동등한 사회적 위치에 있었을 것이라고 나는 생각한다. 하지만 라마딘 씨는 (렌치를 다루거나 아침식사를 차리거나 시간표를 짜는 등의) 진짜 세계를 대할 때면 다소 무능력한 모습이었다. 역시 생물학자로 그를 대신해 모든 일들을 직접 돌봐야했던 그의 아내는 그의 그늘에 서 있는 것만으로도 만족하는 듯했다. 그들의 인생, 그들의 직업, 그리고 그들의 집은 그들의 아이들이 딛고 올라갈 사다리가 되어야 했다. 십대 시절의 나 또한 밀 힐에 위치한 그들의 조용한 집에서 암묵적인 규칙들을 지키며 가능한 오랫동안 그곳에 머물고 싶어했다. 나는 언제나 그곳에 있었다. 라마딘은 심장병을 앓고 있었다. 때문에 그의 가족들은 우리 가족들보다 조용하고 조심스럽게 행동했다. 그들은 유리 덮개 아래 살고 있었다. 그들과 함께 있으면 나도 마음이 편했다.

이제 나는 예전과 하나도 다르지 않은 풍경으로 돌아왔다. 장례식이 끝나고 라마딘의 집으로 걸어가는 동안, 나는 우리가 어린 시절 올라갔던 나뭇가지들 사이로 떨어지는 기분을 느꼈다. 이내 도착한 라마딘의 집은 전보다 작아 보였고, 라마딘 부인도 노쇠한 모습이었다. 그녀의 굳어진 얼굴은 한 줌의 백발 아래 더욱 아름답고 너그러워 보였다. 그녀는 나와 그녀의 아이들을 관대하면서도 엄격하게 대했다. 마시만이 인생의 대부분 동안 유일하게 그녀의 규칙들에 맞서 싸울 수 있었다.

"넌 너무 오랫동안 멀리 있었구나, 마이클. 언제나 멀리 있었어." 라마딘의 어머니가 하는 말이 내게 화살처럼 날아와 꽂혔다. 그런 뒤에야 그녀는 내게 다가와 나를 두 팔로 끌어안았다. 과거에 우리는 신체적으로 접촉한 적이 거의 없었다. "R. 부인." 십대 시절의 나는 그녀를 내내 이렇게 불렀다.

이렇게 해서 나는 테라코타 로드에 위치한 그들의 집으로 다시 발을 들여놓게 되었다. 좁은 복도에 서서 라마딘의 부모에게 위로의 말을 건네고 있던 한 무리의 사람들이 거실로 향했다. 거실의 소파와 사이드테이블, 그리고 그림들은 십대였던 내가 드나들었을 때와 똑같은 자리에 놓여 있었다. 작은 텔레비전과 무트왈*에 있던 그들의 집 앞에 서 있는 라마딘의 조부모들을 그린 초상화는 마치 어린 시절의 타임캡슐과도 같았다. 그의 가족들이 이 나라로 가져온 과거는 결코 사라지지 않고 남아 있는 듯했다. 그러나 이제 벽난로 위 선반에는 라마딘이 졸업식 가운을 입고 찍은 리즈 대학교 졸업사진이 하나 더 놓여 있었다. 깃털장식은 그에게 어울리지 않았고, 그를 가려 주지도 못했다. 그의 얼굴은 격심한 스트레스에 시달리는 사람처럼 몹시 수척했다.

사진에 가까이 다가간 나는 그의 모습을 바라보았다. 누군가가 내 팔꿈치 살을 의도적으로 세게 누르며 잡았고, 나는 몸을 돌렸다. 마시였다. 갑작스럽고도 빠르게 우리는 서로 놀랄 정도로 가까이 있음을 느꼈다. 예배당에서 보았던 마시는 부모님을 양 옆에 동반하고 맨 앞줄로 가서 앉은 뒤 재빨리 고개를 아래

---

* 스리랑카 콜롬보의 교외지역.

로 숙이는 모습이었다. 그녀는 복도에서 손님을 맞지도 않았다.

"왔구나, 마이클. 올 거라고 생각 안 했어."

"내가 왜 안 와?" 그녀는 작고 따뜻한 손으로 내 얼굴을 어루만진 뒤, 다른 사람들을 맞이하여 그들과 대화를 나누며 자신에게 쏟아지는 말들에 고개를 끄덕이며 그들과 포옹하기 위해 다시 가버렸다. 나는 그녀만을 지켜보았다. 나는 그녀에게서 라마딘의 흔적을 찾고 있었다. 그들 사이에 별다른 공명이 이루어진 적은 없었다. 라마딘은 몸집이 크고 굼뜨게 움직였지만, 그녀는 팽팽하고 행동이 빨랐다. "동료들과 함께 잽싸게 움직인다"고 그는 썼다. 그와 그녀의 머리색은 같았지만, 그것이 전부였다. 그러나 나는 이제 그의 어떤 부분을, 갑작스럽게 떠난 그가 남기고 간 무엇을 그녀가 갖고 있다는 기분을 강하게 느꼈다. 아마도 당시의 나는 라마딘의 존재를 필요로 했던 것이리라. 그러나 그는 이제 없었다.

긴 오후가 될 것 같았다. 수많은 친척과 대화를 나누어야 했던 우리는 복도를 사이에 두고서만 서로를 볼 수 있었다. 선 채로 점심을 먹는 내내 나는 그녀가 가족들을 대신해 바쁜 꿀벌처럼 이주자 친척들 사이를 돌아다니는 모습을 지켜보았다. 그녀는 슬픔에 잠긴 늙은 이모에게서 버릇을 감추지 못하고 너무나 명랑하게 구는 삼촌에게로, 라마딘이 수학을 가르쳐주었던, 어떤 힘겨운 일이 일어나더라도 조목조목 상황을 설명해주는 라마딘을 좋아했던 조카에게로 움직여갔다. 라마딘의 조카는 어째서 지금 모든 사람들이 이렇게 숙연해 있는지 모르고 있었다. 정원의 안락의자에 조카와 함께 앉아 있는 그녀를 본 나는 그녀의 부모님 친구들이 보내는 호기심 어린 시선을 받기보다는 그들과 함께 앉고 싶었다. 당시 소년은 열 살 남짓으로 보였다. 나는 그녀가 그 아이에게 해주는 말들을 듣고 싶었고, 어째서 우리가 속삭임으로만 대화를 나누는 침묵의 종교집단처럼 행동하는지에 대한 이유와 그녀 자신이 그것을 정당화하는 말들을 듣고 싶었다. 그런데 그 소년이 아니라 마시가 울고 있는 모습이 내 눈에 들어왔다.

나는 내게 말을 걸어오던 한 남자를 남겨두고 밖으로 나갔고, 그녀의 곁에 앉아 연신 떨고 있는 그녀의 몸을 팔로 감쌌다. 우리 셋 중 누구도 말을 꺼낼 생각이 없었다. 어느 정도 시간이 흐른 뒤, 나는 그 집의 유리창을 흘긋 바라보았고, 집 안에 있는 사람들은 모두 어른들이고 정원에 있는 우리 셋은 여전히 아이들이라는 걸 깨달았다.

날이 어두워지기 시작하자 한때는 내게 안식처와도 같았던 라마딘의 소박한 집이 노쇠한 방주처럼 보였다. 마지막 조문객들이 불 꺼진 교외의 거리를 천천히 걷고 있었다. 나 역시 막 떠나려던 한 가족들과 함께 복도에 서 있었다. 나는 런던 시내로 돌아가는 기차를 타야 했다.

"내일 오후에 비행기를 타야 돼." 내가 말했다. "하지만 한 달 안에 돌아올게, 운이 좋다면."

마시는 나를 주의 깊게 바라보았다. 우리는 오후 내내 이미 잘 아는 사람의 얼굴을 다시 한 번 뜯어보듯이 서로에게 그러고 있었다. 그녀의 얼굴은 옆으로 넓어져 있었고, 어릴 때와는 사뭇 다른 태도가 엿보였다. 나는 그녀가 부모를 대하는 새롭고 신중한 예절을 지켜보았다. 십대 시절의 그녀는 내내 부모에 맞서 요란한 싸움을 벌였다. 내가 이런 차이를 알아차릴 수 있었던 까닭은 최근 사귄 친구들 중 유일하게 나를 꼼짝 못하게 붙들 수 있었던 사람이 마시였기 때문이었다. 그녀는 내게서 그녀가 기억하는 예전의 모습을 끌어내어 지금 보이는 나의 모습 위로 포개놓고 있는지도 모른다. 학교가 방학을 맞을 때마다, 그녀는 그녀의 오빠와 나의 조수가 되어, 결코 우리의 것이라 할 수 없었고 우리 것이라는 기분도 느끼고 싶지 않던 시내에서 함께 빈둥거렸다. 우리가 어슬렁거렸던 도시는 기묘하고도 냉정한 우주였고, 우리는 브롬리 수영장으로, 크로이든 공공도서관으로, 보트 쇼나 애견 쇼, 혹은 모터 쇼를 보기 위해 얼스 코트로 향하는 버스에 탔다. 우리의 머릿속에 이런 특정한 버스 노선들이 아직도 저장되어 있다는 사실은 분명했다. 십대 시절이 지나가는 동안 그녀는 나의 모든 변화들을 지켜보았다. 이 모든 것들을 그녀는 여전히 간직하고 있었다.

그리고 8년 동안 우리는 만나지 않았다.

"내일 오후에 비행기를 타야 돼. 하지만 한 달 안에 돌아올게. 운이 좋다면."

복도에 서서 나를 바라보는 그녀의 얼굴에는 오빠를 잃은 충격이 고스란히 남아 있었다. 그녀의 남자친구가 옆에서 그녀의 팔을 붙들고 있었다. 그와 나는 이미 저녁에 이야기를 나눈 적이 있었다. 그가 그녀의 남자친구가 아니라 하더라도 그는 분명 그렇게 되기를 바라고 있었다.

"그래, 돌아올 때 알려줘." 마시가 말했다.

"그럴게."

"마시, 역까지 마이클을 바래다주지그래? 가면서 얘기도 좀 하고." R. 부인이 말했다.

"그래, 나랑 가자." 내가 말했다. "그러면 한 시간쯤 얘기할 수 있을 거야."

"평생 해야지." 그녀가 말했다.

이 세계의 절반을 살아가려면 다른 사람들과 함께 어울리는 삶을 살아야 하는데, 라마딘은 이런 세계에 들어간 적이 거의 없었지만, 마시는 바로 이런 세계에 존재했다. 그녀는 망설이는 법이 없었다. 그녀와 나는 서로의 인생을 상당 부분 공유해왔는지도 모른다. 바다와도 같은 관계의 격랑 속에서, 우리의 관계는 빠른 행동을 통해 서로를 다치게 하면서 발전했다. 내가 그녀에게서 부분적으로 배울 수 있었던 것은 바로 그런 행동방식이었다. 결정을 내리는 쪽은 늘 마시였다. 그녀는 제 오빠보다는 외려 캐시어스를 더 닮았는지도 모른다. 비록 이제는 나도 이 세계가 단순히 두 가지 성격으로만 나뉜다고는 생각하지 않게 되었지만, 어렸을 때 우리는 그렇게 생각했다.

"평생 해야지." 그녀는 이렇게 말했다. 바로 그 순간, 나는 마시의 삶으로 다시 첫 발을 디뎠다. 우리 둘은 우리의 대화처럼 마냥 느린 걸음으로 기차역을 향해 걸었다. 축구장을 둘러싼 도로의 완전한 어둠 속에 들어서자 마치 불 꺼진 무대 한 구석에서 서로 속삭이는 기분이었다. 우리는 주로 그녀에 대한 이야기를 했다. 그녀는 이미 나에 대해서는 충분히 알고 있었다. 북미로 간 계기가 되었던, 그래서 결국 그녀의 세계를 떠나는 결과를 초래했던 나의 짧고도 어처구니없는 직업적 이력에 대해서도. ("올 거라고 생각 안 했어." "너무 오랫동안 멀리 있었구나.") 우리는 잃어버린 세월을 탐사했다. 나는 거의 아무와도, 심지어는 라마딘과도 거의 연락을 주고받지 않았다. 정착하는 곳마다 드물게 엽서를 보내기는 했지만 그 이상을 해본 적은 없었다. 그녀와 그녀의 오빠가 어떻게 지냈는지에 대해 알아야 할 것이 너무나 많았다.

"헤더 케이브라는 사람 알아?" 그녀가 물었다.

"아니, 내가 알아야 될 사람인가? 누구지?" 나는 미국이나 캐나다에서 우연히 마주쳤을지도 모를 몇몇 사람들을 떠올렸다.

"라마딘은 분명히 그 여자를 알고 있었어."

그녀는 여전히 라마딘의 죽음을 둘러싼 정황이 확실하게 설명되지 않았다고 말을 이었다. 심장이 멎은 채 발견된 그의 옆에는 칼 한 자루가 놓여 있었다. 그것이 전부였다. 그는 헤더 케이브라는 여자가 살던 아파트 근처에 있는 시내의 어느 공용 정원의 어둠 속으로 들어갔다. 마시가 말하길 그녀는 그가 가르쳤던 학생으로, 그는 그녀에게 일종의 집착을 보였던 것 같다고 했다. 그러나 마시가 본 헤더 케이브는 고작 라마딘이 가르친 적이 있는 열네 살 먹은 어린 소녀였을 뿐이었다. 만약 라마딘이 그녀를 마음에 두고 있었더라면, 그는 아마도 스스로를 검은 잉크처럼 물들였을 압도적인 죄의식에 시달렸으리라는 거였다.

그녀는 고개를 흔들며 그 주제를 더는 입에 올리지 않았다.

그녀는 영국에서의 오빠의 삶이 행복하지 않았으리라고 믿는다고 말했다. 그가 콜롬보에서 직장을 잡고 가정을 꾸렸다면 더 만족스러워했으리라고 생각한다고.

모든 이주자 가족에는 그들이 와야만 했던 새로운 나라에 좀처럼 소속감을 갖지 못하는 구성원이 한 사람쯤 있는 것처럼 보인다. 보스턴이나 런던, 멜버른의 고요한 숙명을 견딜 수 없는 누군가의 오빠나 아내에게는 이런 곳들이 영원한 유배지처럼 느껴지는 거다. 나는 이전에 살았던 곳의 끈질긴 유령에 사로잡혀 있는 사람들을 많이도 만났다. 사람 앞에 나설 일이 많지 않고 격의도 없는 콜롬보에서 살았더라면 라마딘도 더 행복한 인생을 살았으리라는 것은 사실이다. 그에게는 마시나 나—마시의 추측에 의하면—처럼 직업적인 야망이 없었다. 꾸준한 성격에 남들보다 걱정도 많았던 그는 자신만의 보폭을 유지하는 데 중요한 것이 무엇인지 알고 있었다. 그녀에게 나는 배를 타고 영국으로 오던 중 라마딘이 어떻게 나와 캐시어스를 참고 견디며 어울릴 수 있었는지 궁금하다고 말했다. 그녀는 미소를 지으며 고개를 끄덕였고, 이렇게 물었다. "캐시어스는 본 적 있어? 그에 관한 기사들을 자주 읽게 돼."

"언젠가 우리가 너한테 그를 찾아가보라고 말했던 거 기억나?"

우리는 웃었다. 언젠가 라마딘과 나는 마시에게 캐시어스야말로 완벽한 결혼 상대라고 설득했던 적이 있었다.

"아마도 그래야 했는지도 몰라…… 어쩌면 지금이라도." 그녀는 발 앞의 젖은 낙엽을 툭툭 치며 내 팔짱을 꼈다. 나는 내가 잃어버린 또 다른 친구를 생각했다. 나는 스리랑카 출신의 한 여배우를 만난 적이 있었는데, 그녀는 십대 시절 영국에서 캐시어스와 알고 지낸 적이 있다고 했다. 내가 캐시어스 이야기를 들은 것은 그녀에게서가 마지막이었다. 그녀는 그가 어떻게 데이트를 신청했는지에 대한 이야기를 해주었다. 그는 매우 이른 아침 그녀를 골프 코스로 데리고 갔다. 그는 낡은 클럽들과 공 몇 개를 가져왔고, 그들은 정문을 타넘고 코스를 어슬렁거렸다. 캐시어스는 종이로 만 담배를 피우며 니체의 위대함을 설파했다. 그러고는 그런 한 구석에서 그녀를 유혹하려고 시도했다.

기차역에서 우리는 출발시각을 확인했고, 철교 아래의 야간 카페에 들어가 포마이카 테이블을 사이에 두고 서로를 바라보며 거의 아무 말도 없이 앉아 있었다.

나는 단 한 번도 마시를 라마딘의 동생으로만 생각하지 않았다. 그들은 서로 너무나 다른 존재들이었다. 그녀는 열정적인 영혼을 지니고 있었다. 누군가가 어떤 가능성을 언급하기만 하면 그녀는 이어지는 노랫말처럼 즉시 그것을 실행했다. 다른 시대였다면 그녀는 '저격수'라 불릴 만한 사람이었다. 마자파 씨나 라스케티 양도 그녀를 이렇게 불렀을 거였다. 그러나 그날 밤 텅 비다시피 한 기차역 카페에 앉아 있던 그녀는 머뭇거리며 내성적인 태도를 보이고 있었다. 카페 안에는 장례식과 리셉션에 참석했던 나이 든 부부도 있었지만, 그들은 우리에게 알은 체를 하지 않았다. 나는 우리 곁에 라마딘이 있어야 한다고 생각했다. 라마딘은 늘 우리와 함께 있었으니까. 침묵을 지키는 마시로 인해 그는 우리 곁에 있었는지도 모른다. 우리 사이에는 지나간 세월을 빠르게 지우는 새로운 감정이 생겨나고 있었지만, 그는 곧장 내 마음 속으로 들어왔고, 나는 울기 시작했다. 그와 관련된 모든 기억들이 갑작스레 내 안에서 되살아났다. 그의 느린 걸음걸이, 미심쩍은 태도를 들을 때마다 보여준 어색한 태도, 아덴에서 만났던 개에 대한 사랑과 희망, 자신의 심장("라마딘의 마음")에 대한 신중하고 조심스러운 태도, 그가 묶었던 매듭, 그리고 결국 그 매듭으로 인해 살 수 있었던 우리에 대한 자랑스러움. 내게서 멀어질 때의 그의 모습. 그리고 폰세카 씨가 간파했던 뛰어난 지성. 캐시어스와 나는 한 번도 그의 지성을 알아차린 적이 없었지만, 그는 분명 지적인 사람이었다. 우리가 서로를 만나지 않게 된 뒤에, 단지 기억뿐이었지만, 나는 그의 부분들을 얼마나 많이 내 안으로 받아들였던가.

나는 냉정한 마음의 소유자였다. 나는 아무리 슬픈 일이 일어나더라도 상실감이 더욱 커지거나 깊어지기 전에 그저 장벽을 높이 쌓아올린다. 즉시 생겨나는 벽이 있다. 그리고 그 벽은 무너지지 않는다. 프루스트는 이렇게 썼다. "우리는 죽은 사람들을 더 이상 사랑하지 않는다고 생각한다. 그러나…… 갑자기 낡은 장갑 한 짝이 우리의 시선을 사로잡고, 우리는 울음을 터뜨린다." 나는 이 말의 의미를 모른다. 장갑은 없었으니까. 내가 정직한 사람이었다면, 나는 라마딘을 잠시나마 가까이 지냈던 누군가로 생각한 적이 한 번도 없다고 말했어야 했다. 각자 다른 사람들이 되어야 했던 이십대는 바쁘게만 지나갔다.

그를 충분히 사랑하지 않았다는 것에 나는 죄의식을 느꼈던가. 부분적으로는 그랬다. 하지만 이 죄의식은 나를 둘러싼 장벽을 무너뜨리기에는 충분치 않았고, 결국 그는 내 안으로 들어오지 못했다. 나는 그가 나를 마음에 품고 있었다는 것을 드러내는 그의 모든 파편들을 기억하기 시작한 게 틀림없었다. 내가 셔츠에 무언가를 엎지르고 있다는 신호를 보내는 그의 몸짓. 이는 내가 사실상 마지막으로 본 그의 모습이었다. 자신이 열정적으로 배우던 것을 내게도 전수하려고 노력하던 그의 방식. 영국에서도 그와는 다른 학교에 들어간 나를 끝까지 찾으며 나의 친구로 남아 있고자 했던 그의 방식. 이주자들의 공동체에서 나를 찾기란 사실 어려운 일은 아니었지만, 어쨌거나 그는 나를 끝까지 찾아냈다.

내가 얼마나 오랫동안 그렇게 앉아 있었는지는 기억에 없다. 거리와 우리를 분리한 카페의 판유리창을 옆에 두고 마시와 나는 한 마디 말도 없이 앉아 있었다. 그녀는 손바닥을 위로 한 채 손을 내게로 내밀었지만 나는 그녀의 손을 보지 못했고, 그 손을 잡지 않았다. 사람들이 말하길 눈물은 줄어드는 법이 없다고 한다. 나는 오랫동안 울고 있었다. 나는 그녀를 볼 수가 없었다. 그 대신 나는 어둠 속으로 내려앉는 레스토랑의 불빛들 너머를 가만히 응시했다.

"가, 나랑 가자." 그녀가 말했다. 우리는 기차역의 돌계단을 올라갔고, 기차를 기다렸다. 아직 몇 분의 시간이 남아 있었다. 우리는 불 꺼진 긴 승강장을 따라 왕복했다. 한 마디 말도 없이. 기차가 다가왔다. 우리는 서로를 끌어안으며 어쩌면 몇 년쯤 우리 사이의 문이 닫혀 있게 될지도 모른다는 슬픔의 키스를 나누었는지도 모른다. 우리는 치직거리며 흘러나오는 안내방송을 들었고, 우리를 향해 달려오는 눈부신 불빛 하나를 보았다.

하나의 사건이 어떤 손상을 입혔는지, 그리고 어떤 영향력을 미쳤는지가 드러나기까지는 평생이 걸린다. 이제야 나는 내가 마시와 결혼했던 까닭이 아득하게만 생각되었던 어린 시절과 연결된 공동체에 가까이 있고 싶었기 때문이라는 것을, 그렇게 되기를 원했다는 것을 깨닫는다.

마시와 나는 지속적으로 만남을 가졌다. 처음에는 쑥스러웠지만 이후에는 우리가 십대 시절에 느꼈던 사랑을 부분적으로나마 회복했다. 우리는 라마딘의 죽음을 같이 슬퍼했고, 나는 그녀의 가족에게서 위안을 받았다. 그녀의 부모는 그들 가족에게로 돌아온 나를 반겨주었다. 나는 그들에게 여전히 어린 소년이었고, 수 년 동안이나 아들의 가장 친한 친구였던 것이다. 그래서 나는 종종 밀 힐을 찾아 십대 시절 언젠가 벗어났던 그 집에서 시간을 보냈다. 라마딘과 마시의 부모가 일터에 나간 동안 그들과 어울리며 놀았던 집이었다. 텔레비전이 있던 거실에서. 아니면 창밖의 녹색 잎사귀들이 어른거리는 위층 침실에서. 그 집에서는 눈을 감고도 다닐 수 있었다. 팔을 뻗어 복도의 폭을 가늠하며 방에서 정원까지 나가려면 몇 걸음을 더 가야 하는지를 세다가 테이블을 피해 오른쪽으로 세 발을 더 가서 눈가리개를 풀면 나는 라마딘의 졸업사진 앞에 서 있었다.

내가 나의 공허함을 가지고 돌아갈 수 있는 장소도, 만날 수 있는 사람도 없었다.

라마딘이 죽고 나서 한 달이 지났을 때, 그의 가족은 폰세카 씨로부터 위로의 편지를 받았다. 그들은 내게 오론세이에서의 나날들이 묘사된 그의 편지를 읽게 해주었다. 그는 대단히 정중한 어투로 나에 관한 이야기를 했고, (캐시어스에 대해서는 한마디도 없었다) 라마딘의 "학문에 대한 선명한 호기심"을 보았노라고 썼다. 폰세카 씨는 라마딘과 우리가 통과한 다양한 나라들의 역사, 그리고 인공적인 항구들과는 대조적인 자연의 모습에 대해 토론했다는 내용도 썼다. 그들은 아덴이 위대한 옛 이슬람 도시들 중 하나이며, 화약 제국의 시대가 오기 전에 살았던 유명한 무슬림 지리학자들의 조상에 대해 이야기를 나누었다고도 했다. 폰세카 씨의 편지를 읽어가자 거의 20년 전에 들었던 그의 말투가 여전히 친숙하게 여겨졌다.

열정적으로 지식을 쌓았던 폰세카 씨의 또 다른 즐거움은 자신의 지식을 다른 사람들과 나누는 거였다. 이런 식으로 라마딘도 내가 장례식에서 만났던 10살짜리 조카를 가르쳤는지도 모른다. 폰세카 씨는 내가 여전히 라마딘의 가족을 만난다는 것을 모르는 듯했다. 나는 마시와 함께 셰필드로 그를 찾아가 깜짝 놀라게 해줄 수도 있었다고 생각한다. 하지만 나는 그러지 않았다. 그녀와 나는 주말마다 바쁘게 보냈다. 다시 연인이 된 우리는 결혼을 약속한 사이였지만, 외국으로 나온 가족들 특유의 격식에 대한 고집을 존중했다. 유배된 자들의 전통의 무게가 우리를 짓눌렀다. 하지만 우리는 이를 전부 무시하고 차를 빌려 그를 만나러 가야 했을 것이지만, 당시의 나는 그를 만나는 것이 부끄러웠다. 젊은 작가였던 나는 그의 반응이 두려웠다. 분명 그는 대단히 정중한 태도를 보였겠지만. 예술가가 될 타고난 예민함과 지성을 갖춘 사람은 결국 라마딘이었다. 나는 그런 것들이 필수적인 자질이라고 생각하지 않지만, 그때의 나는 절반쯤은 그런 것들이 필요하다고 믿고 있었다.

세상에 나와서 예술계에서 살아남은 사람이 나와 캐시어스라는 사실에 나는 아직도 놀랄 때가 있다. 캐시어스는 논란의 여지가 있는 자신의 이름을 고집스레 공적인 페르소나로 사용했다. 나는 보다 친근한 쪽이었다. 더는 어릴 때처럼 행동하지 않았지만, 옛 모습을 간직한 캐시어스는 예술계의 권력자들을 경멸하며 그들에게 콧방귀를 뀌었다. 몇 년이 지나기도 전에 그는 유명인사가 되었고, 그가 무척 싫어했고 마찬가지로 그를 좋아하지 않았던, 그가 영국에서 다닌 학교에서 그에게 그림을 한 점 기증해달라는 부탁을 해왔다. 그는 다음과 같은 전보를 보냈다. "꺼져! 편지 보내지 마!" 그는 항상 거친 사람이었다. 반항적이고 전율을 불러일으키는 캐시어스의 행동에 대한 이야기를 듣게 될 때마다, 동시에 나는 신문에서 그 기사를 읽고 예술과 올바름 사이에 존재하는 격차를 생각하며 한숨을 내쉬고 있을 폰세카 씨를 생각했다.

나는 우리의 옛 대마 선생이었던 그를 만나러 갔어야 했다. 그러면 마시와는 다른 각도에서 라마딘에 대한 이야기를 들려주었을 거였다. 그러나 그녀의 가족은 이미 망가진 모습이었다. 슬픔에 잠겨, 그의 죽음에 대한 불확실한 정황을 힘없이 팽개쳐둔 채 덮어두려고만 하고 있었다. 게다가 나와 마시의 욕망은 흔들리는 녹색 나뭇가지들이 그녀를 물들였던 옛날 어린 시절의 이른 아침으로 충족되고 있었다. 우리 모두의 마음속에는 느슨하게 풀어버리고 싶은 낡은 매듭이 하나씩 들어 있다.

형제자매가 없던 나는 라마딘이나 마시를 동기간처럼 대했다. 이런 유형의 관계는 십대 시절에만 지속되는 법이고, 나이가 들어 우리의 삶을 바꿔줄 만한 사람들을 만나게 되면 붕괴해버리기 쉽다.

나는 그렇게 생각했다.

어떻게 보내야 할지 몰랐던 추상적인 시간인 여름방학이나 겨울방학이 올 때마다 우리 셋은 함께 시간을 보냈다. 우리는 밀 힐이라는 우주를 살금살금 돌아다녔다. 사이클 트랙에서 우리는 위대한 시합을 재연했다. 슬로프를 기어올라 내리막길을 마구 내달려 역사적인 사진이 찍혔던 결승선까지 달리고 난 오후면 우리는 영화를 보러 런던 시내의 아기자기한 장소들로 숨어들었다. 우리의 우주에는 배터시 발전소과 템스 강으로 내려가는 와핑 구역의 펠리컨 계단, 크로이든 도서관, 첼시 공중목욕탕, 그리고 멀찍이 떨어진 나무들 쪽으로 향한 하이 로드에서 비스듬히 기울어진 스트레텀 커먼 공원이 포함되어 있었다. (라마딘은 그의 인생에서 마지막이었던 날 밤, 이 마지막 장소에서 한동안 머물렀다.) 그리고 마시와 내가 함께 살게 된 콜리어스 워터 레인도 있었다.

라마딘과 마시, 그리고 나는 십대 시절에 이 모든 장소들에 들어갔고, 성년이 되어 나왔다. 하지만 우리가 진짜로 알고 있었던 것은 무엇이었을까? 우리는 한 번도 미래를 생각해본 적이 없었다. 우리의 작은 태양계가 어디를 향하고 있었는지를, 그리고 우리가 서로에게 얼마나 오랫동안 어떤 의미로 남게 될지를 우리는 생각한 적이 없었다.

*

우리는 가끔 우리의 진실하고 내재적인 자아를 어린 시절에서 찾으려고 한다. 그리고 처음에는 우리의 내부에 작게 깃들어있던 무언가가 어떤 식으로든 우리와 함께 성장해왔다는 것을 깨닫게 된다. 배에서의 내 별명은 "마이나*"였다. 나는 거의 그 이름으로만 불렸는데, 마이나는 육로로 여행하는 모든 새들이 그러하듯 걸어갈 때마다 고개를 약간 젖히며 흘긋 시선을 던지는 새였다. 또한 믿을 수 없고 의지할 수 없는 새이기도 했다. 그 새의 울음소리는 그 음역대에도 불구하고 확실치가 않았다. 생각해보면 당시의 나는 어디서 들은 이야기라면 무엇이든 다른 둘에게 다시 들려주는 마이나 역할을 맡고 있었던 듯하다. 라마딘이 내게 그런 별명을 붙였던 것은 우연이었지만, 나의 원래 이름과 비슷하게 들리는 별명이라고 생각했던 캐시어스는 줄곧 나를 그렇게 불렀다.

오론세이에서 만난 두 친구들을 제외하고는 누구도 나를 "마이나"라고 부르지 않았다. 영국의 학교에 들어갔을 때도 나는 단지 성으로만 불렸다. 그러나 내게 전화를 걸어와 나를 대뜸 "마이나"라고 부르는 사람이 있다면, 그는 분명 그들 둘 중

---

* 사람의 목소리를 흉내 내는 찌르레기 류의 새.

하나일 거였다.

　나는 라마딘의 첫 번째 이름을 알고 있었지만, 그 이름으로 부른 적은 거의 없다. 이름을 안다고 해서 그와 관련된 거의 모든 것들을 이해한다고 확신할 수 있을까? 그가 어른이 되어 헤쳐가야 했던 생각의 과정들을 상상할 권리가 내게도 있는 것일까? 그렇지 않다. 그러나 영국으로 함께 여행하며 아무것도 담고 있지 않은 것처럼 보이는 바다를 바라보던 소년 시절의 우리들은 서로를 생각하며 복잡한 플롯과 이야기들을 즐겨 상상하고는 했다.

　라마딘의 심장. 라마딘의 개. 라마딘의 여동생. 라마딘의 여자. 이제 나와 라마딘 사이를 연결하던 삶의 다양한 단계들에서 내게 보이는 것은 이런 것들뿐이다. 나는 우리와 함께한 짧은 시간 동안 좁은 간이침대에서 우리와 놀던 개의 모습을 아직도 떠올릴 수 있다. 언젠가 그 개가 조용히 내게로 다가와 내 어깨와 목 사이에 마치 바이올린처럼 제 주둥이와 턱을 들이밀었던 때를. 개는 선뜩할 정도로 따뜻했다. 그리고 우리와 늘 어울렸던, 초조하고 불안했던 십대 시절을 보낸 뒤에 라마딘의 죽음 이후 만났을 때는 더 열광적이고 날랜 모습을 보였던 마시가 있었다. 우리는 라마딘이 죽지 않았다면 다시 만나지 않았을지도 모른다는 걸 알고 있었다.

그리고 라마딘이 마음에 품었던 여자의 이야기가 있다.

그녀의 이름은 헤더 케이브였다. 그녀는 고작 열네 살이었고, 미처 성숙하지 못한 부분이 있었지만, 아무려나 라마딘은 그녀를 사랑했다. 그는 그녀의 모든 가능성들을 보고 있다는 듯, 그녀가 어떤 존재였더라도 사랑했으리라는 듯, 한 마리의 개나 젖먹이를, 아니면 아직 성적인 단계에 도달하지 않은 소년을 사랑하는 방식으로 그녀를 사랑했다. 그는 시내에 위치한 케이브 가족의 집으로 가서 그녀에게 지리와 대수학을 가르쳤다. 그들은 주방 테이블에 앉았다. 화창한 날이면 그들은 건물의 경계를 구분하는 울타리가 쳐진 정원에서 수업을 하기도 했다. 그리고 수업이 끝나기 30분 전이면 그는 격의 없는 작은 선물을 주듯 그녀에게 다른 여러 가지 것들을 이야기해주었다. 그는 부모와 지루한 선생들, 그리고 그녀를 유혹하려고 갖은 애를 쓰던 몇몇 "친구들"에 대한 그녀의 가혹한 판단을 듣고 놀랐다. 라마딘은 얼어붙은 듯 그 자리에 앉아 있었다. 그녀는 어렸지만 순진하지는 않았다. 그녀는 여러 면에서 아마도 그보다는 세상 이치에 밝았을 것이다. 그러면 그는 어땠나? 지나치게 순수한 서른 살 청년이었던 그는 런던의 작은 이주자 공동체에 붙박여 있었다. 그는 자신을 둘러싼 세계에 활발히 맞서지 않았고, 그 세계에 대해 해박하지도 않았다. 과외 선생이었던 그는 대리 교사로 근무했다. 그는 지리학과 역사에 관해서라면 상당한 독서를 해온 터였다. 그는 북부에 살고 있던 폰세카 씨와 계속해서 연락을 주고받았다. 그의 여동생에 따르면 그들 사이의 교류로 인해 그가 겨우 존재할 수 있었는지도 모른다. 그런 이유로 그는 헤더 케이브가 테이블 맞은편에 앉아 하는 말들을 들었고, 그녀의 성격을 형성해온 다양한 층위들을 상상했다. 그러고는 집으로 돌아갔다.

어째서 그는 폰세카 씨에게 그녀에 대한 편지를 보내 그녀라는 마법을 풀려고 하지 않았을까? 하지만 그럴 수 없었을 것이다. 폰세카라면 분명 그를 그녀에게서 멀어지게 하는 방법을 알고 있었을 테니까. 허세 아래 폭력적인 면을 숨기고 있는 십대 아이에 대해 폰세카는 얼마나 현실적인 생각을 갖고 있었을까? 아마도 전혀 없었을 것이다. 라마딘은 캐시어스에게 털어놓는 편이 나았을 것이다. 아니면 내게.

그는 매주 수요일과 금요일에 케이브 가족의 아파트로 갔다. 금요일이면 수업이 끝난 뒤 어서 친구들을 만나러 나가야 했던 소녀는 눈에 띌 정도로 짜증을 냈다. 어느 금요일, 그는 울고 있는 그녀를 보았다. 그녀는 그에게 무언가를 털어놓기 시작했는데, 그가 가버리지 않고 그녀의 삶을 구원해주기를 바랐다. 열네 살이었던 그녀가 원하는 모든 것은 라지바라는 이름의 소년이었다. 라마딘은 어느 날 밤 그녀의 친구들과 함께 있던 그를 본 적이 있었다. 수상쩍은 아이라고 그는 생각했다. 그러나 이제 라마딘은 그 소년의 성격과 그들 사이에 오가는 지나치게 철없이 뒤엉킨 열정에 대한 이야기를 억지로 듣고 있었다. 그녀가 말했고, 라마딘은 들었다. 친구들과 함께 있던 그 소년은 그녀를 조소하며 무시했고, 그 결과 그녀는 버려진 기분을 느꼈다고 했다. 그녀는 라마딘이 그 소년을 찾아가 그녀를 대신해 무슨 말이라도 해주기를 바랐다. 그녀는 그가 라지바를 제대로 설득해 아마도 자신에게로 돌아오게 할 수 있을지도 모른다고 생각했다.

이것이 그에 대한 그녀의 첫 번째 요구였다.

라지바가 있을 만한 장소를 알고 있다고 그녀는 말했다. 콕스 바. 그녀는 혼자서는 가지 않을 거였고, 갈 수도 없었다. 라지바는 친구들과 함께 있을 테고, 그 친구들은 그녀를 무시하고 있었다.

그래서 라마딘은 그 소년을 찾아 헤더에게로 돌아가라고 설득하기 위해 그곳으로 갔다. 그는 한 번도 갈 일이 없었던 시내의 번화가로 들어갔고, 목도리도 없이 긴 검정 겨울외투만을 입고 영국의 날씨를 견디며 그곳을 걸었다.

그는 기사로서의 직무를 수행하기 위해 콕스 바에 들어간다. 그곳은 음악과 시끄러운 대화, 그리고 담배 연기로 요동치고 있다. 통통한 얼굴의 동양인 천식 환자인 그가 또 다른 동양인을 찾아 안으로 움직인다. 라지바 역시 동양에서 왔거나, 적어도 그의 부모님들은 그러하다. 하지만 2세대들은 보다 자신감이 넘친다. 라마딘은 친구들 한가운데 있는 라지바를 본다. 라마딘은 그에게로 다가가 자신이 온 이유를, 그와 이야기를 나누어야 하는 까닭을 설명한다. 라지바를 헤더가 기다리고 있는 아파트로 데리고 돌아갈 수 있도록 설득하는 대화가 오랫동안 이어진다. 라지바는 웃으며 몸을 돌리고, 라마딘은 소년의 왼쪽 어깨를 자신 쪽으로 당긴다. 그러자 칼집이 없는 칼 하나가 등장한다. 칼날은 그에게 닿지 않는다. 그저 심장 위쪽의 검정 외투만을 스칠 뿐이다. 라마딘이 일생동안 지켜온 심장. 소년의 칼은 버튼 하나를 떨어지게 할 이상의 힘을 발휘하지 않는다. 그러나 라마딘은 시끄럽고 요란함 속에 몸을 떨며 서 있다. 그는 연기를 마시지 않으려고 노력한다. 진한 갈색 눈의 소년, 라지바. 그는 몇 살일까, 열여섯? 열일곱? 그가 가까이 다가오고, 라마딘의 검정 외투 주머니에 칼을 밀어넣는다. 마치 자신이 라마딘 속으로 미끄러져 들어가는 듯 친밀함이 깃든 동작이다.

"그 칼 개한테 갖다줘요." 라지바가 말한다. 위협적이지만 형식을 갖춘 동작으로. 무슨 말일까? 라지바의 말은 어떤 의미인가?

라마딘의 심장이 멈추지 않고 떨린다. 웃음소리가 터져 나오

고, "연인"은 몸을 돌려 한 무리의 친구들에게로 돌아간다. 라
마딘은 바를 나와 밤공기를 맞으며 헤더의 집으로 걷기 시작
한다. 헤더에게 실패했다는 사실을 알려주려고. "게다가," 그
는 돌아가서 이 말을 덧붙일 것이다. "그애는 너와 어울리지 않
아." 그는 갑자기 진이 빠져버린다. 그는 손을 흔들어 택시를
세우고, 차에 탄다. 그는 말할 것이다…… 그는 이렇게 말할 것
이다…… 그는 자신의 심장에 와 닿았던 강력한 무게를 말하지
않을 것이다…… 그는 택시 앞자리에서 들려오는 기사의 질문
에 처음에는 대답하지 못한다. 그의 고개가 아래로 떨어진다.

　그가 택시기사에게 요금을 지불한다. 그는 그녀의 아파트 초
인종을 누르고, 기다리고, 그러고는 몸을 돌려 걷기 시작한다.
그는 볕이 좋았던 날 한 번인가 두 번 수업했던 정원을 지나친
다. 그의 심장이 여전히 거세게 뛰고 있다. 속도를 늦출 수 없
다는 듯, 혹은 멈출 수 없다는 듯. 그는 출입문의 빗장을 풀고
녹색의 어둠 속으로 들어간다.

　나는 헤더 케이브라는 소녀를 만났다. 라마딘이 죽고 몇 년
이 지나서였다. 내가 마시와 그녀의 부모를 위해 할 수 있는 마
지막 일이었다. 그녀는 내가 다녔던 학교에서 멀지 않은 브롬
리에서 일을 하며 살고 있었다. 나는 그녀가 일하던 타이디 헤
어에서 그녀를 만나 점심을 먹으러 나갔다. 그녀를 만나기 위

해서는 다소 이야기를 꾸며낼 필요가 있었다.

처음 그녀는 그를 거의 기억하지 못한다고 말했다. 그러나 우리가 대화를 계속하면서 그녀는 몇 가지 특별하고 놀라운 사건들을 기억해냈다. 비록 그녀는 여전히 불확실하게 남아 있던 라마딘의 죽음에 얽힌 공식적인 정황들에 대해 더 이상 이야기하고 싶어하지 않았지만. 우리는 한 시간쯤 마주앉아 있었고, 그러고는 각자의 삶으로 돌아갔다. 그녀는 악녀도 바보도 아니었다. 나는 그녀가 여전히 라마딘이 벗어나기를 바랐던 "미성숙한" 상태일 것이라고 생각했지만, 헤더 케이브는 자신이 선택한 삶에 완전히 정착해 있었다. 그녀는 자신의 삶을 제어할 줄 알았다. 그녀는 나의 감정들에 신중하고 조심스러운 태도를 보였다. 내가 친구의 이름을 입에 올리자, 그녀는 몇 가지 질문들을 하며 나 스스로 그에 대한 이야기를 수월하게 할 수 있도록 만들었다. 나는 그녀에게 우리의 배 여행에 대해 말해주었다. 그 후 나는 그녀에게 다시 그에 대해 물었고, 그와 내가 얼마나 친밀한 관계였는지를 알게 된 그녀는 마치 모르는 사람에게 그에 대해 소개하듯, 관대한 선생님으로서 그의 모습을 그려보였다.

"그때 그는 어떤 모습이었나요?"

그녀는 그의 낯익은 커다란 몸집과 느린 걸음걸이, 그럼에도 떠날 때면 빠르게 씩 웃던 모습을 묘사했다. 얼마나 이상한가,

나는 생각했다. 그토록 상냥했던 사람이 단 한 번만 웃음을 보이다니. 그러나 라마딘은 떠날 때마다 무척 상냥한 미소를 짓는 사람이었고, 그것이 그의 마지막 모습으로 기억되어 있었다.

"그는 항상 부끄러움이 많았나요?" 잠시 후 그녀가 물었다.

"그는…… 조심스러웠죠. 심장이 약했던 그는 항상 주의해야 했어요. 그래서 그의 어머니가 그를 그토록 사랑했던 거죠. 그녀는 그가 오래 살 거라고 생각하지 않았어요."

"알겠어요." 그녀가 고개를 숙였다. "바에서 있었던 일은…… 제가 들은 바에 의하면, 그냥 언쟁이 좀 있었다고, 폭력적인 일은 없었다는 거였어요. 라지바는 그런 애가 아니에요. 더 이상 그를 만난 적은 없지만, 그래도 그런 사람은 아니었어요."

더 이상 대화를 이어가기가 수월치 않았다. 나는 소용돌이치는 공기를 붙들고 있었다. 나는 라마딘을 묻으려면 그를 완전히 이해해야 한다고 생각했지만, 그는 좀처럼 붙잡히지 않았다. 게다가 열네 살짜리 소녀는 그가 느꼈던 욕망과 격정을 이해할 수도 없었을 거였다.

그리고 그녀는 이렇게 말했다. "그가 무엇을 원했는지 나는 알아요. 그는 한 시간에 30마일을 가는 기차에 관한 수학 문제를 가져왔어요…… 아니면 물을 가득 채운 욕조에 몸무게가 10 스톤인 사람이 들어가면 어떻게 되나 하는 문제들이요. 우리는 그런 걸 배우고 있었어요. 하지만 그는 다른 무언가를 원했죠. 그는 나를 구원하고 싶어했어요. 나를 그의 삶으로 끌어들이기를요. 마치 내게는 내 인생이 존재하지 않는다는 것처럼 말이죠."

우리는 이 세계에 버려진 사람들을 끝없이 구원하고자 한다. 충족에의 욕구가 있는 남성들의 버릇이다. 그러나 헤더 케이브는 어린 나이에도 불구하고 라마딘이 자신에게 무엇을 원하는지를 알고 있었다. 그리고 그날 밤 그녀는 그에게 자신을 위해 어떤 행동을 해달라고 요구하기는 했지만, 결국 그를 죽음에 이르게 한 사람은 그녀가 아니었다. 그의 행동은 그가 스스로 필요해서 선택한 것이었다.

"여동생이 있지 않나요?"

"그래요." 내가 말했다. "내가 그녀와 결혼했죠."

"그래서 당신이 나를 만나러 온 건가요?"

"아니에요. 그가 나의 가장 친한 친구, 나의 마창machang이었기 때문이에요. 언젠가 내게 가장 소중했던 두 명의 친구들 중 한 명이었죠."

"알겠어요. 미안해요." 그녀가 말했다. "그의 웃음을 너무나 잘 기억하고 있어요. 그가 아파트에서 나갈 때, 닫히는 문 너머로 웃던 웃음을요. 전화를 하다가 누군가 안녕이라고 말할 때, 갑자기 그 목소리가 슬프게 들릴 때의 웃음이었어요. 그런 목소리 아세요?"

　우리가 자리에서 일어났을 때, 그녀는 테이블을 돌아와 내게로 와서 나를 안아주었다. 이 모든 일들이 라마딘을 위해서가 아니라, 나를 위해서라는 것을 알고 있다는 듯이.

어느 여름 밤, 콜리어스 워터 레인에 있던 아파트 정원에서 파티를 열던 중, 거실로 들어가던 나는 우리 둘 다 잘 알던 사람과 벽에 기대어 춤을 추는 마시를 보았다. 그들은 서로의 얼굴이 잘 보일 정도로 팔 하나쯤 떨어져 춤을 추고 있었고, 그녀는 오른손으로 여름용 원피스의 어깨끈을 들어올려 살며시 흘러내리게 했다. 그녀는 그걸 지켜보고 있었고, 그 역시 마찬가지였다. 그리고 그녀는 그가 보고 있다는 것을 알고 있었다.

우리의 친구들이 모두 그 자리에 있었다. 레이 찰스의 노래가 흘러나왔다. "하지만 말이야, 자기." 나는 방 한가운데 있었다. 더 볼 필요도, 그들의 말을 더 들을 필요도 없었다. 그들 사이에는 우리가 더 이상 가질 수 없었던 일종의 우아한 기류가 흐르고 있다는 것을 나는 알고 있었다.

그건 정말 작은 몸짓이었다. 그러나 우리는 뭔가를 더 이상 가질 수 없어 찾아 헤매다보면, 그것을 사방에서 보게 된다. 오빠를 잃은 슬픔에 견딜 수 없이 시달리며 몇 년을 보내고 나면, 스스로를 제어할 수 있는 사람은 아무도 없다.

마시와 내가 헤어졌다는 사실은 누구보다도 그녀의 부모를 가장 힘들게 했다. 우리는 둘 다 전쟁을 벌이기보다는 침착하게 관계를 끝내기를 바랐다. 어쨌거나 우리는 서로를 더 이상 보지 않을 거였다.

여름용 원피스의 어깨끈을 손톱만큼 움직이던 마시를 본 내가 그 몸짓을 양쪽이 다 알고 지내는 친구를 유혹하는 거라고 해석했던 순간, 우리가 함께한 세월은 사라지고 만 것일까. 그 친구는 그녀의 어깨에서 볕에 그을지 않은 부분을 보았고, 그것이 갑자기 본질적인 무언가로 여겨졌을 것이다. 나는 우울과 질책, 거부와 논증이 이어지는 기나긴 시간 끝에 이런 질문을 던지게 되었다. 내가 그 몸짓에서 무언가를 발견해야만 했던 까닭은 무엇이었을까. 나는 우리의 좁은 정원으로 돌아와 콜리어스 워터 레인을 질주하는 한밤의 자동차 소음을 들으며 서 있었다. 그 소음은 바다의 끝없는 소리를 떠올리게 했다. 불현듯 오론세이의 어둠 속에서 남자친구와 함께 난간에 기대어 서 있던 에밀리의 모습이 생각났다. 잠시 자신의 벗은 어깨를 응시하다 하늘의 별들을 올려다보던 그녀의 모습을. 내가 성적인 암시들을 생각하게 된 것은 열한 살이던 그때부터였다고 나는 기억한다.

　라마딘을 마지막으로 생각했던 때를 이야기하고자 한다. 이탈리아에 머물며 문장학紋章學에 관심을 가졌던 나는 어느 성에서 초승달의 종류에 관한 도슨트의 설명을 들을 수 있었다. 초승달과 검의 종류는 십자군 전쟁에 참여했던 한 가족의 구성원을 의미한다는 이야기였다. 한 세대만이 전쟁에 참여했다면 그들 가족의 문장에는 하나의 초승달만 있다는 것이었다. 그리고 묻지도 않았는데 안내인은 이렇게 덧붙였다. 문장에 태양이 있다면 그 가족에는 성인이 있는 것이라고. 나는 라마딘을 생각했다. 그랬다. 그의 모습 전체가 마치 성인처럼 나의 기억 속에서 불쑥 솟아올랐다. 물론 공식적인 성인이 아니었다. 그는 나만의 성인이었다. 그는 유배당한 우리 가족의 성자였던 것이다.

포트사이드

1954년 9월 1일, 오론세이는 수에즈 운하를 통과하는 여정을 완료했고, 우리는 근접한 거리에서 배 곁을 지나가는 포트사이드 시내를 바라보았다. 모래 위의 하늘은 어두웠다. 우리는 밤새 한숨도 자지 않고 도로를 지나가는 자동차 소리와 합창처럼 울리는 경적 소리, 라디오 교통방송을 듣고 있었다.

새벽녘이 되어서야 우리는 갑판을 떠나 몇 층인가를 내려갔고, 감옥처럼 전등불을 밝힌 엔진실의 열기 속으로 들어섰다. 아침마다 우리는 버릇처럼 그곳으로 향했다. 거기서 우리는 힘차게 피스톤을 움직이며 회전하는 터빈들 사이에서 화재시를 대비한 비상용 수통에 담긴 미지근한 물을 마시는 사람들을 바라보았다. 그들은 땀을 너무나 많이 흘린 참이었다. 오론세이에는 열여섯 명의 엔지니어들이 타고 있었다. 그들은 여덟 명씩 주야로 교대하며 두 개의 프로펠러를 돌아가게 하는 4만

마력의 증기기관을 지키고 있었다. 그래서 우리는 고요하다가도 갑자기 폭풍우가 몰아치는 바다를 항해할 수 있었다. 야간 교대가 끝나는 시간에 맞추어 일찍 그곳으로 갈 때면 우리는 교대를 마치고 햇살 속에 들어서는 선원들을 따라갔다. 그들은 한 사람씩 개방식 샤워장에서 몸을 씻은 뒤 바닷바람에 몸을 말렸다. 주위가 한결 조용해지고 나면 그들의 목소리는 더욱 크게 울렸다. 그곳은 한 시간 전 우리의 호주 여자애가 롤러스케이트를 타던 곳이었다.

그러나 포트사이드에 정박한 뒤 터빈들과 엔진들이 모두 정지하자 선원들은 전과는 다른 일을 맡았다. 그들이 익명적으로 해오던 일이 공개된 것이었다. 홍해와 운하를 지나오는 동안 끝없이 불어온 사막의 모래바람으로 인해 배의 양쪽에 칠해졌던 카나리아처럼 노란 페인트가 엉망으로 벗겨졌고, 따라서 지중해의 항구에 며칠간 정박해 있는 동안 선원들은 밧줄사다리에 매달려 선체의 노란 페인트를 벗겨내고 다시 칠했다. 엔지니어들과 전기기술자들은 여행의 마지막 날까지 배가 안전하게 항해할 수 있도록 40도에 육박하는 열기를 견디며 승객들 사이에 섞여 작업하고 있었다. 닦기를 담당한 사람들이 파이프에서 오일 찌꺼기들을 걷어냈고, 배럴에서 가래처럼 생긴 검은 물질들을 제거했다. 배가 항구를 떠나자마자 그들은 배럴들을 배의 꼬리 쪽으로 가져가서 한 구석에 쌓아두었다.

그동안 어떤 사람들은 화물실을 비우고 있었다. 오후의 소나기가 3층 아래의 창고에도 떨어져 내렸고, 흠뻑 젖은 인부들은 700파운드짜리 드럼통들을 굴려 대기중인 크레인의 부리로 가져갔다. 그러고는 체인을 당겨 드럼통을 I 형태의 들보로 들어올렸다. 그들은 차 상자와 생고무 판들도 크레인의 부리 쪽으로 끌어당겼다. 석면이 담긴 포대가 허공에서 찢어지기도 했다. 분노를 불러일으키는 고된 작업이었다. 누군가의 손이 컨테이너에서 미끄러지기도 한다면, 컨테이너는 50피트 아래 어둠 속으로 떨어질 것이다. 누군가 떨어지기라도 한다면, 그의 시신은 항구로 흘러들어 그곳에서 사라질 거였다.

두 명의 바이올렛

플라비아 프린스 여사는 이제 오론세이 내에서 확고한 지위를 갖게 되었다. 선장의 테이블에 앉는 사람이었던 그녀는 감독관들과 차를 마시며 브리지 게임을 하는 모임에 두 번 초대를 받았다. 늘 두 친구들과 같이 다녔던 플라비아 아주머니는 A갑판 살롱에서 게임이 벌어질 때마다 듀플리킷 브리지*에서 뛰어난 기술을 선보였다.

바이올렛 쿠마라스와미와 바이올렛 그르니에는 모든 사람들에게 "두 바이올렛"이라 불렸고, 싱가포르에서 방콕에 이르기까지 아시아에서 벌어진 수많은 브리지 게임에서 선전해온 까닭에 실론에서는 유명인사들이었다. 그러므로 그들은 배를 타고 항해하는 시간 동안 카드 게임에서 대개 무기력한 모습

---

* 각자가 같은 패로 시작하여 득점을 겨루는 놀이.

을 드러내고 마는 사람들 사이에서 우위를 차지했다. 이 여성들은 그들의 전문적인 실력을 드러내는 일 없이, 오후마다 허술해 보이는 미혼의 남성들을 물색해 게임에 끌어들였고, 판돈을 걸고 삼세판 승부를 벌여 모두를 겪었다.

사실 그들이 게임을 하는 이유는 상대방 남성에게 어떤 가능성이 엿보이는지를 찬찬히 살펴보려는 까닭에서였다. 어린 쪽이었던 쿠마라스와미 양은 이제 연애의 가능성을 염두하며 남편감을 찾고 있었다. 따라서 사실상 셋 중에서는 가장 마키아벨리적인 면이 있는 선수였던 바이올렛 쿠마라스와미는 딜라일라 라운지의 카드 테이블 앞에 앉아 공격을 해야 할 때도 머뭇거리며 낮은 판돈을 걸며 겸손하게 굴었다. 한 번인가 두 번쯤 고상한 여인처럼 스리 노 트럼프를 외칠 때면 그녀는 얼굴을 붉힌 채 그녀의 카드들에 공을 돌렸지만, 슬프게도 사랑에는 운이 없었다.

세 여성들에게 둘러싸여 그녀들이 치명적으로 위험한 인물들이라는 것도 모르고 앉아 덫에 걸린 미혼의 신사들을 나는 아직도 떠올릴 수 있다. 두 바이올렛들과 플라비아는 반짝거리는 뱅글 팔찌와 브로치들을 쟁강거리며 희생자 앞에 카드들을 늘어놓거나 수줍다는 듯 그것들을 가슴 앞에서 움켜쥐었다. 홍해를 통과하는 동안 중년의 차 재배인이 그들 중 가장 어린 사냥꾼의 매력에 굴복할지도 모른다는 희망이 싹텄다. 그러나 그가 그들의 생각보다 훨씬 겁이 많은 사람이었다는 사실이 드러나자 포트사이드에 정박해 있는 동안 바이올렛 쿠마라스아미는 선실에 처박혀 울기만 했다.

나는 무엇보다도 나의 이모 플라비아와 나의 선실동료 해스티 씨가 카드 게임을 벌이는 장면을 보고 싶었다. 그때까지도 그는 자신의 좌천된 신세에 낙담하고 있었다. 그는 개들을 보고 싶어했고, 무언가를 읽을 수 있었던 여분의 시간을 그리워했다. 나는 이처럼 명확하게 구분된 두 세계 사이에서 시합이 벌어질 가능성을 꿈꾸었다. 딜라일라 라운지에서, 아니면 자정의 우리 선실에서, 아니면 가장 좋은 장소라 할 수 있는 중립지대인 화물실 깊숙한 곳에서 접이식 테이블을 펼쳐놓고, 갓을 씌우지 않은 전구 아래서 공정하게 게임을 한다면 두 바이올렛들도 그에게 패배할지도 모른다고 나는 생각했다.

두 개의 심장

　해스티 씨가 더 이상 사육장의 관리장으로 일할 수 없게 되었다는 것은 예전처럼 자주 밤마다 카드 게임이 벌어지지 않는다는 걸 뜻했다. 무엇보다도 인버니오 씨가 주도권을 쥐게 되자 그들 사이에는 옥신각신 다투는 일이 잦아졌다. 이제 밝은 햇빛을 받으며 페인트를 칠해야 했던 해스티 씨는 개들이나 지키며 무언가 신비로운 글들을 읽을 때보다 눈에 띄게 활기가 없어졌다. 이전에 그들 두 사람은 사육장에서 물로 행군 개밥그릇에 담은 일종의 포리지와 위스키로 함께 아침을 먹었다. 이제 그들은 서로를 거의 찾지 않았다. 하지만 가끔은 여전히 한밤의 브리지 게임이 벌어졌고, 나는 그들 넷을 지켜보다 잠들고는 했다. 비록 누군가가 게임을 잃고 소리를 지를 때마다 잠을 깨기는 했지만. 통신수였던 밥스톡 씨와 톨로이는 야간 근무가 없는 날이면 진이 빠질 때까지 게임을 하려고 들었다. 가장 힘들지 않은 일을 하고 있던 인버니오만이 조금이라도 돈을 딸 때마다 박수를 칠 정도의 활력이 남아 있었다. 계속해서 해스티 씨를 짜증나게 했던 그에게서는 달마티안과 테리어 개들의 냄새가 났다.

배의 꼬리 쪽에는 노란 선미등이 있었다. 무더운 밤이 이어지자 나의 선실 동료는 간이침대를 그곳으로 끌고 가 난간에 매어놓고 별 아래서 잠을 청했다. 그제야 나는 콜롬보를 떠난 날부터 며칠 동안 그는 거기서 잠을 잤다는 것을 알 수 있었다. 야간 정찰을 나왔던 캐시어스와 라마딘, 그리고 나는 그와 마주쳤고, 그는 우리에게 자신이 젊었던 시절 배를 타고 마젤란 해협을 지나던 중 색색으로 변하는 빙산들에 둘러싸였을 때부터 이렇게 잠을 잔다고 말해주었다. 상선을 탔던 해스티는 마치 "종신형 죄수"처럼 아메리카 대륙과 필리핀, 극동 지방을 여행했고, 그러면서 만난 남자들과 여자들로 자신이 이루어져 있다고 말했다. "그 소녀들이 기억나. 비단 옷들……무슨 일을 했었는지는 전혀 기억이 안 나. 나는 화끈한 모험을 했거든. 그때 책들은 한낱 글자들일 뿐이었지." 늦은 밤공기에 취한 해스티 씨는 끝없이 말을 이어갔다. 그러던 어느 날 저녁, 우리가 노란 선미등을 근처에 있던 그를 찾아갔을 때, 그는 우리의 마음속에 흥분과 두려움을 불러일으키는 이야기를 하나 들려주었다. 그는 파나마 운하―페드로 미겔 갑문, 미라플

로레스 갑문, 게일라드 컷—를 항로로 사용했던 달러라인에서 일한 적이 있었다. 그가 말하길 그곳은 로맨스의 왕국이라고 했다! 그는 사람 손으로 파낸 발굴지들과 운하 양쪽 끝에 위치한 관문 도시들, 그리고 한 미녀에게 유혹당해 술에 취한 상태로 그녀와 결혼식을 올렸던 발보아를 묘사했다. 그는 닷새 뒤에 도착한 이탈리아 선박과 계약을 맺고 발보아를 탈출했다고 했다.

해스티 씨는 입술 끝에 담배를 매단 채 느리고 건조한 어투로 말했고, 그의 말들은 연기를 타고 부드러운 속삭임처럼 들려왔다. 우리는 그가 말했던 모든 이야기들을 믿었다. 우리는 그를 쫓아 항구에서 항구로 따라왔다던 그의 포기할 줄 모르는 "아내"의 사진을 보여달라고 졸라댔고, 그는 "그녀의 모습을 공개하겠다"고 약속했지만, 그 약속을 지키지는 않았다. 우리는 굉장한 미녀가 활활 타오르는 눈으로 말 위에 올라탄 모습을 상상하고 있었다. 해스티 씨가 발보아를 떠나는 이탈리아 배와 계약을 맺은 건 아나벨라 피게로아가 기만적이고 멸시로 가득한 그의 편지를 뒤늦게 읽기 전이었다. 이미 배는 떠나가고 있었다. 그녀는 말 두 필을 구해 분노에 가득 차서 한 번도 쉬지 않고 페드로 미겔 갑문으로 달려갔고, 그곳에서 일등석 승객으로 그 증기선에 탑승했다. 짧은 승무원 재킷을 입은 그에게 직접 음식 시중을 시키기 위해서였다. 그녀는 그의 놀란 얼굴이나 굽실거리는 태도에도 전혀 알은 체를 하지 않았지만, 그날 저녁이 되자 그가 다른 두 명의 승무원들과 함께 사용하던 작은 선실로 들어가 그의 팔에 뛰어들었다. 그 이야기를 들었던 그날 밤, 우리의 꿈은 저마다 꿈틀거리고 있었다.

노란 선미등 아래서는 또 다른 이야기들도 흘러나왔다. 다시 탄 배에서 얼마간 시간이 흐르자 그는 그들의 관계에 대한 자신의 망설임을 그녀에게 확인시켰다고 했다. 그녀는 4일째 차오른 달을 바라보고 있던 그에게로 조용히 다가와 그의 갈비뼈 사이를 두 번 찔렀다. 심장을 피해서, "성찬식용 과자 두께로." 차가운 공기 덕분에 그는 겨우 의식을 잃지 않았었다. 남아메리카 출신으로 몸집이 작았던 그녀가 조금만 더 컸더라면 분명 그를 난간 위로 들어올려 아래로 던져버렸을 것이라고 그는 확신하고 있었다. 그는 그곳에 누워 고함을 질렀다. 고요한 밤이었으므로, 그가 외치는 소리는 아마도 크게 울렸을 것이다. 운 좋게도 한 경비원이 그의 목소리를 들었다. 아나벨라 피게로아는 곧 체포되었지만 단지 일주일만 수감되었을 뿐이었다. "여자들의 절망이지." 해스티 씨가 설명했다. "남아메리카 형법에는 그런 사건을 이렇게 말해. '최면술의 영향하에 벌어진 일'과 똑같다고. 사랑이란 그런 거야. 적어도 그때는 그런 거였지……."

"여자들에게는 광기가 있어." 그는 우리 셋에게 설명하려고 애를 썼다. "여자들에게는 신중하게 다가가야 돼. 야생 사슴들처럼 머뭇거리면서 뺄지도 몰라. 여자들에게 거짓말을 하고 싶다면 같이 술을 마시러 가. 하지만 여자들을 떠날 때는, 생각지도 못했던 갱도로 빨려들어가는 것과 같아…… 칼에 찔리는 건 아무것도 아니야. 아무것도. 나는 그렇게 살아났어. 그런데 발파라이소에서 감옥에서 풀려난 그녀가 다시 나타났지. 그녀는 오만 호텔로 나를 잡으러 왔어. 다행히 나는 장티푸스에 걸린 상태였어. 아마도 자상을 치료했던 병원에서 옮았던 것 같아. 다행스럽게도 그녀는 그 병을 이유 없이 두려워하고 있었어. 한 점쟁이가 그 병으로 죽을 거라고 말해준 적이 있었거든. 그래서 그녀는 그냥 나를 떠났어. 그러니 왼쪽 심장 부근에 칼을 맞았던 일이 나를 그녀와 영원히 함께하는 삶에서 구원한 거야. 나는 다시는 그녀를 볼 수 없었어. 내가 왼쪽 심장이라고 말했지. 남자들에게는 두 개의 심장이 있어. 두 개의 심장. 두 개의 신장. 두 가지의 인생 방식. 우리는 대칭형 존재들이야. 우리는 감정의 균형을 잡을 줄 알아……."

몇 년 동안이나 나는 이 모든 말들을 믿고 있었다.

"어쨌거나 그 병원에서 장티푸스와 씨름하는 동안 의사들 몇 명이 브리지 게임을 내게 가르쳐주었어. 그때부터 읽기도 시작했지. 내가 어렸을 때 책은 한 번도 내 영혼에 침투한 적이 없었거든. 무슨 말인지 알겠니? 내가 스무 살 때 『우파니샤드』*
를 읽었더라면 무슨 말인지 전혀 몰랐을 거야. 그때는 그런 걸
읽을 여유가 없었지. 하지만 지금 그 책은 내게 명상과도 같아.
나를 도와주지. 이제는 나도 그녀를 감사하게 생각하고 있는지
도 몰라. 예전보다는 쉽게."

어느 날 오후, 나는 플라비아 프린스와 서서는 무기력한 대
화를 이어가고 있었다. 배 한 켠 아래쪽을 내려다보던 나는 매
달린 닻 위에 걸터앉아 선체에 페인트칠을 하고 있던 해스티
씨를 보았다. 그의 주변에는 다른 몇몇 선원들도 밧줄 사다리
에 매달려 있었지만, 그가 카드 게임을 할 때마다 내려다보였
던 대머리를 보니 그를 알아볼 수 있었다. 셔츠를 벗고 있던 그
의 상체는 볕에 그을어 있었다. 나는 이모에게 그를 가리켜보
였다.

"저 사람이 이 배에서 가장 뛰어난 브리지 선수래요." 나는
그녀에게 말했다. "파나마처럼 먼 곳에서도 우승한 적이 있대
요."

그녀는 그에게서 눈을 돌려 수평선 너머를 바라보았다. "저
기서 뭘 하고 있는지 궁금하구나."

---

* 고대 인도의 철학서.

"지금은 바짝 주의를 기울이고 있는 거예요." 내가 말했다.

"하지만 밤마다 밥스톡 씨랑 톨로이 씨, 인버니오 씨하고 제대로 된 게임을 해요. 그들은 전부 다 국제대회에서 우승한 적이 있어요!"

"글쎄다……." 이렇게 말하며 그녀는 자신의 손톱을 내려다보았다.

나는 그녀 곁을 떠나 캐시어스와 라마딘이 있던 아래쪽 갑판으로 내려갔다. 우리는 해스티 씨가 일하는 모습을 바라보고 있다가, 그가 이쪽을 흘긋 돌아보자 그를 향해 손을 흔들었다. 우리를 알아본 그도 이마에 고글을 얹은 채로 우리에게 손을 흔들어주었다. 나는 조금 전까지 있던 곳에 나의 보호자가 그대로 서 있기를, 그래서 이 순간을 지켜보고 있기를 바랐다. 우리 셋은 의기양양하게 산책을 계속했다. 해스티 씨가 우리를 알은척해주었다는 것이 우리에게 어떤 의미인지를 그는 결코 알 수 없을 거였다.

*

자신의 사회적인 위치가 높아졌다고 여겼던 까닭인지, 아니면 내가 폭풍우에 대해 거짓 진술을 했기 때문인지는 모르겠

지만, 어쨌거나 플라비아 프린스는 나의 보호자를 자청하는 일
에 시들해진 것처럼 보였다. 이제 그녀는 취조관처럼 두세 가
지 질문들만 던지며 갑판 위에서만 짧게 만나기를 원했다.

"네 선실은 있을 만하니?"

나는 잠시 침묵을 유지했다. "네, 이모."

그녀는 무언가가 궁금한 사람처럼 내게 가까이 다가왔다.

"하루 종일 뭘 하니?"

나는 엔진실에 갔다거나 샤워를 하는 호주 여자애의 젖은
옷들을 설레는 마음으로 보고 있었다는 이야기는 하지 않았다.

"다행이구나." 그녀는 내 침묵에 대답했다. "운하를 지나오
는 동안 나는 그래도 잠들 수는 있었어. 매우 더웠지만……."

그녀는 다시 손으로 장신구들을 쓰다듬고 있었고, 나는 갑
자기 남작에게 내 보호자의 선실번호를 알려줬어야 했다는 데
생각이 미쳤다.

그러나 남작은 이미 배를 떠난 터였다. 그는 헥터 드 실바의
딸을 대동하고 포트사이드에서 내렸다. 누군가가 그녀를 위로
하는 남작의 모습을 보았다는 이야기를 들었던 나는 그가 보
다 발전된 형태의 신사적인 범죄에 가담하도록 그녀를 꾀어
자신의 방에서 둘이서만 훌륭한 차와 케이크를 들고 있을 거
라고 생각했다. 그는 귀중한 서류들이 들어 있는 납작한 여행

가방을 갖고 있었다. 그 가방 안에는 그가 가져가는 모습을 내가 본 적이 있던 드 실바 양의 초상화도 들어 있을 거였다. 그는 건널판자 끝에서 내게 작별의 뜻으로 고개를 끄덕여 보였고, 캐시어스는 나를 추궁했다. 나는 강도질에 가담했던 이야기를 내가 맡았던 역할을 부풀려 한 적이 있었다. 드 실바 상속녀는 침묵을 휘감고 그의 곁에서 걷고 있었다. 그녀는 슬픔에 잠겨 있었는지도 모른다. 아니면 남작의 매력에 이미 취해버린 상태였거나.

포트사이드에서 우리는 육지로 내려가지 않았다. 걸리 걸리맨을 보려고 배에 머물렀던 우리는 오론세이의 난간에 기대어 그가 카누를 타고 다가와 소맷자락이며 바짓단, 모자 아래에서 닭들을 꺼내는 모습을 지켜보았다. 그가 재채기를 하며 코를 풀자 카나리아가 튀어나왔고, 그는 그 카나리아를 항구의 하늘 위로 날려 보냈다. 그가 연신 위아래로 발을 구르는 동안 카누는 우리 배 바로 밑에 멈춰서 있었다. 수탉들은 그의 바짓단 앞에서 벼슬을 치켜세웠다. 그러더니 그의 소맷자락에서 뱀들이 떨어져 내렸다. 뱀들은 카누 안으로 떨어져 내린 동전들처럼 그의 발치에서 태연하게 완벽한 두 개의 원을 그리고 있었다.

우리는 다음날 아침 일찍 포트사이드를 떠났다. 론치를 타고 온 도선사가 배 위로 올라와 항구를 빠져나갈 수 있는 길을 알려주었다. 그의 무심한 태도는 휘파람을 불고 고함을 질러대며 운하 안쪽으로 배를 인도했던 남자와 비슷한 데가 있었다. 나는 그들이 쌍둥이이거나, 적어도 형제지간이라고 상상했다. 임무를 마친 도선사가 함교에서 내려오는 동안 그의 싸구려 샌들이 그의 발꿈치를 후려치며 요란한 소리를 냈다. 그는 론치로 내려가 우리와 멀어졌다. 이제 항구의 도선사들은 제사장처럼 여겨지고 있었다. 마르세유에서는 긴 소매 셔츠에 하얀 바지를 입고 하얀 도료를 바른 구두를 신은 사람이 올라왔다. 배를 항구로 인도하기 위한 지시를 내리던 그는 속삭이듯 말했고, 입술을 거의 움직이지 않았다. 내게 익숙한 유형은 반바지를 입고 바지 주머니에서 거의 손을 꺼내지 않는 쪽이었다. 그들은 대개 처음부터 신선한 샌드위치와 과일 음료를 달라고 요구했다. 나는 그들이 빈둥거리던 모습과 낯선 왕의 궁정에서 한두 시간쯤 마음대로 요령껏 재주를 피우던 어릿광대들처럼 보이는 방식을 그리워했는지도 모른다. 그러나 이제 우리는 유럽의 바다에 들어온 참이었다.

*

마자파 씨도 포트사이드에서 우리를 떠났다. 나는 지쳐서 완전히 넋이 빠질 때까지 그가 건널판자를 다시 밟고 돌아오기만을 기다렸다. 라스케티 양도 우리와 함께 그를 기다리고 있었지만, 출발을 알리는 종소리가 끝없이 울리기 시작하자 고집을 부리던 아이처럼 조용히 허물어지고 말았다. 그리고 배와 육지를 연결하는 통로가 도크에서 제거되었다.

나는 최근에 와서야 당시의 마자파 씨와 라스케티 양이 젊은 나이였다는 것을 깨닫게 되었다. 마자파 씨가 배에서 사라졌을 때, 그들은 분명 둘 다 삼십대였을 것이다. 우리가 아덴을 떠나기 전까지 맥스 마자파는 고양이 테이블에서 가장 활기 넘치는 인물이었다. 그는 무사태평하고 무례한 태도로 저녁식사를 할 때는 시끌벅적해야 하는 법이라고 고집하며 우리가 서로 어울릴 수 있도록 주도했다. 그는 나서기를 좋아했는데, 뭔가 미심쩍은 이야기들을 속삭이고 있을 때도 그런 태도를 보였다. 그는 우리에게 어른들도 즐거움을 느낀다는 사실을 알려주었다. 비록 나는 우리의 미래가 그가 캐시어스와 라마딘, 그리고 나를 위해 노래하며 보여주었던 것처럼 극적이고 쾌활하며 기만적인 방식으로 존재하지는 않으리라는 사실을 알고 있었지만. 시드니 베셰의 재즈 음악을 듣는 도중에도 짤막한 휴지기마다 "양파들!"이라고 외치며 무도장을 구석구석 돌아다니는 돌아다니던 그는 결점이 없는 자신의 연주를 명예롭게 지키기 위한 권총 결투들, 음모들, 불법적인 행위들,

토치송*들, 훌륭한 피아노곡들, 그리고 여자들의 악덕과 매력에 대한 방대한 리스트를 지니고 있었다. (그리고 "네 욕심 많은 귀한 젖꼭지는 너나 챙겨라"라는 말도 있었고.) 그는 자신의 삶을 우리를 위해 구축한 입체적인 모형처럼 보여주었다.

그래서 우리는 그의 내부를 내밀하게 파고든 그 무엇을 알 수 없었고, 알려고 하지도 않았다. 일종의 어둠이 위대한 배셰의 후계자에게 침투한 듯했다. 내가 마자파 씨에게서 이해할 수 없었던 부분은 무엇이었을까. 내가 그와 라스케티 양 사이에서 자라난 우정을 정확하게 감지하지 못했던 이유는 무엇이었을까. 우리는 터빈실에서 논쟁을 벌일 때마다 저녁식사를 할 때마다 코스 중간에 정중하게 양해를 구하며 담배를 피우러 갑판으로 사라졌던 그들을 두고 위대한 로맨스를 꾸며냈다. 갑판은 불빛으로 환했으므로 우리는 나무 난간에 기대어 자신들이 이 세계에 대해 알고 있는 아무 격언들이나 서로 교환하는 모습을 볼 수 있었다. 한번은 그가 그녀의 드러난 어깨를 자신의 재킷으로 감싸주기도 했다. "처음에는 그녀가 책만 파는 여자인 줄 알았어." 그는 그녀를 이렇게 이야기한 적이 있다.

마자파 씨가 오론세이를 떠나고 하루쯤 지났을 때, 배 안에서는 그에 대한 재평가가 이루어졌다. 예를 들면 그에게 이름

---

* 실연·짝사랑 등을 읊은 감상적인 블루스곡.

이 두 개나 필요했던 까닭은 무엇이었을까. 이 사안은 그에게 아이들이 있다는 이야기로 번졌다. (우리 테이블에 앉던 누군가가 "여자들이나 하는 대화"를 시작했다.) 그래서 나는 그에게 아이들이 있다면, 그 아이들은 그가 우리에게 해주었던 것과 똑같은 농담이나 조언들을 들었을지 궁금해하기 시작했다. 육지에서 이곳저곳을 자유롭게 떠돌아다닐 때만 즐거움을 느끼는 유형의 사내라는 추측도 있었다. "어쩌면 여러 번 결혼했었는지도 모르죠." 라스케티 양이 조용히 끼어들었다. "그 사람이 죽으면 과부가 여럿 생기겠네요." 우리는 그녀의 의견을 곰곰이 생각했다. 그가 그녀에게도 청혼을 했었는지 궁금해하면서.

나는 그녀가 떠나버린 마자파 씨로 인해 충격을 받아 창백해진 얼굴로 테이블에 나타날 거라고 예상했다. 그러나 여행이 계속될수록 라스케티 양은 우리 무리들 가운데 가장 수수께끼 같고 놀라운 사람이 되어갔다. 우리는 그녀의 말들에서 음흉한 유머를 알아차렸다. 그녀는 마자파 씨를 잃은 우리에게 다가와 위로의 말을 건네며 자기도 그가 보고 싶다고 말했다. "자기도"라는 말이 우리에게는 천금처럼 여겨졌다. 우리가 잃어버린 친구에 대한 신화를 지속적으로 필요로 한다는 사실을 알아차린 그녀는 어느 날 오후, 마자파 씨의 목소리를 흉내내며 그의 첫 번째 결혼이 배신으로 끝났다는 이야기를 들려주었다. 그는 어느 날 불쑥 집에 돌아왔고, 어느 음악가와 함께 있던 아내를 발견했다. 그는 라스케티 양에게 이렇게 고백했다고 했다. "총이 있었다면 그 자식을 한 방에 날려버렸을 거요. 하지만 그 방에는 그놈의 우쿨렐레밖에 없었지." 그녀는 이 일화를 이야기하며 웃었지만, 우리는 웃지 않았다.

"나는 그의 시칠리아 식 매너를 참 좋아했어." 그녀는 말을 이었다. "내 담배에 불을 붙여줄 때도 마치 도화선을 점화하듯 팔을 길게 뻗고는 했지. 포식자처럼 생각하는 면이 있기는 했지만 그래도 섬세한 남자였어. 사용하는 단어들마다, 그리고 그 단어들의 리듬마다 위풍당당함이 느껴졌지. 나는 사람들이 가면처럼 사용하는 인격들을 알고 있어. 그런 것에 대해서라면 나도 전문가야. 그는 겉으로 보기보다 신사적인 사람이었어." 그렇게 말하는 그녀를 바라보며 우리는 다시 그들 사이에 열정이 존재했음을 확신했다. 분명 그들은 서로 마음이 통하는 사이였다. 그녀가 "과부들이 여럿 생기겠네요"라고 말했음에도 불구하고. 아니, 어쩌면 그래서 그녀는 그런 말을 할 수 있었는지도 모른다. 아마도 그들은 선내 전보 서비스를 통해 계속해서 연락을 주고받을지도 모른다. 나는 톨로이 씨에게 이에 관해 물어볼 생각이었다. 게다가 포트사이드에서 런던은 그리 멀지도 않았다.

그리고 더 이상 마자파 씨에 관한 이야기는 없었다. 라스케티 양조차도. 그녀는 자신 안에 틀어박혔다. 오후마다 나는 거의 항상 B갑판의 그늘 속 의자에 앉아 있는 그녀를 볼 수 있었다. 그녀는 언제나 『마의 산』을 한 권 들고 있었지만, 그녀가 그 책을 읽는 모습을 본 사람은 아무도 없었다. 라스케티 양은 그녀를 꾸준히 실망시키는 듯한 범죄 스릴러물들을 읽는 데 대부분의 시간을 소모했다. 나는 이 세계가 어떤 책의 줄거리보다도 그녀에게 우연적이고 돌발적이었으리라고 생각한다. 미스터리에 짜증이 난 그녀가 그늘 속에서 반쯤 몸을 일으키고 난간 너머 바다로 책들을 던져버리는 것을 나는 두어 번 본 적이 있기에.

잔클라 극단의 일원이었던 히데라바드 마인드, 수닐이 에밀리와 함께 있는 모습이 종종 눈에 띄었다. 나는 나의 사촌이 보다 어른스러운 면모를 지니고 있었던 그의 자아에 매혹되었던 것이라고 생각한다. 나는 멀리서도 항상 곡예사처럼 걷는 마른 체격의 수닐을 알아볼 수 있었다. 그는 에밀리가 욕망하는 세계의 복잡성을 이야기하며 그녀의 팔을 어루만지던 손을 그녀의 소맷자락 안으로 감추었다. 그녀는 그렇게 그에게 단단히 붙들려 있었고, 나는 그런 그들을 지켜보고 있었다.

그러나 우리의 배가 포트사이드를 지나갈 때쯤, 그들은 서로의 무리를 편하게 여기지 못하는 듯 보였다. 그는 그녀와 걸을 때마다 그녀에게 무언가를 설득시키려는 듯 가늘지만 강한 팔을 움직였고, 그녀가 흥미를 잃은 것처럼 보일 때면 체념한 듯 그녀를 웃게 만들었다. 열한 살 소년이었던 나는 훈련을 받은 개처럼 보이는 그의 몸짓을 읽어낼 수도 있었고, 그들 사이에서 권력관계가 어떻게 이동하는지도 볼 수 있었다. 에밀리가 지닌 유일한 권력은 그녀의 아름다움과 젊음, 그리고 아마도 자신이 소유하고 있음에도 스스로는 깨닫지 못하고 있던 그 무엇이었을 것이다. 그리고 그는 갖가지 말들로, 말로도 소용이 없으면 가까이 있던 물건들로 재빨리 저글링을 해보이거나 한 팔로 물구나무를 서는 것으로 그녀의 이런 면들을 가지려고 애를 쓰고 있었다.

그의 곁에 에밀리가 없었다고 할지라도 나는 그에게 호기심을 가졌을 것이다.

나는 식당에 있는 테이블들 중 세 개의 테이블과 각각 동일한 거리를 둔 위치에 서 있었다. 한 테이블에는 작은 아이를 동반한, 매우 키가 큰 부부 한 쌍이 있었고, 다른 한 쪽에는 서로 속삭이는 여자들이, 그리고 나머지 한 쪽에는 매우 심각해 보이는 두 남자가 있었다. 나는 고개를 숙이고 무언가를 읽는 척을 하며 아이를 데리고 온 부부에게 귀를 쫑긋 세웠다. 여자가 남자에게 가슴께가 아프다고 말했다. 그러더니 간밤에 그가 잠을 잘 잤느냐고 물었다. 그가 대답했다. "나도 모르지." 두 번째 테이블에서는 한 여자가 다른 여자에게 이렇게 속삭였다. "그래서 그에게 물어봤어. '그게 어떻게 최음제이자 완화제가 될수 있죠?' 그러자 그가 말했어. '글쎄요, 타이밍에 달려 있죠.'" 세 번째 테이블에서는 아무런 대화도 들려오지 않았다. 나는 아이와 함께 있던 키가 큰 부부에게로 다시 귀를 기울였다. 의

사였던 남편이 그녀가 먹어야 할 가루약들의 목록을 작성하고
있었다.

　"반드시 두 눈과 귀를 활짝 열어둬야 해. 그게 바로 산 교육
이야"라고 라스케티 양이 말한 뒤부터, 나는 가는 곳마다 이런
대화를 듣고 있었다. 그러고는 옛날 세인트 토마스 중학교에서
가져온 공책에 들은 내용들을 꾸준히 기록했다.

학교 공책: 12일부터 18일까지 엿들은 대화 내용

"나를 믿어. 스트리크닌을 더 이상 씹을 수 없게 되면 그냥 삼키면 돼."

"마술사 재스퍼 마스켈린이 전쟁 중에 사막에서 일어난 '쓰레기 같은' 일들을 전부 계획한 거야. 그가 실제로 마술사가 된 것은 전쟁이 끝난 뒤였어."

"배에서 바다로 물건들을 던지는 행위는 강력하게 규제되고 있습니다, 부인."

"그는 이 배에서 성적으로 가장 방종한 사람들 중 하나야. 그를 '회전문'이라고 불러도 될 정도야."

"긱스한테서는 그 열쇠를 받을 수 없을 거야……." "그러면 페라라한테 받아야 돼." "그런데 페라라가 누구야?"

마자파 씨가 떠나버린 뒤로, 고양이 테이블에 앉는 사람들은 여전히 실의에 빠져 있었다. 이런 까닭에 대니얼스 씨는 이들과 함께 다른 손님들을 몇 명 초대하는 비공식적 식사자리를 마련했다. 나는 에밀리를 초대했는데, 그녀는 아순타를 데리고 와도 되느냐고 물었다. 에밀리는 그 귀머거리 소녀에게 점점 더 영향력을 발휘하고 있는 모양이었다. 헥터 드 실바가 죽은 뒤로 빈둥거리고만 있던 아유르베다 치료사도 초대를 받았다. 그가 대니얼스 씨와 갑판 위에서 신나게 대화를 나누는 모습이 종종 눈에 띄었던 차였다.

우리는 모두 터빈실에 모였고, 곧이어 한 사람씩 금속 사다리를 타고 어둠 속으로 내려갔다. 라마딘과 캐시어스, 나, 그리고 아유르베다 치료사만이 이 여정이 "정원"으로 향하는 것임을 알고 있었고, 어디로 가는지를 전혀 모르고 있던 다른 사람들은 그저 혼잣말처럼 투덜거리고만 있었다. 우리가 맨 밑바닥에 도착하자 대니얼스 씨는 다시 한 번 서두르며 움푹한 지하화물실의 신비한 세계로 달려가기 시작했다. 벌거벗은 여자들이 그려진 벽화 앞을 지날 때 숨죽인 웃음소리가 들려왔다. 캐시어스는 이미 그 그림에 대해 잘 알고 있었다. 언젠가 그는 용감하게도 혼자서 화물실에 내려왔고, 벽화 앞에 상자를 하나 가져다놓고 그 위에 올라가 커다랗게 그려진 여자들과 눈높이를 맞추었다. 오후 내내 그는 반쯤 어둠에 잠긴 채 그곳에 그렇게 서 있었다.

우리를 인도하던 대니얼스 씨가 모퉁이를 돌자 음식으로 가득한 테이블과 그의 정원이 눈에 들어왔다. 투덜거림이 사라졌다. 어디선가 음악이 들려오고 있었다. 이번에는 화물실의 다른 쪽 구역에서 일하던 인부들의 손에 들어갔던 퀸 카디프 양의 축음기를 대니얼스 씨가 다시 빌려왔던 거였다. 에밀리는 잔뜩 쌓인 레코드판 더미에서 78회전 음반들을 고르기 시작했다. 누군가가 말하길 음반들 중 일부는 마자파 씨가 우리를 위해 남기고 간 것이라고 했다. 손님들 몇은 길게 갈라진 녹색 잎사귀들 사이로 잘 정돈된 길을 따라 산책했고, 아유르베다 치료사는 늘 그렇듯 비밀을 털어놓는 말투로 괭이밥나무에서 추출해낸 옥살산이 사원의 놋그릇들을 닦는 데 쓰인다고 설명했다. 춤을 추고 싶었던 에밀리는 말없는 아순타를 팔로 끌어당기며 음악에 맞추어 몸을 흔들고 있었다. 그녀는 노란 원피스 차림으로 별처럼 좁은 길을 따라 춤을 추었다.

오론세이에서의 식사시간을 떠올릴 때마다 정식 식당이 먼저 생각났던 적은 단 한 번도 없었다. 선장의 테이블에서 너무나 멀리 떨어져 있던 우리 테이블을 좋아하는 사람은 아무도 없었다. 언제나 배의 가장 깊숙한 지하에 놓여 있던, 환하게 불을 밝힌 사각형의 테이블이 가장 먼저 기억 속에 떠오른다. 우리에게는 분명 알코올이 손톱만큼 들어 있었을 타마린드 음료가 건네졌다. 우리의 주최자는 자신이 가져온 특별한 담배를 피웠고, 그러자 발목 높이로 올라온 식물들을 관찰하고 있던 라스케티 양은 허공에 떠도는 냄새를 맡으려고 고개를 들었다.

"당신은 복잡한 사람이에요." 그녀가 대니얼스 씨에게 다가가며 말했다. "이렇게 순진하게만 보이는 나뭇잎들로 독재자를 독살할 수도 있겠군요." 대니얼스 씨가 항균성의 고추류 식물과 파파야가 수술 후의 혈전을 막는 데 사용될 수 있다고 하자 그녀는 손을 그의 소매 위에 올려놓으며 이렇게 덧붙였다. "아니면 무료 병원에서 당신을 고용할 수도 있겠어요." 유령처럼 우리들 사이를 배회하던 재단사 구네세케라 씨가 동의한다는 표시로 고개를 끄덕였다. 그러나 그가 무슨 말을 듣기만 하면 고개를 끄덕였던 까닭은 그렇게 하면 대화에 끼지 않아도 되었기 때문이었다. 우리의 주최자는 아유르베다 치료사 옆에

서서 (그의 말에 의하면 당뇨병과 백혈병에 특효라는) 마다가스카르 일일초를 가리켜 보이고 있었다. 그러더니 그는 곧 우리에게 건넬 "기적의 과일"이라 불리는 시큼한 인도네시아 라임을 몇 개 땄다. 그 라임들은 곧 우리에게 건네졌다.

우리는 그렇게 새로 꾸며진 고양이 테이블에 모여 앉아 음식을 먹었다. 머리 위에 걸린 불빛들이 흔들리고 있었다. 그날 밤에는 화물실 안으로도 실바람이 불어왔던 걸까? 아니면 그저 흔들리는 바다 때문이었을까. 우리 뒤에는 검은 연필나무 잎사귀들과 검은 조롱박들이 있었고, 테이블 위에는 목 잘린 꽃들을 띄운 물그릇들이 놓여 있었다. 그 건너편에 깜박이는 불빛 아래로 한시라도 빨리 나가고 싶어 안달하며 테이블 위에 팔을 얹고 있던 나의 사촌이 앉아 있었다. 그녀 옆에는 네빌 씨가 있었다. 그는 한때 배를 해체했던 두툼한 손으로 물그릇을 쥐고 부드럽게 흔들었고, 물결처럼 흔들리는 전등 불빛 아래 꽃들이 떠다니도록 했다. 항상 그랬듯 그는 누구도 자신에게 말을 걸어오지 않을 때의 침묵을 편안하게 여겼다. 에밀리는 그에게 등을 돌리고는 귀가 들리지 않는 말라깽이 소녀에게 무슨 말인가를 속삭이고 있었다. 소녀는 잠시 생각에 잠겨 있다가 자신의 비밀을 에밀리의 귓가에 털어놓았다.

우리들 중 누구도 서두르며 음식을 먹지 않았다. 빛을 향해 몸을 앞으로 내밀지 않으면 우리는 각자 그늘에 잠겨 있었다.

우리는 모두 반쯤 잠든 사람처럼 천천히 움직이고 있었다. 축음기가 다시 돌아가기 시작했고, 인도네시아 라임이 테이블에 올라왔다.

"마자파 씨를 위하여." 대니얼스 씨가 조용히 말했다.

"그리고 서니 메도즈를 위하여." 우리가 대답했다.

동굴과도 같은 화물실이 우리의 말을 집어삼켰고, 한동안 아무도 움직이지 않았다. 축음기만이 계속해서 음악을 내보내고 있었다. 색소폰이 느리게 숨 쉬고 있었다. 어딘가 있는 타이머가 작동하자 얇은 안개가 식물들과 테이블 위로 10초간 떨어져 내렸다. 우리의 팔과 어깨 위로도. 안개처럼 떨어지는 빗방울을 피할 수 있는 사람은 없었다. 음악이 멎었고, 누군가가 다시 맞춰주기를 기대하는 바늘이 끝없이 레코드판을 긁는 소리가 들려왔다. 나는 서로 번갈아 귀엣말을 전하는 맞은편의 두 소녀들을 바라보며 그들에게 귀를 기울였다. 립스틱을 칠한 내 사촌의 입술에 집중하고 있던 내게 이런저런 단어들이 들려왔다. 왜? 언제 그런 일이 있었어? 소녀가 고개를 흔들었다. 나는 그녀가 이렇게 말했다고 생각한다. 넌 우리를 도와줄 수 있을지도 몰라. 그러자 에밀리는 아래를 내려다보며 깊은 생각에 잠긴 채 한동안 아무 말도 하지 않았다. 참호처럼 내려앉은 어둠이 테이블을 둘로 양분하고 있었지만, 나는 어둠 건너편의 테이블을 볼 수 있었다. 누군가가 웃었고, 나는 침묵을 지켰다.

구네세케라 씨도 이쪽을 정면으로 바라보고 있는 게 눈에 들어왔다.

"그 사람이 네 아버지야?" 에밀리가 놀란 목소리로 속삭였다.

소녀가 고개를 끄덕였다.

아순타

그녀는 아버지가 했던 일에 대해 배 안의 누구에게도 말하지 않았다. 어린 소녀였을 때, 그녀는 아버지가 어디 있는지, 그리고 그가 무엇을 하고 있는지에 아무런 관심도 없는 듯 보였고, 그를 아버지라고 여기는 것 같지도 않았다. 체포된 그가 처음으로 감옥에 갔을 때도 마찬가지였다. 당시 한낱 좀도둑에 지나지 않았던 그는 법의 경계를 넘나들며 무언가를 거래했다. 그는 점차 젊고 자신만만한 범죄자로 거듭나고 있었다.

그의 혈통의 절반은 동양계였고, 나머지 절반은 알려지지 않았다. 이에 관해서는 그도 확신할 수 없었다. 니마이어라는 이름도 누군가를 따랐거나, 훔쳤거나, 아니면 꾸며낸 이름일 거였다. 그가 감옥에 갔을 때 그의 아내와 아이에게는 거의 한 푼도 남지 않았다. 아내는 삶에 대한 의지를 잃어가고 있었고, 아이는 곧 어머니가 더 이상 의지할 만한 존재가 아니라는 것을 깨달았다. 그녀는 입을 꾹 닫고 아무 말도 하지 않거나, 아니면 아무에게나, 심지어는 어린 딸에게조차도 폭언을 퍼부었다. 이웃들은 꾸준히 도움의 손길을 내밀었지만 그녀는 그들 모두에게 등을 돌렸다. 그녀는 자해하기 시작했다. 그때 아이는 고작 열 살이었다.

아이는 누군가의 차를 얻어 타고 칼루타라 교도소로 갔다. 아이는 아버지를 면회해도 좋다는 허락을 받았다. 아이는 아버지와 이야기를 나누었고, 아버지는 아이에게 남부지방에 사는 여동생의 이름을 말해주었다. 그녀의 이름은 파시피아였다. 그 이상 아이의 아버지가 할 수 있는 일은 없는 것처럼 보였다. 당시 니마이어는 36세였다. 그의 딸은 감방 벽에 갇힌 그를 보았다. 그는 여전히 유연함을 유지하고 있었지만, 타고난 날랜 몸짓들은 사라지고 없었다. 그는 창살 너머에 있는 아이를 안을 수 없었다. 도둑질을 할 때마다 온몸에 기름을 바르고 사이를 드나들던 창살들이었다. 하지만 그는 여전히 아이에게 힘 있는 사람으로 보였다. 그는 효과적인 침묵을 지키며 이리저리 움직였고, 텅 빈 공간을 날아오는 그의 낮은 목소리는 마치 속삭임처럼 들렸다.

그러나 집으로 돌아가는 길은 더욱 힘들었다. 아순타는 돌아가는 길에 11번째 생일을 맞았다. 칼루타라에서 30마일쯤 걸어왔을 때, 그녀는 불현듯 그 사실을 깨달았다. 그녀의 어머니는 집에도 마을 어디에도 없었다. 그녀의 어머니는 나뭇잎으로 감싼 작은 선물을 남겼다. 갈색 가죽 끈에 군데군데 구슬을 꿴 팔찌였다. 소녀는 어머니가 지난 며칠 동안, 아니 몇 주 동안 미쳐 날뛰던 와중에도 가죽 끈에 구슬을 꿰던 모습을 본 적이 있었다. 그녀는 그것을 왼쪽 팔목에 채웠다. 팔찌에 비해 손목이 너무 굵어지면 머리에 달 생각이었다.

밤마다 매일 그녀는 어머니가 돌아오기만을 기다리며 홀로 등도 밝히지 않은 오두막에 머물렀다. 기름은 손톱만큼만 남아 있었다. 까무룩 잠들었다가도 그녀는 더 짙어진 어둠 속에서 깨어났고, 아무것도 하지 않으면서 해가 뜰 때를 기다렸다. 그녀는 짚자리에 누워 마음속으로 근방의 지도를 그리며 다음날 어머니를 찾으러 갈 곳을 생각했다. 그녀의 어머니는 분명 어딘가에 있을 거였다. 버려진 마을에 숨어 있을 수도, 유속이 빠른 강물 위로 나뭇가지들이 늘어진 곳을 따라 걷고 있을 수도 있었다. 괴로움에 몸서리치다가 강둑을 미끄러졌거나 작은 늪지대를 건성으로 건너려다 빠지고 말았을 가능성도 있었다. 소녀는 물이라면 생각만 해도 무서웠다. 수면 아래에는 빛을 향해 손아귀를 벌린 어둠이 자리하고 있었다.

새소리에 잠에서 깬 그녀는 어머니를 찾아 오두막을 나섰다. 이웃들이 저마다 그녀를 집으로 불렀지만, 그녀는 밤이면 항상 오두막으로 돌아갔다. 그녀는 2주일만 더 어머니를 찾아보겠

다는 다짐을 한 터였다. 거기에 일주일이 더 지나갔다. 결국 그
녀는 나무판에 몇 마디를 적어 어머니의 짚자리 위에 걸어놓
고 자신의 유일한 집을 떠났다.

그녀는 손에 닿는 과일이나 야채를 닥치는 대로 먹으며 남
쪽 내륙지방으로 향했다. 하지만 그녀는 고기가 먹고 싶었다.
그녀는 몇 번인가 눈에 띄는 집을 찾아가 음식을 구걸했고, 그
녀에게는 달*이 주어졌다. 그녀는 그들에게 자신의 이야기를
하지 않았다. 그저 일주일 동안 여행중이라고만 했다. 발우 그
릇을 내민 승려들을 지나쳐 코코넛 농장을 지나가던 그녀의
눈에 농장 입구를 지키는 경비원들에게 누군가가 자전거로 점
심을 날라 오는 모습이 보였다. 그녀는 그들 가까이 다가갔고,
그들이 그녀 앞에 펼쳐놓고 먹던 음식 냄새라도 맡으려고 그
들에게 말을 걸었다. 어느 마을에서는 뒷길로 들어가는 떠돌이
개를 따라가 부엌문에서 쏟아지는 음식 찌꺼기들로 가득한 곳
을 만나기도 했다. 껍질을 발라낸 잭프루트가 눈에 띄었다. 그
녀는 꽃잎 모양을 한 그 열매를 너무 많이 먹었고, 갑자기 열에
취한 듯 몸이 아파왔다. 그녀는 강으로 내려가 나뭇가지에 의
지하며 몸 안의 열기를 내보내려고 애를 썼다. 길을 따라 트램
펄린을 운반하고 있던 네 명의 사내들을 보았을 때는 그녀의

---

* 동남아시아의 콩 요리.

여행이 시작된 지 8일 이상 지나 있었다. 그녀는 자신이 어디에 있는지를 알아차렸다. 그녀는 그들을 따라갔고, 그들은 마침내 고개를 돌리고 그녀가 누구인지 물었다. 그녀는 아무 말도 하지 않았다. 그들을 시야에서 놓치지 않도록 그녀는 주변을 어정거리며 따라갔다. 그녀가 들판을 가로지르고 언덕 너머로 사라지는 그들을 따라간 끝에, 그녀의 눈앞에 천막들이 나타났다. 그녀는 파시피아를 불러달라고 했다. 마른 체격의 남자가 그녀를 한 여자에게로 데려갔다. 그 여자가 아버지의 여동생이었다.

분명 그 여자는 아버지와 어느 정도 닮았다. 파시피아도 동물처럼 움직였다. 키가 매우 큰 여자는 주변의 남자들과 여자들을 소녀의 아버지보다 더 거칠게 다루었다. 여자는 엄격한 규율을 두고 작은 시골 서커스단을 운영하고 있었다. 여자는 소녀와는 다른 사람이었다. 여자는 두 팔로 아순타를 들어 올려 공연자들에게서 멀리 가시 돋친 나무들 사이로 들어갔다. 소녀가 감옥에서 아버지를 만났고, 어머니가 사라졌고, 계속 고기가 먹고 싶었다는 이야기를 하는 동안 여자는 손가락으로 소녀의 머리카락을 훑어내렸다. 소녀의 어머니를 몇 번 본 적이 있던 파시피아는 자신의 생각을 소녀가 눈치 채지 못하게 하려고 신중하게 고개를 끄덕였다. 마침내 다 됐다는 생각이

들자 여자는 소녀를 팔에서 내려놓았다.

　여자는 아순타를 데리고 천막들을 돌아다녔다. 오후의 열기로 인해 천막의 양쪽 벽을 이루는 천들은 위로 말려 있었고, 소녀는 한낮의 햇빛을 받으며 잠들어 있는 곡예사들을 보았다. 그들은 바닷바람이 불어 들어오는 열린 벽 쪽으로 얼굴을 향하고 있었다. 적어도 일주일 넘게 혼자 여행을 했음에도 불구하고, 소녀는 아직도 자신이 있게 될 곳이 어떤 곳인지 모르는 것처럼 보였다. 그러나 고모는 소녀가 천성적으로 불안해하지 않을 거라고 확신하고 있었다. 소녀는 소녀의 아버지의 딸이었으니까. 안 그런가? 소녀는 처음 며칠 동안 파시피아 곁을 떠나지 않고 공연을 준비하는 고모를 방해했다. 다음 며칠 동안 베데가마 마을에서 몇 차례 공연을 한 뒤, 다시 그 마을을 떠날 예정이었다. 극단은 매 주마다 남부지방의 새로운 마을들을 찾았다. 그러지 않으면 여자의 악사들은 동네 소녀들에게 마음을 빼앗겨 극단을 떠나고 말 거였다. 악사들은 그다지 할 일이 많지는 않았지만, 그들의 팡파르는 서커스에 꼭 필요했다.

　소녀 때문에 방해를 받은 파시피아는 해가 뜨기 전에 연습했다. 잠에서 깬 사람들은 누구나 파시피아가 희붐한 어둠 속에서 트램펄린을 뛰어올라 허공을 회전한 뒤, 등이나 무릎으로 착지했다가 다시 한 번 더 깊은 어둠 속으로 뛰어오르는 소리를 들을 수 있었다. 해가 뜨면 온통 땀으로 젖은 여자는 농부의

우물로 가서 밧줄에 매달린 양동이를 몇 번이고 끌어올려 온
몸에 물을 부었다. 그럴 때마다 여자는 우물가에서 특별한 즐
거움을 느꼈다. 그녀는 흠뻑 젖은 옷을 입은 채로 소녀가 막 잠
에서 깨어난 천막으로 돌아왔다. 젖은 옷은 볕에 말릴 거였다.
파시피아는 더 이상 홀몸이 아닌 것처럼 보였다. 그녀는 결혼
한 적이 없었고, 아이도 없었지만, 이제 오빠가 돌아올 때까지
소녀를 책임지고 돌봐주어야 했다.

*

　사람들에게는 항상 그들을 기다리는 이야기가 거의 눈에 띄
지 않는 방식으로 존재한다. 사람들은 조금씩 그 이야기에 자
신을 결부시키고, 이야기를 확장시킨다. 사람들은 자신의 특성
을 제한하면서도 시험해볼 만한 경계를 발견하게 되고, 이런
식으로 삶의 경로를 찾아낸다. 그렇게 몇 주가 지나자 아순타
라는 이름을 지닌 소녀는 누군가가 내민 손에 붙들려 허공으
로 들어올려지고, 다시 다른 누군가의 손에 떨어지고, 그와 동
시에 나무를 흔들 수 있게 되었다. 아버지의 단단하면서도 가
벼운 골격을 물려받은 그녀는 처음에는 두려워했지만 이내 타
고난 자립심을 찾아냈다. 그러나 그녀는 누군가를 믿고 의지해

야 했고, 따라서 이런 자립심을 느슨하게 풀어놓아야 했다. 파시피아가 그녀를 도와줄 거였다. 한때는 역시 지나치게 자립심이 강했던 파시피아는 내부에 분노를 간직한 고집 센 아이처럼 보였고, 그녀의 부모와 부모의 친구들은 파시피아를 두려워했다. 그러나 곡예사들이 필요로 하는 건 믿고 의지할 수 있는 동료들이었다.

나무들로 둘러싸인 시골길이라면 서커스단은 어떤 길이라도 따라갔다. 마을 사람들은 더위가 물러난 늦은 오후가 되면 깔개를 가져와 타맥 위에 앉았다. 그늘이 더 길어지면 공연하는 사람들의 시야가 잘 보이지 않게 될 거였다. 그러고 나면 깊은 숲속 어딘가, 나팔수들이 숨은 높은 나뭇가지들 사이에서 웅장한 팡파르가 마술적으로 울려 퍼졌다. 새처럼 얼굴을 칠한 남자가 밧줄을 타고 불 위를 날듯 관객들의 이마를 훑으며 한 바퀴 돌았고, 피어오르는 연기를 뒤로하고 다른 밧줄을 잡아, 관객들이 늘어앉은 길 위로 몸을 흔들며 앞으로 나아갔다. 얼굴을 칠한 남자가 나무들 사이로 사라져 보이지 않게 될 때까지 하프 소리와 휘파람 소리가 그를 뒤따랐다.

그러고 나면 나머지 곡예사들이 등장했다. 그들은 얼룩덜룩한 색색의 누더기를 걸치고 나무들 사이로 텅 빈 허공을 뛰고 구르며 더 높은 곳에서 떨어지는 것처럼 보이는 다른 사람들의 팔에 안기고는 했다. 밀가루를 뒤집어쓴 남자가 중앙에 놓인 트램펄린으로 떨어졌다가 금세 뒤편의 먼지 속에서 솟구쳤다. 남자들은 물을 가득 채운 양동이를 들고 나무와 나무 사이에 팽팽하게 걸린 줄 위를 걸었고, 그러다가 도중에 일부러 미끄러지며 한 팔로 줄에 매달린 채 양동이의 물을 관중들에게 쏟았다. 대개는 물이 들어 있었지만, 어떨 때는 개미들이 들어 있기도 했다. 누군가가 팽팽한 줄 위로 걸어 나올 때마다 고수들은 앞으로 펼쳐질 위험과 난관을 경고했고, 나팔은 꽥꽥거리는 소리를 내며 관중들의 웃음을 유도했다. 마침내 줄을 타던 남자들이 땅에 떨어졌다. 그들은 둥글게 몸을 말며 타맥 위로 떨어졌고, 땅을 딛고 일어섰다. 그들은 군중 속의 사람들이 자리에서 일어날 때까지 그 자리에 서 있었다. 여전히 줄에 남아 한 발로 밧줄에 매달린 채 도움을 요청하는 비명을 지르고 있던 한 사람의 곡예사만을 제외하면, 공연은 끝났다.

처음에는 아순타를 받을 수 있었던 사람은 파시피아뿐이었다. 하지만 아순타가 파시피아를 믿었기 때문은 아니었다. 그녀의 고모가 허공으로 던져진 자신을 받아주지 않으면 그대로 땅에 떨어져 인생을 망치고 말 거라고 그녀가 믿었기 때문이었다. 파시피아가 높은 나뭇가지에 매달려 있던 아순타에게서 물러나 그녀에게 다른 사람을 향해 뛰어내리라고 명령했던 것이 그녀에게는 또 하나의 시험이었다. 생각하면서 시간을 끌수록 더 큰 두려움이 생겨난다는 것을 알고 있었던 아순타는 즉각적으로 그 시험을 통과했다. 사실 아순타를 받아줄 사람에게 재빨리 앞으로 몸을 내밀 시간도 충분하지 않을 정도였다.

그렇게 그 소녀는 그녀를 기다리고 있던 껍질 속으로 들어갔다. 이제 그녀는 일곱 명으로 이루어진 서커스단의 일원이 되어 남부 해안지방을 횡단했고, 네 개의 천막들 중 한 곳에서 생활하며 여자를 밝히는 악사들에게 진력이 난 파시피아의 잔소리를 듣고는 했다. 어느 날 공연을 하던 도중, 나무에 매달려 있던 그녀는 드문드문 앉아 있던 구경꾼들 사이에서 아버지를 보았다. 그녀는 팔 하나만을 사용해 나무 아래로 내려가 그를 끌어안았고, 공연이 끝날 때까지 그의 곁을 떠나지 않았다. 그는 단지 며칠 동안만 머물렀다. 사실을 말하자면 아무런 할 일이 없던 그는 가만있지 못하고 아순타와 파시피아를 불편하게 했다. 그는 자신의 딸이 가장 안전한 장소에 있다는 것을 깨달았다. 그녀는 그가 살아왔던 삶과는 반대로 이 서커스단에서 자신만의 삶을 살아갈 수 있을 것처럼 보였다.

그녀는 그와 떠날 생각조차 하지 않았다. 게다가 그녀는 그와 함께 여러 번 이야기를 나누는 동안 점점 더 심각한 단계의 범죄로 빠져들고 있던 그를 어른처럼 훈계했다. 그가 약에 취해 천국의 황홀경을 맛보며 그녀를 찾았던 어느 날, 그녀는 그를 무시했다. 그녀는 그가 얼굴을 새처럼 칠한 곡예사 수닐을 친근하게 대하며, 특유의 목소리로 자신의 매력을 과시해 그 젊은이를 끝없이 웃기는 모습을 그저 바라만 보고 있었다.

그녀가 니마이어를 거의 보지 못했던 3년 동안 유명한 범죄자가 된 그는 거의 사랑받는 존재가 되어 있었고, 나라 전역에 그의 이야기들이 널리 퍼져 있었다. 그는 갱단과 어울렸고, 그들 중에는 정치계를 들락거리던 악명 높은 살인자들도 있었다. 그는 마치 훈장처럼, 혹은 지배층에 가하는 모욕처럼 자신의 이국적인 이름을 계속해서 사용하고 있었다. 아마 먼 유럽인 조상으로부터 내려왔을 수도 있고, 혹은 그렇지 않을 수도 있는 그 이름은 우스꽝스러운 유산처럼 여겨졌고, 따라서 "상속자"인 그는 자신의 이름을 조롱의 대상으로 삼았다. 아순타는 가끔 자신의 아버지가 위안을 주는 존재이기를 바랐다. 그녀에게도 위험스러운 순간들이 있었다. 곡예사가 된 그녀는 코를 한 번 부러뜨렸고, 그다음에는 어머니의 마지막 선물이었던 구슬을 꿴 가죽 팔찌를 찬 손목을 부러뜨렸다.

그리고 그녀가 열일곱 살이 되었을 때, 요구되는 기술과 자신감으로 충만한 상태로 자라났을 때, 그녀는 심각한 추락을 겪었다. 그들은 가짜 사고 장면을 연출하고 있었다. 높은 나뭇가지에서 뛰어내리던 그녀는 나무 둥치에 부딪혔고, 그래서 받아줄 사람을 놓치고 길에 떨어지고 말았다. 그녀의 머리 한 쪽이 거리표시석에 심하게 부딪혔다. 그녀가 의식을 되찾았을

때, 그녀에게는 다급하게 무어라고 말하는 파시피아의 목소리
가 들리지 않았다. 그녀는 통증에도 불구하고 파시피아의 질문
들을 알아들은 척을 하며 고개를 끄덕이고 또 끄덕였다. 지금
껏 존재하지 않았던 두려움이 생겨나고 있었다. 이제 그녀는
가족이 되어주었던 다른 여섯 명의 단원들에게 아무런 쓸모도
없었다. 한 달이 지났을 때, 여전히 아무 소리도 들을 수 없었
던 그녀는 자신이 선택한 세계에서 미끄러지듯 빠져나왔다.

서커스 단원들이 그녀가 돌아오지 않으리라는 것을 깨닫게
되었을 때, 수닐이 그녀를 찾아 나섰다. 파시피아가 시킨 일이
었다. 그는 그녀가 파시피아 아닌 다른 사람을 믿어야 했던 바
로 그 순간, 처음으로 그녀를 받았던 사람이었고, 그녀가 마지
막으로 뛰어내렸을 때도 그녀를 받으려고 미친 사람처럼 팔을
뻗었던 사람이었다. 그는 콜롬보로 갔고, 그곳에서 사라졌다.
파시피아는 다시는 그의 소식을 듣지 못했다.

수닐은 콜롬보 법정에서 벌어진 니마이어의 사전심리에 다
른 구경꾼들과 함께 앉아 있는 아순타를 보았다. 심리가 끝나
자 그는 대장장이들의 길로 내려가는 골목과 이어지는 경사진
난간들로 둘러싸인 좁은 길을 따라 그녀와 거리를 두며 따라
갔다. 체쿠 가는 활기 넘치는 중세의 골목 같았다. 계속해서 걸
어가던 그녀는 메신저 가 어디에선가 사라졌다. 수닐은 꼼짝도

않고 서 있었다. 자신에게는 그녀가 보이지 않더라도 그녀는 자신을 볼 수 있으리라는 것을 그는 알고 있었다. 그녀는 언제 나 주변에서 벌어지는 일을 빠르게 알아차렸는데, 다시 두려움 에 사로잡힌 그녀의 이런 능력은 더욱 강력해져 있을 거였다. 어차피 그는 길도 잃었다. 그는 인생의 대부분을 남부 지방에 서만 살아왔고, 도시에 대해서라면 아는 바가 거의 없었다. 누 군가의 손이 그의 팔을 움켜쥐었다. 그녀는 카펫만 한 크기의 방으로 그를 데리고 갔다. 그는 아무 말도 하지 않았다. 그는 그녀가 귀가 들리지 않는 상태를 부끄러워한다는 걸 알고 있 었다. 그는 자리에 가만히 앉아 있었다.

그녀의 말들은 이미 불분명하게 들리기 시작했고, 그래서 어 려움을 겪으면서도 그녀는 이야기를 시작했다. 자신은 무기력 해졌으며 자신의 내부에는 더 이상 어떠한 재능도 보이지 않는 다는 말이었다. 그는 그날 저녁 내내 그녀의 방에 앉아 그녀를 꾸준히 바라보았고, 다음날 아침이 되자 그는 미리 계획했던 대 로 그녀의 아버지가 갇혀 있던 감옥으로 그녀를 데리고 갔다. 그녀가 아버지를 만나는 동안 그는 밖에서 기다리고 있었다.

그녀의 아버지가 몸을 앞으로 내밀며 어떤 이름을 언급했다. "오론세이." 그가 말했다. "수닐과 다른 사람들이 그 배에 탈거 다. 나를 도와주려는 거지." 그들은 영국으로 가는 그 배에서 그의 탈출을 도울 거라고 했다. 그는 창살 사이로 얼굴을 밀어넣다시피 하며 그녀에게 말을 계속했다.

그녀가 감옥에서 나왔을 때, 그녀를 기다리고 있던 가느다란 몸의 수닐이 보였다. 그녀는 그에게 다가갔다. 그의 목을 붙들고 자신이 해야만 하는 일을 앞두고 느끼는 바를, 자신의 삶이 더 이상 자신을 위한 것이 아니라 아버지를 위한 것이라고 느끼고 있다는 것을 그의 귓가에 속삭였다.

지중해

라마딘은 그늘 속에 서 있었다.

캐시어스와 나는 허공에 매달린 구명정 안에 몸을 웅크리고 있었다. 우리 아래쪽 갑판에서 에밀리가 수닐이라는 이름의 사내에게 무슨 말인가를 속삭이고 있었다. 우리는 그들이 있을 만한 위치를 정확하게 계산했고, 따라서 그들이 하는 말들을 빠뜨리지 않고 들을 수 있었다. 구명정 안에 있으면 그들의 속삭임이 더 크게 울렸다. 우리가 밀실공포증을 조장하는 열기에 시달리는 동안 그들의 말소리가 우리의 어둠을 채우고 있었다.

"싫어, 여기선 안 돼."

"여기가 좋아." 그가 말했다.

바스락거리는 소리.

"그러면 이렇게—"

"네 입술은 너무 달콤해." 그가 말했다.

"그래. 우유."

"우유?"

"저녁식사 때 아티초크를 먹었어. 너도 아티초크를 먹고 우
유를 마시면, 우유가 달콤하다고 생각할 거야…… 그럴 때 난
포도주가 있더라도 우유를 달라고 해. 아티초크를 먹은 뒤라면
말이야."

우리는 그들이 무슨 이야기를 하고 있는지 알 수가 없었다.
아마도 이 대화에는 특별한 암호가 들어있는 듯했다. 긴 침묵
이 이어졌다. 그리고 웃음소리.

"곧 가봐야 해……." 수닐이 말했다.

우리는 무슨 일이 일어나고 있는지를 도통 이해할 수 없었
다. 캐시어스가 내게로 고개를 들이밀고 속삭였다. "아티초크
가 뭐야?"

성냥불을 긋는 소리가 들려왔고, 곧 그녀의 담배 연기 냄새
가 났다. 플레이어스 네이비 컷 담배.

그들은 갑자기 서로 모르는 사람을 만났을 때처럼 신중한
태도로 대화를 나누기 시작했다. 우리는 혼란스러웠다. 아티
초크가 등장하는 대화를 들으며 우리는 붕 뜬 기분이었다. 이
제 그들은 야간 경비원들이 얼마나 여러 번 산책용 갑판을 순
찰하는지, 죄수의 식사시간은 언제인지, 그의 산책 시간은 언
제인지 등에 관한 이야기를 하고 있었다. "네가 해줬으면 하는

일이 있어." 수녈이 말했다. 그리고 그들은 목소리를 낮추어 속삭였다.

"그가 그런 일도 할 수 있을까?" 에밀리의 목소리가 갑자기 어둠 속에서 선명하게 들렸다. 겁먹은 목소리였다.

"그는 경비원들이 언제 가장 느슨하게 풀어지는지를, 아니면 언제 가장 피곤한지를 알고 있어. 하지만 그는 얻어맞은 일로 아직 쇠약한 상태야."

"얻어맞았다고? 언제?"

"폭풍우가 있고 나서."

우리는 아덴에 도착하기 직전의 며칠 동안 그가 밤 산책을 하지 못한 이유를 기억하고 있었다.

"그들은 무언가를 의심하고 있어."

무언가를 의심하다니?

캐시어스와 내가 어둠 속에서 생각하는 소리가 서로에게 들릴 정도였다. 우리의 어린 두뇌는 이처럼 불친절한 정보들을 끼워 맞추려고 안간힘을 쓰며 천천히 돌아가고 있었다.

"넌 여기서 그를 만나야 돼. 언제인지 우리에게 알려줘. 준비할게."

"그는 너를 만나고 싶어 안달일 거야." 그는 이렇게 말하고 웃었다. "그를 단념하게 하면 안 돼."

나는 그가 대니얼스 씨의 이름을 말하는 것을 들었다고 생각했지만, 하지만 그는 곧바로 페레라라는 남자의 이름을 입에 올렸고, 시간이 조금 지나자 나는 졸려서 거의 눈을 뜰 수도 없을 지경이었다. 그들이 가버리자 나는 그 자리에서 그대로 잠들고 싶었지만, 캐시어스가 나를 흔들어 깨웠고, 우리는 구명정에서 내려왔다.

긱스 씨

여행이 시작되고 처음 며칠 동안 승객들은 영국인 장교가 오론세이에 타고 있다는 사실을 어느 정도 중요하게 여겼다. 우리는 홀로 갑판을 배회하다 함교 앞의 좁은 테라스로 내려가는 그의 모습을 보기도 했다. 그곳에서 그는 마치 자신이 배의 주인이라도 된 양 천을 씌운 의자에 앉아 있었다. 그런데 긱스 씨라 알려졌던 그가 콜롬보로 파견되었던 고위 장교로, 콜롬보 범죄조사국의 한 인물과 짝을 이루어 비밀리에 여행을 하고 있다는 루머가 점차 퍼지고 있었다. 그 둘은 모두 죄수 니마이어가 영국에서 재판을 받을 수 있도록 그를 이송하는 일에 연관을 맺고 있었다. 콜롬보의 조사관 역시 2등실 어디엔가 임시로 지내고 있다는 말도 떠돌았다. 우리는 그 영국인이 어디서 잠을 자는지는 알 수 없었지만, 다들 우리보다는 넓은 방을 차지하고 있으리라고 생각했다.

고양이 테이블에서 대니얼스 씨는 니마이어가 엄청나게 얻어맞은 뒤 얼마 후 긱스 씨가 경비원들에게 화를 내는 모습을 보았다고 말했다. 긱스 씨가 경비원들을 몰아붙인 까닭이 그들이 저지른 폭력 때문이었는지, 혹은 그런 폭력사건이 공공연히 알려졌다는 사실 때문이었는지는 아무도 확신할 수 없었다. 라스케티 양의 주장에 따르면 아마도 긱스는 그 사건으로 인해 죄수가 받아야 할 유죄 판결과 형 집행에 구멍이 나 도망갈 길이 생길까봐 화를 냈던 것이었는지도 몰랐다.

내 기억 속의 그 영국인 장교는 팔에 곱슬곱슬한 생강색 털이 잔뜩 난 모습이다. 나는 그 털을 보고 있을 수가 없었다. 그는 항상 다림질한 셔츠에 반바지를 입고 종아리까지 올라오는 양말을 신고 있었는데, 그의 빨간 털은 보기에 괴로울 정도였다. 배에서 무도회가 열렸던 어느 날, 그가 에밀리를 찾아와 왈츠를 청했을 때, 나는 거의 아버지가 된 마음으로 울컥 화가 치밀었다. 나의 아름다운 사촌에게는 차라리 대니얼스 씨가 더 어울리겠다는 생각이 들 정도였다.

나는 라스케티 양을 추궁해 긱스 씨와 죄수의 관계를 물었다.

"만약 그 죄수가 영국인 판사를 살해했다면, 이건 매우 심각한 문제야. 그들은 섬에서 그를 재판정에 세우지 않았어. 그들은 공청회를 했고, 이제 사건은 영국으로 옮겨가고 있어. 왜 네가 신경을 쓰니? 어쨌든 긱스라는 남자가 그를 맡고 있어. 페레라 씨라는 조사관과 함께 그를 실제로 영국에 데려가고 있잖아. 아마도 니마이어는 탈출에 재주가 있겠지. 그가 처음 갇혔던 감옥은 두꺼운 나무문이 달려 있었는데, 그는 그 문을 성공적으로 태워버리고 탈출했어. 그러느라 화상을 입었지만 말이야. 한번은 간수와 수갑으로 연결된 채 기차에서 뛰어내렸어. 그래서 그는 대장장이를 찾아낼 때까지 간수를 억지로 매달고 다녀야 했지. 분명 평범한 인물은 아니야."

"그가 왜 판사를 죽였을까요, 아줌마?"

"제발 날 아줌마라고 부르지 마라…… 나도 아직 잘 몰라. 알아내는 중이야."

"나쁜 판사였을까요?"

"나도 모르지. 그게 중요할까? 그건 생각하지 말기로 하자."

짧은 대화가 끝나자 나는 무슨 일이 어떻게 되어가고 있는지 알 수 없는 상태로 걷기 시작했다. 그런데 갑자기 가던 방향을 바꾸어 긱스 씨에게 다가간 라스케티 양이 아무 말이나 지껄이며 그의 관심과 주의를 끄는 모습이 눈에 들어왔다.

다음 식사시간이 돌아오자 그녀는 우리에게 자신이 알아낸 바를 말해주었다. 승객들이 배에 타기 전에 긱스와 페레라가 이 배 전체를 "위장했다"는 거였다. 죄수를 동반한다는 건 배의 구석구석을 살살이 감시한다는 의미기도 했다. 그들은 가능한 탈출로를 모두 폐쇄했고, 전혀 상관없어 보이지만 무기로 돌변할 수 있는 물건들—화재시를 대비한 모래 양동이들, 금속제 막대기들—을 모조리 치웠다. 그들은 죄수와 관련이 있을 만한 사람들을 찾아 승객명단을 낱낱이 훑었고, 실론에는 연고가 없는 몰디브 섬사람들을 경비원으로 고용했다. 그들은 배를 수색하는 데 이틀을 소비했다. 그들은 지나치게 보일 정도로 감시의 끈을 놓치지 않았다. 이제 긱스 씨가 함교 앞에 앉아 있는 이유가 분명해졌다. 그곳은 배에서 벌어지는 일들을 그가 원하는 대로 지켜볼 수 있는 장소였다. 그는 라스케티 양에게 죄수의 범죄가 너무나 중하여 그를 이송하는 사람들도 고위급이라고 말했다. 페레라 씨는 콜롬보 범죄조사국에서 가장 뛰어난 인물이라고 했고, 비록 스스로 한 말이기는 하지만 긱스 씨 자신은 영국에서 보내올 수 있는 가장 유능한 인물이라고 말했다고 했다. 그렇게 그들은 몰디브 출신의 경비원들과 함께 니마이어라는 이름을 지닌 죄수의 일거수일투족을 감시하고 있었다.

눈먼 페레라

오론세이 안에서 사람들의 입에 가장 많이 오르내리며 가장 많은 주목을 받는 사람이 긱스였다면, 그와 함께 죄수의 탈출을 막기 위해 감시하고 있다는 그의 조력자는 논의의 대상이기는 했으나 아무것도 알려진 바가 없었다. 우리는 실론에서 온 경찰이라는 페레라 씨를 한 번도 보지 못했다. 게다가 페레라는 흔한 이름이었다. 우리가 아는 것이라고는 그가 "눈먼blind" 페레라라는 것뿐이었다. 페레라 가문과 페레이라 가문이 있는 경우, 페레라 가는 자신의 이름을 "아이i"를 빼고 썼고, 따라서 페레라 가 사람들은 눈먼 페레라로 불렸다.* 그 경찰이 평복 차림으로 다닌다는 건 확실했다. 배 안에서 음모를 꾸미는 사람들이 있다면, 그들에게는 누군가가 지켜보고 있다는 사

---

* 알파벳 i의 발음이 눈을 뜻하는 eye와 발음이 같은 데서 생겨난 일종의 언어유희.

실이 알려지면 안 되었으니까. 배 안을 어슬렁거리던 긱스 씨가 함교 앞에 고압적인 자세로 앉아 있는 동안에도 그의 동양인 고위 관리는 여전히 모습을 감추고 있었다. 그들 둘은 배에 올라 상당한 시간을 들여 수색을 벌였다고 했다. 그러나 우리가 배에 타고 있는 지금, 페레라 씨는 단순히 우리들과 다를 바 없는 한 사람의 승객이 되어 익명의 존재로 남아 있었다. 그는 아마도 다른 이름을 쓰는 모양이었다. 어떤 사람은 페레라라는 이름의 잠입자가 두 명 있다고 생각했을 정도였다.

우리는 종종 수수께끼의 경찰조사관을 화제로 삼았다. 그는 누굴까? 어떻게 생겼을까? 어느 오후, 나와 캐시어스는 수상쩍어 보이는 승객들을 따라다니며 이상하게 보이는 행동들을 관찰했다. "잠입자에는 두 가지 유형이 있어." 라스케티 양이 설명했다. "사람들과 어울리는 부류와 그렇지 않은 부류가 있지. 만약 네가 잠입자라면 빨리 친구들을 사귀어야 해. 내키지 않더라도 바를 들락거리며 웨이트리스, 바텐더들과 전부 알고 지내야 하지. 그는 자기가 꾸며낸 인물을 가능한 한 빨리 사람들에게 알려야 해. 그는 모든 사람들의 이름을 알고 있어. 그는 빠르게 기지를 발휘하는 동시에 범죄자처럼 생각해. 하지만 다른 종류의 잠입자들은 좀 더 숨어 있는 유형이지. 페레라도 아마 그런 유형일 거야. 지금도 이 주변을 살금살금 돌아다니고 있을지도 모르지. 그래서 우리는 그의 정체를 알 수 없는 거야.

긱스는 모습을 드러내는 유형이지. 그런데 페레라는— 누가 알겠어?"

눈에 띄지 않는 "눈먼" 페레라는 후에 "과속방지턱 시나리오"라 불리게 된 기법의 대가였다. 이는 위장한 경찰이 범죄자에게 접근해, 그와 친구가 되는 동시에 본인이 범죄자보다 더 위험하고 광적인 인물이라는 것을 드러내며 범죄자에게 두려움을 불러일으키는 기법이다. 페레라는 실제로는 온화한 태도에 가정적인 성격을 지닌 인물이지만, 그가 왕가 소유인 칸디의 어느 숲으로 갱단 용의자를 찾아가 제 무덤을 파게 한 일이 있다는 소문이 돌고 있었다. 그는 용의자가 몸을 접고 들어가게끔 4피트 길이에 3피트 높이인 무덤을 주문하며 다음 날 아침 일찍 사형에 처하겠다는 말을 했다고 했다. 이 소문이 사실이라고 가정할 때 페레라는 맨 꼭대기에서 벌어지는 범죄들과 복잡하게 얽혀 있었다. 어린 갱단원은 그에게 자신의 범죄 커넥션을 모두 폭로했다고 했다.

범죄조사국에서 일하는 페레라는 아마도 밤낮으로 이런 일들을 해왔을 거였다. 하지만 당시의 우리는 이런 일들에 대해 아는 바가 많지 않았다.

몇 살이니? 이름이 뭐니?

높은 지위의 사람들과 가까이서 이야기할 기회가 많아질수록, 우리는 거의 그들의 질문에 대답하느라 시간을 허비하게 된다는 것을 깨닫게 되었다. 폭풍우가 끝난 뒤 취조를 당하던 우리가 바들바들 떨고 있었던 까닭은 몇 살이나 먹었느냐고 추궁하던 선장이 무서워서라기보다는 추워서였다. 우리는 그에게 대답을 해주었지만, 그는 듣자마자 잊어버리고는 1분 뒤에 똑같은 질문을 던졌다. 우리는 그가 너무 느리거나 빠른 속도로 우리의 대답을 듣기도 전에 다음 질문으로 넘어간다고 생각했다. 하지만 우리는 점차 그의 말은 경멸로 가득 차 있다는 것을 알아차렸다. 그의 질문에는 다음과 같은 질문이 보이지 않게 숨겨져 있었다. 넌 얼마나 멍청하냐?

우리는 우리의 행동을 그냥 영웅적인 것이었다고 생각했다. 폭풍우가 몰아치는 와중에도 독수리처럼 팔다리를 활짝 벌리고 몇 시간을 견뎠던 이야기는 다마스쿠스로 가다가 눈이 멀었던 죄인의 이야기나 마찬가지 아닌가. 섀클턴Sir Ernest Henry*과 같은 영웅들도 나처럼 학교에서 쫓겨났다는 사실은 아마도 이런 때를 위한 위로가 되어줄 수 있었으리라. 너무나 자신만만하고 굴복할 줄 몰랐던 어린 섀클턴은 교장 선생에게 이렇게 외쳤다고 했다. "당신은 몇 살입니까, 선생님!"

우리가 보기에 선장이 동양인 승객들을 좋아하지 않는다는 것은 명백해 보였다. 며칠 동안 그는 밤마다 작가 허버트A. P. Herbert가 동양의 기세등등한 민족주의를 힐난하며 남긴 시구들을 암송하고는 했다. 그 시는 이렇게 끝난다.

그리고 모든 나무들마다 모든 까마귀들이
"반얀Banyan을 반얀 사람들에게!"라고 외쳤다네

선장은 시를 암송하는 자신의 능력을 자랑스러워했고, 아마도 그때부터 나는 선장의 테이블에 앉는 특권층 사람들을 불신하게 되었을 것이다. 물론 헥터 드 실바의 고귀한 흉상과 침대에 누워 죽은 것처럼 보이던 그의 몸 사이를 분주히 돌아다니던 남작을 지켜보았던 오후가 있었다. 그래서 나는 헥터 드

---

* 영국의 남극 탐험가.

실바의 장례식이 끝나자마자 마치 잊힌 물건처럼 보이던 실바의 흉상이 놓여 있던 곳으로 다가갔다. 캐시어스와 나는 그것을 낑낑거리며 (그는 귀 쪽을, 나는 코 쪽을 잡았다) 들어올려 난간으로 가지고 갔고, 이미 던져진 시신을 따라 그것을 바다 밑으로 떨어뜨렸다.

우리에게 권력에 대한 호기심이 생겨났던 것은 아마도 그때부터였겠지만, 결국 우리는 식물들을 강박적으로 돌보던 대니얼스 씨와 새들을 숨겨 운반하느라 불룩해져 있던 비둘기 재킷을 입은 라스케티 양을 훨씬 더 좋아했다. 내 인생에서 나를 키워낸 사람들은 언제나 고양이 테이블에서 만났던 그들처럼 어딘가 이상한 구석이 있는 사람들이었다.

재단사

우리 테이블에서 가장 점잔을 빼며 식사를 했던 사람은 바로 재단사 구네세케라 씨였다. 우리와 함께 앉았던 첫날, 그는 단순히 명함을 돌리는 방식으로 자신을 소개했다. 재단사 구네세케라. 프린스 가. 칸디. 이런 방식으로 그는 자신의 직업을 알렸다. 식사를 하는 동안 그는 혼자 조용히 만족스러운 표정을 하고 있었다. 다른 사람들이 웃으면 그도 따라 웃었고, 따라서 그는 테이블에 앉아 있는 동안 한 번도 어색한 침묵을 만들어낸 적이 없었다. 하지만 그가 자신도 농담의 대상이 된 적이 있다는 것을 알고 있었는지는 알 수 없다. 아마 몰랐을 것이다. 어쨌거나 그는 우리들 가운데 품위가 있고 예의 바른 사람이었고, 마자파 씨의 말울음 같은 웃음이 효과를 발휘할 때마다 우리가 여러 번이나 요란한 웃음을 터뜨릴 때도 품위를 유지했다. 그는 항상 라스케티 양의 의자를 뒤로 빼주었고, 우리의 몸짓만 보고도 소금을 건네주거나, 수프가 뜨겁다는 것을 알려주려고 입가에 부채질을 하고는 했다. 게다가 그는 항상 우리가 하는 이야기에 관심을 보이는 것 같았다. 하지만 여행이 시작된 뒤로 구네세케라 씨는 한 마디도 한 적이 없었다. 우리는 그에게 신할라 어로 말을 걸어보았지만, 그는 어깨를 복잡하게 움직이며 알아듣지 못해 미안하다는 듯 고개를 갸웃거리기만 했다.

그는 가늘고 마른 체격을 지니고 있었다. 그가 우아하게 손을 놀리며 음식을 먹는 모습을 지켜보던 나는 그라면 아마도 프린스 가 어딘가에서 친구들과 즐거운 시간을 보내며 태풍이라도 꿰맬 수 있을지도 모른다고 생각했다. 그러던 어느 날 저녁식사 시간에 눈가가 심하게 부풀어 오른 에밀리가 우리 테이블로 건너왔다. 그날 오후 배드민턴 채에 맞아 그렇게 되었다고 했다. 구네세케라 씨는 깜짝 놀란 얼굴로 자리에서 일어나 원인을 알아봐야 한다는 듯 손을 뻗어 섬세한 손가락으로 부어오른 곳 주변을 어루만졌다. 이에 갑자기 뒤로 물러난 에밀리는 그의 손가락들을 세게 쥐며 그의 손을 제 어깨에서 떼어놓았다. 우리 테이블에서 드물게 조용했던 순간들 중 하나였다.

후에 네빌 씨는 늘 붉은 면 스카프가 감겨 있던 구네세케라 씨의 목 부근에서 심각한 흉터를 보았다고 말했다. 우리는 가끔 그의 스카프가 느슨하게 풀릴 때마다 그 흉터를 볼 수 있었다. 그런 뒤에야 우리는 구네세케라 씨를 더 이상의 질문들로 괴롭히지 않았다. 그가 영국으로 가는 이유가 친척이 죽어서인지, 아니면 성대를 치료할 특별한 의술을 찾아내기 위해서인지도 묻지 않았다. 그는 휴가를 가는 것처럼 보이지는 않았고, 휴가를 간다고 하더라도 그곳에서 누구와도 어울리는 일이 없을 듯 보였다.

태양이 희미하게 떠오르기 시작하는 아침마다 인도양과 지중해의 바닷물을 맛으로 구분할 수 있게 되었다고 믿고 있던 나는 배의 난간에 묻어 있는 소금을 핥고는 했다. 나는 수영장에 뛰어들어 수면 아래서 개구리처럼 헤엄을 쳤고, 레인 끝에서 한 바퀴를 돈 다음 내가 지닌 폐와 두 개의 심장의 한계를 시험하며 잠영으로 돌아왔다. 스릴러물을 건성으로 읽다가 짜증이 난 라스케티 양이 우리를 떠받친 바다 어딘가로 책을 던져버리려는 모습도 눈에 띄었다. 그러다가 나는 한가로이 거닐다 말을 붙이려고 다가오는 에밀리의 존재를 다른 모든 사람들과 마찬가지로 한껏 만끽하고는 했다.

"이 세계의 질서 안에서 너 자신을 절대로 중요하지 않은 존재라고 생각해서는 안 돼." 언젠가 마자파 씨는 내게 이런 말을 해주었다. 어쩌면 라스케티 양이 했던 말이었는지도 모른다. 여행이 막바지에 이르자 그들의 말은 서로 비슷하게 들렸고, 그러므로 나는 그 말을 누가 했는지를 더 이상 확신할 수가 없다. 돌이켜 생각하다보면, 우리의 친구가 되어 조언을 해주었던 사람들과 우리를 속였던 사람들이 누구였는지를 더 이상 확신할 수가 없는 것이다. 그리고 어떤 사건들은 시간이 훨씬 더 지난 후에야 이해되는 법이다.

예를 들면 제노바에 있는 선주들의 궁전을 묘사했던 사람은 누구였을까? 아니면 그 기억은 그저 어른이 된 내가 그 건물에 들어가 돌계단을 하나씩 오를 때 만들어진 것일까? 나는 그 궁전의 이미지를 오랫동안 간직했는데, 이 이미지는 우리가 미래에 접근하는 방식과 과거를 돌아보는 방식을 생각하게 한다. 사람들은 궁전의 지상 층에서 지역 항구들의 소박한 지도들과 해안선들을 들여다보고, 그다음에는 한 층 높은 다음 층으로 올라가 절반쯤 발견된 섬들과 있을지도 모른다고 생각되었던 대륙들을 표시한 비교적 최근 제작된 지도들을 보게 된다. 중심 층 어딘가에서 한 피아니스트가 브람스를 연주하고 있다. 위로 올라갈수록 그 소리는 더욱 잘 들려오는데, 중정을 통해 음악이 흘러나오는 곳을 내려다볼 수도 있다. 그곳에는 그렇게 브람스가 있고, 엄청난 부를 소유하게 되거나, 재앙과도 같은 폭풍을 맞게 될지도 모를 상인들의 꿈을 위한 서곡을 울리며 새로이 출항하는 선박들을 그린 그림들이 있다. 나의 선

조들 중 누군가는 인도와 타프로바네* 사이 어디선가 불타버린 일곱 척의 배를 소유했었다고 한다. 그는 지도로 가득한 벽을 소유한 적이 없었다. 하지만 이곳의 선주들 역시 미래에 대해서는 그 무엇도 예측할 수 없었다는 점에서 그와 마찬가지였다. 처음 몇 층의 벽들을 가득 채운 그림들 속에는 인간의 모습이라고는 찾아볼 수가 없다. 하지만 제네바 선주들의 궁전 4층에 들어서면 성모 마리아를 그린 그림들을 마주치게 된다.

고양이 테이블에 앉은 사람들이 이탈리아 예술에 대한 토론을 벌이고 있었다. 이탈리아에서 몇 년 거주한 적이 있던 라스케티 양이 말했다. "성모 마리아를 그린 그림들에서 중요한 점은, 그들의 얼굴에는 '바로 그 표정'이 나타나 있다는 거예요. 왜냐하면 그들은 그가 젊어서 죽으리라는 걸 알고 있으니까요…… 모든 천사들이 아기를 둘러싸고 있지만, 천사들의 머리 주변에서는 피처럼 보이는 작은 불꽃들이 나오고 있죠. 지혜로운 성모 마리아는 이 계획이 이미 완결되었다는 것을, 아기의 삶이 어떻게 종결될지를 알고 있었을 거예요. 그림을 그린 화가가 모델로 삼은 동네 소녀들은 이런 지혜로운 표정을 담을 수 없었어요. 어쩌면 화가조차도 그림으로 나타낼 수 없었겠

---

* 실론의 그리스식 명칭.

죠. 그래서 우리들, 그러니까 관객들만이 미래를 아는 사람들처럼 그들의 얼굴을 읽을 수 있는 거예요. 그녀의 아들이 어떻게 되었는지를 역사를 통해 알고 있으니까요. 그림을 보는 사람들만이 얼굴에 담긴 비통함을 읽어낼 수 있죠."

나는 그날 배에서의 식사시간에 오갔던 대화에 밀 힐에서 보냈던 나의 십대 시절을 겹쳐 떠올린다. 마시와 라마딘, 그리고 나는 그들의 집에서 커리로 서둘러 저녁을 먹은 뒤 시내로 들어가는 7시 5분 기차를 타러 급하게 달려가고 있다. 우리는 어떤 재즈 클럽에 대한 이야기를 들은 참이었다. 우리는 열여섯, 열일곱 살이었다. 멀리서 불안정한 심장을 지닌 아들을 바라보던 라마딘의 어머니에게서도 나는 그런 표정을 본 적이 있었다.

지난 밤, 나는 처음으로 마시의 꿈을 꾼다. 우리가 헤어진 지 벌써 몇 년이 지났다. 나는 고지대의 어느 집 안에 있었다. 저 지대는 짐승들의 것이었으므로 사람들이 사는 구역은 높은 곳에 위치했다. 나는 꿈에서도 실제의 삶에서도 꽤 오랫동안 그녀를 보지 못했다.

그녀가 나타나자 나는 몸을 숨겼다. 그녀의 머리카락은 짧고 어두운 색이었고, 나와 살던 때와는 사뭇 달라진 모습이었다. 짧고 어두운 머리카락으로 인해 분명하게 부각된 그녀의 얼굴을 새로운 각도에서 보니 흥미로운 점이 있었다. 그녀는 건강해 보였다. 나는 그녀와 다시 사랑에 빠질 수도 있으리라고 생각했다. 물론 지나간 과거의 역사가 뒤얽힌 눈에 익은 표정의 그녀와는 그럴 수 없으리라는 것을 알고 있었지만.

한 남자가 나타나 그녀가 테이블 위로 올라가도록 도와주었고, 그때 나는 그녀에게서 임신의 징후를 보았다. 어떤 소리를 들은 그들이 내게 다가왔다. 나는 울타리를 뛰어넘어 무릎으로 착지했고, 그러고는 상인들과 대장장이들, 목수들 등이 일하고 있는 거리를 따라 뛰기 시작했다. 그들의 연장은 무기와도 같은 소리를 냈다. 그 소리는 음악이 되었다. 나는 갑자기 달리는 사람은 내가 아닌 마시이며, 그녀가 모루와 톱날의 위험한 리듬에 맞추어 달리고 있다는 것을 깨달았다. 나는 갑자기 사라졌다. 그 장면에서 벗어나 그녀의 존재로부터 멀어졌다. 자신의 삶에 충실한 마시가 임신한 지 얼마 되지 않은 몸으로 위험을 피해 달아나고 있었다. 짧고 검은 머리의 마시는 저 너머 어딘가에 가닿기 위해 단호하게 달려가고 있었다.

나는 인생의 초반부터 친밀한 관계에서 쉽게 벗어나는 법을 누군가로부터 배웠거나 알아서 체득했던 게 분명했다. 마시와 갈라서면서도 나는 물론 고통스러웠지만 다시는 그녀에게 싸움을 걸지 않았다. 우리는 너무나 스스럼없이 헤어졌다. 그래서 그녀와의 관계가 끝나고 오랜 시간이 지났지만 여전히 감정의 소용돌이가 남아 있던 때, 나는 여전히 그 일에 대해 설명을 해주거나 변명이 되어줄 무언가를 찾고 있었다. 나는 우리의 이야기를 낱낱이 파헤치고 내가 본질적인 진실이라고 믿었던 것을 찾아내고 싶었다. 그러나 물론 진실은 단편적일 뿐이었다. 내가 어떤 사건들에 짓눌릴 때면 일종의 기이한 버릇을 행한다고 마시는 가끔 말한 적이 있었다. 나는 어디에도 속하지 않는 무언가에 나 자신을 속박시키려고 했고, 내게 들려오는 말들을 포함해 내가 두 눈으로 직접 본 것들조차도 믿으려 하지 않았다.

그녀는 내가 사방이 위험으로 가득하다고 믿으며 자라난 것처럼 보인다고 말했다. 어떤 기만적인 상황이 나를 그렇게 만들었다는 거였다. "그래서 넌 너와 거리를 둔 사람들하고만 우정을 나누고 친밀감을 느끼는 거야." 그리고 그녀는 내가 아직도 나의 사촌이 어느 살인사건과 관련되어 있다고 믿고 있는지, 그리고 내가 스스로를 깨고 나와 알고 있는 진실을 말했더라면 나의 사촌이 위험에 처하게 되었을 것인지를 물었다. "너의 빌어먹을 신중함. 대체 누굴 사랑했기에 그렇게 된 거지?"

"널 사랑했어."

"뭐라고?"

"널 사랑했다고."

"아니, 난 그렇게 생각하지 않아. 다른 누군가가 널 이렇게 만들었어. 영국에 왔을 때 무슨 일이 있었는지를 말해줘."

"학교에 들어갔지."

"아니, 네가 왔을 때. 분명 무슨 일이 있었던 거야. 라마딘이 죽은 뒤 널 다시 만났을 때, 난 네가 괜찮아 보인다고 생각했어. 하지만 지금은 아니야. 왜지?"

"나는 너를 사랑했어."

"그래, 사랑했지. 그리고 넌 지금 내 인생에서 떠나가고 있구
나."

이런 식으로 우리는 부당하거나 혹은 그렇지 않은 대화를
나누며 우리 사이에 남아 있던 몇 가지의 좋았던 감정들을 완
전히 소진해버리고 말았다.

포트사이드를 떠난 뒤부터 매일 오후마다 늘 같은 자주색 복장을 입은 오케스트라 단원들이 산책용 갑판에서 왈츠를 연주했고, 사람들은 지중해의 부드러운 햇살을 받으며 그 앞에 몰려들었다. 긱스 씨가 사람들 사이로 손을 흔들며 지나갔다. 목둘레에 붉은 스카프를 맨 구네세케라 씨가 우리를 지나치다 허리를 숙여 인사를 하기도 했다. 라스케티 양은 주머니마다 비둘기들이 불룩하게 들어 있는 재킷을 입고 있었고, 그 재킷의 주머니 안에는 각각 텀블러 종과 자코뱅 종이 한 마리씩 들어 있었는데, 그녀가 바닷바람을 쐬어주러 갑판 위를 거니는 동안 비둘기들은 주머니 밖으로 머리를 쏙 내밀고 있었다. 그러나 마자파 씨는 그곳에 없었다. 그의 요란스럽고 거친 유머도 사라지고 없었다. 어떤 사람들은 배가 포트사이드 항구를 떠날 때 가장 관심을 끄는 존재였던 오닐 바이마라너가 배

아래로 뛰어내려 해안을 따라 헤엄쳐갔다고 믿고 있었고, 따라서 그들은 다소 설레며 웅성거렸다. 하지만 우리는 그 개가 만약 갑판 너머로 뛰어내렸다면 분명 인버니오 씨도 개를 따라 바다에 뛰어들었을 거라고 확신하고 있었다. 어쨌거나 우리는 크러프츠 애견대회에서 두 번 우승한 그 개가 사라졌음에도 불구하고 우리의 선장은 여전히 또 다른 골칫거리를 안고 있다는 사실에 즐거웠다. 아직까지는 이번 항해가 그의 가장 성공적인 이력으로 남을 수 없을 게 분명했다. 라스케티 양은 사건 하나만 더 일어나면 어쩌면 이번이 선장의 마지막 항해가 될지도 모른다고 말했다. 해스티 씨는 우리 둘만 있던 선실에서 인버니오가 바이마라너 개를 어딘가에 은밀하게 숨겨놓았을 지도 모른다고 암시를 남겼다. 그 개를 너무나 아꼈던 인버니오 씨는 개가 사라진 뒤에도 별로 슬픈 기색을 보이지 않던 것이다. 해스티 씨는 몇 주 안에 인버니오 부인—만약 인버니오 부인이 존재한다면—이 순종 바이마라너 한 마리를 끌고 배터시 공원을 산책하는 모습이 보이더라도 놀랍지는 않을 것이라고 말했다.

어느 날 밤 산책용 갑판에서 열린 야외 콘서트는 우리의 귀를 가득 메운 바닷소리와 함께 펼쳐졌다. 캐시어스와 라마딘, 그리고 나는 한 번도 들어본 적이 없었던 클래식 음악 공연이었다. 맨 앞자리에 끼어 앉아 있던 우리는 갑자기 아픈 척이라도 하지 않고서는 일어나서 그 자리를 떠날 수가 없었다. 전혀 음악을 듣고 있지 않았던 나는 어떻게 하면 배를 움켜쥐고 자리에서 일어나 비극적으로 걸어가는 장면을 연출할까 하는 생각에 고심하고 있었다. 그런데 가끔 귀에 낯설지 않은 소리가 들려왔다. 무대 위의 다른 연주자들이 연주를 멈춘 동안 빨간 머리카락을 이리저리 넘겨가며 혼자서만 바이올린을 연주하고 있던 여자가 내는 소리였다. 그녀의 연주는 무척 익숙하게 느껴졌다. 어쩌면 수영장에서 본 여자였는지도 모른다. 누군가가 뒤에서 내 어깨를 움켜쥐었고, 나는 뒤를 돌아보았다.

"저 여자가 너의 바이올리니스트인 것 같아." 라스케티 양이 내 귓가에 속삭였다.

나는 오후마다 옆 선실에서 들려오는 시끄러운 음악소리에 대해 라스케티 양에게 불평을 늘어놓은 적이 있었다. 나는 내 자리에 남겨져 있던 프로그램을 들여다보았고, 연주가 잠시 휴지기를 맞을 때를 이용해 거친 머리카락을 뒤로 넘기는 여자를 바라보았다. 그녀의 얼굴은 여전히 낯설었지만, 그녀의 활이 현을 긁어대는 소리는 다른 연주자들의 연주와 어우러지기 시작하고 있었다. 마치 그들 모두가 같은 선율에 우연히 합세한 듯이. 무더운 선실의 열기를 견디며 고난의 시간을 보냈던 그녀에게는 분명 그 순간이 경이롭게 여겨졌을 것이다.

학교 공책 #30

오론세이 선장이 (지금까지) 일으킨 범죄들

1. 동물에 의해 드 실바 씨를 죽음에 이르게 함.
2. 위협적인 폭풍우가 몰아치는 와중에 어린이들의 안전을 전혀 보장하지 않음.
3. 어린이 앞에서 무례하고 질 나쁜 언어를 사용함.
4. 사육장 관리장인 해스티 씨를 부당하게 해고함.
5. 저녁 연회가 끝날 무렵 매우 모욕적인 시를 암송함.
6. 드 실바 씨의 귀중한 청동상을 분실함.
7. 애견대회 우승견인 바이마라너가 실종됨.

라스케티 양: 두 번째 초상

  최근 나는 영화제작자 뤽 다르덴이 주관하는 마스터 클래스에 참가했다. 그는 영화를 보는 관객들이 등장인물들의 모든 것들을 이해한다고 확신해서는 안 된다고 말했다. 관객들의 일부로서 우리 역시 그들보다 우리가 똑똑하다고 생각하면 안 된다. 우리는 등장인물들이 자신에 대해 알고 있는 것보다 그들에 관해 알고 있는 것이 많지 않다. 우리는 그들이 행동하는 동기가 무엇인지를 확신해서도 안 되고, 그들의 머리 위에서 그들을 내려다보아도 안 된다. 나는 이 말을 믿는다. 나는 이것이야말로 예술의 첫 번째 규칙이라고 생각한다. 이렇게 생각하는 이들이 그리 많지는 않겠지만.

  우리에게 라스케티 양의 첫인상은 신중한 성격의 독신녀였다. 그녀가 말하는 세계는 우리의 흥미를 끌지 못했다. 그녀는 탁본과 태피스트리에 열정적인 관심을 갖고 있었다. 하지만 그

307

녀는 곧 배 어딘가에 임시로 보관해둔 스무 마리 남짓의 전령
용 비둘기들을 돌보고 있으며, 카마던셔에 사는 그녀의 이웃인
"어느 대부호를 위해 그것을 운반하고 있다"는 이야기를 털어
놓았다. 어째서 대부호가 비둘기들을 원하는지, 우리는 그 까
닭이 궁금했다. "무선 통신이 끊겼을 때 필요해." 그녀는 수수
께끼 같은 말을 했다. 후에 그녀가 화이트홀의 연락책이었다는
이야기를 듣고 나서야 그녀가 비둘기들을 운반했던 이유가 분
명해졌다. 대부호는 꾸며낸 인물이었다.

그러나 당시 우리는 마자파 씨에 대한 그녀의 감정이 어떤
것이었는지에 대해 더 큰 관심을 갖고 있었고, 그녀가 죄수 니
마이어와 그를 영국으로 호송하던 두 명의 (한 사람은 아직 모
습을 드러내지 않았지만) 장교들을 점차 궁금해하고 있었다는
것은 별로 눈치를 채지 못했다. "그 죄수는 그저 내 짐 가방일
뿐이오." 저녁식사를 하던 도중 긱스 씨는 짐짓 겸손을 가장하
여 자신의 권위를 자랑하듯 그에게 찬사를 보내던 한 무리의
사람들에게 이렇게 말했다. 하지만 라스케티 양의 "짐 가방"
은 무엇이었을까? 우리는 알 수 없었다. 여행이 시작되고 며칠
지나지 않아 그녀는 남작의 공범이었던 나와 이야기를 나누기
위해 나를 자신의 선실로 불렀던 적이 있었다. 나는 그 날 그녀
의 짐 가방을 보았을지도 모른다고 생각한다. 그녀가 차를 마
시는 시간에 선실로 나를 불렀던 어느 날 오후는 라스케티 양

과 함께했던 순간들 중 가장 기이한 시간이었다.

그래서 나는 거의 잊힌 길을 따라 결코 잊을 수 없는 그날 오후로 되돌아간다. 에밀리도 그녀와 함께 있었고, 나는 놀랐다. 라스케티 양은 내게 무언가 심각한 말을 할 요량으로 에밀리까지 부른 듯했다. 테이블에는 차와 비스킷이 놓여 있었다. 에밀리와 나는 그 방에 단 두 개 있던 의자에 각각 허리를 세우고 앉아 있었고, 라스케티 양은 침대 발치에 자리를 잡고 이야기를 할 준비를 했다. 나의 선실보다 훨씬 넓은 그녀의 선실은 범상치 않은 물건들로 가득했다. 그녀 옆에는 두꺼운 양탄자처럼 보이는 것이 있다. 나는 후에 그것이 태피스트리라는 것을 듣게 된다.

"에밀리에게 내 이름이 페리네타라는 이야기를 하고 있었어. 아마 네덜란드에서 나는 사과의 일종을 가리키는 이름일 거야." 그녀는 혼잣말을 하듯 그 이름을 중얼거렸다. 마치 그녀 자신도 여러 번 불러보지 않은 이름인 듯했다. 그리고 그녀는 말을 시작했다. 그녀의 어린 시절, 언어에 대한 열정, 초년기에 힘들었던 일들을 겪었던 자신에 대한 이야기였다. "그리고 어떤 일이 일어났고, 나는 나 자신을 구할 수 있었지." 에밀리가 그 일에 대해 묻자 그녀는 이렇게 말했다. "다음에 다시 말해줄게."

돌이켜 생각해보니 그녀가 자신의 과거에 대한 묘사를 늘어놓았던 까닭은 남작과 있었던 일을 어떻게든 들었던 그녀가 내게 좀 더 수월하게 경고를 해주기 위해서였던 듯하다. 에밀리는 그녀 옆에서 그녀가 하는 모든 말들이 중요하다는 듯 진지한 표정으로 연신 고개를 끄덕이고 있다. 하지만 나는 거의 듣고 있지 않다. 방 한쪽 구석에 있던 다른 얼굴이 나의 시선을 사로잡았다. 마네킹처럼 보이는 상 하나가 벗은 어깨와 팔에 라스케티 양의 옷가지들을 걸치고 있다. 그녀는 말을 이어가고, 나는 조각상의 배에 최근 누군가가 손으로 칠했거나 그린 것처럼 보이는 흉터를 본다. 그러나 마치 무장해제한 것처럼 보이는 조각상의 얼굴이 나를 찾고, 나를 바라본다. 라스케티 양보다 젊고 덜 절제된 얼굴을 지닌 조각상은 흉터를 지니고 있다. 이 글을 쓰는 지금에야 그 석고상은 아마도 보살상이었는지도 모른다는 생각이 든다. ……라스케티 양의 이야기가 계속되고, 나는 세속적이고 활기찬 얼굴에 관심을 갖는다. 그날 오후, 남작과 나의 관계를 캐묻는 그녀를 내가 바라보지 않았던 까닭은 물론 그 얼굴의 자애로운 표정에 사로잡혔기 때문이었다. 어쩌면 라스케티 양은 뒤편의 조각상이 내게 보이도록 의도적으로 침대에 자리를 잡았는지도 몰랐다.

시간이 지나 우리가 그 방을 나설 때, 그녀는 나를 사로잡았던 조각상 앞으로 나를 데려갔고, 살갗을 베인 흉터를 가리고 있던 투명하다시피 한 천을 걷어냈다.

"이거 보이니? 시간이 갈수록 너는 이런 것들을 극복해야 할 거야. 넌 네 삶을 바꾸는 법을 배우고 있는 거야."

그 문장은 내게 아무런 의미도 갖지 못했지만, 나는 여전히 그녀의 말을 기억하고 있다. 그리고 나는 천이 다시 덮이기 전의 짧은 순간 동안, 진짜처럼 보이는 흉터를 가까이서 들여다보았다. 모든 것이 분명하게 눈에 들어왔다.

라스케티 양에게는 나로서는 예상하지 못했던 권위가 있었는지도 모른다. 다시 생각해보니 그녀는 남작에게 포트사이드에서 하선하라고 설득했고, 그가 계속 배에 남아 있겠다면 그의 정체를 폭로하겠다고 경고했음에 틀림없다. 어느 날 밤, 캐시어스 혹은 나는 그녀에게 다가가다가 어쩌면 꿈에서 본 것의 기억일지도 모를 일종의 환각을 보았다. 황혼 녘이었고, 우리 둘 중 누구였는지는 모르겠지만 어쨌거나 둘 중 하나는 그녀의 블라우스 자락 사이에서 작은 권총 하나를 보았다고 생각했다. 우리가 생각하는 그녀의 초상에는 그런 대담한 물건은 포함되어 있지 않았다. 우리는 어렸고, 무엇이든 상상하고 받아들였던 때였다. 우리는 그녀가 우리를 좋아한다는 사실을 모르고 있었다. 그녀는 그녀의 스케치북에 관심을 갖게 된 캐시어스와 오후 시간을 보내고는 했다. 그녀는 편한 말상대였다.

실체가 불분명했던 권총에 대해 우리가 다시 한 번 생각하게 된 계기가 하나 더 있었다. 어느 날 오후 라스케티 양은 캐시어스와 시간을 보내던 중 그에게 만년필 한 자루를 빌려주었다. 그는 그 사실을 까맣게 잊고 있다가 그날 저녁이 되어서야 바지주머니에 만년필이 들어 있다는 사실을 알아차렸다. 그는 누군가와 심각한 대화를 나누고 있던 그녀에게 다가갔다. 그녀의 핸드백은 옆 의자에 놓여 있었다. 그들을 방해하고 싶지 않았던 그는 펜을 핸드백 위로 떨어뜨리려고 허리를 숙였지만, 그녀는 아무것도 걸치지 않은 팔을 빠르게 날려 그의 손을 쥐었고, 그에게서 펜을 가져갔다. 그녀는 그를 향해 고개를 돌리지도 않았다. "고마워, 캐시어스. 내가 받았어." 그녀가 말했고, 자신의 대화를 이어갔다.

이는 우리에게 또 다른 증거였다.

그녀는 많은 의견들을 내놓는 사람이었지만, 비판적인 성격은 아니었다. 그녀를 끝없이 짜증나게 했던 유일한 인물이 긱스 씨였다고 생각하는데, 그 까닭은 그가 잘난 척 한다고 생각했기 때문이었다. 그녀가 말하길 그는 스스로 총을 잘 쏘는 화려한 기술을 지닌 명사수라고 늘 말하고 다닌다고 했다. 우리는 라스케티 양 또한 "명사수"였다는 것을, 후에 젊은 페리네타 라스케티가 비슬리 트라이얼스에서 폴란드의 전쟁 영웅이자 제국대회에서 50미터 권총 속사 부문에서 영국 대표가 된 율리우스 그루사와 모두 명중시킨 과녁 앞에 웃는 얼굴로 서 있는 사진을 발견한 뒤에 알게 되었다. 그 기사에는 라스케티 양의 기량을 논하는 그루사의 언급이 실려 있었다. 비록 지면 의 대부분은 사진 속 커플이 연애를 할지도 모른다는 가능성 에 할애되어 있었지만. 하운드투스 재킷을 입은 그녀의 금발 위로 햇빛이 반짝이고 있었다. 그렇게 우리는 스케치를 하다가 이따금씩 오론세이의 난간 너머로 책들을 던져버리는 창백한 독신녀에 대해 다른 시각을 갖게 되었다.

라마딘은 우리 둘 다 영국에서 살던 시기에 우연히 이 기사 와 사진을 찾아냈다. 이 기사는 옛날에 발행된 〈더 일러스트레 이티드 런던 뉴스〉에 실려 있었다. 우리는 크로이든 공공도서 관에서 빈둥거리다 그 기사를 읽게 되었는데, 사진 하단에 라 스케티 양의 이름이 실리지 않았더라면 그녀를 알아보지 못했 을 거였다. 우리가 그 기사를 읽었던 1950년대 후반에 사진 속 그녀의 동료인 율리우스 그루사는 이미 올림픽 메달리스트로 국가적인 유명인사였다. 어쩌면 라스케티 양도 관련이 있었을 지 모를 화이트홀에서 권력을 행사하는 사람이기도 했다. 라마 딘과 내가 캐시어스에게 연락이 닿았더라면 우리는 프레올림 픽 선수의 프로필을 복사해 그에게 보내주었을 것이었다.

우리가 보기에 그녀는 아름다운 여성이 아니었다. 우리가 그 녀에게서 매력을 느꼈다면 그것은 아마도 우리가 발견해낸 여 러 다양한 측면들 때문이었을 것이다. 처음에 그녀는 방어적인 수줍음을 내보이며 냉담하게 굴었다. 그 후 우리는 시골 단합대회에 참가했다가 작은 여우들이 들어 있는 상자를 우연히 발견한 것 같은 느낌을 받았다. 라스케티라는 성은 그녀에게 다소 유럽적인 배경이 있다는 추측을 가능하게 했지만, 그녀는 의심할 바 없이 정원을 소유한 영국 귀족계층과 모종의 연관을 맺고 있는 게 분명했다.

그녀는 영국인들에 대한 다양한 지식을 갖고 있었다. 예를 들어 우리는 고양이 테이블에서 하이킹에 대한 토론이 벌어졌을 때 그녀가 알려준 내용들을 듣고 깜짝 놀랐다. 그녀는 하이킹 선수들을 알고 있다고 주장했는데, (그들 중 한 사람은 그녀의 둘째 사촌이라고 했다) 그들은 주말마다 양말에 장화만 신고 어깨에 무거운 가방을 짊어지고 크로스컨트리를 한다고 했다. 그들은 숲을 가로질렀고, 넓게 펼쳐진 평야를 횡단했고, 연어들이 헤엄치는 여울을 건넜다고 했다. 또 그들은 사람들을 마주칠 때마다 그들이 보이지 않는다는 듯, 또 자신들도 보이지 않는 사람이라는 듯 무시했다고 했다. 그들은 해질 녘 마을로 돌아와 변두리 여관에서 소박한 식사를 하고 밤을 지낼 방을 빌렸다고 했다.

라스케티 양에게서 흘러나온 생생한 시각적인 정보들은 우리 테이블에 침묵을 가져왔다. 대개 아는 것이 많은 동양인들이었던 우리 테이블의 승객들은 대부분 제인 오스틴과 애거사

크리스티로 대변되는 영국적인 삶의 초상과 벌거벗다시피 한 도보 여행자들을 연결 지어 생각할 수 없었다. 처음에는 빛바랜 벽지처럼 보였던 라스케티 양이 이처럼 특이하고 예상 밖인 일화들을 이야기하기 시작하자 그녀의 인상도 바뀌었다. 마자파 씨가 먼젓번 식사 때 라스케티 양이 했던 성모 마리아의 불가해한 얼굴들 이야기를 불쑥 꺼낼 때까지, 하이킹 선수들이 빚어낸 우리 테이블의 침묵은 계속되었다.

"이런 성모 마리아들의 문제는," 그가 말했다. "밥을 먹여야 할 아이들에게 파니노* 모양의 방광처럼 생긴 젖을 물린다는 거요. 아기들이 퉁명스러운 어른처럼 보이는 것도 놀라운 일은 아니지. 지금 마시는 젖이 너무나 만족스럽고 너무나 잘 먹고 있다는 표정을 한 아기를 그린 그림은 딱 한 번 보았죠. 세고비아 근처에 있는 여름 휴양지 라 그란하에 있던 매우 작은 태피스트리에서였지. 마리아는 미래를 보고 있지 않았지요. 그녀는 그저 즐겁게 젖을 빠는 아기 예수를 바라보고 있었어요."

"젖먹이에 대해 잘 아는 것처럼 말씀하시네요." 테이블의 누군가가 말했다. "아이들이 있으신가요?"

잠시 말을 멈추었던 마자파가 말했다. "물론이죠."

"태피스트리를 좋아하신다니 반갑네요, 마자파 씨." 라스케

---

* 이탈리아식 샌드위치.

티 양은 마자파 씨가 새로 내뱉은 이야기로 인해 생겨난 침묵을 깨뜨렸다. 마자파 씨는 더는 아무 말도 하지 않았다. 아이가 몇인지, 어떤 이름들을 갖고 있는지도. "그 태피스트리를 누가 만들었는지 궁금하군요. 아마도 무데하르*의 전통을 따르는 여성인 것 같네요. 그러면 아마도 15세기에 만들어진 태피스트리일 거예요. 그런 물건들을 수집하는 한 신사분과 잠시 일한 적이 있어요. 취향은 훌륭한 분이었지만 대못처럼 사나운 분이었죠. 직물 작품들을 평가하는 방법을 그분이 가르쳐주시긴 했지만요. 그런 것들을 남자들한테 배우다니 놀라운 일이죠."

우리는 불쑥 튀어나온 이 이야기들을 새겨들었다. "대못처럼 사나운" 신사는 대체 누구였을까? 도보 여행자라는 둘째 사촌은 누굴까? 우리의 독신녀가 지닌 지식은 비둘기의 일생과 스케치에만 한정되지 않은 것처럼 보였다.

*

지금과 같은 삶을 살게 되기 몇 년 전, 나는 먼저 출판사로 보내졌다가 다시 내게로 전달된 카마던셔의 휘틀런드 발 소포

---

* 기독교도가 된 에스파냐의 아랍인.

를 받았다. 소포 안에는 드로잉 작품들을 찍은 컬러사진 몇 장
과 페리네타 라스케티의 편지가 들어 있었다. 내가 BBC 국제
라디오에 출연해 '어린 시절'이라는 주제에 대해 배를 타고 영
국으로 향했던 항해를 짧게 언급했던 방송을 듣고 그녀가 쓴
편지였다.

　나는 먼저 드로잉들을 들여다보았다. 나의 가느다란 몸집과
담배를 피우는 캐시어스, 파란 깃털 베레를 쓴 아름다운, 그러
나 내 삶에서 사라진 에밀리가 그려져 있었다. 나는 사무장과
네빌 씨의 얼굴, 선미에 걸려 있던 영화 스크린, 무도회장의 피
아노를 가운데 두고 둘러앉은 흐릿한 형상들, 불을 피우는 선
원들 등 옛 기억 속에 파묻혀 있던 얼굴들과 장소들을 하나씩
알아볼 수 있었다. 그들은 모두 1954년, 콜롬보에서 틸버리까
지 배를 타고 항해했던 여정을 구성하고 있었다.

　휘틀런드, 카마던셔

　마이클에게.
　형식적인 인사를 하지 않는 것을 이해해주길 바라. 하
지만 내가 알고 있는 너는 소년 시절의 모습뿐이야. 어느
날 밤 네가 라디오에 나와 이야기하는 것을 들었어. 그리

고 갑자기 너는 오론세이를 타고 영국으로 왔다는 말을 했고, 나는 흘러나오는 이야기에 집중했지. 나도 1954년 그 배에 타고 있었으니까. 그래서 나는 계속 라디오를 듣고 있었지만, 여전히 네가 누구인지는 알지 못했어. 나는 너를 배에서만 봤을 뿐이고, 네 목소리와 네 직업을 누구와 연결해야 할지 몰랐던 거야. 마침내 네가 너의 별명은 "마이나"였다고 말했어. 그러자 나는 너희 셋을 기억해냈어. 특히 언제나 사방을 관찰했던 캐시어스를. 물론 에밀리도 기억하고 있어.

어느 날 오후 나는 너와 에밀리를 차를 마시러 오라고 내 선실로 초대했지. 나는 네가 이 일을 기억하고 있으리라고는 생각지 않아. 그럴 필요가 없으니까. 나는 너희 둘이 궁금했어. 내 안에 남아 있던 화이트홀 특유의 기질이 나를 궁금하게 만든 거라고 생각해. 너희 소년들이 끝없이 문제를 일으켰던 것 말고는 그 항해에서 별다른 일은 일어나지 않았지…… 하지만 내가 이 편지를 쓰는 이유를 더 말해줄게. 물론 무엇보다도 네게 반가운 인사를 전하기 위함이 첫 번째 이유지만.

나는 꽤 오랫동안 에밀리와 소식을 나누고 싶다는 바람을 갖고 있었어. 나는 자주 그녀를 생각해. 그 여행을 하는 동안 나는 에밀리에게 말하고 싶은 것이 있었지만, 말하지 않았어. 그날 오후에 나는 그저 너를 남작에게서 떼어내야겠다고 생각하고만 있었을 뿐이야. 하지만 내가 구하고 싶었던 쪽은 에밀리였어. 잔클라 극단과 같이 있는 에밀리와 몇 번이나 마주쳤던 나는 그들의 관계가 미심쩍을뿐더러 위험하다고 생각했어. 그녀에게 무언가 유용한 것을 주자고, 그녀를 구해주자고 나는 스스로에게 약속했지만, 결국 그러지 않았지. 쉽지 않은 일이었어. 내가 수 년 전 먼저 어린 시절에 겪은 일들을 통해 그녀의 미래를 예견해야 했으니까. 그래서 나는 이제야 이 소포 안에 그때 썼던 편지를 동봉했어. 네 사촌에게 보내는 편지야. 나는 에밀리를 잘 알지는 못했어. 하지만 나는 너그러운 성격의 그녀가 보호받을 필요가 있다고 생각했지. 이 안에 봉해진 편지를 그녀에게 전달해준다면 무척 고마울 거야.

항해를 하는 동안 그린 드로잉 몇 점의 사본도 함께 보내. 보고 즐겁기를 바라.

사랑을 담아,
페리네타

내가 읽은 편지는 두 페이지였지만 그녀가 나를 통해 에밀리에게 전달하기를 부탁한 봉투는 이미 약간 갈색으로 바래 있었고, 매우 두툼했다.

나는 봉투를 열었다. 작가들은 부끄러움을 모른다. 하지만 이것만은 분명하다. 나는 에밀리를 여러 해 동안 보지 못했다. 그녀가 어디 있는지도 알 길이 없었다. 우리가 마지막으로 대화를 나누었을 때는 그녀가 데스먼드라는 이름의 남자와 결혼해 해외로 나가기 직전이었다. 나는 그들이 어느 나라로 가는지도 기억하지 못했다. 잠시 망설이던 나는 에밀리에게 남겨진 봉투를 열었고, 마치 편지에서 사적인 내용들을 검열하듯, 작고 굴곡진 글씨가 적힌 여러 장의 편지들을 읽기 시작했다. 편지를 읽는 동안 나는 라스케티 양이 과거에 있었던 일을 이야기하고 있다는 것을 깨달았다. 내가 그녀의 선실에 이미 와 있던 에밀리를 발견했던 그날 오후에 듣지 못했던 이야기를. 그날 라스케티 양은 과거에 어떤 일을 겪었다고 말했고, 에밀리는 그 일이 무엇이었는지를, 라스케티 양이 어떻게 스스로의 삶을 구할 수 있었는지를 물었다. 그때 라스케티 양은 이렇게 말했다. "다음에 다시 말해줄게."

나는 이십대였을 때 언어를 배우려고 이탈리아로 갔어. 언어에 재능이 있었던 나는 이탈리아어를 가장 좋아했지. 누군가가 내게 빌라 오르텐시아에서 일자리를 찾아보라고 조언했어. 부유한 미국인들이었던 호레이스 존슨과 로즈 존슨 부부가 그 건물을 사들여 훌륭한 예술 아카이브로 꾸미고 있었어. 그들은 나를 두 번 면접에 불렀고, 번역하는 일을 맡겼어. 서신들도 번역해야 했지만 연구와 분류 및 정리도 하는 일이었지. 나는 매일 자전거를 타고 그 빌라로 가서 여섯 시간을 일했고, 그러고는 세 들어 살고 있던 시내의 매우 작은 방으로 다시 자전거를 타고 돌아왔지.

그 부부에게는 일곱 살 난 아들이 있었어. 귀엽고 재미있는 소년이었지. 그는 내가 자전거를 타고 헐떡이며 오는 모습을 지켜보기를 좋아했어. 나는 항상 거의 지각할 때쯤 도착했거든. 그애는 사이프러스 나무들로 경계를 세운 빌라의 긴 진입로 끝에 위치한 석문에 서 있고는 했어. 내가 400야드쯤 될 진입로를 달려갈 때면 그애는 두 팔을 흔들다가 마치 내가 오는 시간을 확인한다는 듯 조그만 손목에 걸린 시계를 보는 척했어. 어느 날, 나는 내가 목에 긴 녹색 스카프를 두르고 어깨에 책가방을 멘 차림새로 자전거를 타는 모습을 보고 있는 게 그 아이뿐만이 아니라는 것을 깨달았어. 아이 뒤쪽의 건물 2층 창가에 누군가가 아이의 눈에 띄지 않게 서 있다가 내가 석문에 다다르자 사라져버렸지. 나는 그 사람이 누군지 알 수 없었어. 다음날에도 나는 먼 거리에 유령처럼 서 있는 그의 모습을 보았고, 그쪽을 향해 손을 흔들었어. 다음날이 되자 그는 더 이상 창가에 모습을 드러내지 않았지.

아카이브에서의 일은 바쁘고 까다로웠어. 회화 작품들과 태피스트리들, 그리고 조각 작품들이 빠른 속도로 도착했고, 또 모두 분류되어야 했지. 정원들을 새로 단장하는 공사도 있었어. 존슨 부인은 그 정원을 원래 있던 메디치 시대의 조각들로 채우려는 야심을 갖고 있었어. 그래서 우리가 홀이나 테라스를 종종걸음으로 지나갈 때마다 유럽 각지에서 선발되어온 정원사들 사이에 벌어지는 엄청난 말다툼이 들려왔어. 그래서 우리는 그들의 짜증을 들어주고 서로 의견들을 교환하게끔 도와주려고 그들에게 달려가고는 했지.

당시 호레이스 존슨과 로즈 존슨은 신적인 존재였어. 그들은 우리 사무실에 불쑥 나타났다가도 나폴리며 극동 지방으로 갑자기 떠나고는 했지. 그들의 아들이었던 클라이브는 그들과는 사뭇 다른 방식으로 사무실에 나타났어. 그애는 작은 대포알처럼 아무 때고 사무실로 뛰어들었고, 그래서 우리는 그애가 오기 전부터 그애가 나타날 것을 알고 있었지. 언젠가 나는 그랜드 로툰다*의 계단을 내려

---

* 거대 원형 홀.

가다가 그곳에 걸려 있는 어느 태피스트리의 아랫부분에 묘사된 나뭇잎에 가려진 개를 웅크린 채 쓰다듬던 그애를 보았어. 그 그림은 〈개와 녹색 이파리〉라 불렸지. 16세기 플랑드르 작품이었어. 나는 그 작품을 좋아했어. 그건 거대한 원형 홀에 인간적인 느낌과 온기를 불어넣고 있었지. 아이는 하운드 개를 이루는 실을 쥐고 있다가 개의 표면을 부드럽게 어루만졌어. 그건 매우 섬세한 태피스트리였고, 네덜란드 어느 시골 지역에서 짜낸 고전적인 작품이었어.

"조심해야 해, 클라이브." 내가 말했어. "매우 가치 있는 거야."

"나도 알아." 그애가 말했지.

여름이었어. 그 빌라의 대지는 어마어마했지만 그곳에 살던 그애에게는 개가 없었어. 그애의 부모는 집에 없었어. 그들 중 누군가가 하르툼*에 가려고 손을 쓰고 있었는데, 아무도 그 이유는 몰랐지만 아마 어떤 예술품을 가져오기 위해서였겠지. 일곱 살짜리 아이에게 아버지의 부재는 마치 수백 년처럼 여겨질 거라는 생각이 들었고, 그러자 이런 주변 환경이 이 아이에게는 어떤 의미일까 궁금

---

* 수단의 수도.

했어. 그림들이나 풍경을 바라보는 이 아이는 분명 아버지와는 완전히 다른 무언가를 보고 있는 듯 보였어. 하지만 그애는 가질 수 없는 개를 보고 있었고, 그게 전부였지.

빌라에 있던 대부분의 태피스트리는 상징적인 것들이었어. 성상이나 우화들에 무게를 둔 종교적인 작품들이었지. 세속적인 작품들(〈개와 녹색 이파리〉와 같은)은 지상낙원들을 다루고 있거나, 감미로우면서도 위험한 사랑의 힘을 사냥 장면들로 묘사한 작품들이었어. 태피스트리에 묘사되어 있던 개는 사실 멧돼지 사냥개였어. 다른 태피스트리들은 구름 한 점 없는 파란 하늘에 떠다니는 비둘기를 제압하는 매를 보여주고 있었어. 사랑에 동반되는 '정복과정'을 묘사한 거였지. 사랑은 약한 쪽을 몰살시키는 살인과도 같다는 뜻이었어. 하지만 그랜드 로툰다나 넓고 차디찬 방들에 걸려 있는 작품들을 보게 되면, 그 작품들의 진짜 목적은 헐벗은 석조건물들 안으로 정원들을 들이는 것이라는 사실을 알게 돼. 그 태피스트리들은 북극권 안쪽에 속한 어느 북쪽 나라들에서 만들어진 것들이었어. 그곳에서는 야생 멧돼지도 비둘기도 무성한 초목도 찾아볼 수 없지. 이처럼 새로운 맥락을 통해서 보니 그 작품들은 한결 아름답게 보였어. 그 작품들에는 존엄성이 있었어. 배경에 사용된 색들은 초라한 것이어서, 어느 피렌체 미녀가 그 앞에서 걸어다니면 그녀의 아름다움을 돋보이게 할 듯 했지. 아니면 그 작품들은 당시 소유주의 지위를 나타내는 정치적인 것들이었을 수도 있어. 그 작품들은 메디치 가문의 문장들을 보여주고 있었어. 태양계를 나타내는 다섯 개의 빨간 공. 메디치 가문이 프랑스인들과 동맹을 맺게 된 이후에는 파란 공 하나가 더해졌지.

"이 작품들은 안전하다는 느낌을 줘요, 안 그런가요?"

호레이스가 내게 직접 말을 걸었다는 것을 깨달았을 때, 우리는 프레스코화로 둘러싸인 카포네 룸에 있었어. 내가 그곳에서 일한지 한 달이 넘었지만 그는 나의 존재를 알아차리지 못하고 있었지. 그는 마치 파란 하늘을 날아가는 그림 속의 새를 잡을 것처럼 손을 내밀었어.

"하지만 예술은 안전과는 거리가 멀죠. 이 작품들은 단지 삶에서 작은 방 하나만을 차지하고 있을 뿐이에요." 아마도 이 예술 애호가는 예술을 경멸하기도 하는 모양이라고 나는 생각했어.

"이리 와요." 그리고 그는 내 팔을 조심스레 잡았어. 그는 마치 내 팔을 해부학적으로는 그 정도만 잡아야 사회적인 고용관계가 유지될 수 있다는 것처럼 굴었어. 그는 나를 데리고 복도를 지나 60피트짜리 태피스트리가 걸린 그랜드 로툰다로 향했어. 그는 거대한 태피스트리의 한쪽 모서리를 들어올렸고, 내게 태피스트리의 뒷면을 보여주었어. 뒷면은 보다 분명하고 강렬한 색을 지니고 있었지.

"이런 것이 힘이죠. 봐요, 늘 이래요. 힘은 바로 배면에 존재하죠."

그는 태피스트리를 지나 원형 홀 한가운데로 걸어갔어. 그곳에서라면 자신의 목소리가 천정까지 울리리라는 것을 알고 있었던 거지.

"아마도 백 명 이상의 여자들이 일 년 동안 이 작업에 매달렸을 거예요. 그들은 이 일을 할 기회를 잡기 위해 싸웠죠. 이 일로 먹고살 수 있었을 테니까. 이 작품은 1530년대의 그들을 지켜주었어요. 플랑드르의 겨울이 지나가는 동안에요. 이 감상적인 작품에 깊이와 진실을 부여하는 것은 바로 이런 사실이죠."

그는 내가 그에게 다가갈 때까지 기다렸어.

"그러니 말해봐요, 페리네타. 페리네타 맞죠? 누가 이걸 만들었죠? 수백 명의 여자들이 차갑고 부르튼 손으로 이걸 만들었나요? 아니면 이 장면을 구상한 사람이 만든 걸까요? 이걸 만든 것은 단순히 시간과 장소예요. 한 예술가가 언제 작업을 시작하고 또 언제 끝내는지를 유일하게 결정하는 것은 시간이죠. 장소 역시 위대한 유럽 예술의 절반을 차지하고 있어요. 여길 봐요, 오데노르데라는 도시의 표식이 보이죠? 물론 메디치 가문의 어떤 구성원이 작은 나라에게 행운을 가져다준 이 그림을 사서 이탈리아까지 들여왔는지도 생각할 필요가 있죠. 수천 마일을 지나…… 도적들을 피할 수 있도록 감시병까지 붙여가며…….”

그가 그렇게 말하는 동안 나는 쉽게 그에게 방어막을 내주고 말았어. 나는 너무나 젊었고, 처음으로 그가 내게 말을 걸어왔던 거야. 돈과 지식을 쌓을 수 있는 권력을 지닌 남자들은 우주를 가진 거나 다름없어. 그래서 그들은 매우 쉽게 자신의 지식을 전해주지. 하지만 그런 사람들은 항상 우리 앞에서 문을 닫아. 그들의 우주에는, 우리가 들어가야 하는 방들에는 암호가 걸려 있어. 그들의 일상에는 항상 어디선가 피가 튀고 있어. 그는 그걸 알고 있었어. 호레이스 존슨은 자신이 어떤 종류의 짐승을 타고 있는지를 알고 있었지. 그런 지식에는 항상 폭력성이 동반되어 있는 거야. 하지만 그때 나는 그걸 몰랐어. 그가 내 팔을 잡고 그랜드 로툰다로 데려가 내 팔을 잡았던 손으로 마치 하녀의 치마를 들추듯 태피스트리의 모서리를 들어올려 밝은 뒷면을 드러내 보여주었던 그날 오후에는.

나는 그의 세계에서 세 개의 계절을 보냈고, 결국 내가 자유롭게 선택했다고 믿었던 생각의 방향들을 제어하지 못하고 있다는 걸 깨달았지. 나는 부유한 사람들이 주변에 둘러친 해자와 덫이 있다는 것을 알지 못했어. 호레이스 와 같은 남자들은 복수의 기회도 갖지 못한 적들을 다루 는 방식으로 자신이 사랑하고 소유하고자 욕망하는 것들을 다룬다는 사실을 몰랐던 거야.

시에나에 간다면, 그래서 비아 델 모로나 비아 살루스 티오 반디니에 가게 된다면 길모퉁이 위를 올려다봐. 그러 면 단테의 『연옥편』 한 구절을 읽을 수 있을 거야.

그가 대답했다. "그는 프로벤찬 살바니입니다.
그가 이곳에 온 까닭은 시에나를 전부
제 손으로 취하려는 야심이 있었기 때문입니다."

그리고 비아 몬타니니와 비아 발레로치가 만나는 지점 윗벽에는 노란 돌에 이렇게 새겨진 글을 볼 수 있을 거야.

나는 현명하지 않았네, 사피아가 내 이름을 불러주었 지만
나는 나의 행운이 아니라 다른 자들의 불행을 보고
더 행복했다네

거대한 권력의 한가운데 있게 되면, 이기는 것이 아니라 너의 적이 진짜로 원하는 것을 성취하지 못하도록 막아서는 것이 진짜 경쟁이라는 것을, 너는 알고 있어야 해.

크리스마스에 직원들을 위한 가장 무도회가 열렸어. 파티 도중에 나는 반쯤 비어 있던 파티오에서 그가 내 주변을 맴돌고 있다는 것을 갑자기 알아차렸지. 마르셀 프루스트로 변장한 나는 금발을 감춘 채 가느다란 콧수염을 붙이고 망토를 입고 있었어. 그래서 그가 내게 흥미를 가졌던 걸까? 그래서 그가 자신의 의도를 감추고 다가왔던 것일까?

그는 뭔가 마실 것을 갖다주겠다고 말했어. "괜찮아요." 내가 대답했지.

"유럽의 아름다운 도시들을 춤을 추며 횡단하고 싶지 않소?"

나는 웃었어. "전 코르크 마개처럼 조그만 방에서 사는 걸요." 내가 말했어. "그거면 충분해요."

"알겠어요. 그러면 당신을 그리게 해줘요. 지금 당장. 전에도 누가 당신을 그린 적이 있나요?"

나는 없다고 대답했어.

"그 녹색 스카프를 매고 있어요."

나는 그렇게 남장을 한 채 그의 의식 속으로 들어가고 있었어. 아마 그는 여전히 그 빌라의 지하 납골당 어딘가에 있을 나의 초상화로 나를 기억하고 있겠지. 아직 미완으로 남아 있을 그 초상화에서 나는 어느 지방의 작은 상속녀처럼 서투르고 얌전한 얼굴로, 아니면 친구의 순진한 딸처럼 옷을 다 입고 있지만, 성교가 끝난 뒤의 모습으로 그려졌지.

아침마다 자전거를 타고 일하러 오는 나를 위층 창에서 보고 있던 사람은 물론 그였어. 그는 오랫동안 나를 재고 있었지. 이제 그는 여전히 느린 속도로 나를 판단하고 있었어. 그는 끝없이 이어지는 대화 사이마다 스케치를 했어. 춤을 추는 듯한 팅크와 프레스코화들, 설화석고의 아름다움에 대한 지식들. 그와의 교제를 시작하기에 앞서 나는 나의 망설임을 나타내려고 처음 며칠 동안 프루스트의 콧수염을 붙이고 있었어. 그래서 그가 스튜디오에서 나를 맞아 키스할 때마다 우리 사이에는 콧수염이 끼여 있었지. 나는 그에게 어린 시절에 대한 이야기를 해줄 때마다 콧수염을 붙이고 있다는 것도 깜박한 채 며칠 동안 그것을 그대로 달고 있었어. 그는 호기심이 굉장히 많은 사람이었고 나는 잠결에 무심코 나에 대한 모든 것을 털어놓았어.

그는 영리하면서도 현명한 사람이었어. 그는 나를 그의 친구로 만들었지. 그는 나보다 나이가 많았는데, 자신보다 나이 든 사람이 가르쳐주는 것들은 뭔가 다른 것처럼, 아마도 더 우아한 것처럼 보이는 법이야. 게다가 나는 한 번도 그와 비교해 어린 연인이 있었던 적이 없었어. 아니, 한 번도 연인이 있었던 적이 없었지. 내가 몸을 드러낼수록 우리 사이에는 더 많은 이야기들이 마치 밀려오는 파도처럼 흘러나오고는 했어. 그러던 어느 날 오후, 타는 듯 더웠던 8월의 어느 날, 내가 그의 스튜디오에 들어섰을 때 그는 내게 또 다른 제안을 해왔어. 한 걸음 더 나아가자는 이야기였지. 다소 교육적으로 들리기까지 했던 그의 제안에는 저주가 담겨 있는지도 몰라. 나는 벌거벗은 등을 그에게 내보이며 구부리는 방법을 찾아냈어. 한 걸음 더 나아가기 위해서였지. 처음에는 아프기만 했어. 하지만 그 일은 점차 우리의 욕망을 충족시키는 하나의 절차가 되었지.

물론 나는 이런 일에도 전통이 존재한다는 것을 알고 있어. 하지만 당시 그 일은 내게 놀랍고도 환각적이었고, 경악스러우면서도 취향을 만족시키는, 모든 것들이 용인되고 충족되는 나라에 들어서는 것 같았어. 나는 훌륭한 가구들로 장식된 스튜디오 안을 돌아다니고는 했어. 열린 미늘문들 사이로 미끄러지는 나의 살갗은, 나의 "팅크"는 공기와 맞닿아 생생히 숨 쉬고 있었지. 나는 양말만 신고 걸어다녔고, 그가 전에 그린 스케치 속에 얌전한 모습으로 담겨 있는 나의 손을 만져보았어. 나는 마치 그가 거기 앉아 처음으로 그 방에 무언가 포장이 벗겨진 것이 놓여 있다는 듯, 나의 존재를 빨아들일 듯 지켜보고 있지 않은 것처럼, 가끔 그 방에 혼자 있는 듯한 기분을 느꼈어. 나는 뒤섞여버린 욕망과 지식 사이에서 허우적거리고 있었어. 그의 팔의 무게, 그의 몸이 지닌 무게. 내 연인의 소리를 향하는 나의 소리. 그림 속 인물들은 어깨에 내려앉은 미량의 빛으로도 저마다 은밀한 비애를 드러내고 있었어. 카라바조의 그림 속 컵은 추락할지도 모른다는 긴장감을 드러내듯 탁자 모서리에 바짝 가까이 놓여 있었지.

그날 오후 내내 나는 여전히 페리네타 라스케티의 기억 속에서 살아 숨 쉬고 있는 그날의 풍경을, 과거의 불꽃을 떠올리며 그녀의 편지를 읽고 있었다. 나의 예측과는 사뭇 달랐던, 너무나 내밀하면서도 강렬한 목소리를 듣고 있으려니 그녀의 편지는 상상의 독자를 위해 쓰인 것이라는 생각이 들었다.

우리가 죄를 범하고 있는 동안, 질서를 바로잡아야 한다는 듯 울리던 도시의 종소리가 비아 파니칼레에 있던 그의 스튜디오 안까지 들려왔고, 그러면서 나의 영혼도 성장했어. 그는 그의 몸 위로 포갠 내 몸을 바라보았고, 그의 두꺼운 예술서적들을 넘기는 나의 벗은 어깨 너머를 바라보았지. 나는 위에 걸려 있던 거울 속에 마치 그림처럼 비친 우리의 모습을 보았고, 그러다 호레이스가 그의 아들이 카포네 룸의 커다란 소파에 앉아 책을 읽는 동안 뒤에 서서, 이번에는 그애의 아버지로서, 그애를 내려다보던 동일한 순간을 기억해냈어. 나나 그 소년이나 동일하게 아버지의 통제를 받는 존재들이었어.

내가 오론세이에서의 그날 너와 네 어린 사촌을 선실로 초대한 까닭은 무엇이었을까? 여행 내내 나는 너를 지켜보고 있었고, 너 역시 어떤 상황에 휘말리지는 않았는지 두려웠어. 나는 네가 가려고 하는 곳을 쉽게 알아차렸지. 하지만 확신할 수는 없었어. 그래서 그 대신 네 사촌에게 남작에 대한 경고를 한 거야. 그날 오후, 나는 진짜 위험에 처한 사람이 너라는 것을 확신할 수 없었고, 완전히 넘겨짚을 수도 없었지. 그래서 나는 다른 아이를 보호하기로 선택했던 거야. 그때 왜 나는 알지 못했을까.

그 나날들에는 즐거움과 역설이 혼재되어 있었고, 나는 피렌체에서 보냈던 그 시간들을 깨진 유리를 통해 들여다

보지. 나는 다양한 방식으로 그와 사랑을 나눈 뒤에 그를
바라보고는 했어. 동쪽 벽에서 들어오는 직사각형의 햇살
이 그의 몸 위에 내려앉았고, 사람의 것이라고는 생각되
지 않는, 사티로스의 그것처럼 보이는 그의 몸에 난 털을
보고 있노라면 내가 숲속에서만 자라는 또 다른 종과 살
고 있다는 생각이 들었어. 나는 나의 영국적인 어깨에 녹
색 스카프를 두르고 우리가 사랑을 나눈 뒤의 밤꽃 냄새
를 맡으며 그림들 사이를 돌아다녔어. 나는 내가 사랑받고
있다고 생각했지. 왜냐하면 나는 달라지고 있었으니까.

　가끔 그는 그림들과 일본과 관련된 작품들, 혹은 거액
에 사들인 스케치 완성작들을 들고 왔어. 그는 반시간 전
그를 사랑스럽게 어루만졌던 내 검지를 끌어당겨 그림 속
그릇이나 다리, 아니면 고양이의 등을 따라 움직이게 했
어. 나는 아직도 어떤 여자의 무릎에 올라앉아 주인의 손
길을 피하는 고양이를 그린 드로잉을 꽤나 정확하게 기억
하고 있어. 그는 나의 손가락을 움직이며 마치 자신이 그
그림들을 그리고 있다는 듯 사물의 윤곽선을 따라가게 했
어. 그는 불멸을 바라며 붓질을 하는 사람처럼 보였지.

　그는 내가 일하러 오지 않을 때는 무엇을 하며 시간을
보내는지를 물었고, 아마도 자신이 찾을 일 없을 내 작은
방을 묘사해보라고 했어. 그는 내가 지냈던 장소들, 그리

고 나를 설레게 하는 것들을 궁금해했지. 나는 학교에 다니던 동안 누군가와 맥 빠지는 교제를 한 적이 있기는 했어…… 하지만 이제 내게는 그에게 들려줄 만한 이야기들이 거의 남아 있지 않았지. 그러던 어느 날 오후, 태피스트리 앞에 서 있던 클라이브와의 사랑스러운 일화가 기억났어. 나는 그랜드 로툰다의 원형 계단을 내려가다가 태피스트리 속 잎사귀들 사이에 선 개의 표면을 부드럽게 쓰다듬고 있던 클라이브를 언젠가 본 적이 있다고 이야기했지.

호레이스는 내 말을 건성으로 듣고 있었어. 처음에는 내가 진짜 개를 묘사하고 있다고 생각했던 게 틀림없어. 갑자기 그는 얼어붙더니 이렇게 말했지. "무슨 개라고?"

스튜디오에서 나가는 즉시 우리의 시간도 끝나는 것이고, 더 이상 서로 알은척을 하거나 서로에게 영향을 줄 만한 일을 해서는 안 된다는 것이 우리의, 그러니까 그의 규칙이었어. 돌멩이 하나가 떨어지면, 그건 조용히 물속으로 던져져야 하는 거였지. 파문 하나 없이. 사실 나는 일하는 시간에는 그를 거의 본 적이 없었어. 나는 다른 직원들과 함께 차를 마셨고, 점심을 먹을 때는 정원의 두 번째 테라스로 나갔어. 거기서 화난 것처럼 보이는 거대한 조각상을 바라보며 나에 대해 곰곰이 생각하고는 했지. 가능하면 비는 시간에 무언가를 읽고 싶었던 나는 방해받기를 바라지 않았어. 그곳에서 쉬고 있던 어느 목요일이었어. 누군가가 근처에서 발작하듯 숨을 몰아쉬며 울고 있는, 거의 고함을 질러대는 소리가 들렸어. 자꾸만 숨이 차서 제대로 울 수도 없는 듯한 소리였지. 나는 소리가 들려오는 곳으로 가까이 다가갔고, 그 아이를 발견했어. 분명 아버지에게서 벌을 받은 듯했어. 그애는 나를 보자마자 피투성이가 된 얼굴로 내게서 달아났어. 마치 내가 그애에게 무슨 짓이라고 할 거라고 생각한 듯했어. 물론 나는 그랬지. 그애의 아버지와 성교를 했고, 그에게 그애와 개에 대한 이야기를 했으니까.

다음날 오후, 나는 호레이스의 배신을 질타하며 그의 아들이 할 수 없을 방식으로 소리를 질러댔어. 나는 숨을 헐떡이지 않았어. 나는 그가 그애에게 한 짓을 향한 준비된 분노를 표출하며 그에게 아무렇게나 상처를 주려고 했지. 나는 그가 어떤 사람인지를 알 수 있었어. 그는 자신의 아늑한 힘과 권력에 몸을 숨긴 채 다른 사람들을 괴롭히는 인간이었지. 그가 살아오는 내내 이런 식으로 다른 사람들을 손쉽게 대해왔으리라는 것을 나는 알 수 있었어. 내가 내뱉는 말들이 그에게 아무런 상처도 되지 않는다는 것을 깨달았을 때, 나는 팔을 뒤로 젖힌 채 그에게로 다가

갔고, 그는 내 주먹을 자신의 손으로 감쌌고, 내 주먹이 나를 찌르도록 했지. 내가 쥐고 있던 가위가 그를 향한 나의 모든 증오와 힘을 다해 내 배를 찔렀어. 의심할 바 없이 그는 자신이 그저 나의 분노와 광기를 가라앉히려던 거라고 말할 거였지. 쏟아지는 머리카락이 거의 발꿈치에 닿을 정도로 내 몸은 거의 절반쯤 접혀 있었어. 가위는 여전히 내 몸 안에 있었고, 나는 아무 말도 하지 않았어. 나는 움직이지 않았어. 울지도 않았지. 나는 그의 어린 소년 같았어. 호레이스가 나를 일으키려고 했지만, 나는 내 다리를 움켜쥐었어. 그의 작은 표적으로 남아 있으려면 나는 여전히 몸을 구부리고 있어야 했지. 나는 방금 그런 일이 벌어졌음에도 불구하고 무기력하게 울거나 그에게 달라붙지 않는 나를 보고 그가 황홀경을 느끼고 있을지도 모른다고, 우리의 과거를 완결시키기 위한 시도로 마지막으로 사랑을 나누게 될지도 모른다고 생각했어. 하지만 그는 우리가 완전히 끝났다는 것을 알고 있었을 거야. 그로서는 나와 같은 사람에게 다시 의존할 수밖에 없는 상황을 결코 허락할 수 없었겠지. 자신에게 이렇게 분명하게 제 의견을 표시하는 나와 같은 사람에게.

"내가 치료해주지."

그리고 나는 그가 내 블라우스를 젖히고 하얀 배에서

조금씩 뿜어져 나오는 피를 바라보는 모습을 상상했어. 나는 천천히 몸을 일으켰고, 그의 스튜디오에서 나왔어. 나는 반쯤 불을 밝힌 복도에 섰어. 땀이 흘러내렸지. 내가 배를 내려다보며 가위를 빼냈을 때, 자동타이머로 작동하는 복도의 전등이 꺼졌어. 그러자 나는 어둠 속에서 완전히 혼자가 되었지. 나는 잠시 무언가를 기대하며 그곳에 서 있었어. 하지만 그는 밖으로 나오지 않았어.

몇 주 뒤, 다가오는 동짓날을 축하하는 파티가 빌라 오르텐시아에서 열렸어. 이웃한 도시들에서 손님들이 오기로 되어 있었어. 예술가들, 비평가들, 친지와 가족들, 그리고 아카이브 직원들이나 정원사들 모두가 참석할 예정이었지. 그와 그의 아내가 매년 진행하는 행사였어. 한 계절이 끝났음을 알리는 행사였지. 무더운 여름이 지나갔고, 이 행사가 끝나고 나면 그들 가족은 미국으로 돌아가거나 러시아 공작들의 영지에서 사냥을 하며 다시 여행을 다닐 거였지. 돌벽으로 이루어진 빌라의 천정 높은 방들에서도, 그 늘진 정원에서도 여름의 열기는 견딜 수가 없었어.

그 행사는 이틀간 열릴 예정이었어. 나는 침대에 누워 참석할지 말지를 생각하고 있었어. 가는 것보다 가지 않는 편이 그에게, 혹은 나에게 상처가 될까? 나는 차가운 물이

흐르는 싱크대 앞에서 나의 상처를 "치료했어." 치료하다
니, 얼마나 부드러운 표현인지. 그 흉터가 내게 영원히 남
도록 내버려둔다는 것은 현명하지도 만족스럽지도 않게
여겨졌어. 나중에 만나게 될 연인들은 상처를 보는 순간
잠시 동작을 멈추고 아름답다는 말을 하거나, 상처 따위는
하나도 중요하지 않은 척하게 될 테지. 그러고는 내게 자
신들의 상처도 보여주겠지. 그 어떤 상처도 나의 상처만큼
극적이지는 않겠지만 말이야.

　나는 그의 어두운 복도에서 나와 비아 파니칼레의 약
국을 찾아갔어. 나는 어느 약사에게 그 상처를 "깊이 베였
다"고 표현했던 것을 기억하고 있어.

　"얼마나 심각하죠?" 그가 말했어.

　"깊어요." 내가 말했어. "사고가 있었어요."

　그는 내게 유황 성분 계열의 무언가를 주었고, 아마 크
림 전쟁 때나 사용했을 법한 압박붕대와 액체 소독약을
주었어. 분명 그런 것들보다 나을 것도 없는 물건이었지.
나는 창백한 얼굴로 비틀거리면서도 그 물건들이 필요한
사람이 바로 나라는 말을 하지 않았어. 나는 그의 미심쩍
은 듯한 시선을 느꼈지. 내가 믿을 것이라고는 나의 능숙
한 이탈리아어뿐이었고, 그래서 나는 이에 집중했어. 그는
내가 정말로 괜찮은지를 알아야 한다는 듯 내게 계속해서

말을 걸었어. 어느 순간 아래를 내려다보았을 때, 내 치마
에는 진한 핏물이 배어 있었지.

　나는 오랫동안 걸어 집으로 돌아갔어. 그리고 저녁부터
밤까지 침대에 누워 있었지. 나는 어떤 약도 사용하지 않
았고, 그것들을 그저 바닥에 팽개쳐두었어. 나는 그저 침
대에 누워 어둠 속에서 내가 지금까지 어떻게 살아왔는지
를, 내게도 미래가 있을지를 생각하려고 노력했어. 그는
이 생각에 끼어들 수 없었어. 내가 비로소 나 자신이 되었
던 것은 바로 그때였다고 생각해.

　다음날이 되자 나는 거의 움직일 수가 없었어. 하지만
억지로 일어난 나는 싱크대 옆에 있던 좁은 거울 앞으로
갔어. 나는 몸에 달라붙어 있던 블라우스와 치마를 벗어버
리고 내 상처를 드러냈어. 그러고는 약사가 준 연고를 바
르고 다시 침대에 누웠지. 내 살갗은 공기와 맞닿아 있었
어. 나는 많은 꿈을 꾸었고, 나 자신과 요란한 말싸움을 벌
였어. 잠에서 깬 나는 자리에서 일어나 오후의 햇살이 비
추는 거울을 들여다보았어. 피는 더 이상 흐르지 않았고,
나는 괜찮아진 것처럼 보였어. 나는 내가 저지른 짓으로는
죽지 않을 거였어. 그리고 이미 하루가 지난 동짓날 파티
에 가기로 했지. 나는 가고 싶지 않은 동시에 가고 싶었어.

　나는 환영사를 듣지 않으려고 의도적으로 늦게 도착했

어. 천천히 걸을 때마다 옆구리에 통증이 느껴졌어. 그럼
에도 나는 실내악이 들려오는 곳을 향해 걸어갔어. 두 번
째 테라스 너머에 있던 '작은 극장' 테아트리노의 작은 무
대에서 실내악단이 연주를 하고 있었지. 나는 관객들과 연
주자들이 동등하게 만날 수 있는 이 장소를 항상 좋아했
어. 전등불이 매달린 나무들 아래 사람들이 앉아 있었고,
그들 바로 앞에서 피아니스트와 첼리스트가 연주하고 있
었지. 그리고 3악장이 시작되자, 음악은 마치 우리를 감싸
안는 단정한 바람처럼 정원을 감돌았고, 나는 갑자기 즐
거워졌어. 나는 음악으로 만들어진 외투를 입은 것 같은
충만함을 느꼈어.

　나는 주위를 돌아보았어. 친지들, 직원들, 유명한 사람
들이 나와 같은 선물을 받고 있었지. 이어지는 음악을 듣
고 있는 호레이스도 눈에 들어왔어. 그는 마치 음악을 들
여다보는 사람 같았어. 그에게는 음악 이외의 모든 것들이
사라진 것처럼 보였지. 그가 예술혼을 발휘하며 대단한 기
량으로 연주를 선보이는 여성 첼리스트에게 집중하고 있
다는 것을 나는 깨달았어. 그의 시선을 가로막을 수 있는
것은 어디에도 없었을 거야. 처음에 나는 그녀가 그의 성
적 먹잇감이라고 생각했어. 하지만 분명 그 이상의 무언가
가 있었어. 호레이스는 최면에 걸린 사람처럼 중력도 느끼

지 못하는 채로 첼로 곡을 따라 연주하며 유연하게 미끄러지는 손가락을 지니는 피아니스트에게도 쉽게 매혹될 수 있을 거였어. 그들의 예술은 고리와 나사, 송진과 화음, 그리고 학습된 보폭으로 이루어진 그들의 기량 그 자체였어. 이 모든 것들이 어두운 관능의 왕국에 존재하는 불가해한 첼리스트에게 뿌리를 내리고 있었지. 부와 권력을 지닌 호레이스조차도 그녀의 왕국에는 결코 들어갈 수 없으리라는 것에 나는 깊은 만족감을 느꼈어. 그는 그녀를 유혹하고, 그녀를 고용하고, 기지를 발휘해 그녀를 떠받들수 있었어. 그리고 그녀를 가질 수도, 그녀와 함께 즐거운 시간을 보낼 수도 있었지만, 결코 그녀가 있는 장소에는 가닿을 수 없었지.

라스케티 양은 몇 년 전에 먼저 썼던 편지의 마지막 부분에 이런 말들을 덧붙였다.

어디 있니, 보고 싶은 에밀리. 내게 네 주소를 알려주거나 아니면 편지를 써주겠니? 나는 오론세이에 있던 때 네게 주려고 이 편지를 썼어. 왜냐하면 전에 썼던 대로, 난 네가 젊은 시절의 나와 마찬가지로 누군가의 저주에 걸려버렸다는 사실을 알아차렸기 때문이야. 그리고 나는 내가 널 구할 수 있다고 생각했지. 나는 잔클라 극단의 수녈과 함께 있는 너를 본 적이 있었고, 네가 무언가 위험한 일에 연루되었다고 생각했어.

하지만 나는 네게 이 편지를 전하지 않았어. 두려웠어…… 나도 모르지. 세월이 흘러가는 동안 나는 네가 자유로운 삶을 살고 있는지 궁금했어. 한때는 나도 가혹한 일들을 겪었고, 그래서 악순환의 고리를 끊을 때까지 어두운 시간을 보내야 했지. "젊어서 절망하고, 절대 뒤돌아보지 말라." 어느 아일랜드 사람*이 이렇게 말했어. 그리고 나는 이 말에 따랐지.

내게 편지를 써줘.
페리네타

---

* 극작가 사뮈엘 베케트를 가리킨다.

라스케티 양의 편지를 받은 지 2년이 지났을 때였다. 내가 브리티시컬럼비아에 며칠 머무르고 있을 때, 호텔 방으로 한 통의 전화가 걸려왔다. 새벽 1시가 다 된 시간이었다.

"마이클? 나 에밀리야."

내가 그녀에게 어디 있느냐가 묻기까지는 긴 침묵이 이어져야 했다. 나는 그녀가 이미 아침을 맞은 다른 시간대의 유럽 어느 도시에 있을 거라고 생각했다. 하지만 그녀는 내가 있던 호텔에서 불과 몇 마일 떨어져있는 걸프 아일랜드에 있다고 대답했다. 분명 새벽 1시였다. 그녀는 그 시간에도 거의 깨어 있는 사람이었다. 그녀는 몇 군데의 호텔에 전화를 걸었던 참이라고 말했다.

"볼 수 있을까? 〈조지아 스트레이트〉에서 너에 관한 이야기를 읽었어. 날 만나러 올 수 있어?"

"언제?"

"내일?"

나는 알았다고 대답하며 약속 장소를 확인했고, 그녀는 전화를 끊었다. 호텔 밴쿠버의 10층 방에 누워 있던 나는 쉽게 잠들지 못했다. "호스슈 베이에서 보언 섬으로 가는 페리를 타. 2시 30분 페리야. 거기서 기다릴게."

나는 그녀의 말에 따랐다. 그녀를 마지막으로 보았던 것이 15년 전이었다.

엿들은 말들

우리 배는 여전히 지중해를 통과하고 있었고, 영국까지 도착하려면 며칠이 더 남아 있다고 했다. 오후에 공연을 펼쳤던 잔클라 극단은 앙코르 요청을 받아들여 몇 명의 승객들을 간이 무대로 올라오게 해서 그들의 공연에 참여시켰다. 승객들 중에는 에밀리도 끼어 있었다. 수닐이 그녀를 떠받쳤고, 그녀는 마치 금방이라도 날아오를 듯 균형을 잡으며 빙그르르 돌았다.

에밀리와 함께 공연에 자원한 승객들은 인간 피라미드의 꼭대기에 올라가라는 요청을 받았다. 그들이 꼭대기에 오르자마자 피라미드는 팔이 여럿인 형상처럼 갑판 위를 육중하게 움직이기 시작했다. 피라미드가 배의 난간에 도착하자 아래쪽을 받치고 있던 곡예사들은 피라미드를 앞뒤로 흔들기 시작했다. 꼭대기를 형성했던 자원자들은 겁에 질려하면서도, 그들 내부에 숨겨져 있던 일종의 기이한 즐거움과 공포를 동시에 느끼며 비명을 지르기 시작했다. 그들 가운에 유일하게 침착했던 에밀리는 자신의 동작을 자랑스러워하는 듯 보였다. 그들이 다시 바닥에 발을 디뎠을 때, 에밀리에게는 작은 상이 주어졌다. 팡파르가 요란하게 울렸고, 극단의 남자단원 한 사람이 에밀리를 어깨 위로 들어올렸다. 대니얼스 씨와 구네세케라 씨, 그리고 우리 셋을 포함한 고양이 테이블의 사람들이 큰 박수를 보냈다. 역시 다른 누군가의 어깨에 느긋하게 올라앉아 있던 수닐이 에밀리에게 다가갔고, 그녀의 손목에 은으로 만든 팔찌를 채웠다. 팔찌의 걸쇠가 살갗 위로 걸릴 때, 에밀리는 움찔 놀란 듯 두 무릎을 부자연스럽게 꿈틀거렸다. 그녀의 팔을 타고 가느다란 핏줄기가 천천히 흘러내리고 있었다. 한 팔로 계속 그녀를 받치고 있던 수닐은 그녀의 이마에 다른 쪽 손바닥을 갖다 대며 그녀를 진정시켰다. 에밀리와 수닐은 각각 어깨에서 내려왔고, 수닐은 그녀의 베인 손목에 연고를 문질렀다. 에밀리는 용감하게 팔을 들어올려 그녀의 손목에 걸린 팔찌를, 혹은 그녀의 손목을 장식한 무언가를 보여주었다.

잔클라 극단의 공연은 오후 늦게까지 이어졌다. 공연이 끝나자 대부분의 승객들은 쉬거나 저녁을 먹을 때까지 기다리며 쉬기 위해 각자 선실로 돌아갔다.

몇 시간 뒤, 저녁이었다. 캐시어스와 나는 이틀 전 에밀리가 누군가를 만나는 정황을 포착했던 때와 같은 구명정 안에 있었다. 어둠 속에 앉아 있던 우리는 에밀리와 그녀와 함께 있는 남자 사이에서 망설이듯 이어지는 대화를 들었다. 갑자기 그가 자신의 이름은 루시우스 페레라라고 말했다. 어떻게 된 일인지는 모르겠지만 잠입자 페레라, 범죄조사요원 페레라가 내 사촌에게 자신의 정체를 드러낸 거였다!

"당신이 바로 그 사람이라고 생각하지 않아요." 에밀리가 말했다. 나는 여행을 하는 동안 우연히, 혹은 의도적으로 들어왔던 모든 목소리들을 하나씩 떠올려보았다. 분명 그때까지 이 남자의 목소리를 들은 적이 없었다. 에밀리가 죄수의 상태를 묻기 전까지 그들의 대화는 비교적 편안하게 들렸다. 페레라는 그녀가 신경 쓸 필요가 없다는 듯 초조하게 대답했다. 그는 죄수가 저지른 범죄에 대해 그녀가 제대로 알고 있기나 한지 모르겠다는 듯 말을 이어갔다.

그리고 우리는 에밀리가 가버리는 소리를 들었다.

혼자 남겨진 페레라는 우리가 있던 구명정 바로 아래쪽에서 서성거리고 있었다. 콜롬보의 고위 경찰인 이 사내와 그의 머리 위에 있던 우리 사이의 거리는 너무나 가까웠고, 그래서 우리는 성냥을 그어 담뱃불을 붙이는 소리까지 들을 수 있었다.

그리고 에밀리가 돌아왔다. "미안해요." 그녀가 말했다. 그게 끝이었다. 그리고 그들은 다시 대화를 시작했다.

아까 우리가 들었던 에밀리의 목소리는 니마이어의 상태에 관한 그녀의 궁금증에도 불구하고 피곤하고 나른하게 들려왔다. 그리고 그녀가 가버리자 페레라는 초조한 기색을 내비쳤다. 그녀는 그와의 대화를 이어가고 싶은 생각이 없었다. 나는 이런 그녀의 모습을 여러 번 본 적이 있었다. 에밀리에게는 결코 넘을 수 없는 장벽이 하나 있었다. 그녀는 모험적인 성격에 공손한 태도를 지니고 있었지만, 동시에 한순간 상대방에게 자신을 닫아버리고 멀어져가기도 했다. 하지만 지금은 무슨 이유에서인지 다시 페레라에게로 돌아와 대화를 이어가고 있었다. 예의를 차리기 위해서였을까? 그녀가 내비치는 친근함이 내게는 거짓처럼 여겨졌다. 나는 그녀와 만날 예정이었던 이 사내에 관해 수닐이 전에 했던 말을 기억해냈다. "그는 너를 만나고 싶어 안달일 거야." 그러자 페레라는 마치 내 생각에 반응하듯 그녀를 만졌거나, 이에 상응하는 행동을 했던 것이 틀림없었다. 그녀는 "싫어요, 안 돼"라고 말하며 우는소리를 냈다.

"이게 오늘 상으로 받은 팔찌인가요?" 그가 중얼거렸다. "손을 보여줘요……." 그의 목소리는 자신이 보는 것만을 믿는 사람처럼 확고했다. "당신 손을 내밀어봐요."

우리는 어둠 속에서 라디오를 듣는 것 같다고 생각했다. 우리는 그가 "그건……"이라고 말하는 목소리를 들었다. 실랑이가 있었다. 무슨 일인가가 벌어지고 있었다. 아무도 말하지 않왔다. 나무로 만들어진 구명정 안으로 숨이 넘어가는 소리가 들려왔다. 누군가가 쓰러졌다. 한 여자의 희미한 목소리가 속삭이고 있었다.

캐시어스와 나는 꼼짝도 하지 않았다. 우리가 얼마나 오랫동안 그렇게 있었는지는 모른다. 긴 시간이었다. 속삭이는 소리가 더 이상 들려오지 않았고, 사위는 고요해졌다. 우리는 구명정 밖으로 나왔다. 누군가가 그 아래 바닥에 쓰러져 있었다. 흘러나오는 피를 멎게 하려는 듯 목을 움켜쥔 남자의 손이 눈에 들어왔다. 페레라 씨가 분명했다. 우리가 그를 향해 다가가기 시작했을 때, 갑자기 그의 몸이 몸서리쳤다. 우리는 한순간 얼어붙었고, 그대로 어둠 속으로 달아났다.

선실로 돌아온 나는 위층 침대에 앉아 문만 바라보고 있었다. 뭘 어떻게 해야 좋을지 알 수가 없었다. 캐시어스와 나는 서로 한 마디도 하지 않고 그저 달아나기만 했을 뿐이었다. 내가 이 이야기를 할 수 있는 사람은 에밀리뿐이었지만, 나는 그녀를 찾아갈 수 없었다. 그녀가 분명 칼을 갖고 있었다는 생각이 들었다. 아마도 칼을 가지러 다녀오느라 잠시 그를 떠났던 모양이었다. 나는 문을 바라보며 생각들을 좁혀갔다. 문이 열렸다. 해스티가 인버니오, 톨로이, 밥스톡과 함께 선실에 들어왔고, 나는 침대에 드러누워 잠든 척 하며 낮은 목소리로 그들이 판돈을 거는 소리를 듣고 있었다.

나는 캐시어스와 함께 라마딘의 선실 바닥에 앉아 있었다. 이른 시간이었고, 캐시어스와 나는 항상 셋 중 가장 침착하고 가장 분명하게 상황을 판단했던 라마딘에게 우리가 본 것을 말해야 한다고 생각했다. 우리는 전날 밤 엿듣게 된 대화와 그 자리를 떠났다가 돌아온 에밀리가 페레라 씨와 있던 장면, 후에 보게 된 자기 목을 움켜쥔 페레라 씨의 시신에 대해 말했다. 제 자리에 앉아 있던 우리의 친구는 아무 말도, 아무런 조언도 하지 않았다. 그도 너무나 놀랐던 거였다. 우리는 헥터 드 실바가 개에게 물렸던 사고 직후처럼 말없이 앉아 있었다.

그러던 라마딘이 입을 열었다. "물론 에밀리와 말을 해봐야지."

하지만 그 전에 나는 이미 에밀리를 찾아갔었다. 문까지 겨우 걸어나온 그녀는 나를 안으로 들이기는 했지만, 의자에 앉자마자 채 1분이 지나기도 전에 잠들어버렸다. 그녀의 팔다리가 내 앞에 느슨하게 펼쳐져 있었다. 나는 허리를 숙이고 그녀를 흔들었다. 그녀는 밤새 이상한 꿈들에 시달렸다고, 아마도 저녁때 먹은 음식 때문에 식중독에 걸린 것 같다고 말했다.

"우린 전부 같은 음식을 먹었어." 내가 말했다. "난 식중독에 걸리지 않았어."

"뭘 좀 갖다줄래? 물이라든가……."

나는 그녀에게 물을 가져다주었지만, 그녀는 그저 물컵을 무릎 위에 올려놓고만 있었다.

"구명정 쪽에 있었지, 기억나?"

"언제? 잠 좀 자자, 마이클."

나는 다시 그녀를 흔들었다.

"어젯밤 갑판 쪽에 갔던 거 기억 안 나?"

"난 여기 있었어, 아닌가?"

"그리고 누군가를 만났지."

그녀는 의자 위에서 이리저리 움직였다.

"무슨 일을 했잖아, 기억 안 나? 페레라 씨 기억 안 나?"

그녀는 힘겹게 상반신을 앞으로 내밀고는 나를 바라보았다.

"페레라 씨가 누군지 우리가 어떻게 알아?"

캐시어스와 나는 페레라 씨의 시신이 마지막으로 누워 있던 곳에 갔다. 우리는 웅크리고 앉아 피의 흔적을 찾았지만, 갑판 위에는 먼지 한 점도 남아있지 않았다.

선실로 돌아온 나는 그 안에서 하루 종일 있었다. 우리 셋은 이 일을 우리만 알고 있기로 결정했다. 나는 고양이 테이블에서 점심식사를 거르려고 해스티 씨가 카드 게임을 하다 선반에 남겨둔 과일을 조금 먹었다.

내가 그 장면을 실제로 보았는지, 아니면 봤다고 생각하는 것인지 알 수가 없었다. 내게는 이 일을 상의할 만한 사람이 없었다. 대니얼스 씨나 라스케티 양에게 뭔가 말하는 순간, 나는 내가 알고 있는 에밀리를 배신하는 것이나 마찬가지였다. 나의 삼촌이 판사라고 나는 생각했다. 어쩌면 그가 에밀리를 구할 수 있을지도 몰랐다. 아니면 우리가 입을 닫는 것으로 그녀를 구할 수도 있었다. 어느 오후, 나는 갑판에 올라 홀로 C갑판을 산책했다. 그러고는 방에 돌아와 책에서 베꼈던 지도를 들여다보며 항해가 얼마나 남았는지를 계산했다. 그러던 중 잠에 곯

아떨어졌던 모양이었다.

저녁식사를 알리는 종소리가 들려왔고, 잠시 후 라마딘이 암호를 사용해 선실 문을 두드리는 소리가 들려왔다. 이내 문이 열렸다. 그는 내게 손짓을 보냈다. 나는 라마딘, 캐시어스와 함께 저녁을 먹으러 갔다. 가대식 테이블에 야외 식사가 차려져 있었다. 우리는 마침내 우리의 마음에 드는 장소에서 음식을 먹게 된 거였다. 그쪽으로 걸어가는 동안 캐시어스는 무언가가 넘칠 정도로 들어 있는 컵을 하나 들고 있었다. "코냑인 것 같아." 그가 말했다. 우리는 산책용 갑판 어디선가 조용한 장소를 발견했고, 한 차례 쏟아지는 비를 맞으며 캐시어스가 가져온 컵에 담긴 중독적인 음료를 마셨다.

안개로 뒤덮인 수평선은 흐릿했고, 아무것도 보이지 않았다. 이내 비가 그쳤다. 죄수의 야간 산책이 취소되지 않을지도 모른다는 의미였다. 이제 그의 출현은 우리 셋에게 다소 새롭게 여겨질 게 분명했다. 그래서 우리는 점점 더 어두워지던 텅 빈 갑판을 떠나지 않았다.

야간 순찰을 나온 경비원이 난간에서 잠시 발걸음을 멈추고 배의 불룩한 옆구리를 내려다보다가 그 자리를 떠났다. 잠시 후, 경비원들이 죄수를 데리고 모습을 드러냈다.

우리가 서 있던 쪽의 갑판에는 한두 개의 불빛만 밝혀져 있었으므로, 그들에게 우리는 보이지 않았다. 죄수의 두 손은 여전히 수갑에 갇혀 있었고, 그가 앞으로 움직일 때마다 발에 연결된 사슬이 뒤로 늘어지며 갑판 위에서 요란한 소리를 냈다. 경비원들이 그의 목에 두꺼운 사슬을 채우는 동안 그는 움직이지 않고 서 있었다. 그들은 어둠 속에서 감각과 습관에 의지해 이 일을 하고 있었다. 그때 우리는 죄수가 매우 낮은 목소리로 말하는 소리를 들었다. "사슬 풀어." 우리는 한 경비원의 목을 매우 이상한 각도로 움켜쥐고 있는 그의 모습을 숨죽이고 바라보았다. 그는 경비원을 붙든 채로 몸을 아래로 숙이며 몸을 양 옆으로 비틀었고, 그래서 경비원이 그의 목과 연결된 사슬을 풀도록 했다. 사슬이 풀리는 소리가 나자마자 그는 머리를 자유롭게 흔들었다.

"발에 걸린 사슬 열쇠를 던져." 그가 다른 경비원에게 말했다. 그는 그들이 각각 서로 다른 열쇠를 갖고 있다는 것을 알고 있었음이 틀림없었다. 그가 낮은 목소리로, 전에 없이 힘이 실린 목소리로 한 번 더 말했다.

"열쇠를 안 주면 목을 부러뜨릴 거다."

다른 경비원이 움직이지 않자 니마이어는 움켜쥐고 있던 경비원을 비틀었고, 그 경비원은 의식을 잃은 듯 뻣뻣해졌다. 신음소리가 들렸다. 하지만 경비원이 아니라 그늘 밖으로 나온 그의 딸, 귀머거리 소녀가 내뱉은 신음이었다. 구름이 달을 벗어나고 있었고, 달빛을 받은 갑판 위는 전보다 환해졌다. 수평선

이 분명하게 드러났다. 만약 죄수가 어둠 속에서 탈출할 계획을 꾸미고 있었다면, 그의 계획은 이미 틀어진 것처럼 보였다.

앞으로 걸어나온 소녀가 뻣뻣해진 경비원 위로 몸을 굽혔다가 그녀의 아버지를 올려다보며 고개를 흔들었다. 그녀는 다른 경비원에게 거의 사용된 적이 없는 목소리로 힘겹게 말했다. "열쇠를 주세요. 발을 묶은 사슬을 풀게요. 이 사람이 죽을지도 몰라요." 두 번째 경비원이 열쇠를 들고 니마이어를 향해 몸을 숙이고 자물쇠를 여는 동안, 그녀와 죄수는 꼼짝도 하지 않고 서 있었다. 마침내 니마이어가 몸을 일으켰고, 타는 듯한 눈으로 난간 너머의 먼 곳을 응시했다. 그때까지 그는 분명 사슬이 닿는 거리까지 주어졌던 공간만을 의식해왔겠지만, 이제는 그에게도 탈출의 가능성이 생긴 거였다. 그의 두 다리는 자유로웠다. 단지 두 손만이 여전히 자물쇠가 걸린 사슬에 묶여 있었다. 그때, 다시 갑판으로 나왔던 야간 경비원이 이 모든 광경을 보았고, 호루라기를 불었다. 그러자 갑자기 사방이 움직이기 시작했고, 선원들과 다른 경비원들, 승객들이 모두 갑판 위로 쏟아져 나왔다. 니마이어는 소녀를 낚아채어 탈출구를 찾아 달려갔다. 그는 선미 쪽 난간에서 멈췄다. 우리는 그가 뛰어내릴 거라고 생각했지만, 그는 몸을 돌려 이쪽을 바라보았다. 그러나 그에게 가까이 다가가는 사람은 아무도 없었다. 우리는 숨어 있던 곳에서 살그머니 빠져나왔다. 더 이상 숨어 있을 이유가 없었다. 그들의 모습이 잘 보이지 않는 곳에 있을 이유도 없었다.

우리 배는 멀리 나폴리, 혹은 마르세유의 불빛들이 보이는 지점을 지나고 있었다. 니마이어가 아순타를 데리고 앞으로 움직였다. 그가 앞으로 나올수록 군중들은 뒤로 물러서며 좁은 통로를 만들었다. 사람들은 소리를 지르지는 않았지만, 마치 불평을 늘어놓을 때처럼 조용히 중얼거리고 있었다. "그애를! 그 소녀를 놔줘! 소녀를 놔줘!" 그러나 감히 통로를 막아서는 사람은 없었고, 군중들은 수갑을 찬 손으로 자신의 딸을 데리고 가는 맨발의 사내를 받아들였다. 그러는 동안에도 소녀는 한 번도 비명을 지르지 않았다. 분노한 얼굴들 사이에서 유일하게 아무런 감정도 드러내지 않았던 그녀는 그저 니마이어가 자신에게 허락된 통로를 지나가는 동안 커다란 두 눈으로 모든 것들을 지켜보고 있었다. "그 소녀를 놔줘!"

누군가가 권총을 발사했다. 갑판 위, 우리 위의 함교, 식당의 창문들에 일제히 불이 켜졌고, 아무도 예상하지 못했던 휘황한 불빛들이 바닷물처럼 갑판 위로 흘러넘쳤다. 우리는 소녀의 납빛 얼굴을 분명히 볼 수 있었다. 누군가가 단호한 목소리로 고함쳤다. "그에게 마지막 열쇠를 주지 마!" 내 곁에 있던 라마딘이 매우 낮은 목소리로 이렇게 말하는 소리가 들려왔다. "그 열쇠를 줘." 갑자기 열쇠는 차치하고라도 그 죄수가 소

녀를 포함한 모든 사람들에게 위험한 존재라는 사실이 분명해
졌다. 소녀의 얼굴에는 아무런 표정도 없었지만, 그의 얼굴에
는 그간 갑판에 산책을 나왔을 때 보았던 것과는 다른, 거칠고
사나운 표정이 어려 있었다. 그가 움직일 때마다 좁은 통로가
넓어지며 그에게 길을 터주었다. 갈 곳은 없었지만 그는 이처
럼 제한된 자유에도 만족스러워하는 것처럼 보였다. 그러더니
그는 걸음을 멈추고 커다란 손으로 소녀의 얼굴을 자신에게로
가까이 끌어당겼다. 그러고는 군중들로 이루어진 통로를 뚫고
그녀를 이끌고 다시 뛰기 시작했다. 그는 단숨에 난간 위로 올
라섰다. 그는 팔로 소녀를 단단히 끌어안은 채 금방이라도 배
에서 어두운 바다로 뛰어들 기세로 그곳에 서 있었다.

탐조등이 그들 두 사람 위로 천천히 내려왔다.

그때까지는 느껴지지 않았던 바람이 거칠게 불어오고 있었
다. 나는 라마딘 옆에 바짝 붙어 있었지만, 캐시어스는 니마이
어와 아순타를 향해 다가갔다. 항상 아순타에게 관심을 보였던
그는 그녀를 보호하고 싶어했다. 내 앞에서 몇 발 떨어진 곳에
에밀리가 있었다. 모두에게 열쇠를 주지 말라고 경고했던 목
소리는 우리 위 높은 함교의 불빛에 둘러싸여 있던 긱스 씨의
것이었다. 그리고 그가 허공에 총알을 발사했던 권총은 죄수
와 그의 팔에 안긴 소녀를 겨냥하고 있었다. 긱스와 그 옆에 있
던 선장이 선원들에게 고함을 지르며 명령을 내리자 배는 잠

시 떨리는가 싶더니 속력을 줄였다. 선체를 때리는 파도 소리가 들려왔다. 아무도, 아무것도 움직이지 않았다. 우현에서 바라보이는 멀리 떨어진 해안가의 불빛들만이 반짝이고 있을 뿐이었다.

그 소녀가 아버지의 팔에 안겨 있던 순간, 나는 함교에 선 긱스 씨를 바라보고 있었다. 앞으로 일어나게 될 모든 일들은 그의 손에 달려 있는 것이 분명했다.

"내려 놔!" 그가 소리를 질렀다. 그러나 니마이어는 꿈쩍도 하지 않았다. 그는 그대로 서서 발밑의 바다를 내려다보았다. 소녀는 아무것도 보고 있지 않았다. 긱스는 여전히 죄수를 향해 총을 겨누고 있었다. 총소리가 울렸다. 그리고 마치 이것이 신호였다는 듯 배가 요동을 치더니 다시 전진하기 시작했다.

니마이어 쪽으로 고개를 돌리다가 나는 에밀리를 보았다. 그녀는 먼 갑판 한구석을 주의 깊게 바라보고 있었다. 내가 그쪽으로 눈길을 돌리자마자 바다로 무언가를 던지는 라스케티 양이 눈에 들어왔다. 그쪽을 돌아보지 않았더라면, 아니, 1초만 늦었더라면 나는 그 광경을 보지 못했을 거였다.

니마이어는 고통을 기다리는 사람처럼 미동도 없이 서 있었다. 18인치의 쇠사슬이 그의 두 손을 속박하고 있었다. 총알이 빗나갔던 걸까? 니마이어는 팔을 움켜쥔 것처럼 보이는 긱스를 올려다보았다. 불발이었던 걸까? 긱스의 권총이 함교 아래 갑판으로 떨어지며 어둠 속에서 총알을 발사했다. 대부분의 사람들은 니마이어나 소녀, 혹은 함교를 지켜보고 있었다. 그러나 나는 라스케티 양을 보고 있었다. 그녀는 재빨리 순진한 표정으로 돌아왔고, 구경꾼들 중 한 사람인 척하고 있었다. 그러자 나는 환각을 보았는지도 모른다고 생각했다. 에밀리가 지켜보고 있었다는 점을 제외하면, 누군가의 손이 어떤 물건을 바다에 빠뜨리는 행위 자체는 아무런 의미가 없는지도 모른다. 어떤 물건을 바다에 빠뜨리는 누군가의 손은 아무것도 의미하지 않는지도 모른다. 그 물건은 라스케티 양이 읽다 만 책일 수도 있었고, 그녀의 권총일 수도 있었다.

긱스는 다친 팔을 붙들고 있었다. 그리고 니마이어는 선미 쪽의 난간 위에 간신히 서 있었다. 그러더니 죄수는, 수갑이 채워진 두 손으로 소녀를 끌어안은 채, 그대로 바닷속으로 뛰어들었다.

에밀리는 그 자리에서 벌어진 모든 일들을 낱낱이 지켜보고 있었던 게 분명했다. 그러나 그 후 그녀는 아무 말도 하지 않았다. 죽음을 각오하고 탈출을 감행했던 그들을 두고 이런저런 의견들이 분분하게 이어졌지만, 그녀는 한 마디도 하지 않았다. 지난 일주일간 나는 아순타를 향해 고개를 숙이고 말을 하거나 그녀의 말을 듣는 에밀리를, 여러 차례 수녀와 함께 있는 에밀리를 지켜보고 있었다. 하지만 우리는 앞으로 살아가면서 이 사건에서 에밀리가 맡았던 역할에 대해 영원히 발설하지 않을 거였다. 나는 그날 밤 바다 아래로 떨어지는 물건을 진짜로 보았던 걸까? 아니면 그저 소년다운 흥분으로 인한 상상의 결과였을까? 나는 캐시어스를 찾았다. 하지만 내가 그에게 다가가자, 그는 방금 일어난 일을 입에 올리고 싶지 않다는 듯 낯선 사람처럼 내게서 물러섰다.

언젠가 나는 누군가에게 이 여행은 어린 시절이라는 작은 틀을 벗어나지 않는 순수한 이야기이어야 한다는 말을 한 적이 있었다. 서너 명의 아이들이 주인공이 된 이 여행을 위한 지도는 분명해야 했고, 아이들은 두려워하거나 흐트러지는 일 없이 목적지로 향해야 했다. 수 년 동안 나는 이 말을 거의 기억하지 못했다.

파괴자의 뜰

나는 1시 45분쯤 호스슈 베이에서 퀸 오브 카필라노 호에 탑승했고, 페리가 뱅쿠버를 떠나자마자 상갑판으로 올라갔다. 파카 차림이었던 나는 산맥과 해안선으로 이루어진 푸른 풍경을, 흔들리며 벗어나는 배 위로 부는 바람을 그대로 맞아들였다. 작은 페리 안에는 할 수 있는 일들과 해서는 안 되는 일들을 알리는 몇 가지 규칙들이 적힌 안내문이 여기저기 붙어 있었다. 몇 달 전에 분명 어떤 사건이 일어났던 모양인지, 배에는 광대들이 탈 수 없다는 문구도 적혀 있었다. 배는 보언 아일랜드로 향하는 물길에 접어들었고, 나는 갑판을 떠나지 않고 바람을 맞으며 그대로 서 있었다. 짧은 여행이었다. 출항한 지 20분이 지나자마자 승객들이 내릴 차비를 하기 시작했다. 에밀리는 어떤 모습이 되었을까, 나는 궁금했다. 에밀리가 졸업을 2년 앞두었던 시기, 런던의 거친 친구들과 어울리며 무모한 장난을 벌이고는 했다는 이야기를 나는 가끔 들은 적이 있었다. 우리는 각자 다른 세계에 들어섰다는 걸 깨달았고, 그렇게 서로에게서 멀어져갔다. 마지막으로 만났을 때는 그녀가 데스먼드라는 이름의 남자와 결혼했을 때였다. 피로연장에서 잔뜩 취해버린 나는 그곳에 오래 남아 있지 않았다.

나는 철제 경사로를 미끄러지듯 내려갔고, 그러는 동안에도 에밀리의 모습은 눈에 띄지 않았다. 그녀는 나를 마중 나오지 않은 모양이었다. 페리에서 자동차들이 내려지는 동안 나는 그녀를 기다렸다. 5분쯤 지났을 때, 나는 길을 따라 걷기 시작했다. 길 건너 작은 공원에 혼자 있는 여자가 보였다. 나무에 기대서 있던 그녀가 태연하게 이쪽으로 걸어왔다. 나는 나를 향해 다가오는 그녀의 신중한 걸음걸이와 몸짓을 알아보았다. 에밀리가 미소를 지었다.

"가자. 차는 저쪽에 있어. 내 구역에 온 걸 환영해. 난 내 구역이라는 표현이 좋아. 마치 전부 내 차지인 것 같잖아." 그녀는 쑥스러움을 감추려고 애를 썼다. 하지만 물론 우리는 둘 다 쑥스러웠고, 그녀의 차로 가는 동안에도 서로 한 마디도 하지 않았다. 내가 부둣가에서 그녀를 찾는 모습을 그녀가 보고 있었으리라는 생각이 들었다. 그녀는 자신이 기다리는 사람이 바로 나였다는 것을 스스로 확인하고 싶었던 것이리라.

우리는 바로 출발했다. 시내로 진입하자마자 그녀는 속력을 늦추며 길 한쪽에 차를 가져다댔고, 시동을 껐다. 그녀는 나를 향해 고개를 기울이며 입맞춤을 했다.

"와줘서 고마워."

"새벽 1시였어! 항상 새벽 1시에 사람들한테 전화를 해?"

"항상 그렇지. 아냐. 하루 종일 네게 연락을 하려고 했었어. 네가 있는 호텔을 찾아내기까지 열 군데쯤 호텔에 전화를 해야 했어. 네가 호텔을 나가고 없기도 했어. 우리가 만나지도 못했는데 네가 떠날까봐 두려웠어. 잘 있었니?"

"응. 배고파. 너무 놀랐나봐."

"집에서 먹자. 점심을 준비해뒀어."

길을 따라 달리던 우리는 바다 쪽으로 난 좁은 도로에 진입했다. 우리는 언덕을 내려갔고, 완리스 로드라는 이름의 더 좁은 도로에 들어섰다. 도로라는 말이 무색할 정도로 좁은 길이었다. 네다섯 채의 오두막들이 바다를 굽어보고 있었고, 그녀는 그 집들 중 한 집으로 향했다. 가장 가까운 이웃집과 고작 20야드 정도 떨어졌을 뿐이었지만, 그럼에도 그 집은 고독 그 자체처럼 보였다. 집에 들어서자 오두막은 더 작게 느껴졌다. 그러나 현관마루만큼 무한한 바다를 내려다보고 있었다.

에밀리는 샌드위치를 만들고 맥주 두 병을 따서는 한 병을 안락의자에 앉아 있던 내게 내밀었다. 그러고는 소파에 털썩

주저앉았다. 우리의 삶과 중남미 지역에서 그녀의 남편과 보냈던 생활에 대한 이야기가 곧바로 이어졌다. 전자장비 전문가였던 그는 직업적으로 유목민처럼 떠돌아다녔는데, 이는 그들의 친구가 몇 년마다 한 번씩 바뀐다는 의미였다. 그러던 중 그녀는 그를 떠났다. 그들의 관계는 너무나 합리적이었고, 그러다 그녀가 결혼이 자신의 남은 생에는 "너무 차가운 건물"과도 같다는 걸 깨달았을 때, 그녀는 결혼생활에 종지부를 찍었다고 했다. 그들이 헤어지고 세월이 다소 흘렀으므로 그녀는 비교적 수월하게 그들의 인생이 지나온 삶과 그들이 살았던 풍경들을 손으로 허공에 그려 보이기까지 하며 이야기할 수 있었다. 나 역시 에밀리와 멀리 떨어져 있었으므로 그녀는 나를 편하게 대할 수 있었다. 그녀는 내게 자신의 인생을 묘사하듯 들려주었다. 그러다 그녀가 입을 다물었고, 우리는 그저 서로 바라보고만 있었다.

나는 에밀리가 결혼하던 당시 생각했던 것을 기억해냈다. 그녀의 결혼은, 당시 모든 결혼들이 그랬던 것과 마찬가지로 결혼 당사자들이 서로 어떤 목적을 공유하는지를 분명하게 보여주었다. 데스먼드는 잘생긴 남자였고, 에밀리는 선망의 대상이었다. 그때는 성공적인 결혼을 생각할 때 다른 많은 사항들은 그다지 고려하지 않았다. 어쨌거나 나는 피로연장을 떠나기 전의 짧은 순간 그녀를 관찰할 수 있었다. 그녀는 문에 기댄 채

데스먼드를 바라보고 있었다. 그녀는 전에 했던 일을 또 하고 있는 사람처럼 머나먼 시선을 던지고 있었다. 하지만 그녀는 다시 파티의 분위기에 재빨리 휩쓸렸다. 찰나에 지나지 않았던 그 순간을 기억하는 사람은 없을 것이다. 하지만 나는 그녀의 결혼식을 떠올릴 때마다 이 장면을 생각했다. 아마도 그 결혼은 타국의 학교로 그녀를 보냈던 사나운 아버지로부터, 거친 폭풍으로부터 탈출했을 때와 마찬가지로, 무질서한 삶에서 탈출할 기회였을 것이다. 그래서 그녀의 얼굴은 그런 표정을 담고 있었던 것이었다. 그때 그녀는 지금 막 샀거나 받은 물건의 가치를 판단하는 사람처럼 보였다.

그렇게 나는 어린 시절의 내가 일종의 아름다움의 결정체라고 생각했던 에밀리를 바라보고 있었다. 나는 그녀가 조용하고 신중한 사람이라는 것을 알고 있었지만, 그럼에도 그녀는 내게 가끔 모험을 즐기는 기질을 보여주었다. 그녀의 결혼생활에 대한 이야기는 그들이 돌아다닌 다양한 장소들과 그들의 마음을 휘저었던 사건들과 어우러져 오론세이에서 보았던 친숙한 사촌을 다시 떠올리게 했다.

그 여행에서 일어난 일로 인해 그녀는 어른이 된 것일까? 나는 알 수 없었다. 그 일이 얼마나 그녀를 변화시켰는지를 나는 결코 알 수 없을 것이다. 나는 그저 걸프 아일랜드의 조그만 오두막에 자신을 감추고 홀로 살아가는 것처럼 보이는 에밀리에게 나 자신을 빗대어 생각할 수밖에 없었다.

"우리가 탔던 배 말이야, 오론세이에 탔을 때를 기억하고 있어?" 마침내 내가 물었다.

우리는 그 여행을 입에 올린 적이 없었다. 나는 그날 밤 구명정 아래서 일어났던 사건을 그녀가 완전히 부정하거나 아니면 까맣게 잊어버렸으리라고 믿었다. 당시 3주간의 여행은 단순히 그녀를 영국에서의 활기찬 삶으로 데리고 가는 데 지나지 않는 것처럼 보였던 것이다. 그 활기찬 삶이라는 것이 이제 그녀에게는 얼마나 헛된 것이었는지 생각하니 이상한 기분이 들었다.

"응, 그럼." 그녀는 반드시 기억할 필요가 있는 이름을 들었다는 듯 대답했다. 그리고 이렇게 덧붙였다. "나는 너를 진짜 야카yakka, 진짜 악마로 기억하고 있어."

"난 그냥 어렸던 거야." 내가 말했다. 그녀는 나를 꿰뚫을 듯 들여다보았다. 나는 그녀가 그날의 기억을 되살려내고 있다고 생각했다.

"내 기억에는 넌 정말 골칫덩이였어. 플라비아는 너무나 바빴지. 세상에, 플라비아 프린스라니. 아직 살아 있을까⋯⋯."

"그녀는 독일에 살고 있다고 들었어." 내가 말했다.

"그렇구나⋯⋯." 그녀가 말을 길게 끌었다. 그녀는 자신의 생각 속으로 침잠하고 있었다.

우리는 어두워질 때까지 소나무로 마감된 그녀의 거실에 머물렀다. 가끔 그녀는 고개를 돌려 스너그 코브와 호스슈 베이를 오가는 페리들을 바라보았다. 배들은 바다를 건너가는 도중에 길게 기적을 울리고는 했다. 이제 그 배들은 청회색 어둠 속에서 유일하게 빛나고 있었다. 아침 6시에 일어나면 새벽녘의 수평선을 미끄러지는 페리들을 볼 수 있다고 그녀가 말했다. 바로 이런 것들이, 낮과 저녁, 그리고 밤의 풍경들이 에밀리의 세계를 이루고 있었다.

"가자, 산책하러." 그녀가 말했다.

그렇게 우리는 바삭거리는 낙엽들을 밟으며 몇 시간 전에 차를 타고 내려왔던 가파른 경사로를 올라가기 시작했다.

"어떻게 여기에 온 거야? 그 말은 안 해줬잖아. 언제 캐나다에 온 거야?"

"3년 전에. 결혼생활을 끝내고 여기로 와서 이 오두막을 샀어."

"나한테 연락할 생각은 안 해봤어?"

"오, 마이클. 너의 세계와 나의 세계는……."

"뭐, 어쨌거나 지금 만났으니까."

"그렇지."

"그래서, 혼자 사는구나."

"넌 항상 꼬치꼬치 캐묻기를 좋아해. 그래, 누군가를 만나긴 해. 뭐랄까…… 그는 다른 생활방식을 가진 사람이야."

나는 그녀가 항상 문제가 많고 위험한 사람들을 만났다는 것을 떠올렸다. 그런 사람들만 만나는 기술이라도 지닌 듯했다. 나는 영국에 도착한 그녀가 첼트넘 여학교에 기숙학생으로 들어갔던 때를 생각했다. 나는 방학 때나 되어야 런던의 스리랑카 이주자 모임에서 그녀를 볼 수 있었는데, 그녀 옆에는 항상 남자친구들이 어슬렁거리고 있었다. 그녀가 새로 사귄 친구들에게서는 반항적인 분위기가 풍겼다. 그녀가 졸업반이었던 해의 어느 주말, 그녀는 교문을 빠져나가 누군가의 오토바이 뒤에 올라타고 글로스터셔의 풍광 속을 질주했다. 사고가 있었고, 그녀의 팔이 부러졌다. 그 일로 그녀는 퇴학 처분을 받았다. 그때부터 그녀는 더 이상 촘촘하게 얽힌 동양인 이주자 공동체의 일원이 될 수 없었다. 결국 그녀는 데스먼드와 결혼했고, 그들과 영원히 작별했다. 결혼식은 빠르게 치러졌고, 그는 해외에서 일할 예정이었다. 일자리가 그를 기다리고 있었으므로 그들은 식을 올리자마자 떠났다. 그리고 에밀리는 결혼을 완전히 끝내자마자 몇 가지 서글픈 이유에서 캐나다 서부 해안가에 있는 이 조용한 섬을 자신의 유배지로 택했다.

우리가 어렸을 때 상상했던 삶과 비교하면 우리는 진짜 삶을 살고 있는 것처럼 보이지 않았다. 나는 아직도 몬순의 빗줄기를 맞으며 자전거를 타던 순간을, 인도에서 다니는 학교 이야기를 하며 다리를 꼬고 있던 에밀리를, 그리고 춤을 추며 가느다란 팔을 들고 내게 손을 흔들던 에밀리를 기억하고 있었다. 나는 그녀의 옆에서 걸어가는 동안 그런 순간들을 생각했다.

"여기 서부에서 얼마나 오래 있을 거야?"

"딱 하루." 내가 말했다. "내일 비행기를 타."

"어디로? 어디로 가는데?"

나는 부끄러웠다. "실은 호놀룰루로 가."

"호놀룰루라니!" 그녀가 아쉽다는 듯 말했다.

"미안해."

"아냐, 괜찮아. 괜찮아. 와줘서 고마워, 마이클."

내가 말했다. "나를 한 번 도와줬지. 기억나?"

나의 사촌은 아무 말도 하지 않았다. 그녀는 그날 아침 선실에서 있었던 일을 기억하고 있을 수도, 그렇지 않을 수도 있었다. 어쨌거나 그녀는 침묵을 지켰고, 나는 그런 그녀를 내버려두었다.

"내가 뭔가 도와줄 일이 있을까?" 내가 물었고, 그녀는 내게 자신은 지금의 삶을 선택하지도 기대하지도 않았다는 의미가 담긴 미소를 지어 보였다.

"아무것도, 마이클. 너는 내가 이 모든 걸 이해하게 할 수 없을 거야. 게다가 난 네가 나를 사랑할 수 있을 거라고, 나를 지켜줄 수 있을 거라고 생각하지 않아."

우리는 삼나무 가지 아래 잠시 서 있다가 나무 계단을 밟으며 다시 아래로 내려왔고, 녹색 문을 열고 오두막 안으로 들어왔다. 우리는 둘 다 피곤했지만 잠들고 싶지 않았다. 우리는 현관마루로 나갔다.

"페리가 없으면 안 되는데. 시간표도 없고……."

그녀는 잠시 침묵했다.

"그가 죽었어, 너도 알지."

"누가?"

"내 아버지."

"유감이야."

"그를 아는 사람에게 이 이야기를 하고 싶었어. 그가 어떤 사람이었는지를 알고 있는 사람에게. 그의 장례식에 참석해야 했어. 하지만 난 더 이상 그곳에 속하지 않아. 너와 마찬가지로."

"우리는 어디에도 속하지 않는다고 생각해."

"그를 기억하고 있니? 아직도?"

"그래. 네가 할 수 있는 일은 없었어. 나는 그가 어떤 기질을 지닌 사람이었는지를 기억해. 하지만 그는 널 사랑했지."

"어렸을 때 나는 늘 겁에 질려 있었어. 십대 시절에 떠나면서 그를 본 것이 마지막이었지……."

"네가 악몽을 꾼다는 말을 한 적이 있었지."

그녀는 자신만을 생각하고 싶다는 듯 화제를 돌리고 있었다. 그렇지만 나는 그녀가 과거의 일을 다시 말해주기를 바랐다. 그래서 나는 배에서 보냈던 시간들과 항해의 막바지에 일어났던 일을 이야기하기 시작했다.

"넌 오론세이에서 만났던 그 소녀와 가까운 사이였다고 생각해? 죄수의 딸 말이야. 그녀는 아버지의 인생에 얽매여 있었지."

"그런지도 모르지. 하지만 난 그냥 그애를 도와주고 싶었던 거야. 알잖아."

"네가 잠입경찰관 페레라와 구명정 쪽에 있던 날 밤, 난 네가 하는 말을 듣고 있었어. 무슨 일이 일어나는 소리를 들었지."

"그랬어? 왜 나한테 얘기 안 했어?"

"얘기했어. 나는 다음날 아침 너를 찾아갔어. 넌 아무것도 기억나지 않는다고 했어. 넌 약에 취한 사람처럼 반쯤 잠들어 있었어."

"난 그애를 위해 그에게서 뭔가 알아내려고 노력하고 있었어…… 하지만 난 방향을 완전히 잘못 잡았지."

"그 남자는 그날 밤 살해당했어. 네가 그 칼을 갖고 있었어?"

그녀는 말이 없었다.

"그날 밤 그곳에 다른 사람은 없었어."

우리는 멀지 않은 거리에서 어깨를 움츠리고 있었다. 어둠 속에서 해안가에 와닿는 파도 소리가 들려왔다.

"아니야, 누군가가 있었어." 그녀가 말했다. "그의 딸 아순타와 수녀이 가까이 있었어. 그들은 나를 지켜주고 있었고……."

"그래서 그들이 칼을 갖고 있었던 거야? 그들에 네게 칼을 준 거야?"

"몰라. 중요한 건 내가 무슨 일이 일어났던 건지 잘 모르겠다는 거야. 용납할 수 없는 일이지, 안 그래?" 그녀는 이렇게 말하며 볼을 씰룩거렸다.

나는 그녀가 무언가를 더 말할 때까지 기다렸다.

"추워. 들어가자."

그러나 안에 들어가자 그녀는 불안해했다.

"그들은 네가 살해당한 그 남자, 페레라로부터 뭘 얻어내길 바랐던 거지?"

그녀는 소파에서 일어나 냉장고로 갔고, 냉장고를 열었고, 잠시 그 앞에 서 있다가 아무것도 꺼내지 않고 돌아왔다. 그녀는 초조함을 떨치지 못하고 살아온 듯 보였다.

"그 배에는 죄수를 묶은 쇠사슬을 풀 수 있는 열쇠가 두 개뿐이었어. 영국 군인 긱스가 하나를, 페레라 씨가 다른 하나를 갖고 있었지. 수녀은 페레라로 짐작되는 사람이 내게 관심을 갖고 있다고 추측했고, 그래서 내게 구명정 아래로 가서 그를 만나라고 요구했어. 물론 그때 수닐은 내가 그를 위해서라면 뭐든 할 거라는 사실을 알고 있었지. 나는 그의 노예나 마찬가지였어. 나는 그의 미끼였던 거지."

"페레라는 대체 누구였지? 나는 아무도 배를 돌아다니는 잠입경찰이 누군지 모르고 있다고 생각했어."

"아무와도 말한 적이 없는 사람이었지. 그는 고양이 테이블에 앉던 재단사, 구네세케라였어."

"하지만 그는 한 번도 말을 한 적이 없었어. 그는 말을 할 수 없었지. 하지만 난 네가 누군가와 구명정 아래서 이야기를 나누는 소리를 들었어."

"어떻게 했는지는 모르겠지만 수닐이 그가 잠입경찰이라는 걸 알아냈어. 수닐은 영국 장교와 이야기를 하고 있던 그를 우연히 보았던 거야. 그러니까 그는 말을 할 수 있는 사람이었던 거야."

나는 내가 널 구할 수 있다고 생각했지. 라스케티 양은 그 편지 어딘가에 그렇게 썼다. 나는 잔클라 극단의 수닐과 함께 있는 너를 본 적이 있었고, 네가 무언가 위험한 일에 연루되었다고 생각했어.

세월이 흐르고, 단편적인 기억들은 혼란스러워지고, 이야기들의 디테일은 불분명해진다. 장소가 달라지고, 어떤 사건들은 새로운 시각을 통해 한결 명확해진 의미를 갖는다. 나는 파괴자의 뜰에서 해체된 증기선들의 선체에는 새로운 역할과 목적이 부여된다던 네빌 씨의 이야기를 기억해냈다. 그렇게 나는 보언 아일랜드의 에밀리로부터 멀어져 먼 과거로, 나의 사촌이 서커스단의 일원이 되었던 그날 오후로, 그녀의 손목에 팔찌가 채워지다 살갗을 베었던 때로 되돌아갔다. 나는 우리가 재단사라고 생각했던, 언제나 목에 붉은 스카프를 매고 있던 말 없는 사내가 어째서 여행의 마지막 나날들 동안 더 이상 고양이 테이블에 나타나지 않았는지를 생각했다.

"내가 구네세케라 씨를 어떻게 기억하고 있는지 알아?" 내가 말했다. "나는 그가 무척 친절한 남자였다고 기억하고 있어. 네가 배드민턴 채에 맞았다며 부은 눈으로 우리 테이블로 건너왔던 날 말이야. 그리고 네 상처에 손을 내밀던 그의 모습도 기억하고 있어. 아마도 그는 네가 어쩌다 그렇게 다쳤는지를 생각하지 않을 수 없었을 거야. 어쩌면 넌 전혀 다치지 않았었는지도 몰라. 어쩌면 수닐이 만든 상처였겠지. 너를 이용하기 위해서. 너는 구네세케라가 네게 반했다고 생각했겠지만, 아마 그는 그저 네가 걱정이 되었던 걸 거야."

"잘 기억나지는 않지만, 구명정 아래서의 그날 밤, 그는 내게 다가오면서 내 손을 잡았어. 그는 위험해보였어. 그리고 수닐과 아순타가 갑자기 앞에 나타났지…… 이제 그만하자. 제발, 마이클. 더는 못하겠어. 알겠어?"

"아마 그에게는 너를 해할 생각이 없었을 거야. 나는 그가 네 손목의 흉터를 보고 싶었던 거라고 생각해. 그는 피라미드 놀이가 끝난 후에 네게 팔찌를 채우다 살갗에 상처를 낸 수닐이 그 위에 무언가를 문지르는 것을 보았던 거야. 사실 그는 너를 지켜주었던 사람들 중 하나였어. 그리고 살해당했지."

에밀리는 아무 말도 하지 않았다.

"다음날 아침, 나는 널 깨울 수 없었어. 내가 너를 흔들었고, 넌 식중독에 걸린 것 같다고 말했어. 아마도 그들은 대니얼스 씨의 정원에서 네게 마약이나 그런 것들을 먹인 걸 거야. 그래서 너는 기억을 못 하는 거지. 거기에는 독풀들이 있었어, 알겠지만."

"그 아름다운 정원에?"

에밀리는 자신의 손을 내려다보고 있었다. 갑자기 그녀는 마치 몇 년 동안 가슴 속 깊이 믿어왔던 것들이 전부 거짓말이었다는 듯 몸을 떨며 나를 바라보았다. "나는 오랫동안 내가 그를 죽였을지도 모른다고 생각했어." 그녀가 조용히 말했다. "아마 그랬을 거야."

"캐시어스와 나는 네가 그를 죽였다고 믿었어." 내가 말했다. "우리는 시체를 봤으니까. 하지만 지금은 네가 그랬다고 생각하지 않아."

소파에 앉아 있던 그녀는 몸을 앞으로 숙이며 두 손으로 얼굴을 감쌌다. 그녀는 잠시 그대로 있었다. 나는 말없이 그녀를 바라보았다.

"고마워."

"하지만 넌 그들의 탈출을 도와주었지. 그리고 그 결과, 니마이어와 그 소녀는 죽었어."

"아마도."

"아마도라니, 무슨 뜻이야?"

"그냥 아마도."

나는 갑자기 화가 났다. "그 소녀, 아순타는 살아야 할 날들이 아주 많이 남아 있었어. 그애는 어렸다고."

"열일곱 살이었지. 나도 열일곱 살이었고. 우리는 어른이 되기도 전에 이미 어른이 되어 있었어. 그렇게 생각하지 않아?"

"그애는 비명조차 지르지 않았어."

"그럴 수 없었지. 그애는 입 안에 열쇠를 갖고 있었으니까. 거기다 열쇠를 숨긴 거야. 페레라에게서 얻어낸 열쇠였지. 그들이 탈출하는 데 필요했던 바로 그 열쇠였어."

*

나는 소파베드에서 잠을 깼다. 커튼이 젖혀진 거실은 빛으로 환했다. 안락의자에 앉아 있던 에밀리는 어린 시절 한때 이웃집에 살았던 반항적인 소년이었던 내가 흘러간 세월에도 하나도 변하지 않았다는 얼굴로 나를 바라보고 있었다. 전날 밤, 그녀는 문득 내 책들을 읽었다고, 페이지들을 넘길 때마다 하이레벨 로드 근처의 정원에서 있었던 일이나 현재 그녀의 삶에서 실제로 일어났던 일들을 허구적인 사건들과 연결 지으며 시간을 보냈다고 말했다. 우리는 각자 다른 장소들을 통과했다. 강박적인 사랑에 빠져 그녀에게 매달리는 사람도 더는 없었다. 나 역시 더 이상 고양이 테이블에 앉아 있지 않았다. 하지만 에밀리는 내게 여전히 닿을 수 없는 얼굴을 하고 있었다.

누구였는지 기억나지 않는 어느 작가가 사람마다 "혼란스러운 우아함"이 있다는 말을 한 적이 있다. 에밀리는 항상 따뜻한 사람이었지만, 그녀에게는 어떤 알 수 없는 분위기가 풍겼다. 사람들은 그녀를 믿었지만 그녀는 자신을 믿지 않았다. 그녀는 "잘 지낸다"고 말하면서도, 스스로는 그렇게 생각하지 않았다. 이러한 그녀의 두 가지 면은 여전히 균형을 이루지도, 어우러지지도 않았다.

머리카락을 뒤로 틀어올린 그녀는 무릎을 끌어안고 앉아 있었다. 그날 아침, 햇살에 비친 그녀의 얼굴에는 좀 더 인간적인 아름다움이 엿보였다. 어떤 아름다움이었을까. 나는 이제야 그녀가 지닌 아름다움의 모든 면면들을 읽어낼 수 있게 되었는지도 모른다. 그녀는 편안해 보였고, 그녀의 얼굴은 그녀 자신을 더 분명하게 드러내고 있었다. 나는 그녀의 어두운 면이 너그러운 면에 잘 숨겨져 있었다는 것을 깨달았다. 어두움과 너그러움은 서로 멀리 있지 않았다. 인생을 살아오는 동안 나는 한 번도 에밀리를 떠나보낼 수 없었다는 사실을 깨닫는다. 그토록 서로 멀리 떨어져 있었음에도 불구하고.

"가서 페리를 타야지." 그녀가 말했다.

"그래."

"이제 내가 어디 사는지 알 테니까, 날 보러 와줘."

"그럴게."

열쇠는 그의 입 안에

에밀리는 나를 항구까지 데려다주었고, 나는 다른 승객들과 페리에 올랐다. 그녀는 차 안에서 내게 작별의 말을 전했지만, 차에서 내리지는 않았다. 차는 그곳에 그대로 서 있었다. 그녀는 햇빛을 반사하며 나의 시선을 차단하는 자동차 유리창 뒤에서 내가 걸어가는 모습을 보고 있었을 것이다. 나는 두 개의 계단을 올라 상위 갑판으로 갔고, 거기서 섬과 언덕에 늘어선 오두막들, 그리고 그녀가 타고 있을 부둣가의 빨간 자동차를 바라보았다. 페리가 움직이기 시작했고, 우리는 멀어졌다. 추운 날씨였지만 나는 갑판을 떠나지 않았다. 페리를 타고 가는 20분간의 여행은 에밀리와 함께했던 마지막 하루를 장식하는 과거의 메아리처럼, 소박한 후렴구처럼 느껴졌다.

정신적 외상을 입게 된 사건을 겪은 한 친구가 있다. 그로부터 몇 년이 지나 사소한 질병으로 주치의에게 진단을 받던 도

중, 의사는 그 사건을 다시는 입에 올리기를 원하지 않았던 친구의 심장이 "위치를 옮겼다"는 걸 발견했다. 그가 내게 이 이야기를 해주었을 때, 나는 우리들 중 얼마나 많은 사람들이 처음 존재했던 자리에서 알려지지 않은 장소로 아주 조금이라도, 손톱만큼이라도 움직일 수 있는지 궁금해했다. 에밀리와 나, 캐시어스는 얼마나 움직였던 것일까. 우리는 결국 냉정하게 자신 안에 틀어박히고 마는 것이 우리에게 얼마나 위험한 일인지도 모르는 채로 다른 사람들을 직접 대면하는 일 없이 마음의 문을 닫아왔던 건 아닐까. 여전히 확실치는 않지만, 고양이 테이블이 우리에게 남긴 것은 결국, 이렇게 나이를 먹은 지금까지도 오늘의 우리를 만들었던 그 여행을 계속해서 돌이켜 생각해보라는 것이 아니었을까.

그리고 그 후, 나는 살아오면서 처음으로 우리가 한배를 탔던 시절 캐시어스와 내가 위험하고도 즐거운 장난을 하며 그의 주변을 뛰어다니는 동안, 라마딘이 인큐베이터 속 아기처럼 자신을 보호하며 세심하게 다루었던 그의 까다로운 식물성의 심장을 생각했다. 그 여행은 너무나 오래전의 일이었고, 밀 힐에서 그와 보냈던 오후도 먼 과거가 되었다. 그러나 온순한 아이였던 라마딘은 결국 살아남지 못했다. 그러므로 우리의 심장을 위해서는 완전히 무지한 편이 나았을까, 아니면 라마딘처럼 조심스러웠던 편이 나았을까.

나는 여전히 페리의 상갑판에 선 채로 선미 너머의 녹색 섬을 내려다보았다. 에밀리가 그녀의 새로운 집으로, 태어난 장소와는 너무나 멀리 떨어진 화창한 해변가의 작은 오두막으로 돌아가고 있으리라. 그녀는 가끔 한 남자와 그 오두막을 나누어 쓰고 있는지도 모른다. 결국 그녀는 세월이 흘러간 끝에 또 다른 섬으로 여행을 온 것이었다. 하지만 섬은 누군가를 지켜주는 동시에 구속하는 곳이기도 하다. "난 네가 나를 사랑할 수 있을 거라고, 나를 지켜줄 수 있을 거라고 생각하지 않아." 그녀가 이렇게 말했다.

그리고 나는 어두운 물속에 잠겼을 니마이어와 그의 딸을 이처럼 냉정한 관점으로 상상했다. 그들을 내던진 배의 프로펠러를 피하며 귓가를 때리는 소음에서 벗어나려 안간힘을 다하는 매그위치*와 그의 딸. 용서받지 못한, 여전히 위협적인 존재인 그는 이런 식으로 영속할지도 모른다. 그들은 서로가 보이지 않는다. 그는 추워서 바짝 끌어안고 있는 딸의 존재를 겨우 느낄 수 있다. 그리고 호흡…… 시간이 소진되어가고 그들은 검은 공기가 내려앉은 수면 위로 떠올라 모든 것들을 몸 안으로 빨아들일 듯 숨을 쉬지만, 호흡이 계속될수록 헐떡임은 멎지 않는다. 그는 자신의 딸을, 보이지 않는 딸을, 둔한 손가락으

___
* 찰스 디킨스의 소설 『위대한 유산』에 등장하는 탈옥수.

로는 잘 느껴지지 않는 그녀를 절대로 떠나보내서는 안 된다. 하지만 적어도 그들은 공기를 마시고 있다. 수면 위에서, 지중해의 살갗 위에서, 달그림자 아래, 먼 해안가에서 희미하게 반짝이는 불빛들을 바라보며.

갑판 쪽에서 출발을 알리는 신호음이 마지막으로 들려오고, 니마이어는 수갑이 채워진 손으로 그녀의 얼굴을 붙든다. 그가 자신의 입을 그녀의 입에 가져다대자 그녀는 입을 벌리고 이로 꽉 물고 있던 열쇠를 그의 입 안으로 들이민다. 이 어두운 바다에서 물 위를 떠다니며 서로를 붙들고 있기란 여간 힘겨운 일이 아니고, 그 열쇠는 너무나 작고 가벼워서, 손에서 손으로 건넨다 해도 쉬운 일은 아닐 것이다. 센 물살이 그들을 서로 떼어놓으려고 위협하고, 그는 입으로 건네받은 열쇠로 스스로 자물쇠를 열어야 할 것이다. 그래서 그는 그녀를 팔에서 놓아주는데, 그녀를 수면 위로 풀어주고, 홀로 열쇠와 함께 물에 잠기면서도, 추위로 이미 뻣뻣하게 굳어진 손가락으로 자물쇠를 여는 일에만 집중하고 있다. 이 순간이 지나고 나면, 그는 영원히 죄수로 남거나, 그렇지 않게 될 것이다. 그녀의 아버지는, 만약 자유로운 몸이 된다면 그녀가 어디 있던지 그녀를 따라올 것이고, 찾아낼 것이다. 그들은 역사적인 항구들로 둘러싸여 있다. 수백 년 전에 발견된 항구들은 한때는 별들을 따라, 낮이면 곶의 사원들을 따라 항해하는 배들이 지나다녔던 장소들이다. 피레우스, 카르타고, 쿠아카스. 에게 해의 해안가에 늘어선 이 도시들은 폭풍우에 배가 침몰해 해변으로 헤엄쳐와 사막을 횡단해야 했던 사람들을 위한 관문이 되어주었다. 아순타가 멀어져간다. 그녀는 몇 주 동안 물을 두려워하는 사람을 그럴듯하게 연기했다. 그리고 이제 힘겨웠던 어린 시절이 그녀를 앞으로 내몰고 있다. 그녀는 어느 육지를 찾아낼 것이고, 발견될 때까지 그곳에 숨어 있을 것이다. 그래서 이제 그녀는 그저 어딘가로, 처음부터 삼각주 지형이었기 때문에, 혹은 조수 차가 적당했기 때문에 형성될 수 있었던 어느 고대 도시로, 새로운 삶을 살아가기 위해 헤엄치고 있다. 우리 역시 그렇게 상륙하게 될 것이었다.

다시 숨을 쉬기 위해 수면 위로 나온 니마이어에게 어둠 속의 밤바람을 건너 그녀가 헤엄치는 소리가 들려온다. 그는 긴 모양의 브로치처럼 불을 밝히고 지브롤터를 향해 멀어지는 오론세이를 바라본다. 그리고 아직도 자물쇠를 풀지 못한 그는 다시 물에 잠기는데, 어두운 물속에서 작고 정교한 자물쇠를 열기란 요원하기만 하다. 떠나가는 배의 엔진 소리가 길게 흐느끼는 메아리처럼 들려오고 있다.

캐시어스에게 보내는 편지

지금껏 살아오면서 나는 내가 캐시어스에게 무언가 쓸모 있는 존재였다는 생각을 한 적이 없었다. 그리고 세월이 흐르는 동안에도 나는 한 번도 진지하게 그에게 연락을 하려고 한 적이 없었다. 배를 타고 보냈던 21일 동안 우리의 관계는 그 자체로 충족된 듯했다. 나는 (약간의 궁금증을 제외하고는) 더는 그를 알 필요가 없다고 생각했다. 적어도 내게 캐시어스는 분명한 존재로 남아 있었다. 그때부터 나는 그가 아무에게도 빚지지 않는 독립적인 인물이라는 것을 알고 있었다. 우리와의 관계를 제외하고 그가 유일하게 자신의 관심사를 표출했던 순간은, 비록 일시적이기는 했으나 그 소녀를 보았을 때뿐이었다. 그리고 아순타는 바닷속으로 사라졌고, 나는 어른들의 진실에 배반당한 그에게서 복수의 눈길을 보았다.

배반당한 손을 지닌 예술가. 그 후로 그는 어떤 삶을 살았을까? 그는 누구에게도 의지할 수 없고, 무엇도 믿을 수 없는 상태로 십대 시절의 마지막 시기를 보냈을 것이다. 스스로 살아갈 수 있는 어른이 되면 우리는 쉽게 이런 사람이 된다. 그러나 캐시어스는 배에서의 그날 밤 남아 있던 유년기를 모조리 잃고 말았던 거라고 나는 생각한다. 나는 우리를 물리친 채 검푸른 형광빛의 파도를 내려다보며 영원처럼 그곳에 서 있던 그의 모습을 기억하고 있다.

나는 언제나 말없고 친절했던 라마딘과 어울리면서도, 캐시어스를 만나고 싶다고 생각한 적은 없었다. 그는 이제 예술계에서 공격적인 인물로 자리잡고 있었다. 그에게 조소를 보내는 사람들도 있다. 하지만 그런 건 중요하지 않다. 그는 열두 살의 나이에 아이다운 자비심으로 누군가를 지켜주기 위해 한발 다가설 줄 아는 사람이었으니까. 타고난 반항적인 기질에도 불구하고 그는 그 소녀를 지켜주려고 했다. 라마딘이 헤더 케이브를 지켜주려고 했던 것처럼, 그는 니마이어의 딸을 지켜주려고 했던 것이다. 우리 셋이 우리들 자신보다 불안정해 보였던 사람들을 지켜주고 싶다는 욕망을 가졌던 것은 어떤 까닭에서였을까.

처음에 내가 『마이나의 여행』 따위의 제목을 붙였더라면, 그가 어디에 있던지 연락이 닿을지도 모른다고 나는 생각했다. 아마 그는 나의 진짜 이름을 모르고 있을 테니까. 라스케티 양이 나의 별명을 기억하고 있었던 것처럼, 그 역시도 내 별명을 들었다면 나를 기억해냈을지도 모른다. 캐시어스도 무언가를 읽는지, 아니면 읽기를 경멸하는지 나는 모른다. 어쨌거나 이 이야기는 그를 위한 것이다. 어린 시절에 만났던 또 다른 친구인 그를.

도착

우리 배는 어둠 속에서 영국 해안가에 미끄러지듯 들어섰다. 배에서만 오랫동안 지냈던 우리는 배가 영국에 진입하는 장면을 보려고 하지 않았다. 도선사가 탄 바지선이 파란 불빛을 깜박거리며 항구 어귀에서 기다리고 있다가, 템스 강으로 흘러드는 어두운 물길을 따라 우리를 인도했다.

갑자기 육지 냄새가 났다. 새벽녘의 희미한 빛이 드러낸 주변 풍경은 초라했다. 녹색의 강둑들도, 유명한 건물들도, 두 개의 아치로 갈라지며 우리를 통과시키는 거대한 다리도 보이지 않았다. 우리 옆을 지나가는 것들이라고는 옛 산업시대의 부두들과 소금 창고들, 준설수로 입구들뿐이었다. 우리는 유조선들과 계류중인 부표들을 지나쳤다. 우리는 그곳에서 수천 마일 떨어진 콜롬보에서 역사시간에 배웠던 오래된 폐허들을 찾고 있었다. 첨탑 하나가 보였다. 그리고 우리는 이름들로 가득한 장소를 지나쳤다. 사우스엔드, 채프먼 샌즈, 블라이스 샌즈, 로워 호프, 숀미드.

우리 배는 네 번의 짧은 기적을 울렸고, 잠시 멈추었다가 다시 한 번 기적을 울렸다. 그러고는 틸버리 부둣가를 향해 부드럽게 방향을 틀었다. 우리에게 지난 몇 주 동안 거대한 질서가 되어주었던 오론세이가 마침내 정지했다. 템스 강의 동쪽, 상류 끝 저 너머에는 그리니치, 리치먼드, 그리고 헨리가 있었다. 하지만 우리는 여기서 멈추었고, 오론세이의 엔진도 멎었다.

내가 건널판자 앞에 다다르자마자 캐시어스와 라마딘은 더 이상 눈에 들어오지 않았다. 순식간에 우리는 서로를 떠나 각자의 방향으로 멀어져갔다. 마지막으로 눈인사를 하지도 않았고, 지금 어떤 일이 일어나고 있는지도 깨닫지 못했다. 그토록 넓은 바다를 건너왔던 우리는 템스 강의 페인트도 칠해지지 않은 터미널 건물에서 서로를 찾아낼 수가 없었다. 대신 우리는 어디로 가고 있는지도 모른 채 초조하게 수많은 사람들을 헤치며 앞으로 나아갔다.

몇 시간 전에 나는 처음으로 긴 바지를 찾아 입었다. 신발에 처박혀 있던 양말도 꺼내 신었다. 그래서 나는 선창가로 내려가는 넓은 경사로를 어색하게 걷고 있었다. 나는 누가 내 어머니인지를 알아내려고 노력했다. 그녀의 생김새는 기억에서 사라진 지 오래였다. 내게는 그녀의 사진이 단 한 장 있을 뿐이었고, 그마저도 작은 여행가방 밑바닥에 깔려 있었다.

　나는 지금에야 어머니의 관점에서 4년, 혹은 5년 전 콜롬보에 남겨두고 떠났던 어린 아들을 찾는 그날 아침의 그녀를 생각한다. 그녀는 얼마 전에 받은 한 장의 흑백사진에 의지해 그의 생김새를 추측하며 배에서 쏟아지듯 내려오는 승객들 사이에서 열한 살 아들을 찾아내려고 안간힘을 쓰고 있었을 것이다. 그 순간은 희망적이거나 끔찍했을 것이다. 어쩌면 둘 다였을지도 모른다. 그는 그녀 앞에서 어떻게 행동했을까. 예의바르지만 곁을 주지 않는 소년이었을지도 모르고, 애정을 갈구하는 소년이었을지도 모른다. 나는 아마 나와 같은 눈으로 사람들 사이를 훑었던 그녀의 눈을 통해 당시의 나를 가장 잘 들여다볼 수 있을 거다. 그녀도 나도 우리가 무엇을 찾고 있는지 모르고 있었다. 우리는 어쩌면 들통에서 무작위로 번호표를 뽑을 때처럼 아무나 골라 다음 10년 동안, 어쩌면 남은 인생 내내 한가족으로 지낼 수 있을지도 모른다고 생각했는지도 몰랐다.

　"마이클?"

　혹시 사람을 잘못 본 것은 아닐까 두려워하며 나를 부르는 목소리가 들려왔다. 나는 고개를 돌렸지만, 아는 얼굴은 보이지 않았다. 한 여자가 내 어깨에 손을 얹으며 말했다. "마이클." 그녀는 나의 면 셔츠를 매만지며 말했다. "춥겠다, 마이클." 나는 그녀가 여러 번 내 이름을 불렀다고 기억한다. 처음에는 그녀의 손과 원피스만이 눈에 들어왔다. 그러다 그녀의 얼굴을 보았고, 나는 그 얼굴을 알아보았다.

나는 여행가방을 내려놓고 그녀를 끌어안았다. 분명 나는 추위를 느끼고 있었다. 나는 그때까지 영원히 길을 잃을지도 모른다는 걱정만 하고 있었다. 하지만 그녀가 춥겠다고 말했으므로 나는 추위를 느꼈다. 나는 그녀에게 팔을 두르고 두 손으로 그녀의 넓은 등을 끌어안았다. 그녀는 허리를 숙이고 미소를 지으며 나를 바라보았고, 그러고는 나를 더욱 세게 끌어안았다. 그녀 옆으로 세계의 일부가 보였다. 어머니의 팔에 안겨 있는 나를 신경도 쓰지 않고 지나가는 사람들과 내가 가진 전부였던 빌린 여행가방이.

그리고 나는 하얀 원피스를 입고 지나가던 에밀리가 발걸음을 멈추고 고개를 돌려 나를 바라보는 모습을 보았다. 모든 것들이 움직임을 멈추고 다시 뒤로 돌아가는 듯한 순간이었다. 그녀는 나를 염려하는 미소를 짓고 있었다. 그녀는 내게 다가와 그녀의 손으로, 그녀의 따뜻한 손으로 어머니의 등을 안고 있던 내 손을 잡았다. 그녀는 부드러운 손으로 일종의 신호를 보내듯 세게 내 손을 쥐었다. 그러고는 나를 떠났다.

나는 그녀가 무슨 말인가 했다고 생각했다.

"에밀리가 뭐라고 했어요?" 나는 어머니에게 물었다.

"학교 갈 시간이라고 한 것 같은데."

에밀리는 자신의 세계로 멀어져가며 내게 손을 흔들고 있었다.

작가의 말

이 소설에서 종종 나의 기억에 남아 있는 장소들과 분위기, 자전적인 요소들을 채택하기는 했지만, 『고양이 테이블』은 허구이다. 선장과 승객들, 배의 승객들 전원을 포함하여 화자 역시도 허구의 인물이다. 소설에 등장하는 배의 이름은 오론세이이지만(사실 오론세이라는 이름의 배가 몇 대 존재한다), 이 배는 완전히 상상의 존재이다.

인용 출처

로버트 크릴리의 스탠자는 그의 시 「메아리」에서 따왔다. 키플링의 『바다와 언덕들』에서 한 줄을 인용했다. A. P. 허버트의 시에서 한 구를 인용했다. 조지프 콘래드의 「젊음」의 한 구절을 인용했다. R. K. 나라얀의 단락 하나를 인용했다. 절망에 대한 베케트의 언급을 인용했다. 르네 블룸에게 프루스트가 1913년 보낸 편지를 인용했다. 앨런 로맥스의 〈미스터 젤리 롤〉(1950)에 등장한 젤리 롤 모던의 〈위닌 보이 블루스〉를 인용했다. 작품 속에서 언급되었거나 인용된 다른 곡들은 조니 머서, 호기 카마이클, 시드니 배셰, 그리고 지미 눈의 곡들이다. 휘트니 밸리엇의 놀라운 작품 〈미국의 음악인들 2〉에서 시드니 배셰에 대한 정보들을 얻었다. (〈샌프란시스코 이그재미너〉에 실린 리처드 해들록의 인용을 포함하여). 스리랑카의 〈데일리 뉴스〉에 감사한다. 헥터 경에 관한 이야기는 옛날에 일어났던 사건을 기초로 하고 있다. 그러나 이 소설에 등장하는 인물들, 이름들, 대화들은 순수한 창작이며, 항해중 헥터 경의 모습도 마찬가지이다. 3단 노선에 관한 정보는 존 R. 헤일의 『바다의 제왕들』에서 얻을 수 있었다. 이 글 마지막에 인용될 유도라 웰티의 문구는 「낙관주의자의 딸」에서 부분적으로 인용했다. 마자파 씨의 "좋은 책"은 대실 해밋의 『몰타의 매』이다. 캐시어스의 전시회에서 사용된 방명록에 남겨진 낙서는 그의 친구 워런 지번의 것이다. 워런 지번은 뉴저지에서 그를 찾아왔다.

감사의 말

래리 쇼크먼, 수지 스킬레싱어, 에일린 토스카노, 밥 레이시, 로라 페리, 사이먼 보포이, 애나 류브, 던컨 켄워시, 비어트리스 몬티, 릭 사이먼, 코치 하우스 프레스, 토론토의 제트 퓨얼, 캘리포니아 버클리의 밴크로프트 도서관에 감사한다. 존 버거, 린다 스팰딩, 에스타 스팰딩, 그리핀 온다체, 데이비드 영, 질리언 라트나야케와 올윈 라트나야케, 어니스트 매킨타이어, 그리고 인물에 대한 영감을 제공해준 안자렌드런, 아파르나 할페, 산자야 위자야쿤에게 감사한다. 스튜어트 블래클러와 제레미 보틀, 그리고 데이빗 톰슨에게도 감사한다. 한때 등나무 의자에서 떼어낸 가지를 피웠던 조이스 마셜에게도 감사한다.

엘런 레빈, 스티븐 바클레이, 튤린 밸러리, 애나 자딘, 메건 스트리머스, 재클린 라이드, 그리고 켈리 힐에게 감사한다. 미국 크노프 출판사의 캐서린 후리건, 다이애나 콜리어니즈, 리디아 뷰클러, 캐럴 카슨, 페이 로이 퀘이에게 감사한다. 루이즈 데니스와 소니 메타, 그리고 로빈 로버트슨에게 많은 감사를 보낸다. 나의 캐나다 출판사에서 일하는 엘렌 셀리그먼에게 매우 특별한 감사를 보낸다.

*

달콤한 사냥꾼 스텔라에게. 더 이상의 폭풍우는 없어.
데니스 폰세카에게. 당신을 기리며.

짙은 안개를 고단하게 빠져나온 배가
앞으로 나아간다.
인생에서 새로운 모든 것들은
그런 의미를 지니게 되었다……

옮긴이의 말

가끔 사람들이 어떻게 어른이 될 수 있었는지가 궁금할 때가 있다. 그러니까 어떻게 유년기를 살아남을 수 있었는지, 그 시절을 어떻게 견딜 수 있었는지. 흔히 아이들은 한 살 한 살 나이를 먹어감에 따라 자연스레 어른이 된다고 한다. 하지만 내가 관찰해온 바에 따르면, 그리고 나 자신의 경험에 따르면, 아이들은 갑자기 어른이 된다. 하룻밤 사이에.

소년 마이클은 열한 살의 나이에 홀로 스리랑카 콜롬보를 떠나 영국 런던으로 향한다. 배경은 1950년대, 마이클은 오론세이라는 이름을 지닌 하나의 성채이자 요새와도 같은 배에 오르며, 마지막으로 부둣가를 바라본다. 마이클이 건널판자를 따라 배에 올라서는 순간, 그의 유년기에는 문자 그대로 어떤 격랑이 예고된다. 바다는 대개 잠잠하지만, 때로 거친 폭풍이 몰아칠 때가 있다. 바다 한가운데서 불어 닥치는 폭풍이란 육지의 그것보다 거칠고 사납게 여겨질 수밖에 없다. 적어도 육지에서라면 두 발을 단단히 딛고 설 땅이 존재하지만, 이곳 바다에서는 제아무리 거대한 오론세이라도 바람과 파도에 요동칠 수밖에 없으니까. 마이클의 유년기도 마찬가지이다.

마이클이 오론세이에서 만나게 된 라마딘과 캐시어스는 서로 험난한 유년기를 지켜주는 동반자가 되어준다. 심장병을 앓던 라마딘은 성년기에 접어들자마자 사망하고, 캐시어스는 예술가로 성장하지만, 마이클과 캐시어스의 만남은 더 이상 이루어지지 않는다. 그러므로 다음과 같은 질문: 어째서 우리는 친구를 잃는 일 없이는 어른이 될 수 없는 것일까. 마이클이 캐시어스와 갑판 위에서 무시무시한 폭풍우를 온몸으로 견뎌내는 동안, 그들을 안전하게 지켜주었던 것은 라마딘이 공들여 묶었던 매듭이었다. 위험에 대한 감각이 없는 아이들이 온전히 살아남을 수 있는 까닭은 그들이 이러한 위험을 같이 맞닥뜨리기 때문이고, 그들이 서로 "묶여 있기" 때문이다. 비록 매듭은 언제고 느슨해지기 마련이지만.

마이클과 라마딘, 그리고 캐시어스는 '고양이의 테이블'에서 어른들의 세계를 관찰한다. 21일은 짧다면 짧고 길다면 긴 시간이다. 그러나 이 나날들은 어른들의 흥미로운 수수께끼들을 압축적으로 제시하기에 충분하다. 선장의 테이블과는 가장 먼 거리에 떨어져 있는 고양이의 테이블은 외려 가장 훌륭한 장소가 될 수 있다. 많은 것들은 중심보다는 주변에서 더 잘 보이는 법이니까. 라스케티 양은 가능한 많은 것들을 보아두라는 충고를 남긴다. 세 아이들은 이 충고를 자신들도 모르는 사이 수행한다. 그러므로 또 하나의 질문: 그때는 보이지 않았던 것들이 기억 속에 어떤 방식으로 남아 있는가.

아이들은 성장한다. 어른들은 여전히 성장하고 있다는 것을 감춘다. 어떤 아이들은 성장하자마자 사라지고, 어떤 어른들은 여전히 성장하고 있다는 것이 두려워서 사라진다. 열정적으로 재즈에 대한 이야기를 해주었던 마자파 씨가 항해 도중 어느 항구에서 사라져버렸다는 것은 세 아이들에게 어떤 의미였을까. 어른이 된 아이들은 그 의미를 깨닫게 되었을까.

나 역시 짧다면 짧고 길다면 긴 시간 동안 몇몇 친구들을 잃어버렸다. 사라진 친구들도 있고, 멀어진 친구들도 있고, 물리적으로 제 존재를 지워버린 친구들도 있다. 그들은 가끔 유령처럼 나타나 차갑고도 따뜻한 손을 내밀고, 그럴 때마다 나는 원치 않았음에도 불구하고 내가 어른이 되었으며, 무언가를 잃어버리지 않고는 어른이 될 수 없다는 것을 깨닫는다.

세 아이들과 함께 오론세이에 타고 있던 잔클라 극단은 승객들을 위해 가끔 깜짝 공연을 벌인다. 그들의 특기는 승객들의 물건 하나를 사라지게 한 다음, 어쩌면 슬쩍한 다음, 그 물건을 의외의 장소에 나타나게 하는 것이다. 어떤 물건들은 주인을 영영 찾아가지 못하지만, 어떤 물건들은 제 주인을 다시 만나게 된다. 잃어버리고 되찾는 것, 그리고 영원히 잃어버리는 것, 그리고 잃어버렸다는 사실을 감각하지 못하는 것, 불현듯 되살아나는 것, 그리고 어느 순간 어른이 되는 것. 『고양이의 테이블』을 번역하는 동안 잃어버렸다고 생각했던 시간들을 다시 한 번 떠올릴 수 있었다. 그러므로 마지막 질문: 우리의 항해는 끝난 것일까. 어쩌면 여전히 바다 위에서 물 아래의 어둠을 바라보고 있는 것은 아닐까.

2013년 5월

한유주

The Cat's Table
고양이 테이블

초판 1쇄 발행 2013년 5월 24일
초판 2쇄 발행 2013년 5월 30일

지은이 마이클 온다체
옮긴이 한유주
펴낸이 김선식

Editing creator 백상웅
크로스 교정 박여영
Design creator 조혜상
Marketing creator 이주화

2nd Creative Story Dept. 김현정 박여영 조혜상 최선혜 유희성 백상웅
Creative Marketing Dept. 이주화 백미숙
       Online Team 김선준 박혜원
       Public Relation Team 서선행
       Contents Rights Team 김미영
Creative Management Dept. 김성자 송현주 권송이 윤이경 김민아 한선미

펴낸곳 (주)다산북스
주소 경기도 파주시 회동길 37-14 3층
전화 02-702-1724(기획편집) 02-6217-1726(마케팅) 02-704-1724(경영관리)
팩스 02-703-2219
이메일 dasanbooks@hanmail.net
홈페이지 www.dasanbooks.com
출판등록 2005년 12월 23일 제313-2005-00277호

종이 한솔피엔에스
인쇄 · 제본 (주)현문자현

ISBN 978-89-6370-972-7 03840

이 도서의 국립중앙도서관 출판시도서목록(CIP)은 서지정보유통지원시스템 홈페이지(http://seoji.nl.go.kr)와
국가자료공동목록시스템(http://www.nl.go.kr/kolisnet)에서 이용하실 수 있습니다(CIP제어번호: CIP2013005909)